Für Claus

W0014321

TEIL EINS

New York, 31. Oktober 1938

Als Frida an diesem Morgen aufwacht, fällt ihr Blick sofort auf den roten Rock, der neben dem Bett auf dem Boden liegt. Und sie sieht auch gleich den Riss. Zuerst denkt sie, es sei nur eine Falte, die einen Schatten wirft. Wie ein zerklüftetes Gebirge liegt ihr Tehuana-Rock auf dem Boden, der steife Baumwollstoff zu wild gezackten roten Felsen aufgetürmt. Als Julien gestern Nacht die Bänder an der Taille gelöst und ihr den Rock abgestreift hatte, war das Kleidungsstück in sich zusammengesunken, und Frida hatte es dort einfach liegen lassen. Ein schmaler blauer Streifen zieht sich durch das Stoffgebirge. Das Samtband stammt aus dem Lädchen von Señora Martínez in Coyoacán, und Frida hatte es an der Stelle aufgenäht, wo der Volant beginnt. Vom Bett aus wirkt die blaue Linie wie ein Fluss, der sich durch rote Täler und Schluchten windet und wieder auf die Anhöhe klettert, als brauche er die Gesetze der Schwerkraft nicht zu beachten.

Wenn das Wasser bergauf strömen kann, denkt Frida, dann kann sie heute ohne Schmerzen aufstehen. Sie wird sich waschen, ankleiden, frisieren und ohne Anstrengung die kleine Treppe hinter der Rezeption zum Frühstückssalon hinabsteigen. Über das Getuschel der Ladys mit ihren tristen Frisuren und den engen Kostümjacken wird sie ein strahlendes Lächeln breiten. Der nette Kellner mit der schiefen Nase wird ihr Toast und frisches Obst bringen und sie wie jeden Morgen freundlich anstarren. Sie wird den Toast buttern, solange er heiß ist, und beim Hineinbeißen wird ihr ein goldgelber Tropfen aus dem Mundwinkel zum Kinn laufen.

Sie wird … nein, sie wird nichts von allem tun. Sie weiß es, bevor sie die geringste Bewegung gemacht hat. Der Schmerz in ihrem Fuß ist eine Schlange. Jetzt schläft sie noch, aber sie wird erwachen, sobald sie auch nur einen Muskel anspannt. An manchen Tagen ist das so, sie spürt es gleich beim Aufwachen. Gestern fühlte sie sich gut, aber heute ist die Schlange da. Angelockt von der ungewöhnlichen Wärme, die seit Tagen auf Manhattan drückt. Die Vögel im Central Park spielen verrückt, weil sie sich nicht mehr auskennen. Ihre innere Uhr sagt ihnen, sie sollten sich vollstopfen, um den Winter zu überstehen, aber in der warmen Mittagssonne fangen manche von ihnen an, nach Nistplätzen Ausschau zu halten.

Frida will die Spanne ausdehnen, in der sie den Schmerz noch nicht spürt. Sie liegt auf dem Bauch und atmet flach, damit sie die Schlange nicht weckt. Die Bettdecke ist zu den Hüften heruntergerutscht, Gänsehaut kriecht über ihren Rücken. Mit den Augen tastet sie den Rand der Matratze ab, ihr Blick wandert wieder zum Boden, zum roten Gebirge mit dem blauen Fluss. Ein schöner Rock. Weit wie ein Zelt verbirgt er ihr verkürztes, dünnes Bein und den verdammten Fuß. Wenn sie den Rock auf die Wäscheleine hängt, knattert er wie ein Segel. Niemand weiß, dass sie eine geheime Botschaft in den Saum gestickt hat. Es ist ihr kleines Credo, eine Lebensversicherung für schlechte Tage.

Besser wäre es, wenn sie jetzt nicht zu den Zigaretten auf ihrem Nachtschrank greift, obwohl sie sich nach einem tiefen Zug sehnt. Aber wenn sie den Arm hebt, leiten ihre Muskeln diesen Impuls sofort an die Schulter und den Rücken weiter, von dort geht die Information an die Nerven in der Hüfte, weiter Richtung Oberschenkel, Knie, Waden. Und dann wird der Fuß wach, und die Schlange beißt zu.

Also bleibt sie liegen und horcht. Julien ist nicht mehr da. Es hatte nicht Julien sein sollen, letzte Nacht. Aber der andere war nicht gekommen. Wieder nicht. Seit einer Woche nichts von ihm, keine Zeile, kein Anruf, kein Besuch, obwohl er weiß, dass sie in New York ist und ihre Ausstellung morgen eröffnet wird. Er hatte die Bilder, die sie präsentieren wird, für sie fotografiert, damit sie die Aufnahmen nach Paris schicken kann, wo ebenfalls eine Ausstellung geplant ist. Aber aus irgendeinem Grund entzieht er sich ihr, und sie weiß nicht, warum. Also nahm sie gestern doch wieder Julien mit. Weil er es so sehr wollte und sie nicht allein sein kann an manchen Abenden. Gut, dass er jetzt weg ist, denn niemand sollte bei ihr sein, kurz bevor die Schlange aufwacht. Einzig den Koloss kann sie in diesen Momenten ertragen. Diego, Ehemann und Scheißkerl. Sie schlafen schon lange nicht mehr im selben Bett. Wenn er sich im Schlaf bewegte, geriet Frida wie ein Boot auf hoher See ins Schaukeln. Diego, das Monster, das sie zum Wahnsinn treibt. *Carasapo* nennt sie ihn, Froschgesicht. Aber es ist auch Diego, der sie so zart in seinen Armen halten kann, dass sie sich in einen Schmetterling verwandelt.

Aber das ist lange her. Sie sind schon lange kein glückliches Paar mehr. Und doch halten sie aneinander fest, weil sie etwas anderes verbindet als eine Heiratsurkunde.

Das Gebirge auf dem Boden verschwimmt vor ihren Augen, es sieht jetzt aus wie ein Stück Fleisch. Die Schlange ist wach. Frida stöhnt und dreht sich auf den Rücken. Jetzt ist es sowieso egal, ihr Fuß und das ganze rechte Bein brennen.

Sie setzt sich auf, lehnt sich an die Kissen, lässt den Kopf nach hinten sinken und seufzt. Immerhin das: Die Amerikaner bestücken ihre Hotelbetten mit dicken, weichen Kissen.

Sie nimmt das Röhrchen vom Nachttisch, schiebt sich zwei weiße Tabletten in den Mund, greift nach dem Wasserglas, es ist leer. »*Mierda!*« Das Glas fliegt auf den Boden, zerstört das Gebirge. Sie beugt sich hinab, wühlt in dem roten Stoff, findet darunter eine Flasche mit einem Rest Tequila. Die Schmerzen sind jetzt so stark, dass sie aufheulen möchte, sie spült die Tabletten runter, zündet sich eine Zigarette an, lehnt sich zurück, wartet, dass die Chemie in ihrem Blut die Schlange bändigt. Ein Bild flackert hinter ihren Augen. Sie sieht sich selbst auf der Erde liegen, aus ihrem Inneren wachsen Blätterranken, mit denen sie den Boden vergiftet.

Als die Schlange nach einer Weile betäubt ist, kehrt die Freude zurück. Der schwere Vorhang zwischen Schmerz und Welt hat sich gehoben, die Bühne ist hell erleuchtet, sie ist wieder im Spiel, verspürt Hunger und Durst. Erst jetzt dringen die Geräusche der Straße zu ihr, das Rauschen des Verkehrs, das Hupen der Busse, die Stimmen der Zeitungsverkäufer. Kisten werden abgeladen, Autotüren geschlossen, Kinder ausgeschimpft, Fahrräder gebremst. Frida atmet tief durch. Sie drückt die Zigarette aus und greift mit den Händen nach dem roten Rock auf dem Boden. Sie legt ihn sich aufs Gesicht, er riecht nach Heimat, nach Staub und nach der Würze des Marktes von Coyoacán. Sie schnuppert sich am Samtband entlang, hier riecht es nach Schnaps, dort nach Melone. Und da wie nasser Hund, vielleicht hat ihr kleiner Nackthund Herr Xolotl vor Kurzem noch seine dreckige Pfote daraufgelegt?

»Bist du wach?«

»Komm rein.«

In der Hotelzimmertür erscheint eine junge Frau. Vivian sieht aus wie ein Werbemodel aus einer Zeitschrift. Ein gleichmäßiges hübsches Gesicht, kurze gewellte hellblonde Haare mit einem tiefen Seitenscheitel. Sie hat schöne Zähne, die sie bei jedem Lachen ganz ungeniert zeigt, worum Frida sie beneidet. Vivian trägt gut sitzende Kostüme, und bevor sie das Hotel verlässt, holt sie ein Paar Lederhandschuhe aus der Manteltasche, das zu ihrem Halstuch passt. Die Familie hat lange versucht, ihr den Schauspielberuf auszureden, aber Vivian setzte sich durch und versucht nun, sich mit Jobs durchzuschlagen, abgesehen von gelegentlichen Schecks, die ihre Mutter heimlich schickt. Im Moment hat sie keine Proben und spielt daher Fridas »Hofdame«, wie sie es nennt. Dass Julien eigens jemanden engagiert, der sich um die Künstlerin kümmert, die er ausstellt, ist eine ungewöhnliche und großzügige Geste.

»Wie viel zahlt Julien dir dafür, dass du mich jeden Tag aus dem Bett wirfst?«

»Nicht viel, das meiste Geld bekomme ich, weil ich ihm erzähle, mit wem du ins Bett gehst ... Darling, was für ein Chaos ist das hier?« Sie hebt Kleidungsstücke vom Boden auf, dann sieht sie Frida genauer an.

»Schmerzen? Hast du noch genug Tabletten? Im Schrank ist mehr, habe ich gestern geholt.« Sie schaut kurz nach, die Schachtel mit dem Nachschub ist noch da.

»Kannst du aufstehen? Da sind zwei Leute von der *New York Times* in der Lobby, was soll ich ihnen sagen?«

»Sie sollen warten. Ich brauch noch was.«

»Geh erst mal ins Bad, ich räume so lange auf. Und dann ziehen wir los.«

Vivian eilt geschäftig hin und her, während Frida sich vorsichtig dehnt und streckt, um herauszufinden, ob die Schmerzen wirklich verschwunden sind. Sie beneidet Vivian auch um die Mühelosigkeit, mit der diese sich nach ihrem *rebozo* bückt, dem sonnengelben Umhang mit den blauen Fransen. Sie faltet ihn, aber bevor sie ihn in den Schrank legt, fragt sie Frida: »Hast du eigentlich mitbekommen, was gestern hier los war? Die Sache mit *War of the Worlds*?«

Frida nickt. »Julien wusste davon und dass es nur ein Hörspiel war. Wir sind ganz gemütlich im Restaurant sitzen geblieben. Dort hat sowieso niemand Radio gehört. Gib mir den *rebozo* mal rüber, ich glaube, da haben sich ein paar Fransen verknotet.«

»Dann hattet ihr Glück! Ich war in der U-Bahn, als die Sendung lief, und als ich die Treppen zum Ausgang hochstieg, hätten mich ein paar Verrückte fast umgerannt. Die Leute sind in Panik in die U-Bahn geflohen, um Schutz zu suchen.«

»Vor Marsmenschen. Hahaha.« Frida gähnt.

Vivian faltet ein paar Oberteile von Frida und legt sie in den Schrank.

»Es klang wohl ziemlich echt. Viele haben tatsächlich geglaubt, dass wir angegriffen werden. Dieser Orson Welles ist offenbar ein Genie. Was hätten deine Leute in Mexiko gemacht, wenn es dort im Radio gelaufen wäre?«

Frida zündet sich eine neue Zigarette an.

»Sie hätten *hola chicos* gesagt und ihnen die Pyramiden in Teotihuacán zum Wohnen angeboten.«

»Komm schon. Im Ernst!«

Frida rekelt sich und fährt sich durch die offenen Haare. Sie sind verfilzt. Sie wird sie waschen müssen. Julien hat ganze Arbeit geleistet. Immer will er ihr die Haare kämmen.

»Na los. Nun sag schon.« Vivian steht vor ihr und wartet.

»*Dios mío*, ich weiß nicht, was meine Leute gemacht hätten. Mexikaner sind abergläubisch, aber nicht so voller Panik wie ihr Gringos.«

Vivian sieht sie zweifelnd an.

»Wenn du meinst. Jetzt steh besser mal auf, ich sag den Journalisten Bescheid, dass sie noch etwas warten sollen. Wir haben heute einiges vor, und morgen ist ein großer Tag.«

Allerdings, denkt Frida, während sie die Zigarette ausdrückt und keine Anstalten macht aufzustehen. Monatelang hat sie auf diesen Tag hingelebt. Ihre erste Einzelausstellung, fünfundzwanzig Bilder und alle von ihr. Eine richtige Ausstellung in New York, nicht irgendwo in der Provinz, sondern in einer der feinsten Galerien, die es in der Stadt gibt, bei Julien Levy. Auf der Einladung steht ihr Name in großen schwarzen Lettern. Sie ist so stolz darauf, dass sie Julien sogar den Zusatz verzeiht, den er unter ihren Namen in Klammern setzen ließ: »Frida Rivera«. Es war nicht abgesprochen, aber was soll's, die meisten wissen ja, dass Diego ihr Ehemann ist. Sie solle sich nicht darum kümmern, hatte Diego ihr eingeschärft: »Die Journalisten werden versuchen, dich zu provozieren und als kleine Frau des großen Malers darzustellen, als Anhängsel, als Schmuckstück in meiner Sammlung. Geh nicht darauf ein. Sei stark, sei stolz, sei du selbst.«

Genau das hat sie vor. Sie wird den Tag am Schopf packen und alles herausschütteln, was an Glück darin verborgen ist. Und vielleicht wird sogar Nick morgen Abend da sein.

»Wozu hast du heute Lust?«, fragt Vivian.

»Essen, trinken, einkaufen, baden. Und ein bisschen Liebe.« Frida wickelt sich in die Bettdecke und steht vorsichtig auf. Es geht gut, der Schmerz ist kaum noch zu spüren. Sie setzt sich vor die Frisierkommode und zieht eine Kette aus dem bestickten Beutel, in dem sie ihren Schmuck aufbewahrt.

Im Spiegel begegnet sie Vivians Blick.

»Liebe gibt es erst wieder nach der Vernissage.« Vivian hält Fridas roten Rock in der Hand und betrachtet den Riss. »Du brauchst deine Kraft.«

»Nichts gibt mir so viel Kraft wie ein guter Liebhaber.«

»Wie schade, das ist richtig zerrissen. Soll ich das reparieren lassen?«

»Gib her, ich mach das selbst.«

»War das Julien?«

»Möglich. Er hat mich fotografiert.« Sofort bereut sie den Satz.

»Im Bett?«

»Nein. Aber nackt. Also ... na ja ... nur halb nackt. Aber behalte es für dich, das muss nicht jeder wissen.«

»Sei vorsichtig. Wenn dein Mann das erfährt, dreht er durch. Nach allem, was ich von ihm gehört habe.«

Frida dreht sich wütend zu ihr um.

»Hör mal, *chica*, das ist nicht deine Angelegenheit, oder? Sag du mir nicht, was ich zu tun habe!«

»Äh sorry, ich wollte nur ...?«

»Was? Mir einen Rat geben? Bin ich nicht alt genug, um zu wissen, was ich tue? Und nur weil ich ein Krüppel bin ...«

»Frida, du bist doch nicht ...«

»... musst du mir nicht sagen, wann ich vorsichtig zu sein habe. Verstanden?«

»Schon gut.« Vivian geht zum Bett und hebt das Glas auf.

»Außerdem und weil es dich offenbar so sehr interessiert: Diego und ich sind nur noch Freunde. Dem ist egal, was ich mache.«

»Klar, Frida, tut mir leid.«

Frida atmet einmal tief durch. Sie schaut Vivian nicht an, als sie sagt: »Vergiss es. Geh doch schon mal runter, ich komme, so schnell ich kann.«

Vivian nickt und zieht leise die Tür hinter sich zu.

Frida lässt die Kette auf der Glasplatte des Frisiertischchens liegen und geht ins Bad. Die mattgelben Kacheln, abgesetzt mit einem schmalen schwarzen Streifen, glänzen edel und kostbar. Sie mag das Gefühl, eine antike Königin zu sein, wenn sie badet. Das Barbizon Plaza liegt an der 6th

Avenue/58th Street, nur einen Block vom Central Park entfernt. Für eine überzeugte Kommunistin völlig unpassend, hätte sie früher gesagt, aber von Diego hatte sie gelernt, dass Kommunisten in den USA sogar weiße Dinnerjackets tragen dürfen, wenn sie bei den Kapitalisten etwas erreichen wollen.

Als Frida mit Diego vor sieben Jahren zum ersten Mal in New York war, konnte sie der Stadt nicht viel abgewinnen. Es kam ihr vor, als lebten die Menschen hier in Käfigen oder Backöfen. Sie hatte die Gesichter der alten Damen sogar als ungebackene Brötchen bezeichnet. Heute tut ihr das leid. Seit ihrer kleinen Flucht in die Staaten, kurz nach der Katastrophe, nach Diegos Verrat vor vier Jahren, hat sie New York ins Herz geschlossen. Inzwischen fühlt sie mehr Verständnis für seine Bewohner und bewundert ihre Kühnheit und ihren fast schon fanatischen Glauben an Fairness und Fleiß. Die New Yorker leiden außerdem an Rastlosigkeit und sind nicht glücklich, wenn sie nicht jede Woche mindestens eine Theaterpremiere und zwei Restaurantbesuche absolvieren können, ganz abgesehen davon, dass sie ständig ins Kino gehen und in Bars sitzen. Neue Bücher, Filme, Opern – alles gibt es hier im Überfluss. Und auch wenn es niemand schafft, immer *up to date* zu sein, so wollen die New Yorker wenigstens über alles reden können. Deshalb kaufen sie mehrfach am Tag eine Zeitung, und die Mitarbeiter der Feuilletons sind bei ihnen hoch angesehene Leute.

Frida findet, dass sie selbst sehr gut in die Stadt passt. Jeden Tag wandelt sie in ihren bunten Kleidern und mit Blumen oder Bändern im Haar durch die Straßen und freut sich, wenn die Leute ihr hinterherschauen. In New York gibt es ordentliche Cocktails, wenn auch nur selten gutes Essen, aber dafür sympathische, herzliche Menschen. Sie hat Freunde hier. Leute, mit denen sie abends trinken und denen sie mexikanische Lieder vorsingen kann. Außerdem wird sie ihre Bilder präsentieren und Kontakte zu Sammlern knüpfen. Deshalb hat sie sich auf die Reise gefreut. Wenn alles gut geht, wenn ihr Fuß und ihr Rücken mitmachen, wird sie bis zum Frühjahr hierbleiben.

Beim ersten Mal kam sie als Diegos kleines Mädchen nach New York, beim zweiten Mal als betrogene Ehefrau mit blutendem Herzen. Jetzt kommt sie als Eroberin: Frida Kahlo, die Malerin.

San Ángel, Frühling 1938

»Das ist ein Ritterschlag, *mi amor*«, sagt Diego, als sie ihm von Levys Angebot erzählt, ihre Bilder in seiner Galerie zu zeigen. »Das feiern wir, wir geben eine große Abschiedsparty, bevor du ins Gringoland fährst.« Sanft löst er die Hände des kleinen Affen Fulang-Chang von seinem Hals und setzt ihn auf den Tisch im Patio. Das Tier springt sofort zurück und umklammert Diegos Unterarm mit Händen und Füßen. Als Diego aufsteht und in die Küche geht, schwingt das Äffchen hin und her, seinen Kopf auf Frida gerichtet.

»Nimm die Teller mit, Dickwanst«, ruft Frida hinter ihm her, aber Diego reagiert nicht. Er holt zwei Gläser und eine Flasche Tequila und knallt sie auf den Tisch. Zwei Orangen kullern zum Rand des Tisches, auf dem sich Zeitungen stapeln und Arzneifläschchen zwischen Spielzeugen von Fu-lang-Chang liegen. An manchen Tagen ist ihnen jeder Anlass zu trinken recht. Und warum braucht es überhaupt einen An-lass? Es ist ein warmer Abend im Frühling, die Luft schmiegt sich weich und voller Düfte auf die Haut. Frida zieht die Blu-menschale unter einer aufgeschlagenen Zeitung hervor und stellt sie in die Mitte des Tischs.

Ihre Schwester Cristina war mit den beiden Kindern ge-kommen und hatte die Post aus der Casa Azul mitgebracht. Sie hatten zusammen gekocht und gegessen, aber dann wur-den die Kinder müde, und Cristina fuhr nach Hause. Jetzt sitzen Frida und Diego alleine am Tisch, heute ohne Besuch, ohne Menschen, die sie voneinander wegziehen könnten, wie es der Schiedsrichter im Boxring mit den Kontrahenten macht, wenn sie sich ineinander verkeilt haben.

Sie sind getrennt und verbunden in ihrem Atelierhaus, der Casa Estudio in San Ángel. Das Haus erregt immer noch Aufsehen. Ihr Freund Juan O'Gorman, Architekt und Maler, hatte ihnen diesen extravaganten kleinen Palast gebaut, der aus zwei Würfeln besteht. Diego bewohnt den größeren roten Kubus, Frida den kleinen blauen. Die Brücke zwischen den beiden Häusern ist versperrt, sie benutzen sie nicht mehr, seit jenem schrecklichen Tag, als Frida entdeckt hatte, dass Diego sie mit ihrer Schwester betrog. Frida war ausgezogen und wieder zurückgekehrt. Jetzt leben sie in einem ungeklär-ten Frieden, den sie sich jeden Tag wieder von Neuem er-arbeiten müssen. Manchmal ist es nur ein halb garer Waf-fenstillstand, der immer wieder von kleinen Scharmützeln unterbrochen wird.

Diego schenkt ihnen beiden ein, steht auf und hebt sein Glas.

»Auf dich, Friducha. New York! Da musst du hin, mein Mädchen, unbedingt. Du wirst Sammler treffen, Kritiker, Künstler, Autoren, Verleger, Schauspieler! Lauter wichtige Leute! Ich könnte fast neidisch werden, aber ich kann jetzt nicht hier weg.« Seine Stimme hallt zwischen den beiden Kuben hin und her. »Du wirst es allen zeigen, ich weiß es!«

Breitbeinig steht er vor ihr, groß und wuchtig. Er fährt sich mit der einen Hand durch die drahtigen kurzen Haare, während die andere mit dem Glas herumfuchtelt und eine Referenz andeutet. Schließlich verbeugt er sich wie ein Zirkusdirektor und verzieht dabei seinen breiten Mund zu einem freundlichen Lächeln.

»Frida Kahlo, bitte schön, *la reina*, die Königin!«

Frida lehnt sich auf dem Stuhl zurück und verschränkt die Arme vor der Brust. Sie hat Schmerzen. Die vierte Operation ihres verdammten Fußes liegt erst wenige Wochen zurück. Diego hat sich wieder gesetzt und schenkt nach. Mit dem Glas in der Hand deutet er auf sie.

»Du hast eine eigene Sprache, einen ganz besonderen Stil. Deine Bilder sind voller Schmerz und Schönheit. Sie sind wahr!«

Sein Blick ist zärtlich. Ein wenig wie früher, denkt Frida. Diego ist freigiebig mit seiner Zärtlichkeit, er hat genug davon, sie wächst ihm aus den Fingern, den Augen, aus dem ganzen verdammten Mann. Und jede Schlampe holt sich was davon ab. Vor allem die Amerikanerinnen laufen ihm nach wie Hündinnen.

»Ich werde allen unseren Bekannten in New York schreiben«, fährt Diego fort, und seine Aussprache ist nicht mehr ganz akkurat, »damit sie zu deiner Ausstellung kommen, den Turners, den Rockefellers und überhaupt … Gib mir einen Zettel, ich mache eine Liste mit allen wichtigen Namen.«

»Ich weiß noch gar nicht, ob ich fahre.« Frida legt die Hände flach auf den Tisch und zählt ihre Ringe. Es sind sieben.

»Was? Bist du verrückt?«

»Vielleicht will ich gar nicht fahren.«

»Aber du … das ist deine Chance!«

»Du meinst, das ist deine Chance, *panza*? Wenn ich weg bin, kannst du hier herumvögeln, wie du willst, morgens, mittags und abends. Immer und überall, sogar hierher kannst du die Huren schleppen, in mein Haus und in mein Bett. Das ist es doch, worum es dir geht! Mich wegschicken, damit du endlich machen kannst, was du willst, du mieser Kerl. Froschgesicht, du kannst mich mal!«

Frida steht auf und humpelt zu ihrem blauen Kubus.

Diego schreit ihr hinterher: »Du mich auch, du Hexe! Ich weiß schon lange, dass du keine Gelegenheit auslässt, den Kerlen schöne Augen zu machen! Du bist mindestens so unersättlich wie ich. Du machst es nur heimlich. Und das ist noch schlimmer!« Er wirft eine Orange nach einem Kaktus am Rand des Grundstücks. Sie zerplatzt, und der Kaktus sieht aus, als habe man ihn verwundet. Diego wirft noch eine zweite Orange hinterher. »Du bist eine durchtriebene kleine Schlampe, das wissen alle! Und hast du nicht gesagt, wir sind jetzt Freunde? Redet man so mit einem Freund?«

Frida kommt zurück, und sie streiten weiter, wie sie es

oft tun, ihr Vorrat an Schimpfwörtern ist groß. Sie trinken, schreien, schimpfen, er haut auf den Tisch, und sie wirft die Stühle um.

Am Ende sitzen sie sich müde gegenüber, an ihrem langen Tisch im Patio zwischen ihren Häusern, ihren Bastionen. Nur sie beide und das, was von ihrer Ehe übrig ist. Zwei wütende, enttäuschte Menschen, die sich nicht festhalten und nicht loslassen können. Diego reicht seine Hände zuerst über den Tisch. »Komm her, meine Süße, ich brauche dich, Frida, *niña* ... Sei friedlich, kleine böse Frau, du weißt, dass ich gar nicht ohne dich sein kann ...«

Er steht auf, greift nach ihr und zieht sie um den Tisch zu sich herüber, setzt sich wieder, hebt sie auf seinen Schoß und küsst sie. Sie nimmt sein Gesicht in die Hände und sieht ihn an. Es geht nicht mit ihm, und es geht nicht ohne ihn. Noch nicht.

»Gut, ich fahre nach New York und werde dort jedem erzählen, dass du ein Schwein bist.«

»Du sollst Bilder verkaufen und neue Bilder malen. Oder wenigstens ein paar Zeichnungen. Und jetzt lass mich in Ruhe, ich will die Liste schreiben.«

Frida zieht das Tuch um ihre Schultern fester und geht um die beiden Häuser herum. Um den großen und den kleinen Kubus mit der toten Brücke. Ihr Freund, der Architekt, wusste es schon vor ihnen. Sie sind getrennt und verbunden auf ewig.

Der Mond scheint auf die beiden Würfel und die Kakteen, die entlang der Grundstücksgrenze wachsen. Sie stehen in einer ordentlichen Reihe, wie armlose, kopflose Soldaten.

»Die Armee der Verkrüppelten beschützt die Riveras, Gott sei uns gnädig«, seufzt Frida.

Als sie später in den Patio zurückkommt, ist Diego eingeschlafen und schnarcht. Sein Kopf liegt auf einem Brief. Frida zieht das Papier vorsichtig unter Diego hervor. Der Brief ist für einen Sammler, der ein paar Gemälde von Diego besitzt. »Sie müssen Fridas Ausstellung in der Galerie Levy besuchen, mein Freund«, liest sie jetzt, »ich empfehle sie Ihnen nicht als ihr Ehemann, sondern als großer Bewunderer. Ihre Bilder sind beißend und zart zugleich, hart wie Stahl und fein wie Schmetterlingsflügel.«

Frida streicht Diego über den Kopf. Sie holt eine Decke und legt sie über den schlafenden Riesen. Dann setzt sie sich und lehnt sich an ihn.

New York, 31. Oktober 1938

Als Frida und Vivian das Barbizon Plaza verlassen, sprechen die beiden Journalisten sie an. Ob sie Mrs Kahlo beim Stadtbummel begleiten dürfen? Ein paar Fragen stellen und Fotos machen?

Das Wetter ist auch heute wieder mild, Frida trägt nur ein grünes Wolltuch über einer roten Bluse und einem schwarzen Rock, der mit Blumen bestickt ist. Um den Hals hat sie eine lange silberne Kette gewunden, an der ein Anhänger aus Stein baumelt. Grinsend hält sie ihn Vivian vor die Nase.

»Gegen die Marsmenschen …«

Vivian reagiert nicht.

Frida hat die Haare straff nach hinten gekämmt und zu einem tiefen Knoten geschlungen. Sie trägt Stiefel, die sie beim letzten Besuch in der Elizabeth Street gekauft hat, genauso wie die kleine mit Glasperlen besetzte Tasche, die aus einem Trödelladen stammt und einmal einer reichen Dame beim Opernbesuch gedient haben könnte. Als ein feiner Nieselregen einsetzt, winkt Vivian ein Taxi heran, und sie fahren zu viert nach Little Italy, wo Frida Haarspangen und Likör kauft, während der Fotograf ein paar Aufnahmen von ihr macht und der Reporter mit Vivian flirtet. In dieser Gegend wirkt Frida nicht ganz so exotisch wie in Midtown oder Upper Manhattan.

Sie genehmigen sich einen Espresso an einem klebrigen Holztisch in der Mulberry Street. Frida lässt sich einen ordentlichen Schuss Amaretto in die Tasse geben und betrachtet die Szene zufrieden. Die Besitzer der schmalen Lädchen benutzen die Hausfassaden als Erweiterung ihrer Schaufenster und hängen Teppiche, Stühle, Tischdecken, Anzüge und Lederstiefel daran. Auf der anderen Straßenseite stehen dicht an dicht die Karren der Obst- und Gemüsehändler. Wenn zwei Pferdefuhrwerke aneinander vorbeifahren wollen, gibt es immer etwas zu sehen, besonders für die Matronen aus dem ersten Stock, die sich einen Schemel auf den Balkon gestellt haben und sich über die Straße hinweg kurze schrille Sätze zurufen, die wie Kommandos klingen, aber eigentlich nur verschlüsselter Klatsch sind. Kleine Kinder hocken in langen Hemdchen neben ihnen und verfolgen sehnsüchtig die Abenteuer der großen Geschwister auf der Straße. Ein Mann in Unterhemd und Hosenträgern raucht auf einem Balkon. Er folgt dem Ruf einer heiseren Frauenstimme ins Zimmer und zieht den Vorhang sorgfältig hinter sich zu.

Frida und ihre Begleiter gehen nach dem Espresso an den Marktkarren vorbei und essen gegrillten Fisch in einem Lokal direkt hinter den Ständen.

»Gestern war ich mit Julien in seiner Bank an der 5th Avenue. Plötzlich standen ein paar Kinder neben mir und fragten mich, wo der Zirkus sei, in dem ich auftreten würde.«

Die anderen lachen, aber ihr Blick sagt Frida, dass sie die Frage der Kinder für gar nicht so dumm halten.

Unter dem Tisch legt der Fotograf seine Hand auf Fridas Knie und lächelt. Frida schiebt die Hand weg und fragt, ob er Nickolas Muray kenne.

»Klar. Nicht persönlich. Ist ja ein richtiger Star. Fotografiert alle *celebrities* in der Stadt. Geschichte wie im Märchen, hab ich gehört. Kam mit nichts als ein paar Dollar nach New York, stammt irgendwo aus dem Osten, aus Europa, glaube ich...«

»Ungarn«, ergänzt Frida und bemerkt nicht, dass Vivian sie interessiert anschaut.

»Genau, irgendwo aus dem Osten. War damals ein armer Schlucker. Und... zack! Heute hat er ein großes Studio mit zig Angestellten. Jedes Hochglanzmagazin druckt seine Fotos. Der könnte sogar sein Klo fotografieren, und die Zeitungen würden es kaufen.«

»Was heißt das? Zack?« Fridas Augen haben sich verengt, ihre Stimme klingt ruhig, aber Vivian merkt, dass sie schon wieder wütend ist.

»Weiß nicht. Zack wie Glück? Schicksal? Wenn ich es wüsste, würde ich es sofort nachmachen, Mrs Kahlo.«

Frida steht auf und blickt dem jungen Mann ins Gesicht. Sie greift nach seinem Kinn und lächelt süß, während sie hart zufasst.

»Versuchen Sie es doch mal mit harter Arbeit, junger Mann. Mit Fleiß. Und mit Genialität. Dann klappt es mit Zack vielleicht auch bei Ihnen, wer weiß?«

Sie sieht sich nach ihrem Umhang und ihrer Tasche um.

»Ruf uns ein Taxi, Vivian.«

Auf der Fahrt Richtung Uptown fragt Vivian beiläufig: »Du kennst ihn, oder?«

»Wen?«

»Den Fotografen. Nickolas Muray.«

»Er ist ein Freund von uns. Jedes Jahr verbringt er ein paar Wochen in Mexiko. Aber dieser Idiot gerade...«, Fridas Hände zerknüllen unsanft ihren schönen Umhang, »... der kapiert überhaupt nicht, dass Nick für seinen Erfolg hart gearbeitet hat. Ich kann es nicht ausstehen, wenn so ein großmäuliger Wicht über Nick redet, als habe der nur Glück gehabt.«

»Ich hab ihn bei Julien getroffen. Guter Typ irgendwie. Aber schon ein bisschen alt.«

Frida schaut sie befremdet an. »Mit sechsundvierzig?«

Vivian verdreht die Augen. »Ich bin zwanzig!«

»Wenn du einen Mann wie Nick als ein bisschen alt bezeichnest, dann bist du wirklich ein Baby.«

Vivian schaut zum Fenster hinaus und zieht eine Grimasse. Hoffentlich bessert sich ihre Stimmung heute noch, denkt sie.

An der 5th Avenue, Ecke 54th Street steigen sie aus. Vivian tänzelt herum und ahmt dabei einen bekannten Slogan aus der Radiowerbung nach: »*Drei Marken sind es, die auf der ganzen Welt jeder kennt: Singer Nähmaschinen, Coca-Cola und Elizabeth Arden.* Und hier sind wir schon. Du willst einen neuen Lippenstift aus New York? Bitte schön! Es muss nicht immer Revlon sein.« Sie deutet auf die rote Tür des vornehmen großen Hauses.

Inzwischen hat es stark zu regnen angefangen, und sie stellen sich rasch unter die rote Markise vor dem Schaufenster. Frida schaut sich die Auslagen an, während Vivian ungeduldig von einem Bein aufs andere tritt. Ihre Riemchenpumps haben dünne Sohlen, und sie will schnell hineingehen.

»Die Lombard benutzt nur Produkte von Arden und sagt, sie seien fantastisch. Für Hollywood gibt es eine ganze Serie. Wir nehmen das im Theater auch … wenn gerade mal Geld da ist.«

Ein Portier öffnet ihnen die auffällige Tür, und sie stehen in einem eleganten Treppenhaus.

»Wir müssen in den ersten Stock, okay?« Frida nickt, und sie steigen die Treppe hinauf.

»Ich hab gesehen, dass du für deine Lippen *Everything's Rosy* von Revlon benutzt. Die Farbe sieht toll bei dir aus. Aber Arden hat auch sehr schöne Rottöne.«

Frida spürt ihren rechten Fuß, ihr Knie, die Hüfte. Sie ist müde.

»Anmalen lasse ich mich von denen nicht, *claro*?«

Die Treppe mündet in einem ovalen Empfangsraum mit einem glänzenden schwarz-weißen Marmorfußboden. In der Mitte steht eine weiße Bodenvase mit roten Gladiolen. An der Wand hängt ein breiter Spiegel. Frida wirft einen Blick hinein. Sie und Vivian sehen aus wie zwei Puppen in einem Regal für Riesenkinder, eine mexikanische und eine amerikanische. Über der Tür steht »Elizabeth Arden – der Beautysalon«. Auch hier öffnet ein livrierter Türsteher mit einem Lächeln. Parfumduft schlägt ihnen entgegen. Frida blickt sich um, der Boden ist mit einem roten Teppich ausgelegt, und an der Decke hängen große milchweiße Lampen wie Hochzeitstorten. Gegenüber vom Eingang nimmt ein hoher Schrank mit Glastüren die ganze Wand ein. Darin sind die Produkte ordentlich aufgereiht wie in einem Museum. Auf der Theke davor Kristallflakons mit roten Etiketten. Seitlich lädt eine elegante Sitzgruppe in rot-weiß gestreiftem Chintz zum Sitzen ein. An den freien Wänden hängen Fotos von schönen Frauen, die verklärt in die Kamera lächeln oder mit geschlossenen Augen irgendeine Gesichtsbehandlung zu genießen scheinen, bei der Schwämme, Bürstchen oder seltsame Apparaturen aus Metall zum Einsatz kommen.

Da sich niemand vom Personal blicken lässt, geht Frida an der Wand entlang und studiert die Fotos. Ein sehr großer Abzug zeigt eine Gruppe von Frauen in Bademänteln, die andächtig einer Person im weißen Kittel lauschen. Sie hält ein Gerät in der Hand, das wie ein mit Draht umwickeltes Nudelholz aussieht. Darunter steht, die Dame im Kittel erläutere hier die Funktion eines *Slimmers*. Amerikanerinnen haben für alles ein Gerät, denkt Frida, sie kennt das aus den Küchen ihrer hiesigen Freundinnen. Was man in Mexiko mit Messern, Tontöpfen, Holz und einem einfachen Herd zubereitet, dafür braucht man in den USA mehrere elektrische Geräte.

»Das ist auf ihrem Landsitz bei Mount Vernon in Maine«,

flüstert Vivian neben ihr. »Sie nennt ihr Anwesen jetzt *Beauty-farm*. Dort kannst du dich eine Woche lang verschönern lassen. Ist bestimmt sehr teuer.«

»Kann ich Ihnen helfen?«

Eine lächelnde Verkäuferin in einem schwarzen Kleid mit roten Knöpfen steht plötzlich hinter ihnen. Sie sieht wie ein Ladenmädchen bei Joaquín aus, wo es die leckersten Kuchen in Mexiko-Stadt gibt, aber Frida weiß, dass es keinen Zweck hat, sie nach einer Tasse Kaffee und *dulces* zu fragen.

Die kurz geschnittenen schwarzen Haare des Mädchens glänzen wie ein Helm aus Krähenfedern. Sie mustert Frida, und ihre Mundwinkel zucken dabei, als wüsste sie nicht, ob sie sie nach oben oder nach unten ziehen soll.

Als Vivian die pikierte Miene der Verkäuferin bemerkt, stellt sie sofort ihre lässigste Upper-East-Side-Hochnäsigkeit dagegen, flatternde Augenlider und schleppende Stimme. Ob die Verkäuferin so freundlich wäre, der bekannten mexikanischen Malerin Frida Kahlo eine Auswahl an roten Lippenstiften zu zeigen? Sie klingt gelangweilt, so als sei die Verkäuferin ein dummes Kind, und es wirkt. Das Mädchen nickt freundlich und deutet auf die Theke, aber Vivian steuert die Sitzgruppe an.

Frida will ihr folgen, aber als sie spürt, wie ihre Stiefel tief in den Teppich einsinken, bleibt sie für einen Moment stehen, fühlt die Weichheit des Bodens und genießt, wie er nachgibt. Wie schön müsste es sein, sich jetzt hinzulegen, mit ausgebreiteten Armen in das warme Rot zu sinken, den Hinterkopf weich gebettet, mit jedem Finger eine Rille zu graben. Im nächsten Augenblick ist sie bei Vivian.

Bevor sich die beiden setzen, geht die Tür auf, und eine helle Frauenstimme ruft: »Vivian! Also jetzt kenne ich dein Geheimnis!«

Eine Nixe schwimmt ihnen entgegen. Statt Fischschwanz trägt sie ein silbern glitzerndes Kostüm und einen aquamarinfarbenen Schal. Ihre Haare sind leuchtend rot, und ihre helle Haut schimmert, als stünde sie im Wasser. Frida kennt die Nixe, und sie weiß auch, dass sie schöne Beine hat, die sie auf einer Party vor zwei Jahren um Nick geschlungen hatte, als er zu betrunken war, um sich zu wehren. Nick trinkt kaum und raucht selten. Er ist verloren, wenn man ihm einen Cocktail zu viel einflößt.

Vivian begrüßt die Nixe mit einem Lächeln. Zu Frida, die sich auf das Sofa gesetzt hat, sagt sie: »Das ist Margaret Robinson, wir kennen uns von der Schauspielschule. Margaret, kennst du Frida Kahlo?«

»Selbstverständlich. Wir sind uns schon begegnet, vor ein paar Jahren.« Sie reicht Frida eine Hand, die in einem hellgrauen Wildlederhandschuh steckt. »Ich habe gehört, dass Sie morgen bei Julien ausstellen! Wenn ich es schaffe, komme ich natürlich.«

Vielleicht ist es freundlich gemeint, vielleicht auch nicht. Frida ist sich bei den Amerikanerinnen nicht immer sicher. Sie jonglieren gekonnt mit ihren höflichen Floskeln, während Frida sich nur auf ihren Instinkt verlassen kann, um zu ergründen, was eigentlich dahintersteckt. Obwohl ihr Englisch inzwischen ganz passabel ist, fühlt sie sich einfältig und schwerfällig neben diesen Gringas. Sie zwitschern sich ihre kleinen Sensationen im federleichten Plauderton zu, und sie muss sich anstrengen, um zu verstehen, worum es geht, um mitreden zu können. Wenn sie getrunken hat, fällt es ihr leichter.

»Qué gusto verte«, sagt Frida höflich, als würde sie sich wirklich freuen, sie wiederzusehen. »Soll ich Sie auf die Gästeliste schreiben lassen?«

Das ist, wie sie zugeben muss, definitiv nicht freundlich, denn es gibt natürlich keine Gästeliste, zur Vernissage kann jeder kommen. Das Lächeln auf Margarets Gesicht friert ein. Vivian spürt die Spannung zwischen den beiden Frauen und zieht Margaret zur Vitrine. Die junge Verkäuferin bringt ein Tablett mit einer Auswahl von Lippenstiften, einem Handspiegel und einer Kleenex-Box.

Bevorzugen Sie Rosétöne oder lieber dunkle Rottöne?

»Rot«, sagt Frida und nimmt einen der Stifte in die Hand. Goldfarbenes, schweres Metall, das gefällt ihr. Ihre Revlon-Stifte sind auch so. Ein junges Mädchen in einem einfachen schwarzen Kleid mit weißer Schürze erscheint und stellt zwei kleine, mit Wasser gefüllte Gläser und eine Schüssel mit Bonbons ab. Frida trinkt das Glas sofort aus und spürt, dass sie Lust auf einen Drink hat. Vielleicht sollte sie mit Vivian die nächste Bar ansteuern. Wenn es nicht anders geht, nehmen sie die Nixe eben mit.

Sie entscheidet sich für einen Lippenstift mit dem Namen *All Day Afternoon Red*, ein warmes Weinrot. Vivian, die inzwischen bei Frida sitzt, ist begeistert, und auch die Nixe findet die Farbe schön, als sie sich zu ihnen gesellt. »Für mich wäre sie zu auffällig, aber bei Ihnen sieht es sehr passend aus.« Frida grinst. Die ist ja nicht blöd, die Nixe, denkt sie.

»Vámonos, wir gehen was trinken, kommen Sie mit?«

»Darf ich Ihnen noch unsere neue Puderkreation vorführen?« Die Verkäuferin baut sich vor Frida auf, damit sie nicht aufstehen kann. Frida benutzt kein Puder, aber bevor sie etwas sagen kann, hat die Verkäuferin eine große weiße Dose geöffnet, tupft eine roséfarbene Puderquaste hinein, schüttelt sie in der Luft aus – und Frida sieht eine zarte Wolke auf sich zuschweben. Glitzernde Funken blinken darin. Ihr wird eiskalt.

»Darf ich? Es ist unsere Neuheit und sehr beliebt bei den Kundinnen. Wie Sie sehen, hat Elizabeth Arden winzige Goldpartikel hineingemischt. Sie verleihen Ihrer Haut einen besonders edlen Schimmer, schauen Sie ...«

Die Puderquaste nähert sich bedrohlich, und Frida reißt die Augen auf. Sie will *»No, no, no«* schreien oder wenigstens mit dem Arm das Gesicht vor der funkelnden Wolke schützen, aber sie sitzt da wie versteinert. Festgenagelt auf dem kleinen Sofa starrt sie auf die Wolke, die wabernd auf ihr Gesicht zusteuert und alles in einen Nebel einhüllt, in dem es golden aufblinkt. Sie weiß, dass die Wolke sie begraben wird und die Quaste ihr den Tod bringt. Frida dreht den Kopf weg, aber die Quaste verfolgt sie, und schon riecht sie den parfümierten fedrigen Stoffball. Noch bevor er ihr Gesicht berührt, weiß sie, wie er sich anfühlt und dass sie keine Luft kriegen wird, wenn er sie erwischt.

In diesem Moment ist sie wieder achtzehn Jahre alt und sitzt im ruckelnden Bus neben Alejandro. Sie hört das Quietschen der Straßenbahn, die sich in den Bus frisst. Sie erlebt noch einmal, wie der Aufprall sie von ihrem Sitz hochreißt, sie durch die Luft wirbelt und sie hart auf dem Boden aufschlägt. Da ist wieder der unsagbare Schmerz in ihrem Unterleib, als sich die Eisenstange durch ihren Körper bohrt, sekundenschnell und zugleich langsam wie eine Schnecke. Frida will schreien und bleibt doch stumm, sie reißt nur die Augen auf. Für eine Sekunde wird die Welt in gleißendes Licht getaucht und verliert ihr Geheimnis. Lächerlich, dass das Ganze nicht einmal eine Minute dauert, es sind nur wenige Sekunden, die alles verändern, ihr Leben und das von anderen.

An diesem Nachmittag des 17. September 1925 im Zentrum von Mexiko-Stadt werden manche Menschen bei dem schweren Unfall sterben, während andere nur eine Schramme davontragen. Der Anstreicher, der neben ihr im Bus gestanden hat, geht unverletzt nach Hause. Als er zur Tür hereinkommt, fragt ihn seine Frau, wo das teure Goldpulver ist, das er kaufen wollte. Mit leiser Stimme, so leise, dass seine Frau nachfragen muss, erzählt er ihr, das Paket sei bei einem Unfall verloren gegangen. Sie beginnt zu klagen, aber da nimmt er ihre Hand, ganz sanft, wie es sonst nicht seine Art ist, und jetzt flüstert er nur noch, das Pulver sei über einem jungen Mädchen zerplatzt, das wie tot auf dem Boden gelegen hätte, die Augen weit aufgerissen, ihr junger Freund habe weinend neben ihr gehockt. Sie sei bestimmt gestorben, denn eine Eisenstange habe sie durchbohrt, das habe er zwischen ihren zerfetzten Kleidern erkennen können. Er habe gesehen, dass sein Goldpulver sich auf ihrem blutigen Bauch verteilt habe. Und das kann doch niemand überleben, sagt er zu seiner Frau, die inzwischen ganz still ist und sich hingesetzt hat. Oder das Mädchen sei fortan verkrüppelt, für immer gezeichnet. Die Frau des Anstreichers schweigt und lässt ihn für den Rest des Tages in Ruhe. Sie werden auf neues Gold-pulver sparen.

All das sieht Frida, während sie auf die Puderquaste von Elizabeth Arden starrt, und endlich schießt sie doch vom Sofa hoch, stößt die Verkäuferin weg und hastet aus dem Verkaufssalon ins Treppenhaus. Schwer atmend lehnt sie sich an das Geländer, lässt sich auf die Stufe sinken und schließt die Augen. Aber es nützt nichts, weil der Alptraum noch nicht zu Ende ist. Ihr Alptraumfilm geht weiter. Während Vivian den Lippenstift bezahlt, Fridas Umhang und Tasche aufsammelt und die Verkäuferin weint, weil sie gestürzt ist, und die Nixe nur schweigend von einem zum anderen blickt, sieht Frida das Puppentheater ihres Lebens von oben. Der Tod ist der Spieler, er hat die kleine, blutende Frida-Puppe hochgerissen und mit hinter die Bühne genommen. Dort hält er sie in das grelle Licht der Wahrheit, das sich hinter den Kulissen befindet. »Schau her«, sagt er zu ihr, »schau dich um, vielleicht bist du bald wieder hier.« Dann hatte er sie zärtlich wieder in den Bus gelegt, der halb zerdrückt auf der kleinen Bühne steht, er hatte das Goldpulver über ihr verstreut und war verschwunden.

Frida hatte auf dem Rücken gelegen, aufgespießt und zerquetscht, und sie hatte in viele erschrockene Gesichter geblickt. Da war Alejandro, dessen Augen so aufgerissen waren wie ihre, seine Tränen tropften auf ihre Wangen. Sie wollte ihm sagen, sie hätte jetzt alles gesehen, was es auf dieser Welt zu sehen gäbe, er solle ihr die Augen schließen und sie sterben lassen.

Später waren es die aufgerissenen Augen der Ärzte und

Schwestern, dann die ihres Vaters. Jeder, der sie sah, hatte zuerst die Augen aufgerissen und dann den Blick abgewandt. Niemand konnte dem standhalten, was ihre Augen sagten: »Ich kenne das Nichts. Ich habe alles gesehen.«

Jahre später hörte sie, wie jemand Diego fragte: »Warum malt Frida den Unfall nicht? Vielleicht würde es ihr helfen?«

»Sie malt ihn ja«, war seine Antwort gewesen, »sie malt ja nichts anderes. Der Unfall steckt in jedem verdammten Bild von ihr. Frida schaut die Welt anders an als wir alle.«

Da wusste sie, dass sie Diego für immer lieben würde. Er war der Erste, der sie verstanden hatte. Er stellte eine Verbindung her, die der Unfall durchtrennt hatte, und schloss damit die Lücke. Endlich konnte der Strom wieder fließen. Ohne ihn hätte sie nicht weiterleben können.

Weiß er das? Während Frida sich von Vivian und der Nixe die Treppe herunterführen und zum Ausgang bringen lässt, während sie die nächste Bar ansteuern und sie den Gin Tonic trinkt, den ihr jemand in die Hand gedrückt hat, fragt sie sich zum tausendsten Mal, ob Diego es weiß. Und ob er sie beschützen wollte, als er ihr auszureden versuchte, das Maskenbild zur Ausstellung in New York zu schicken.

San Ángel, Frühling 1938

Als Diego die Arbeiten durchsieht, die sie ausgewählt hat, fischt er eine Bleistiftzeichnung heraus und legt sie zur Seite.

»Die lässt du hier.«

Frida stellt sich neben ihn.

»Du findest sie schlecht?«

»Das habe ich nicht gesagt. Sie ist sogar sehr gut. Aber sie gehört nicht in die Ausstellung. Behalte sie für dich, verstecke sie vor den Leuten.«

»Warum, *gordito*?«

»Du wirst sehen, dass ich recht habe, Friducha.«

»Nein, ich mag diese Zeichnung, sie gehört zu meinen guten Arbeiten. Ich will sie ausstellen.«

Diego nimmt die Zeichnung wieder in die Hand und studiert sie aufmerksam.

»Also, was sehen die Leute? Eine Frau auf einem Stuhl, die ein Blatt auf dem Schoß hält und mit der linken Hand etwas zeichnet. Die rechte Hand gibt es gleich fünfmal. Fünf Hände rücken ihren Kopf zurecht oder eine Maske.«

»Ja und?«

»Was denken die Leute darüber? Das kann ich dir sagen. Sie denken: Oh, diese Frau trägt ja eine Maske, sie zeigt mir gar nicht ihr Gesicht. Aber das ist doch das Gesicht von Frida Kahlo! Also ist das Gesicht auf ihren Bildern immer eine Maske? Wie sieht es dahinter aus? Lacht sie, weint sie?«

»Hör auf. Du weißt genau, dass es nicht so einfach ist.«

Frida setzt sich auf einen Stuhl und legt den rechten Fuß auf einen Hocker. Diego merkt, dass sie Schmerzen hat, er streicht ihr kurz übers Haar.

»Ja, ich weiß das. Und ein paar andere vielleicht auch. Sie fragen sich: Sind es überhaupt die Hände der Frau, oder gehören sie jemand anderem? Dem Schicksal? Gott? Und warum steckt der Stift in der linken Hand? Was ist das für ein wilder Haarschopf hinter ihrem Kopf, sitzt dort noch jemand?

Und je länger man schaut, desto unklarer wird das, was wir sehen. Bis wir am Ende völlig verwirrt sind und uns fragen: Ist es überhaupt Frida auf dem Bild? Oder jemand anderes? Aber das, Friducha, fragen sich nur die Leute, die sich Zeit nehmen für eine Bleistiftzeichnung. Die meisten werden das nicht tun, und stattdessen glauben sie, sie hätten mit diesem Bild einen Schlüssel zu dir. Und das ist der Gedanke, den ich nicht ausstehen kann.«

»Na und, sollen sie das denken, solange sie meine Bilder kaufen und ich Geld dafür bekomme, was soll's? Und außerdem: Du bist doch nicht der Einzige, der meine Bilder versteht.«

Diego seufzt und legt die Zeichnung wieder auf den Stapel.

»Mach, was du willst mit dem Scheiß.«

New York, 1. November 1938

Zum ersten Mal hat sie den Besuch auf dem Friedhof ausgelassen. In New York kann sie den *Día de Muertos*, den Tag der Toten, nicht so begehen wie in Mexiko. Hier liegen keine Verwandten von ihr begraben, und außerdem darf man in New York auf den Friedhöfen weder singen noch essen. Deshalb hat sie den 1. November im Metropolitan Museum verbracht und lange vor den Bildern von Claude Monet gestanden, zum einen, weil sie Monet liebt, zum anderen, weil sie weiß, dass Nick den Künstler einmal in Giverny besucht und fotografiert hat und sie sich ihm auf diese Weise ein bisschen näher fühlen konnte.

Als sie sich abends für ihre Vernissage in der Galerie Levy fertig macht, fragt sie sich, ob Nick heute Abend auftauchen wird. Inzwischen ist sie weniger traurig als wütend über sein Schweigen. Kurz nach ihrer Ankunft in New York hatten sie kurz telefoniert, und er sagte, er müsse beruflich für ein paar Tage nach Los Angeles, würde sich aber gleich melden, wenn er zurück sei. Das hat er bisher nicht getan, dabei müsste er längst zurück sein. Sie hatten sich so aufeinander gefreut.

Was ist passiert seit ihrer letzten Begegnung im September, als er ihre Bilder fotografiert hatte? Sorgfältig bürstet Frida ihre schwarzen Haare und schaut sich dabei im Spiegel an.

Sie hatten zuletzt wenig Zeit füreinander gehabt. Weil André Breton und seine Frau Jacqueline Lamba während ihrer Mexikoreise bei ihnen in Coyoacán wohnten, waren Diego und sie oft mit ihnen über Land gefahren, was Breton als »magische Inspiration« bezeichnete. Breton wollte aber auch viel Zeit mit Trotzki verbringen, der auf der Flucht vor Stalins Geheimagenten in Mexiko gestrandet war. Er verdankte es nicht zuletzt Diegos Einfluss, dass der mexikanische Präsident Cárdenas ihm und seiner Frau Natalja Exil gewährte. Seit Januar 1937 lebte er schon bei ihnen in der Casa Azul. So kam es, dass sich die Riveras im Sommer und Herbst in der Rolle geduldiger Gastgeber und fantasievoller Fremdenführer bewähren mussten.

Nick, der Breton nicht leiden konnte, hatte fast immer schlechte Laune, wenn sie sich gemeinsam trafen. Sie waren auch fast nie allein.

Es hatte nur sehr kurze, heimliche Treffen gegeben, gestohlene Momente, sagte Nick, denn sie hatten ihnen auch gar nicht wirklich gehört. Sie erinnert sich an schnelle, unzufriedene Blickwechsel über einen langen Esstisch hinweg, an dem zehn Leute saßen, die nichts von ihnen wissen durften. Es war nicht ihre beste Zeit gewesen, seit sie sich vor sieben Jahren kennengelernt hatten. Aber was konnten sie denn auch verlangen? Nick hatte seine dritte Scheidung hinter sich. Sie war noch immer verheiratet mit Diego. Der sie betrogen hatte. Den sie verlassen hatte. Aber damit war sie noch nicht frei. Stattdessen war sie mit tausend Fäden an ihren Ehemann geknüpft. Niemand kannte sie so gut wie er, und auch wenn sie manchmal glaubte, dass sie ihn abgrundtief hasste, so konnte sie sich ein Leben ohne ihn überhaupt nicht vorstellen. Er war der Felsen, an den sie sich klammerte, wenn die Schmerzen und die Angst vor einem frühen Tod sie überfluteten. Warum konnte Nick das nicht verstehen?

Nur bei einer Begegnung im Herbst waren Nick und sie unbeschwert gewesen. Nick hatte sie sehr waghalsig auf dem Markt von Coyoacán abgepasst, und weil sie allein gewesen war, hatte er sie in ein schickes cremefarbenes Cabriolet verfrachtet und war einfach losgefahren.

Frida sagte, sie fühle sich wie eine Gangsterbraut, woraufhin Nick seine rechte Hand ganz kurz in ihren Nacken legte, dann musste er gleich das Steuer wieder festhalten, weil der Wagen ständig schlingerte. Nick begann zu singen, ein ungarisches Lied. Sie verstand kein Wort davon, aber sie mochte es, ihn in seiner Muttersprache singen zu hören. Er war so eifrig bemüht, ein richtiger Amerikaner zu sein, dass er sein ungarisches Erbe mehr und mehr zu verlieren schien, was sie schade fand.

»Wenn du einmal durch das Nadelöhr Ellis Island gequetscht worden bist, dann hast du einen Teil deiner alten Identität verloren«, hatte er in einem der wenigen Momente gesagt, in denen er bereit war, von seiner Auswanderung zu erzählen. Er beschrieb ihr die bange Zeit des Wartens, die demütigenden Untersuchungen durch amerikanische Ärzte, die Angst, den entscheidenden Augenblick zu verpassen, in dem der eigene Name aufgerufen wird, falsch und daher fast unverständlich ausgesprochen von einem Beamten der Einwanderungsbehörde, der nicht einsah, dass er sich beim Vorlesen der polnischen, ungarischen oder österreichischen Namen Mühe geben sollte. »Wenn man diesen Moment verpasst hat, nach dem Aufruf sofort zur Schranke zu gehen, konnte es sein, dass sie dich von der Liste strichen und du zurück aufs Schiff musstest. Wir hatten höllische Angst davor und haben uns schon auf dem Schiff gegenseitig mit verballhornten Namen gerufen, um gewappnet zu sein.«

»Ungarisch ist eine schöne Sprache«, rief Frida durch den Lärm, den das Auto machte.

Nick sah sie an.

»Ist es ein schönes Land, Ungarn?«

»Ja, sehr!«

»Meine Vorfahren kommen auch aus Ungarn.« Das stimmte nicht, aber sie wollte so gerne etwas mit Nick gemeinsam haben, und der Gedanke gefiel ihr.

Nick lachte und schüttelte den Kopf. »Das glaube ich nicht. Du bist ein Geschöpf der mexikanischen Erde, meine aztekische Göttin.«

»Nur durch meine Mutter, aber mein Vater stammt aus Deutschland, und er hatte ungarische Vorfahren.«

»O weh.« Nick schlug spielerisch die Hand vor den Mund. »Am Ende sind wir noch verwandt?«

An einem See hatten sie angehalten und davon geträumt, wie schön es sein würde, wenn sie sich im Winter in New York sehen würden.

Frida versucht, ihre Erinnerungen scharf zu stellen und Bild für Bild zu betrachten. Aber es geht nicht. Der Film reißt ab in dem Moment, als Nick sich über sie beugt.

»Frida, na endlich, komm her, hier!« Julien winkt sie zu sich, als sie seine Galerie betritt.

Sie ist zu spät, und das ärgert ihn. Sie erkennt es an den herrischen Bewegungen seiner linken Hand. In der rechten hält er ein Glas, das er jetzt seiner Assistentin in die Hand drückt. Er wartet nicht, bis sie bei ihm ist, sondern bahnt sich einen Weg durch die Menge.

Die Galerie Levy ist zum Platzen gefüllt, die Luft feucht. Frida hat noch niemanden erkannt, fast schüchtern ist sie an der Tür stehen geblieben, wie eine Statue, steif und aufrecht.

Als Levy sie erreicht, umarmt er sie flüchtig. »Wo warst du denn? Vivian sollte dich doch pünktlich abliefern. Alle warten auf dich! Komm mit, die Kritiker wollen mit dir reden. Ganz wichtig.«

Levy nimmt ihr den nassen Umhang ab und schiebt sie sanft durch den Raum, die Leute treten höflich zur Seite, als sie begreifen, wer sie ist. Frida trägt einen langen Tehuana-Rock aus blauer Baumwolle mit Spitzen und Bändern. Darüber eine reich verzierte weiße Bluse und eine große Brosche an der Brust. An den Fingern stecken ihre sieben Lieblingsringe, die Nägel hat sie heute Nachmittag tiefrot lackiert. Als sie den bunt gemusterten Umhang mit den Fransen locker über ihren Schultern drapiert, klappern die silbernen Reifen an den Handgelenken. Sie hat die Haare hochgesteckt und rosafarbene Bänder hineingeflochten, und an den Ohren baumeln schwere präkolumbianische Anhänger.

Endlich entdeckt sie ihre amerikanischen Freunde Geena und Norman Turner. Sie kennen sich seit 1933, als Diego im New Yorker Rockefeller Center sein kapitalismuskritisches Wandgemälde *Der Mensch am Scheideweg* ausführte und darauf auch Lenin verewigte. Nelson Rockefeller verlangte von Diego, Lenin zu übermalen, was er verweigerte. In der hitzig geführten Kontroverse, die auch in den Zeitungen ausgetragen wurde, gehörten die Turners zu denen, die Diego den Rücken stärkten. Sie sind Mitglieder der hiesigen Kommunistischen Partei, fallen allerdings ebenso wenig durch Parteitreue auf wie Diego, bevor man ihn ausschloss. Als Rockefeller das Fresko ein Jahr nach seiner Fertigstellung zerstören ließ, standen die Turners protestierend vor dem Gebäude. Seit damals fühlt Frida sich ihnen verbunden, und sie schreiben sich regelmäßig. Beide sind belesen, humorvoll, gastfreundlich und bei vielen Künstlern sehr beliebt. Geena, groß und etwas behäbig, trägt heute wie fast immer ein unvorteilhaftes Kleid, und Normans Anzug sieht aus, als habe er ihn von jemand, der kleiner ist als er, geschenkt bekommen. Dass die eleganten Rockefellers ein paar Meter weiter stehen, ignorieren beide Paare geflissentlich.

Frida winkt ihren Freunden nur zu, denn Julien stellt sie jetzt dem ersten Kritiker vor, der sie interviewen will. Sie muss sich vor eines ihrer Gemälde stellen, damit die Fotografen ihre Arbeit machen können. Einer von ihnen sagt, sie sei das sechsundzwanzigste Kunstwerk in diesem Raum. Alle Umstehenden lachen, auch Frida.

»André Breton schrieb, Ihre Arbeiten seien wie ein farbiges Band um eine Bombe, hat er recht?« Der Mann vom *Time Magazine* trägt eine Hornbrille. Auf seiner blassen Stirn haben sich kleine Perlen gebildet. Die Spitzen seiner dunklen Haare sind feucht. Frida würde ihm gerne ein Tuch reichen, aber das geht natürlich nicht, vor allem nicht in New York. Frida findet den Mann sympathisch. Sie gibt sich Mühe mit der Antwort.

»Ich male, was ich sehe. Nicht, was ich träume. Ich war viel allein, und daher male ich nur Bilder, die in mir sind. Ich weiß nicht, ob sie wie eine Bombe wirken. Für mich sind es einfach nur ... wahre Bilder.«

Der Mann macht sich Notizen. Mit einem schiefen Lächeln fragt er:»Warum ... verzeihen Sie, aber warum sind Ihre Bilder so ... äh ... gynäkologisch?«

»Sind sie das?«

»Ich finde schon.«

»Wie kommen Sie darauf?«

»Sie zeigen auf diesem Bild dort eine Frau, die eine Fehlgeburt hat, oder nicht?«

»Ja und?«

»Ist das nicht gynäkologisch?«

»Sie meinen, wie aus einem medizinischen Lehrbuch?«

»Nein, natürlich nicht, Ihre Darstellung ist anders ... aber ...«

Frida betrachtet ihr Bild *Henry Ford Hospital*.

»Eine Blume, eine Schnecke, eine Stadt...«, zählt sie auf und schaut ihn fragend an.

Er nickt und fährt fort: »... und eine Blutlache, ein totes Kind, ein Beckenknochen...«

»Ich habe drei Kinder verloren. Das ist nicht gynäkologisch, das ist mein Leben.«

Der Kritiker will etwas sagen, aber dann lässt er es. Er umkringelt das Wort »gynäkologisch«, das er sich schon vorher notiert hatte, denn es gefällt ihm zu gut, um es zu streichen.

Später steht Julien wieder bei ihr und reicht ihr ein Glas Wein.

»Gut gemacht. Drei Interviews, und alle waren zufrieden. Besser kann es nicht laufen. Es sind alle hier, alle. Morgen wird es in den Zeitungen stehen: ›Frida Kahlo, die großartige Malerin aus Mexiko‹. Diego wird stolz auf dich sein!«

»Diego kann mich mal!«

Julien greift nach ihrer Hand.

»Bevor ich dich zu deinen Freunden lasse, musst du noch ein paar Leute treffen, die vielleicht etwas kaufen... mal sehen... wer ist hier noch... Ah, Dr. Meyer, guter Kunde, Psychiater, bisschen schräger Typ, aber ein Kenner. Er hat mir schon dreimal gesagt, er wolle unbedingt mit dir sprechen.«

Julien schiebt Frida sanft, aber zielstrebig zu Meyer, der in einer Ecke steht, stellt sie einander vor und zieht sich zurück.

»Ich möchte es kaufen«, sagt er und zeigt auf *Meine Großeltern, meine Eltern und ich*. »Und dann werde ich es in meiner Praxis aufhängen.«

»Das freut mich sehr«, sagt Frida ehrlich.

»Wenn man Ihr Bild betrachtet, kann man sich ein paar Semester Psychologiestudium sparen.«

»Weil ich zeige, dass unsere Familien wichtig sind?«

»Weil wir der Familie nicht entrinnen können. Und das wissen Sie selbst sehr gut. Die Familie ist unser Schicksal. Wir haben keine Wahl.«

»Ja, das ist wohl so.«

»Darf ich Sie einmal zum Essen in den Stork Club einladen, solange Sie in New York sind? Gerne mit Mr Levy zusammen und ihren Freunden. Norman Turner kenne ich ja auch.«

Frida sieht sich nach Julien um, der fröhlich plaudert und immer wieder zu ihr herüberzeigt, damit jeder die Künstlerin sieht. Das sechsundzwanzigste Kunstwerk.

»Sehr gerne.« Frida ist müde und holt die Zigaretten aus ihrer Tasche, Meyer gibt ihr Feuer.

»Ich mag die Arbeiten Ihres Mannes auch«, sinniert er, weiter den Blick auf ihr Bild gerichtet, »aber auf ganz andere Weise. Rivera erzählt mir Geschichten, die in Mexiko spielen oder auch hier in den USA. Aber Ihre Bilder zeigen das, was in uns selbst passiert. Es braucht viel Mut, um solche Bilder zu malen, Mrs Kahlo. Ich hoffe, Sie verstehen mich jetzt nicht falsch, aber ich glaube, dass nur eine Frau solche Bilder nach außen bringen kann. Eine Frau, die viel vom Leben weiß.«

Die Luft in der Galerie wird immer schlechter, obwohl die ersten Gäste schon gegangen sind. Die Fensterscheiben sind beschlagen, und der Regen dringt unter der Tür durch. Frida und Geena sitzen nebeneinander auf einer Holzkiste, auf der zuvor die Gläser gestanden hatten. Wer jetzt noch kommt, muss sich ein Glas aus der Küche holen.

Ihnen gegenüber hängt *Was ich im Wasser sah*. Es ist eines ihrer besten Bilder, findet Frida. Alles steckt in diesem Bild. Auch Nickolas, der nicht erschienen ist, obwohl er es ihr versprochen hatte. Jeden Tag blättert sie an einem Kiosk die teuren Magazine durch, um zu sehen, ob ein Foto von Nick darin ist. Vor ein paar Tagen war es irgendeine blonde Schauspielerin in *Vanity Fair*, davor war es ein europäisches Komponistenehepaar in der *New York Times*. Tag für Tag hat sie auf ihn gewartet.

Frida fixiert den toten Vogel auf ihrem Bild. Alle liegen falsch, alle. Der Vogel steht nicht für sie, nicht für den Tod der Liebe, der Jugend, der Unschuld, nicht für den Unfall. Dieser Vogel ist Nick. Wenn Diego das mit ihnen erfährt, ist Nick tot, diese Angst hat sie all die Jahre begleitet. Jedes Mal ein Kälteschauer, der sie ergriff, sobald sie daran dachte. Deshalb hatte sie den toten Vogel auf das Bild gemalt, es ist ein Rotkopf-Tyrann, ein Vogel, der sein Revier verteidigt bis zum Tod. Wie hätte sie mit irgendwem darüber sprechen sollen? Nicht einmal Nick selbst hat sie es erklärt, aus Angst, er könne aus einem seltsamen Ehrgefühl heraus darauf bestehen, Diego alles zu gestehen. Sie weiß, dass Nick mit dem Gedanken spielt oder ... gespielt hat? Wo ist er denn jetzt nur? Vielleicht hat er wieder eine neue Freundin, eine schöne, große, blonde Amerikanerin. Das würde sein Schweigen erklären, denn was soll er dann noch mit ihr?

»Julien sagt, wir gehen gleich alle rüber zu Jackson's.« Geena reißt Frida aus ihren dunklen Gedanken. »Du siehst auch aus, als könntest du etwas zu essen gebrauchen. Du bist zu dünn, Frida. Ich sag's dir noch mal: mehr essen, weniger trinken. Warte einen Moment, ich muss noch kurz mit jemandem reden, dann machen wir uns zusammen auf den Weg.«

Frida bleibt allein zurück und schaut wieder auf ihr Bild. Sie gleitet von der Kiste und stellt sich davor. Sie erinnert sich gut an den Moment, als sie in der Badewanne saß, auf ihre Füße am Wannenrand blickte und beschloss, ein Bild aus dieser Perspektive zu malen.

»Soso, sehr schön, Mrs Rivera!«

Die Stimme gehört einem fremden Mann hinter ihr. Er kommt ihr zu nah, sie kann seinen Atem riechen. Sie schaut sich um. Der Mann ist etwa sechzig, hat eine Glatze und trägt einen karierten Anzug.

Payaso, wie ein Clown, denkt Frida.

»Ein Meisterwerk. Ganz exquisit! Was Sie so alles sehen, wenn Sie baden, faszinierend, ha!«

Frida schweigt. Der Mann ist ihr unsympathisch, aber Diego hatte sie davor gewarnt, potenzielle Kunden vor den Kopf zu stoßen.

»Ein brennendes Hochhaus, sehr interessant. Ich mag ja die beiden Mädchen vorne lieber, die sich da so miteinander vergnügen. Ganz allerliebst.«

Plötzlich fühlt sie sich nackt. Aber vielleicht versteht sie nicht alles richtig. Was heißt *allerliebst*? Hat das Wort noch eine versteckte zweite Bedeutung, die sie nicht kennt?

Sie starrt auf das Bild, um den Mann nicht anschauen zu müssen, der jetzt neben ihr steht und lüstern auf ihre Bluse schaut.

»Wissen Sie, kleine Mrs Rivera …«

»*Perdón? No le entiendo.* Ich heiße Frida Kahlo.«

»Wissen Sie, ich würde Ihnen gerne mal zeigen, was ich im Wasser sehe, wenn ich bade.«

Bevor Frida darauf antworten kann, hört sie hinter sich eine andere Stimme, eine bekannte, geliebte und im Moment sehr wütend klingende Stimme.

»Ich bezweifle, dass Señora Kahlo sich dafür interessiert, Dr. Springfield. Aber wenn Sie wollen, fotografiere ich Sie gerne einmal in der Badewanne und biete das Foto *Vanity Fair* an. Oder lieber der *Vogue*?«

Frida wirbelt herum. Da steht Nick, groß, dunkel und mit einem zynischen Lächeln um den Mund. Der schreckliche Mann im karierten Anzug bekommt schmale Lippen.

»Mr Muray, Sie halten sich für witzig, ja? Glauben Sie mir, Sie sind es nicht«, sagt er und geht.

Frida schaut Nickolas an, sie ist so froh, ihn zu sehen, und streckt die Hand nach ihm aus, aber Muray, statt sie in den Arm zu nehmen und sie zu küssen, tritt einen Schritt zurück.

»Da bist du. Ich habe dich vermisst.« Eigentlich wollte sie genau das nicht sagen, aber jetzt, da er vor ihr steht, ist es ihr egal. »Ich bin so froh, dass du da bist. Ich wollte dir die Ausstellung zeigen, bevor sie eröffnet wird. Gefällt sie dir? Bleibst du?«

»Sie ist gut. Julien hat die Bilder hervorragend gehängt. Und alles, was Rang und Namen hat, ist da. Ich gratuliere dir.«

Sein Blick wird nur einen Moment lang weich, und kurz glaubt sie, er würde sie jetzt endlich an sich ziehen. Aber

Nick wendet sich ab und winkt jemandem am anderen Ende der Galerie zu.

»Nick, Darling!«

Eine hübsche Frau fällt Nickolas um den Hals und zieht ihn weg von Frida. In wenigen Sekunden ist er umringt von Leuten, die sie nicht kennt. Bis auf die Nixe, die ihr jetzt herablassend zulächelt, als wüsste sie genau darüber Bescheid, wie eng Frida und Nick heimlich verbunden sind. Als wolle sie ihr sagen, sorry, Frida, deine Zeit ist vorbei. Neben ihr stehen Frauen in eleganten Kleidern und Männer in Anzügen. Frida wusste nicht, dass diese Leute zu Nick gehören. Er scheint mit ihnen befreundet, grüßt, küsst Wangen, lächelt und hält den Kopf schräg, um zu verstehen, was diejenigen zu ihm sagen, die kleiner sind als er. Es sind Bewegungen, die ihr so vertraut sind. Aber sie steht nur am Rande der Szene und schaut zu. Ab und zu gleitet sein Blick von seinen Freunden zu ihr, nur für eine Sekunde und ohne ein Lächeln, fast vorwurfsvoll. Frida zündet sich eine Zigarette an und bleibt stehen wie eine Zuschauerin. Sie wartet.

Clare Boothe Luce kommt auf sie zu. Sie arbeitete bei der *Vogue* und schreibt jetzt fürs Theater. Frida hatte sie bei ihrem ersten Besuch in der Stadt ab und zu getroffen und erinnert sich jetzt, dass Geena ihr in einem Brief von einem Erfolgsstück am Broadway berichtet hatte. Solche Dinge solle sie sich gut merken, hatte Diego ihr eingeschärft, dann hätte sie auch immer ein Gesprächsthema. Konnte Clare nicht auch ein paar Brocken Spanisch? Die Leute mögen es, wenn man sich daran erinnert.

»Mrs Boothe Luce, *encantada*, wie geht es Ihnen? Ich habe

von Ihrem Erfolg gelesen! Wie oft wurde Ihr Stück aufgeführt? Ein paar Hundert Mal?«

Die Autorin lächelt dankbar. »Genau sechshundert Mal. Ja, das war schon ... puh ... irgendwie sehr besonders. Aber nimmt man denn in Mexiko davon Notiz?«

Frida schüttelt ihr beide Hände. »*Claro*, wenn man amerikanische Zeitungen liest und Briefe aus Gringoland bekommt. Und Sie wissen doch, dass Diego und ich immer gerne wissen wollen, wie es unseren Freunden hier so geht. Er lässt Sie grüßen. Und Ihren Mann auch. Ist er hier?«

»Nein, er lässt sich entschuldigen. Ich wollte ...« Sie wirkt auf einmal unkonzentriert und fahrig. Sie blickt auf ihre Hände und dreht an ihrem Ehering. »Dann haben Sie auch ... von ... der schrecklichen Sache gehört?«

Frida muss kurz überlegen, dann begreift sie.

»Dorothy Hale? Ja. *Triste*. Ganz traurig. Sie war so begabt. Und dann so ein schrecklicher Tod.«

Es hatte sogar in der mexikanischen Klatschpresse gestanden, dass die schöne und aufstrebende Schauspielerin Dorothy Hale sich aus dem Fenster ihrer Wohnung im sechzehnten Stock eines Hochhauses in Manhattan gestürzt hatte. Frida bemüht sich darum, mitfühlend zu klingen, denn sie weiß, dass Clare mit ihr befreundet war.

»Sie hatte das ganze Leben noch vor sich. Irgendwer erzählte mir sogar, sie sei gerade frisch verliebt gewesen.«

Frida bewegt den Kopf unwillkürlich in Murays Richtung. Clare Boothe Luce folgt ihrem Blick.

»Ja, Muray wusste wohl auch davon, alle wussten es. Aber dann ging es wieder schief.«

Clare Boothe Luce seufzt. Sie blickt in ihren Champagner. »Ich fühle mich so schlecht, ich habe … nein, ich kann das jetzt nicht erzählen, vielleicht ein andermal, wenn Sie mich besuchen. Aber … würden Sie sie malen?«

»Dorothy Hale? Ein *recuerdo*?«

»Ist das so etwas wie eine Erinnerung? Ja? Genau das meine ich. Eine Erinnerung an Dorothy und ihren Tod. Ich möchte das Bild ihrer Mutter schenken, damit sie der Tochter nahe sein kann, sie hatte sie so lange nicht gesehen.«

»Verstehe.«

»Was würde das kosten?«

Frida zuckt mit den Achseln.

»200 Dollar?«

Die Gruppe um Nick bewegt sich zum Ausgang. Entschlossen geht Frida in die entgegengesetzte Richtung. Als Geena ihr entgegenkommt und sie festhalten will, macht sie sich los und stellt sich vor ihr Bild *Was ich im Wasser sah*. Plötzlich ist Nick neben ihr und greift nach ihrem Arm. Sein Atem geht schnell, als sei er gerannt.

»Du glaubst nicht im Ernst, dass alles so weitergeht wie in Mexiko, oder?« Frida schaut ihn fragend an. »Das kannst du nicht ernsthaft glauben, oder?«

»Ich verstehe nicht, was du meinst«, sagt sie ehrlich.

»Nein? Dann frag mal Julien. Er hat mir von den Aktfotos erzählt.«

Verdammt. Dieses Klatschmaul Julien. Für einen Bruchteil wägt sie ab, welche Optionen sie hat. Leugnen? Lachen? Sie entscheidet sich für die Flucht nach vorn.

»Na und? Willst du mir das verbieten?«

»Mach, was du willst, aber lass mich aus dem Spiel. Ich teile dich nicht.«

»In Mexiko hast du mich auch geteilt.«

»Das war etwas anderes. Und außerdem … ach, ist egal.«

Er dreht sich von ihr weg und geht in Richtung Tür.

»Außerdem?« Frida schreit es ihm fast hinterher.

Nickolas kommt zurück, und wieder greift er nach ihr, und wieder liegt keine Zärtlichkeit darin. Es fühlt sich eher so an, als packe er sie im Nacken, wie man eine Katze oder einen Hasen packt. Er flüstert ihr ins Ohr.

»Außerdem wusste ich damals noch nicht, wie sehr ich dich liebe.«

Er lässt sie los und geht. Keinen Blick mehr wirft er zu ihr zurück.

TEIL ZWEI

New York, 2. November 1938

Wie viele Blocks wird sie heute schaffen? Zehn sind illusorisch, aber fünf vielleicht? Oder reichen drei? Ihre Wut reicht für hundert. Nick hatte sie gestern stehen lassen, ohne sich danach zu melden. Er hatte sich aus der Galerie heraustreiben lassen mit dieser Traube Menschen, schick und reich und alle perfekt in ihrem Englisch, mit ihren *my dear* und *oh my god* und *really?* und *guess what*. Alle gebildet und auf Augenhöhe miteinander. Schöne Beine, enge Röcke, runde Brüste und dazu genügend Banknoten, um irgendwo *marvellous holidays* zu verbringen. Frida hasst das Wort *holidays*. Das Leben ist das Leben, man muss arbeiten, essen, schlafen, trinken. Auch sie reist, aber nicht um *holidays* zu machen. Man schaut sich etwas an, wohnt in Hotels und arbeitet, zeichnet, liest, schreibt Briefe. So macht es Diego, so macht sie es. Und Nick doch eigentlich auch.

Sie hat Vivian die Nachricht hinterlassen, dass sie den Tag allein verbringen wolle, und damit sie nichts erklären muss, ist sie schon vor dem Frühstück gegangen. Als sie drei Blocks geschafft hat, fängt es wieder an zu regnen, und sie setzt sich im Corner Bistro an einen kleinen Tisch, bestellt Kaffee, Orangensaft sowie eine Auswahl von kleinen

Kuchen. Außerdem fragt sie nach den Tageszeitungen, die ihr der freundliche Kellner sofort bringt. Ob sie das sei auf dem Foto? Sie nickt, und er lächelt. »Sag ich doch«, ruft er seinem Kollegen an der Bar zu.

Frida hat noch keine einzige der Kritiken gelesen. Sicher würde Julien sie ihr später ins Hotel bringen, auch für ihn hat sie eine Nachricht hinterlegt: »Heute muss ich für mich sein, bin abends zurück. Kuss Frida.«

Zuerst trinkt sie den Saft, dann schlägt sie die erste Zeitung auf. »Das aufregendste Ereignis dieser Woche in Manhattan war die erste Gemäldeausstellung von Frida Kahlo, der deutsch-mexikanischen Ehefrau des berühmten Freskenmalers Diego Rivera«, heißt es in der *New York Times*. »Die kleine Frida mit den schwarzen Brauen ist bislang zu scheu gewesen, ihr Werk zu zeigen, aber sie malt seit 1926, als sie nach einem Verkehrsunfall in Gips lag und sich zu Tode langweilte.«

Frida lässt die Zeitung sinken und greift nach den Zigaretten. Warum hat sie das gesagt, das mit der Langeweile? Weil sie es immer sagt, wenn sie jemand fragt. Schließlich hat sie nicht Malerei studiert. Aber stimmt es? War es Langeweile? Sie denkt an die Zeit, als sie aus dem Krankenhaus entlassen worden war. Matilde, die sie nur einmal im Krankenhaus besucht hatte, weil sie angeblich vor Kummer die Stimme verloren hatte, konnte plötzlich wieder sprechen und gab nun ganz die besorgte Mutter. Sie war es, die ihr die Staffelei hatte bauen lassen, mit der sie auf dem Rücken liegend malen konnte. Es ging nicht darum, dass sie sich langweilte. Es ging darum, dass sie kurz davor war durchzudrehen. Das hatte niemand so gut gespürt wie Matilde.

Eine unsichtbare Hand greift nach ihrer Kehle. Frida verscheucht sie, indem sie mit der Zeitung herumwedelt. Sie bestellt ein Glas Rotwein und schiebt sich einen rosafarbenen Kuchen in den Mund. Der süße Zuckerguss verursacht ein scharfes Ziehen an einem Backenzahn. Sie spült den Schmerz mit Kaffee fort und liest weiter. »Die Bilder der kleinen Frida sind zumeist Ölgemälde auf Metallplatten. Sie haben die Niedlichkeit von Miniaturen, die lebhaften Rot- und Gelbtöne der mexikanischen Tradition und die spielerisch blutrünstige Fantasie eines unsentimentalen Kindes.«

Frida faltet die *New York Times* zusammen. Die kleine Frida würde dir gerne mal den Arsch versohlen, denkt sie. Aber sie ist nicht wirklich aufgebracht. Dieser Schreiber hat sich viel Platz für ihre Ausstellung genommen, und das ist es, was zählt, sagt Diego.

Im *Time Magazine* steht tatsächlich, ihre Themen seien dem Bereich der Gynäkologie entnommen. Der Journalist kritisiert auch, dass sie sich hinter dem Namen ihres Mannes verstecken würde. Genau das hatte Diego ihr prophezeit, aber was soll's. Die *Vogue* hatte in ihrer Novemberausgabe bereits drei Abbildungen ihrer Bilder gebracht, eines davon in Farbe.

Während sie den Kuchenteller leert, denkt sie über den Ausdruck *kleine Frida* nach. So klein ist sie ja gar nicht. Aber wenn ein Kritiker in einem Artikel dreimal *die kleine Frida* schreibt, dann hat er wohl irgendein anderes Problem. Anders als der Herr am Nebentisch, der ihr gerade so aufmunternd zulächelt. Nicht anzüglich, nicht lauernd, nur nett. Frida lächelt zurück und blickt sich um. Zwei Frauen an der Bar sprechen die ganze Zeit gleichzeitig. Sie versucht, ihrem Gespräch zu folgen, aber das ist unmöglich. Das kennt sie auch nur aus New York. Die beiden tragen entsetzlich alberne Hüte, aber das soll ihnen jemand anderes sagen.

Sie holt einen Zettel aus ihrer Handtasche und faltet ihn auf. Ein Bote hatte ihn gestern im Hotel für sie abgegeben. »*Dearest* Frida, wenn Sie morgen Zeit und Lust haben, stoßen Sie um zwölf zu meinem kleinen *Ladies Lunch* dazu. Casa Luigi, 7th Avenue, Ecke Bleecker. Mina L.«

Frida erinnert sich gut an Mina Loy, sie muss früher einmal das Enfant terrible von Greenwich gewesen sein. Julien sagt, sie habe in den Zwanzigerjahren freizügige oder sogar pornografische Gedichte veröffentlicht und mit wechselnden Partnern gelebt. Diese Jahre zwischen dem Großen Krieg und der Großen Depression müssen in New York sehr aufregend gewesen sein, schade, dass sie damals nicht hier war. Mina hat ihr von Frauen erzählt, die nur das taten, wozu sie Lust hatten. In Greenwich gab es eine Baronin, die einen echten Vogelkäfig als Anhänger um den Hals trug, und in Harlem traten schwarze Sängerinnen auf, die mit Geld nur so um sich warfen. Jetzt ist das alles Vergangenheit, aber Mina Loy kann sehr amüsant davon erzählen. Es ist immer erfrischend, ihr zuzuhören. Dass ihre Tochter Joella mit Julien verheiratet ist, hat Frida erst viel später erfahren. Das Paar lebt nicht mehr zusammen, und Julien redet nicht gerne darüber.

Wer hatte ihr Mina überhaupt vorgestellt? Sie weiß es nicht mehr, aber es ist auch schon ein paar Jahre her. Lucienne Bloch vielleicht, die einzige von Diegos ehemaligen Assistentinnen, mit der Frida eine wirkliche Freundschaft verbindet. Sie ist selbst Malerin, Bildhauerin und Fotografin und hatte sich um Frida gekümmert, nachdem diese vor fünf Jahren in Detroit eine Fehlgeburt erlitten hatte. In diesen Tagen hatte Lucienne sogar bei den Riveras gewohnt und Frida dazu ermutigt, jenes »gynäkologische« Bild zu malen, dass den Journalisten des *Time Magazine* gestern so irritiert hatte.

Ein *Ladies Lunch* ist jedenfalls genau das, worauf sie jetzt Lust hat. Sie wird ein Taxi nehmen. Diego wird schimpfen, weil sie so viel Geld ausgibt. Das Hotel bezahlt Julien, schließlich verdient er an ihr, denn gestern wurde eine ganze Reihe von Bildern verkauft. Aber die vielen Taxifahrten und die Cocktails gehen auch ins Geld, und Frida muss sich für Paris noch etwas aufheben. Wenn sie die Reise überhaupt macht. Noch hat sie die Schiffspassage nicht gebucht. Aber es sieht so aus, als hätte sie genug Geld dafür.

Das Taxi hält vor der Casa Luigi, einem kleinen italienischen Restaurant. Frida ist spät dran, aber sie geht trotzdem noch an den kleinen Geschäften entlang. In einem kleinen Lädchen kauft sie sich ein grünes Seidentuch mit roten Fransen. Es stammt aus Sizilien, sagt der Verkäufer, und habe einmal einer reichen Señora gehört. Es ist schon nach halb eins, als Frida das Restaurant betritt. Aber sie will nichts essen und hofft, dass die anderen bereits fertig sind.

Es sind nur vier Ladys, und alle sehen verkleidet aus. Mina selbst wirkt in einem bordeauxroten Samtkleid mit Stehkragen wie eine Figur aus einem Henrik-Ibsen-Stück. Sie hat sich eine Reihe von falschen Perlenketten umgehängt, mit denen sie gerade herumspielt. Die Frau neben ihr scheint in ihrem schwarzen steifen Kleid eine spanische Gouvernante darzustellen, die beiden anderen würden als gutmütige Schwiegermütter in grauen Kostümen, die etwas zu sehr über den Hüften spannen, in jede Familienkomödie passen. Die kleine Runde begrüßt Frida herzlich, als würden sie sich schon lange kennen, dabei hat sie außer Mina noch keine von ihnen gesehen.

»Schau, Frida, das hier ist mein derzeitiger Salon, meine Wohnung wird nämlich gerade gestrichen.« Mina erhebt mit beiden Armen Anspruch auf das Restaurant, in dem außer ihnen nur ein paar Arbeiter vor großen Tellern sitzen und sich schweigend Nudeln in den Mund schieben. Die Gouvernante neben ihr kichert. Frida weiß, dass Mina in einem winzigen Apartment lebt, und will sie nicht in Verlegenheit bringen. »Sehr gut«, stimmt sie zu, »und so müssen Sie nicht immer Gläser und Teller spülen.«

Mina nickt erfreut, und ihre Freundinnen zwinkern Frida zu. »Ganz recht. Glückwunsch zur Ausstellung. Ein großer Erfolg!«

Frida weiß schon seit ihrem ersten Besuch in der Stadt, dass in New York jeder ab zehn Uhr die Zeitung gelesen hat, meistens sogar mehrere. Diese Gier nach Neuigkeiten ist groß.

Mina greift nach Fridas Handgelenk und quetscht es zwischen ihren dürren Fingern ein. »Jetzt stoßen wir mit Ihnen an, Sie sitzen bei mir. Hopp, fort mit dir, Audrey, rutsch einen Platz weiter.« Die dunkle Gouvernante erhebt sich. Sie trägt einen Halbschleier. Mina greift Fridas Handgelenk noch fester und raunt ihr zu: »Die arme Audrey hat ihren Mops einschläfern lassen müssen und ist nicht ganz bei sich. Hier, nehmen Sie Audreys Glas. Sie sollte sowieso nichts trinken. Audrey, lass dir lieber ein Bier bringen.« Mina drückt Frida auf den Stuhl neben sich und reicht ihr ein Glas. »Es ist kein Champagner, aber ebenso gut, probieren Sie.«

Frida nimmt einen Schluck und nickt.

»Luigis Familie in Triest stellt schon seit Jahrhunderten dieses herrliche Gesöff her. Sie wohnen in einem Dorf ... ähm ... Luigi!« Mina brüllt quer durch das Lokal. »Wie heißt das Dorf deiner Familie?

»Prossegg!«, ruft Luigi zurück. »Es ist bei Triest!«

»Sehen Sie? Und ist es nicht köstlich? Er nennt es *prosseggo* oder so ähnlich. Und es kostet viel weniger als dieser französische Saft, den Sie an der Upper Eastside kriegen.«

Sie trinken einen Moment schweigend, und Frida schaut in vier neugierige Gesichter.

»Nun, wer war alles bei Ihrer Vernissage gestern?«

Frida lächelt spitzbübisch. »Sie, liebe Mina, waren ja leider nicht da!«

»Ach, nach Midtown gehe ich nicht mehr gerne.« Sie beugt sich so nah zu Frida, dass diese ihren Atem riechen kann, eine Mischung aus Alkohol und Chanel. »Ich muss auch immer aufs Klo, und die Galerien haben meistens keines. Hat Levy eines? Wenn, dann ist es bestimmt scheußlich. Nur ins Museum of Modern Art gehe ich noch, aber ...«, jetzt richtet sich Mina an alle und verkündet unheilvoll, »... nun wird das MoMA im nächsten Jahr schon wieder umziehen und noch weiter weg sein von hier.«

»Es sind nur vier Straßen«, sagt Audrey nebenbei und trinkt einen kräftigen Schluck von ihrem Bier. Die anderen beiden Freundinnen beginnen eine Diskussion über die luxuriösesten *powder rooms* in Manhattan.

Mina überhört das und fragt weiter: »Also, wer war gestern alles da?«

»Conger Goodyear«, sagt Frida. »Und weil das sicher Ihre nächste Frage sein wird: Nein, er hat noch nichts für das MoMA gekauft, aber ich habe das Gefühl, er wird es tun.«

»Sehr schön. Wer noch?«

»Dr. Meyer.«

»Ach, der freundliche Seelendoktor, den mag ich so gern.« Lauter, damit die anderen drei sie hören, fügt sie hinzu: »Er hat einmal versucht, mich von einem sexuellen Komplex zu heilen, habe ich das schon mal erzählt?«

»Etwa tausend Mal«, schießt Audrey dazwischen. »Verschone uns mit deinen Psycho-Sex-Geschichten!«

Die anderen sehen so aus, als hätten sie nichts dagegen, die Geschichte ein weiteres Mal zu hören. Doch Mina lacht und schlenkert mit ihren Ketten herum, die ein sattes Klackern erzeugen. Kurz fragt sich Frida, ob diese Perlen nicht doch echt sind. »Bitte, bitte, dann eben nicht. Ihr wisst ja nicht, welche Pointe meine tausendunderste Version euch gebracht hätte«, kontert Mina gut gelaunt. »Prost, ihr Schreckschrauben!«

Schade, denkt Frida, das hätte mich jetzt wirklich interessiert.

Luigi serviert Kaffee in winzigen Tassen und dazu kleine *dolci*. Mina erzählt ihr, welche Kinofilme sie sehen muss und welche Bars gerade besonders angesagt sind und dass es im Stork Club immer noch die Luftballonpartys gibt, bei denen Geschenke für die Damen auf die Tanzfläche schweben. Auch wenn Mina diese Orte schon lange nicht mehr besucht, ihr

Netzwerk funktioniert einwandfrei, und sie weiß gut Bescheid.

Nach dem Kaffee wird die Gruppe ruhiger, Mina scheint auf ihrem Platz eingenickt zu sein, aber Luigi lässt die Damen so lange sitzen, wie sie wollen, obwohl sie jetzt vielleicht nichts mehr bestellen.

Auch Frida fühlt leichte Müdigkeit und überlegt, wie sie am günstigsten zurück ins Hotel kommt.

»Hat Clare Boothe Luce mit Ihnen gesprochen?« Mina ist plötzlich wieder hellwach und schaut Frida aus eisblauen Augen an.

»Ja. Sie möchte ein *recuerdo* für die Mutter von Dorothy haben.«

»Clare fühlt sich schuldig.«

»Warum?«, fragt Frida.

Mina schließt die Augen und lehnt sich zurück. Sie macht Luigi ein Zeichen, und er bringt eine Runde Schnaps. Mina kippt ihn herunter und wendet sich dann erneut Frida zu. »Dorothy hatte nie Geld. Und seit dem Tod ihres Mannes hat sie uns alle angepumpt. Clare gab ihr auch immer was, für die Miete und so. Eines Tages steht Clare bei Bergdorf & Goodman im Showroom und probiert ein sündhaft teures Kleid an. Und die Verkäuferin sagt ihr, dieses Kleid habe gerade eine bekannte Tänzerin gekauft, Dorothy Hale. Clare war natürlich stocksauer. Sie glaubte, Dorothy werfe das Geld, das sie ihr gegeben hatte, für Kleider raus, statt es für ihre horrende Miete aufzuheben. Und für Arztrechnungen sollte sie auch etwas aufsparen. Und weil Clare so beleidigt war, ging sie nicht zu Dorothys Party!«

Frida wundert sich über die Pointe, denn sie scheint ihr nicht sehr sensationell zu sein. Doch dann versteht sie. »Diese Party, bei der sie aus dem Fenster stürzte?«

»Sie stürzte sich erst *nach* der Party aus dem Fenster. Aber ja, genau bei dieser Party, bei dieser allerletzten Party von Dorothy war Clare also nicht dabei. Clare fühlte sich ausgenutzt. Was man verstehen kann. Aber jetzt kommt's.« Mina holt tief Luft. »Nach dem Tod von Dorothy hat Clare erfahren, dass es anders war, als sie gedacht hat. Ein Freund von Dorothy hatte ihr extra 2000 Dollar gegeben, um sich das schönste Kleid der Stadt zu kaufen. Damit sollte sie sich einen neuen Mann suchen. Und genau um dieses Kleid ging es also.«

»*Ay mi madre!*«

»Schlimm, oder? Nun will Clare mit dem Bild ihre Schuld abtragen und es der Mutter schenken. Sie meint, sie sei Dorothy keine gute Freundin gewesen.«

Frida denkt kurz nach. »Das ist tragisch. Aber warum ist Dorothy überhaupt aus dem Fenster gesprungen?«

»Verzweiflung?«

»Sie war jung und schön und gesund.«

»Und allein.«

»Das ist kein Grund.« Frida klopft ungeduldig mit den Fingern auf den Tisch. So ein Leben wegwerfen, wegen was? Weil sie keinen Mann hatte? Und kein Geld? Sie hatte doch Freunde. *Bueno*, jeder muss selbst wissen, was er mit seinem Leben macht. »Wie soll ich sie malen?«, fragt sie laut.

»Das ist Ihre Entscheidung. Hat Clare nichts dazu gesagt?«

»Lebendig oder tot?«

»Oh Gott, lebendig natürlich. Wer will denn das Porträt von einer Toten haben?«

»Wo hat sie gewohnt?«

»Dorothy? Im Hampshire House, direkt am Südrand des Central Parks. Feine Adresse, nur eben teuer. Einer der schönsten Blicke, die man in New York haben kann. Ich war aber nie da.«

Mina schüttelt sich und winkt Luigi. »Noch einen Schnaps. Für alle.«

Der Taxifahrer gähnt, als Frida ihm die Adresse Hampshire House so deutlich wie möglich sagt.

»Wohnen Sie dort?«

»Nein, eine Freundin.«

»Dachte schon. Sind Sie Schauspielerin?«

»Nein.« Frida muss lachen. »Ich komme aus Mexiko.«

»So. Warm da, oder?«

»Jetzt im Moment ist es bestimmt wärmer als hier.«

Der Taxifahrer fädelt sich in den Verkehr auf der 6th Avenue ein.

»Das Hampshire House wurde erst vor einem Jahr fertig«, erzählt er. »Ein Kumpel von mir hat da gearbeitet. Sechsunddreißig Stockwerke. Man musste schwindelfrei sein, um da einen Job zu bekommen.«

Frida schaut aus dem Fenster, bis das Taxi hält.

»So, werte Lady aus Mexiko. Da sind wir. Hampshire House rechts. Central Park links. Gibt kaum 'ne bessere Adresse in dieser Stadt. Ihre Freundin hat es gut getroffen.«

Frida zahlt, steigt aus und überquert die große Straße.

Dort setzt sie sich auf die niedrige Mauer, die den Park vom Bürgersteig trennt, und blickt zu dem Wolkenkratzer auf der anderen Seite empor. Es hat endlich aufgehört zu regnen. Sanftes Nachmittagslicht flutet die Straße und taucht Manhattan in ein warmes Rot. Frida muss an die Holundermarmelade denken, die ihre Mutter immer kochte, und auch an Blut. Ob es auf dem Bürgersteig noch Reste von Dorothys Blut gibt? Nach einem halben Jahr wohl nicht mehr.

Trotz der Sonne ist es kühl, und sie zieht den wollenen Umhang fester um sich. Vielleicht muss sie sich doch noch einen richtigen Wintermantel für New York kaufen, überlegt sie und zündet sich eine Zigarette an. Dann sieht sie wieder nach oben. Wie muss es sich anfühlen, dort oben zu stehen und sich zu fragen, ob man den Mut hat zu springen? Wie kalt ist es dort und wie windig? Hört man die Vögel? Fliegen sie überhaupt so hoch?

Sie denkt darüber nach, dass Selbstmord etwas ganz und gar Unbegreifliches ist. Ein Tabubruch, denn eigentlich will doch jeder Mensch leben. Aber sie hatte solche Gedanken auch, damals im Krankenhaus, und bis heute ist es eine Option, die sie sogar beruhigt. Wenn es zu schlimm wird, kann sie alles beenden. Aber es muss schon noch sehr viel schlimmer kommen, bevor sie sich von einem Hochhaus stürzen würde. Vorher müsste sie den Saum ihres roten Rocks auftrennen und die Botschaft darin lesen, das hatte sie sich geschworen. Und so einen melodramatischen Tod wie Dorothy würde sie sowieso nicht wählen. Der ist für alle, die einen lieben, eine Ohrfeige. Blut und Gehirn auf dem Pflaster.

Für Dorothy war es offensichtlich der richtige Weg. Sie

war Schauspielerin und brauchte eine Bühne, auch wenn es nur ein Bürgersteig war — immerhin in einer der teuersten Gegenden von Manhattan. Ein solcher Tod wollte gesehen werden. Dorothy hatte damit etwas sagen wollen. Schaut her, mein letzter Auftritt.

Ein Fahrradfahrer fährt an Frida vorbei, er winkt fröhlich und ruft ihr zu: »Es ist so weit, es ist so weit.«

Frida winkt zurück: »Gut so. Halte das Glück fest, *amigo*!«

Sie geht zurück auf die andere Straßenseite. Als sie vor dem Haus steht, sucht sie nun doch den Boden nach Spuren ab. Es muss sehr viel Blut geflossen sein.

Vielleicht sollte sie versuchen, den Moment einzufangen, in dem Dorothy gesprungen ist? Man müsste sehen, wie sie ganz oben aus dem Fenster klettert, eine winzige Figur. Und dann noch mal im Fallen, wie ein Engel mit dem Kopf nach unten. Umgeben von Seelen, die vielleicht wie Wolken aussehen. Und dann müsste man Dorothy auf der Bühne sehen, also auf dem Bürgersteig. Tot, aber wie im Theater, also nicht richtig tot. Wenn ich sie auf dem Bürgersteig drapiere wie eine Schauspielerin, dann könnte man denken, sie sei nicht tot. Man hätte das Gefühl, sie würde gleich aufstehen, nach dem Fallen des Vorhangs. Sie würde Dorothy so perfekt zeigen, wie sie gewesen war, und ihr nur Theaterblut auf das Gesicht malen, Blut, das aus Nase und Mund sickert, das sie aber nicht verunstaltet. Sie soll schön und heil aussehen, keine Kratzer haben, keine gebrochenen Kiefer, keine Quetschungen.

Und unter dem Bild soll ein Text stehen wie auf einem richtigen *retablo*, einem Votivbild. Sie könnte schreiben:

»Dorothy. Ruhe sanft.« Frida drückt die Zigarette aus. Sie ist sehr müde. Bis zum Hotel ist es nicht weit, das schafft sie zu Fuß.

Der Portier reicht ihr mit dem Schlüssel auch ein kleines Billett über die Theke. Frida reißt es sofort auf, es ist von Julien.

»Dr. Meyer lädt uns heute in den Stork Club ein, Vivian kommt um acht, um dir zu helfen, wenn du sie brauchst, ich hole dich gegen neun ab. Sei bitte pünktlich, Julien.«

Langsam geht Frida durch die Halle zum Aufzug. Der Liftboy schiebt das Gitter zurück und lässt ihr den Vortritt. Er strahlt sie an und nennt sie Señora Kahlo, wie sie es ihm beigebracht hat. Frida bietet ihm eine Zigarette an, wie immer. Er nimmt sie, verbeugt sich kurz und steckt sie sich hinters Ohr. In ihrem Zimmer lässt sie sich auf das Bett fallen und atmet tief durch. Noch zwei Stunden Zeit, das sollte reichen, um sich herzurichten. Sie zieht die Nachttischschublade auf, tastet nach den Tabletten, findet ein neues Röhrchen und einen Zettel: »Achtung, die sind etwas stärker als die alten, nimm immer nur eine!« Vivian macht ihren Job gut. Frida schiebt sich trotzdem zwei Tabletten in den Mund und geht ins Bad. Dort trinkt sie das Wasser direkt aus dem Hahn und setzt sich auf den Wannenrand. Sie blickt in den Spiegel gegenüber. Heute wird sie sich mehr Mühe geben müssen. Nick, verdammt. Dass ich so beschissen ausschaue, geht auf dein Konto!

Sie dreht die beiden Wasserhähne am Kopfende der Badewanne auf und zieht sich langsam aus. Noch in Unterwäsche sammelt sie alles zusammen, was sie beim Baden in Reichweite haben will: Zigaretten, Streichhölzer, den Aschenbecher, Block und Bleistift. Tequila hat sie leider nicht, aber sie hat eine Flasche Rotwein bestellt.

Das warme Wasser hüllt sie ein, als sie in die Wanne rutscht. Es schwappt träge und gluckert in ihren Ohren, kitzelt die hochgesteckten Haare im Nacken.

Frida raucht, und der Arm, der die Zigarette hält, fühlt sich dort, wo er aus dem Wasser ragt, kalt an. Sie drückt die Zigarette aus und zieht den Arm ins Wasser, wie eine Krake, die ihre Beute losgelassen hat. Mit geschlossenen Augen träumt Frida von ihrem Bild. *Was mir das Wasser gab* erregt in der Ausstellung, wie sie den Zeitungen entnommen hat, am meisten Aufmerksamkeit. Nick soll es bekommen, hat sie beschlossen. Wenn er es noch will.

Frida nimmt einen Schwamm vom Badewannenrand und legt ihn vorsichtig aufs Wasser. Er schaukelt sanft wie ein Floß, und sie kneift die Augen ein wenig zusammen. Sie sieht ihre Füße, die sich gegen den weißen Rand der Wanne stemmen. Vor allem den vermaledeiten rechten Fuß, unnatürlich gekrümmt und mit der Narbe zwischen den Zehen. Unendlich oft haben die Ärzte daran herumgeschnitten, unendlich viele Schmerzen hat sie schon seinetwegen ausgehalten. Viele Freunde glauben, ihr Rücken oder ihr Unterleib würde ihr die schlimmsten Schmerzen bescheren, aber im Moment ist es der Fuß. »Der Scheißhuf«, so hatte sie ihn in einem Brief an Cristina genannt. Und wie ein Huf fühlt er sich an manchen Tagen auch an, als würden Bleigewichte ihn niederdrücken. An anderen Tagen kommt es ihr vor, als führe eine Lokomotive über ihn hinweg, das ist nicht besser. Nur wenn das Wasser ihn trägt, so wie jetzt, schrumpfen die Schmerzen zu kleinen Päckchen, die leicht wie flockige Wolken am Sommerhimmel davonfliegen.

Würde sie das Bild heute anders malen? Natürlich. Sie würde es jeden Tag anders malen. Aber es gefällt ihr, wie es ist. Und sie erinnert sich gut an den Moment, als es in ihr entstand. Ihre Bilder entstehen nie auf der Leinwand, auf der Holz- oder Metalltafel. Sie entstehen zuerst in ihr. Sie bewohnen sie, manchmal tage-, manchmal wochenlang, sie quälen sie mitunter sogar. Die Bilder toben in ihrem Kopf herum, hängen an ihren Ärmeln, zappeln hinter ihr her wie quengelnde Kinder, wenn sie gerade etwas anderes zu tun hat. Und wenn sie sich zum Schlafen legt, kriechen sie aus ihren Löchern, aus Nase, Mund, Augen und Ohren, und pressen sich zwischen sie und den Rest der Welt. Jedes Bild, das sie malt, ist eine Befreiung. Eine Entledigung. Eine Geburt.

So war es auch mit *Was mir das Wasser gab*. Aus ihrem rechten Bein wächst eine Insel heraus, bedeckt mit sattbrauner Erde, trocken, rissig. Der Boden vibriert, der Vulkan in ihrer Mitte brodelt und faucht. Frida kann ihn hören, und sie taucht noch etwas tiefer ins Wasser ein.

Sie weiß, was jetzt passiert, denn es ist immer dasselbe. Sie hat es gemalt, um es loszuwerden, aber das Bild bleibt in ihrem Kopf. Der Vulkan gebiert ein Hochhaus. Vielleicht ist es das Empire State Building. Es wächst aus Flammen empor, und eine Rauchsäule schlängelt sich um die Fassade. Wolkenkratzer nennen die Amerikaner diese Häuser, was für ein vermessener Name. Sie sind stolz auf ihre Baukunst, genau wie diejenigen, die vor Tausenden Jahren den Turm zu Babel errichtet haben. Aber die Götter verzeihen einen solchen Frevel nicht, niemand darf ungestraft an den Wolken kratzen. Deshalb sitzt ein Skelett vor dem Vulkan. Es hat nichts zu tun, es wartet nur darauf, dass jemand mit ihm spielt. Aber sie hat keine Lust dazu, der Tod soll sich gefälligst selbst beschäftigen, er hat doch genug zu tun, oder nicht?

Sie selbst ist auch Teil des Bildes. Sie treibt nackt im Wasser, die Hälfte ihres Oberkörpers ragt heraus, die Haare hängen herab und wogen sacht hin und her. Um ihren Hals ist ein Seil gewickelt, das sie erwürgt hat. Das eine Ende ist um einen Felssporn geknotet, das andere hält Chak Mo'ol in seiner Hand. Der Mittelsmann zwischen Göttern und Menschen liegt auf dem Rücken und hat die Beine angewinkelt. Chak Mo'ol trägt eine Maske, denn er übernimmt keine Verantwortung. Er ist kein Mensch, sondern das Schicksal, der Tod, das Pech, der Unfall. Über das gespannte Seil krabbeln Käfer und Spinnen. Verhöhnen sie mich? Woher kommen diese tanzenden Insekten? Ich weiß es nicht mehr. Meine Hautfarbe ist fahl, meine Augen sind geschlossen, und Blut rinnt aus meinem Mund. In dieser Wasserwelt bin ich gestorben. Der Teil, der das Tehuana-Kleid getragen hat, das jetzt auf dem Wasser treibt, nicht weit von meiner Leiche.

Vor der Felseninsel kreuzt ein Schiff und bläht die Segel. Vielleicht bin ich schon dort und verlasse die Szene, bin auf dem Weg zum rettenden Ufer, fort von Chak Mo'ol und dem Seil und dem Vulkan. Das Wort »segeln«, *velar*, steht ebenso für »verbergen«. Ich könnte wirklich auf dem Schiff sein und meine Wunden verhüllen, aber entrinnen kann ich dieser Welt nicht.

Meine Eltern blicken mich an. Sie stecken in ihren Hochzeitskleidern fest, weil sie in ihrer Ehe nie weitergekommen sind. Heirat, Kinder. Aber sie blieben sich fremd. Auch mein Vater hat ein Seil um die Schultern, denn er kennt das Gefängnis von Schmerz und Krankheit. Papa scheint so unglücklich zu sein, er schaut nach oben, dorthin, wo mich jemand aus der Badewanne heben und retten wird. Wer wird es sein, Diego? Nick?

Das Wasser ist kalt geworden, und Frida steigt aus der Wanne. Sie wickelt sich in ein Handtuch und legt die Kleider heraus, die sie heute Abend anziehen will: einen weiten gelben Seidenrock, der unten mit einer breiten cremefarbenen Borte eingefasst ist, auf der kunstvoll gestickte Kolibris und fuchsiafarbene Blumen zu sehen sind. Weil der Rock nur bis zu den Knöcheln reicht, legt sie einen gerüschten langen weißen Unterrock dazu und stellt die Lederpumps mit Riemchen, die sie in Greenwich gekauft hat, davor. Sie entscheidet sich für ein weißes Oberteil mit bunten Blumen und legt zuletzt einen ihrer Lieblingsschals dazu, einen *rebozo* aus grün-rosé gestreifter Seide. Aus dem Schmuckbeutel fischt sie lange silberne Ohrringe mit Jadeperlen und verschiedene Ringe mit bunten Steinen. Dann schlüpft sie in ihren Morgenmantel, schenkt sich ein Glas Rotwein ein und setzt sich mit einer Zigarette vor den Frisiertisch.

Ob Nick heute im Stork Club sein wird? Möglich ist es, vielleicht hat sie Glück. So viel Glück wie damals, als sie ihn zum ersten Mal traf, obwohl sie an diesem Tag eigentlich gar nicht in Mexiko hätte sein sollen.

Nick hatte ihr später genau erzählt, wie es dazu gekommen war, dass sie sich trafen. Er verbrachte zum ersten Mal ein paar Wochen in Mexiko und wohnte bei seinem Freund, dem Maler und Zeichner Miguel Covarrubias. Als dieser ein paar Jahre zuvor in New York lebte, lernte Nick ihn kennen und bemühte sich darum, dem jungen aufstrebenden Talent die richtigen Leute vorzustellen – darunter die Tänzerin Rosa Rolanda, die Miguel später heiratete. Nick ließ den fröhlichen Tausendsassa umsonst in seiner Atelierwohnung wohnen, weshalb sich Miguel bei Nicks Besuch schier überschlug, um ihm die schönsten Seiten seiner mexikanischen Heimat zu zeigen. Er schleppte ihn in jede Galerie, und Nick war augenblicklich angetan von den Arbeiten mexikanischer Künstler. Er kaufte ein paar Zeichnungen von Rufino Tamayo, mit dem er sich anfreundete, aber er ließ sich auch von Covarrubias' Begeisterung für die präkolumbianische Kunst anstecken. Nachdem ihn ein Galerist in seinen Keller mitgenommen hatte, um ihm ein paar aztekische Statuen zu zeigen, kaufte er eine davon. Er las alles über die mexikanische Geschichte, was er finden konnte, verbrachte Stunden in dem Museum, das die ausgegrabenen Reste der alten Aztekenstadt Tenochtitlán präsentierte. Die dort arbeitenden Archäologen brachte er mit seinem Charme dazu, sich mit ihm zum Mittagessen zu treffen, wobei sie ihm ausführlich von ihrer Arbeit erzählten und ihm eine private Führung durch die Ausgrabung anboten.

Eines Abends fragte er Miguel und Rosa nach den Pyramiden von Teotihuacán im Norden von Mexiko-Stadt. Wie alt sie seien, wann die Azteken den Ort verlassen hätten und ob es weit dorthin sei. Miguel zog irgendwann leicht amüsiert einen dicken Katalog aus dem Regal.

»Den schenke ich dir. Darin findest du viele Fotos und Erklärungen. Auch über die Kunst, die es vor den Spaniern hier gab.«

Rosa kam ins Zimmer und räumte die Kaffeetassen auf ein Tablett. »Warum fahren wir morgen nicht einfach nach Teotihuacán?«, sagte sie. »Wenn er es sich so sehr wünscht!«

»Gute Idee«, antwortete Miguel. »Ich werde Juan nach seinem Auto fragen. Es sind immerhin die größten Pyramiden in ganz Mexiko, ich glaube, sogar auf der ganzen Welt. Was meinst du? Nick?«

Nickolas erwiderte nichts. Er hatte begonnen, in dem Katalog zu blättern, und war auf eine Bleistiftzeichnung gestoßen. Darauf ist eine sehr schöne Frau zu sehen, die ihn mit intensivem Blick fixiert. Sie hat mandelförmige Augen, über denen sich schwarze Augenbrauen wie Vogelschwingen wölben. Ihre Haare sind zu einer Art Krone aufgetürmt, und an ihren Ohren baumeln Ohrringe mit kleinen viereckigen Köpfen, deren geometrisch geformte Gesichter den Statuen ähneln, die in dem Katalog abgebildet sind. Der schlanke Hals der Frau endet in einem Dekolleté, das wohlgeformte Brüste erahnen lässt, doch darüber hat jemand in fetten Buchstaben geschrieben: »*Mira al otro lado, amigo!*«

Nick nahm das Blatt aus dem Buch und hielt es Miguel hin. »Wer ist das?«

Miguel warf nur einen kurzen Blick darauf. »Frida, die Frau

von Diego Rivera. Ich war sein Schüler. Sie ist eine Freundin von uns.«

»Und was steht da?«, fragte Nick weiter.

»Es ist *deine* Freundin«, mischte sich Rosa ein. »Lass mal sehen.« Sie stellte sich hinter Nick. »*Schau auf die andere Seite. Was immer das heißen soll.*« Rosa betrachtete ihren Mann kritisch von der Seite. »Ich wusste nicht, dass du eine Zeichnung von Frida in einem Buch versteckst.«

Miguel lachte, fasste Rosa um die Taille und schüttelte sie liebevoll. »Ich verstecke sie doch nicht. Ich benutze sie als Lesezeichen. Mir gefallen die Ohrringe. Frida trägt immer solche Sachen. Sie ist schon etwas Besonderes, wenn auch nicht so besonders wie meine Rosa!« Er drückte ihr einen Kuss auf den Mund, aber sie schob ihn weg. »Komm schon«, insistierte Miguel. »Sie ist nett. Und witzig. Das musst du zugeben. Wir haben viel Spaß mit den Riveras. Sie wohnen bald hier in der Nähe, sie beziehen das modernste Haus im ganzen Land. Juan baut es.«

»Sie säuft wie ein Straßenkehrer«, sagte Rosa und begann, Cocktails zu mixen. »Und dann redet sie auch schon mal wie einer. Aber … na gut, sie war sehr krank.« Leiser fügte sie hinzu: »Und ist es eigentlich immer noch.«

Nick betrachtete weiter die Zeichnung. »Ist sie Künstlerin wie Rivera?«

»Wenn du die Frau des berühmtesten Malers von Mexiko bist, geht das eigentlich nicht«, antwortete Miguel. »Der Schatten ist zu groß.«

»Sie wäre gerne eine«, bemerkte Rosa und lächelte etwas mitleidig. »Aber studiert hat sie nicht.«

»Ich behaupte, sie hat Talent«, verteidigte sie Miguel. »Die wenigen Bilder, die ich von ihr kenne, sind ziemlich gut. Ungewöhnlich, aber gut. Wir fahren morgen mal bei ihren Eltern in Coyoacán vorbei und fragen, wann die Riveras aus den USA zurückkommen. Sie sind gerade in Los Angeles oder San Francisco. Und Coyoacán ist sehr hübsch, wir können dort frühstücken, bevor wir zu den Pyramiden fahren.«

Frida ist zu diesem Zeitpunkt jedoch nicht mehr in den Vereinigten Staaten. Sie kehrte allein zurück, früher als geplant. Nachdem sie gemerkt hatte, dass Diego sie wieder einmal mit einer seiner Assistentinnen betrog, fuhr sie ab. Das Geld für die Reise nahm sie sich aus Diegos Jacke, es war viel Geld, denn er hatte gerade einen Teil seines Honorars für ein Fresko erhalten. Nachlässig, wie immer in finanziellen Dingen, hatte er den Briefumschlag mit den Dollarscheinen eingesteckt und vergessen. Es reichte locker für ein Zugticket in der ersten Klasse, und sie zögerte am Bahnhofsschalter keine Sekunde. Diego tobte am Telefon, aber als sie nicht reagierte, bat er sie um Verzeihung. Sie legte den Hörer auf und verkroch sich bei ihren Eltern in Coyoacán. In ihre Wohnung am Paseo de la Reforma wollte sie nicht alleine, und das Haus in San Ángel war noch nicht fertig.

Als Miguel, Rosa und Nick am nächsten Tag klingeln, ist die Stimmung im Salon der Kahlos gerade schlecht. Immer wieder fragt ihre Mutter, warum sie ohne ihren Mann aus den USA zurückgekommen sei. Ob sie sich gestritten hätten? Sie gehöre an die Seite von Diego und solle gefälligst zu ihm fahren.

Als sie das Scheppern der Türglocke hört, stiehlt Frida sich aus dem Zimmer und geht in die Küche, um ein paar Früchte zu holen, die sie für eine Nachspeise vorbereiten will. Während Miguel und Rosa im Vestibül warten, bis die Hausangestellte den Besuch angekündigt hat, späht Nick durch den Perlenvorhang in den Patio. Es ist ein weitläufiger Innenhof mit mehreren kleinen schattigen Terrassen. Nick entdeckt eine präkolumbianische Statue und beschließt, sie rasch zu fotografieren, als er ein leises Klimpern und ein Summen hört. Er sieht eine Frau auf der anderen Seite des Patios langsam in Richtung einer der Terrassen gehen. Sie trägt ein langes weißes Kleid mit einer breiten roten Borte über dem Saum. Ihre schwarzen Zöpfe wippen im Takt ihrer Schritte. Auch das Klimpern folgt dem gleichen Rhythmus, und er erfasst, dass es von ihren langen Ohrgehängen herrührt. In der Hand hält die Frau eine braune Schale. Sie setzt sich an einen kleinen Tisch, nimmt eine leuchtend rote Frucht in die Hand und schneidet beherzt mit einem Messer hinein. Noch immer summt sie leise vor sich hin. Nick hält seine Kamera in der Hand und rührt sich nicht.

»Frida!« Miguel ist unbemerkt neben Nick getreten. »Dann seid ihr ja schon zurück ...«

Die Frau hebt den Kopf und lächelt ihnen zu. »Froschgesicht ist noch in Gringoland«, ruft sie. »Kommt her und setzt euch zu mir. Wollt ihr was trinken? *Una copita?*«

Eine Stunde später machen sie sich zusammen auf den Weg nach Teotihuacán. Es war Nick, der Frida dazu ermuntert hatte mitzukommen. Sie überlegte kurz und sagte zu.

»Woher habt ihr den *carro*?«, fragt sie, als sie ihr weißes Kleid rafft und vorsichtig nach hinten in den schwarzen Ford klettert. Nick sieht, dass sie sehr schlank ist, ihr Körper wirkt zäh und weich zugleich. Miguel schwingt sich stolz hinter das Steuer. »Von einem Freund. Er arbeitet beim Ministerium für Gesundheit. Kein hohes Tier, aber er muss viel im Land herumfahren und braucht dafür das Auto. Tolle Kiste, oder? Hat erst ein paar Kratzer.« Rosa faltet die Karte auseinander und fährt mit dem Finger suchend darüber.

Miguel lenkt den Ford auf die Ausfallstraße, und schon beginnt ein Streit zwischen ihm und Rosa. Über den schnellsten Weg aus der Stadt heraus, über den Namen des Dorfes, in dem sie anhalten und etwas essen können. Danach diskutieren sie über das Programm der Oper von Mexiko-Stadt.

Frida kurbelt das Fenster herunter und raucht schweigend. Hauptsache, ich bin fort von den Eltern und ihren bohrenden Fragen, denkt sie. Ich bin vierundzwanzig, verheiratet, und sie behandeln mich immer noch wie ein Kind. Ich sollte doch in meine eigene Wohnung gehen.

Plötzlich weht eine dicke Staubwolke ins Auto. Rosa kreischt auf, und sie schließen schnell die Fenster. Frida hustet und lacht, als sie Nick anschaut. Er hat die Sonnenbrille abgenommen, und sie sieht, dass nur die Augenpartie noch hell ist, der Rest seines Gesichts ist mit Staub bedeckt. Sie sucht in ihrer Tasche nach einem Taschentuch und reicht es ihm. Er reibt sich das Gesicht damit ab, steckt das Taschentuch ein und wird es niemals zurückgeben.

Die asphaltierte Straße endet kurz hinter der Stadt und geht in einen Schotterweg über. Der Ford wackelt und rumpelt. Nick stopft seine Leica ins Futteral und hält sie fest. Miguel lässt sich von Rosa eine Zigarette anzünden, lehnt sich zurück und ruft Nick zu: »Es wird dir gefallen, Teotihuacán. Ich war lange nicht mehr da. Eine ganze Stadt. Riesig.« Die Asche seiner Zigarette fällt herunter, Rosa wischt sie hektisch von ihrem Kleid.

»Pass doch auf!«, schimpft sie und stößt ans Lenkrad.

Der Wagen schlingert, und Frida fällt gegen die Tür.

»*Perdón!*«, ruft Miguel und reißt das Lenkrad zurück.

Frida stützt sich mit den Händen an der Tür und dem Vordersitz ab und schließt die Augen. »*Mierda!*«, knurrt sie.

Miguel sucht Fridas Blick im Rückspiegel. »Tut mir leid, alles okay?«

Sie nickt. Rosa knufft Miguel in die Seite. »Du bist so ein Idiot, Frida hat Schmerzen. Willst du hier sitzen, Frida? Sollen wir tauschen?«

Frida kämpft mit den Tränen, aber sie schüttelt den Kopf. Der Wagen macht wieder einen Satz. Für ihren Rücken ist das zu viel. Miguel fährt an den Straßenrand. »Pause machen?« Zu Nick sagt er: »Sie hat als junges Mädchen einmal den Rücken gebrochen. Ist schon lange her, aber diese Straße ist nicht ideal.«

»Halt's Maul und fahr weiter«, pflaumt Frida ihn an. »Es geht schon.«

Nick wundert sich über ihren rüden Ton, dann begreift er, dass sie Schmerzen hat. Miguel fährt wieder auf die Schotterstraße. »Ich fahre jetzt vorsichtiger, ich versuch's.«

Der Wagen hüpft trotzdem auf und ab. Nick schaut sich das einen Moment an. Dann rutscht er hinüber zu Frida, drückt ihr die Kamera in die Hand und legt seine Arme von hinten um sie. So hält er sie fest, damit sie nicht mehr hin und her geworfen wird. »Kameras und Frauen muss man immer gut festhalten«, ruft er fröhlich zu Miguel, als er merkt, dass dieser verwundert die Stirn runzelt. Frida fragt er nur: »Besser?«

Sie lehnt sich an ihn und macht die Augen zu. »*Sí.*«

Vom Parkplatz sind es nur ein paar Schritte bis zu einer hohen Hecke, die ihnen die Sicht auf das riesige Areal versperrt. Als sie den Eingang passieren, bleiben sie unwillkürlich stehen. Vor ihnen erhebt sich majestätisch die Sonnenpyramide. Das verwitterte Grau der uralten Steine wirkt vor dem strahlend blauen Himmel besonders feierlich. Nick hält kurz die Kamera vor die Augen, dann steckt er sie wieder in die Hülle und dreht den Verschluss zu.

Die Stufen der Sonnenpyramide führen bis in eine Höhe von rund sechzig Metern. Wie von einem unsichtbaren Band gezogen bewegen sie sich auf sie zu. Rosa schaut zu Frida, aber die scheucht sie mit den Armen weg. »Steigt allein rauf, ich gehe zur Mondpyramide und warte dort.«

Die anderen ziehen los, drehen sich um, winken und setzen ihren Weg fort. Frida wartet ein paar Minuten und lässt sich zu Boden sinken, am Rand der alten Verbindungsstraße, der Straße der Toten. Sie entspannt sich. Als sie aufsteht, merkt sie, dass ihr der Rücken nicht mehr wehtut. Sie schaut zur Sonnenpyramide hoch. Sie hat sie vor Kurzem erst gemalt, als sie in den USA war. Jetzt vergleicht sie ihr inneres Bild mit dem, was sie vor sich sieht. Es haut einen um, wenn man sie zum ersten Mal sieht, und sie nimmt es Nick nicht übel, dass er sofort losgestürmt ist. Wenn man unten ist, will man sofort nach oben. Dort steht man dann stolz und strahlend, während der Wind an den Haaren zerrt und einem der Staub in die Augen fliegt. Man fühlt sich so frei, so sinnlos glücklich dort oben.

Frida sieht die anderen oben stehen. Sie winken ihr abermals, und Frida winkt zurück. Dann geht sie in Richtung Mondpyramide, kauft bei einem der fliegenden Händler ein Bier und setzt sich auf die untersten Stufen.

Hier gehöre ich hin, denkt Frida, in dieses Land, dessen Geschichte so vernarbt ist wie mein Körper. Wie viel Blut ist über diese Steine geflossen, wie viele Schmerzensschreie haben sich in die Fugen gegraben. Und doch sind die Menschen mit jedem Sonnenaufgang wieder an die Arbeit gegangen, und sie machen es bis heute. Was treibt sie dazu an, mit einer Hacke Löcher in die Erde zu schlagen, Körner hineinzulegen und darauf zu vertrauen, dass die Erde sie ernähren wird? Und wie anders gehen doch die Gringos mit ihrer Erde um! Wenn sie in dem halben Jahr, das sie mit Diego in San Francisco verbracht hat, eines über die Amerikaner gelernt hat, dann ist es dies: Sie sind ungeduldig. Sie wollen immer alles sofort haben und denken viel darüber nach, wie sie den Ertrag ihrer Maschinen und auch ihrer Felder steigern können. Luther Burbank, ein findiger Pflanzenzüchter, will die Natur dazu bringen, größere Früchte und kleinere Blätter zu produzieren. Frida hat Burbank gemalt, weil sie den »Pflanzenpriester« trotz seiner verrückten Ideen mochte. Er ist ein kluger Spinner, denkt sie liebevoll.

Nickolas steht plötzlich vor ihr und macht ein Foto.

»Du solltest lieber die Pyramide fotografieren.«

»Völlig unmöglich. Mein Respekt vor der Baukunst unserer Vorfahren verbietet es mir, ein schlechtes Foto von einem der schönsten Orte zu machen, die ich je gesehen habe.«

»Unserer Vorfahren?«

»Sind sie das nicht? Irgendwo laufen doch alle unsere Stammbäume zusammen, oder nicht?

»Da bin ich mir nicht so sicher.«

Nick schaut sie neugierig an.

»Du bist Malerin?«

»Noch stümpere ich herum.«

»Ich habe eine Zeichnung von dir gesehen, bei Miguel, die fand ich sehr gut. Was machst du sonst so?«

»Nichts. Ich kümmere mich um meinen Mann.«

»Aber was ist dein Ziel?«

»Was?«

»Im Leben? Was willst du erreichen?«

Er zeigt auf den grauen Steinkoloss, der sich vor ihnen ausbreitet. »Was ist deine Sonnenpyramide? In welche Höhen willst du hinauf?«

Frida überlegt einen Moment.

»Ich bin längst da. Ich lebe. Das muss reichen. Und die Pyramide des Mondes mag ich sowieso lieber.«

Sie trinkt ihr Bier aus, steht auf und beginnt, die Stufen hinaufzusteigen. Nickolas schaut ihr nach. Sie hat ihr Kleid gerafft und bewegt sich langsam. Er betrachtet ihre braunen Waden, die ab und zu unter dem weißen Stoff hervorleuchten, und holt sie schnell ein. Als sie die erste Plattform erreicht haben, richtet sie sich auf, stemmt die Arme in die Hüften und blickt hinunter in die Ebene, während Nick neben ihr nach oben schaut.

»Ich hatte ein gut laufendes Fotostudio in New York«, erzählt er, ohne sie anzusehen. »Dann kam die Depression. Kaum noch Aufträge. Gleichzeitig zogen meine Verwandten von Ungarn nach New York und brauchten Hilfe. Ich musste mir etwas Neues ausdenken. Da habe ich angefangen, Farbfotos zu produzieren, und jetzt läuft es wieder. Verstehst du? Man muss in Bewegung bleiben.«

»Du bist eben ein Gringo. Immer voran, immer nach oben.« Sie macht sich an den Aufstieg des letzten Stücks, und er reicht ihr den Arm. Als sie sich einhakt, weht der Wind ihren Schal vor seine Brust. Nick bleibt stehen, greift danach und wickelt ihn vorsichtig um Fridas Schultern. Ihr Dekolleté glänzt von der Anstrengung, und Nick fühlt, dass ihm das Licht der Sonne zu grell erscheint für das, was er gerade fühlt.

Als sie oben ankommen, sehen sie Miguel und Rosa unten stehen und gestikulieren, als würden sie streiten.

»Seltsames Paar«, sagt Nick. »Ich habe sie einander vorgestellt, aber ich bin nicht sicher, ob das eine gute Idee war.«

»Sie haben sich gerächt, indem sie uns beide miteinander bekannt gemacht haben.« Frida lächelt ihn mutwillig an, ihre Augen leuchten, und Nick schaut fasziniert auf sie hinunter. Ein paar Strähnen haben sich aus ihrem Knoten gelöst, ihre Ohrringe klimpern, und ihr Schal flattert leicht im Wind und wirft ständig neue Schatten auf ihr Gesicht. Er wüsste gerne, ob ihre Haut sich so samtweich anfühlt, wie sie aussieht, steckt aber lieber seine Hände in die Hosentaschen und schaut sich auf dem Plateau um.

»Was ist das für ein Ort, an dem wir hier sind? Wird man hier geopfert?«

Frida blickt über die weite Ebene. Sie legt den Kopf in den Nacken und schließt die Augen.

»Nein, nur auf der Sonnenpyramide, wo du ja so gerne bist, fließt Blut. Hier regiert der Mond, *la luna*. Es kann aber passieren, dass du an diesem Ort mit einem Zauberbann belegt wirst. Hat dir das denn keiner vorher gesagt?«

Wieder lächelt sie ihn kurz an und wendet sich sogleich von ihm ab. Nick vergisst die Kamera, die um seinen Hals hängt. Er glaubt, die Wärme zu fühlen, die ihr Körper ausstrahlt, und denkt nur: Das ist längst passiert.

Gemeinsam steigen sie die Treppe wieder hinab zum Fuß der Pyramide, wo die Freunde sie erwarten. Miguel übernimmt jetzt die Führung und zeigt auf ein flaches Gebäude.

»Das ist der Tempel von Quetzalcoatl. Den musst du noch sehen.«

Er geht rasch voraus. Auf der Hälfte der Strecke bleibt er stehen und macht eine weit ausholende Bewegung mit den Armen. »Hier muss ein Palast gestanden haben, der vierhundert Meter breit war. Und in seinem Inneren – dieser Tempel.« Er deutet auf den Wandfries. »Die gefiederte Schlange ist der Gott Quetzalcoatl. Eine Schlange, die fliegen konnte.«

Langsam umrunden sie ihn.

Nick klettert auf den zwei Meter hohen Steinsockel und macht ein paar Fotos. »Warum wurde die Stadt hier aufgegeben? Ist doch völlig unökonomisch, so eine Anlage zu verlassen.«

»Keine Ahnung«, sagt Miguel. »Aber das habe ich auch schon gedacht.«

»Niemand weiß das«, bemerkt Frida.

Nick schaut auf sie herab. »Vielleicht haben sie Krieggeführt, und alle sind gestorben.«

Frida lehnt sich an die Mauer des Tempels. »Gegen wen sollten sie denn gekämpft haben? Um die hunderttausend Menschen sollen hier einst friedlich zusammengelebt haben. Es gab keinen Krieg und keine Armut, bevor die Spanier kamen. Die Menschen haben sich umeinander gekümmert.«

»Hahaha, und wenn sie nicht gestorben sind, dann leben sie noch heute«, kommentiert Miguel ihre Theorie hämisch.

»Es war ein goldenes Zeitalter der Menschheit«, wirft Frida ihm trotzig über die Schulter hinweg zu.

Miguel zieht eine Grimasse in Richtung Nick, zeigt auf Frida und tippt sich an die Stirn. Laut sagt er: »Das ist Diegos Idee. Seine Religion. Er ist Kommunist und glaubt an diese Dinge. Die Unschuld des Volkes und so was.«

Frida funkelt Miguel an. »Ich auch!«

»Du glaubst an Diego, Frida. Das ist deine Religion.«

»Eigentlich hasse ich ihn ...«

Miguel lächelt. »Was ja in etwa dasselbe ist.«

Auf dem Rückweg halten sie an einem kleinen Restaurant am Rande von Mexiko-Stadt und setzen sich auf die Terrasse. Miguel bestellt für alle *Bacalao de la casa*, gesalzener Kabeljau, und dazu *Tortitas de papa*, Kartoffelküchlein. Sie trinken Pulque, ein Getränk aus fermentiertem Agavensaft, und sind schon bald in eine heftige Diskussion verwickelt.

»Die Amerikaner zahlen bis zu acht Dollar am Tag. Damit kaufen sie die mexikanischen Landarbeiter auf. Sie ziehen in Scharen über die Grenze, das ist wie eine Völkerwanderung. Statt zu Hause auf den Haziendas zu arbeiten, wässern sie die Gemüse- und Obstplantagen in Kalifornien und Texas«, schimpft Frida. »Wir haben sie gesehen. Abends lungern sie in der Stadt herum, weil sie nicht wissen, was sie tun sollen, ohne ihre Familien und Freunde. Außer saufen fällt ihnen nichts ein.«

»Willst du den Amerikanern vorwerfen, gute Löhne zu zahlen?«, raunzt Miguel zurück.

»Nein, aber sie scheren sich einen Dreck um das, was unsere Regierung dazu sagt. Es gibt doch Ideen, wie man die Arbeiter in Mexiko halten könnte. Aber das interessiert die Gringos nicht. Warum lassen sie nicht ihre eigenen Leute auf den Plantagen arbeiten? Weil das zu teuer ist. So ist es doch, oder?« Sie schaut Nick an. »Und du, was sagst du denn? Du lebst doch schließlich dort«, versucht sie ihn zu provozieren.

»Ich lebe in New York und habe keinen Grund, die Amerikaner zu kritisieren«, antwortet er. »Ich kam mit ein paar Dollar ins Land und konnte sehr wenig Englisch. Sie gaben mir eine Chance.«

»Deshalb darfst du nichts schlecht finden, was die Gringos machen?«, fragt Frida streitlustig.

»Ich verstehe nichts von euren Konflikten. Ich kenne mich lieber erst aus, bevor ich mir eine Meinung bilde.«

Miguel klopft ihm auf die Schulter. »Guter Mann. Wir werden daran arbeiten, dass du Mexiko besser kennenlernst. Und lieben wirst!«

Nick schaut sie alle der Reihe nach an, aber es ist Frida, an der sein Blick hängen bleibt. »Ich hoffe es. Die Kunst eures Landes habe ich bereits ins Herz geschlossen.«

Weil Nick sich so deutlich an Frida wendet und Miguel die wachsende Nähe zwischen den beiden für unangebracht hält, zieht er seinen Freund jetzt als notorischen Herzensbrecher auf.

»Es gibt einen Club von ›Muray-Verflossenen‹ in New York. Wo immer er hingeht, hinterlässt er gebrochene Herzen. Ich habe es sogar gezeichnet: Nick in seinem Fechtanzug mit einem großen roten Herzen steht wie ein stolzer Jäger über einer erlegten Dame.«

Nick lacht gutmütig, schüttelt aber den Kopf.

»Nur der Säbel ist echt.«

»Was ist das, ein Säbel?«, fragt Frida. »So etwas wie ein Degen? Wie in Filmen?«

»So ähnlich. Der Säbel ist eine Hieb- und Stichwaffe. Mit dem Degen kann man nur stechen. So!« Er macht eine schnelle Bewegung in Richtung Miguel, der mitspielt und vom Stuhl kippt.

»Wo hast du das gelernt? Ist das schwierig?«

»Es ist ein Sport wie jeder andere, und ich wollte schon als Kind fechten. In Ungarn war das damals sehr populär, aber es war auch teuer. Erst in den USA habe ich mit dem Training begonnen.«

Miguel, hin- und hergerissen zwischen dem Wunsch, Fridas Interesse an Nick zu dämpfen und seinen Freund zu loben, kann es sich dann aber doch nicht verkneifen, darauf hinzuweisen, dass Nick mit seiner New Yorker Mannschaft die nationale Meisterschaft im Säbelfechten gewonnen und für die USA auch an den Olympischen Spielen teilgenommen hat. Frida ist beeindruckt, und Nick lädt sie ein, ihm bei den Spielen nächstes Jahr in Los Angeles die Daumen zu drücken. Dann fragt er sie, etwas leiser: »Kann ich deine Bilder mal sehen?«

»Natürlich. Aber viele sind es nicht.«

»Wir kommen mit«, wirft Rosa sofort ein. »Wie wäre es morgen?«

Frida amüsiert sich darüber, dass ihre Freunde offenbar Sorge haben, zwischen Nick und ihr könnte sich etwas anbahnen. Aber warum eigentlich nicht?, denkt sie. Er gefällt mir. Bis der Mistkerl nach Hause kommt, könnte ich mich ein wenig trösten lassen ... wenn es das gäbe ... Trost. Sie fühlt sich plötzlich sehr müde.

»Morgen kann ich nicht«, sagt Nick, »da bin ich mit einem Galeristen verabredet. Nein, Miguel, ich gehe ohne dich, ich kann nicht verhandeln, wenn du dich immer einmischst. Brauchst du noch Zigaretten, Frida? Ich hole dir welche.«

Als er zurückkehrt, macht er einen Ausfallschritt und hält ihr das Päckchen am ausgestreckten Arm hin, als habe er es mit dem Säbel aufgespießt.

Während sie danach greift, rollt er seinen Hemdsärmel nach oben, und nur sie kann sehen, dass er etwas auf seinen Unterarm geschrieben hat: »Morgen zwölf Uhr.«

Sie lächelt, und er lässt den Ärmel wieder herunter. Die anderen merken nichts. So werden die ersten Fäden des Musters gewebt, das ihre Beziehung ausmacht: geheime Zeichen. Geheime Absprachen.

Als sie zum Auto zurückschlendern, nimmt Rosa Frida zur Seite.

»Lass die Finger von Nick.«

»Ach ja? Warum?«

»Weil du verheiratet bist.«

»Danke für die Erinnerung. Sagst du das vielleicht auch Don Diego, dem fetten Mistkerl?«

»Was meinst du?«

»Weil Señor ›Ich-bin-der-beste-Maler-der-Welt‹ mal wieder eine Gringofrau gevögelt hat. Halt, nein, es war ja nur eine Assistentin.«

»Das tut mir leid. Bist du dir denn sicher?«

»Ja.«

»Und jetzt willst du dich rächen?«

»Beruhige dich. Ich tue eurem New Yorker Wunderknaben schon nichts.«

»Das sah vorhin nicht so aus.«

»Ist ja auch ein hübscher Kerl. Sportlich, klug«, sie greift sich spielerisch ans Herz. »Ach, da wird man einfach schwach …«

»Frida, pass auf. Miguel will das ebenfalls nicht.«

»Na dann …«

Auf der weiteren Heimfahrt umgibt sie Dunkelheit. Nick nimmt Fridas Hand und beugt sich zu ihr.

»Teotihuacán ist ein magischer Ort«, flüstert er. »Ich glaube, dort ist irgendwas mit mir passiert. Ich fühle mich ganz schwach …«

Frida lächelt in die Nacht. »Ein Sonnenstich?«

»Eher ein Stich ins Herz.«

»Oh.«

»Frida ...«

»Nein, lass es.«

»Frida, *my dear* ...«

»Nicht.«

»Ich bin tief verwundet. Ich brauche den Trost einer aztekischen Göttin. Dringend!«

Das Auto schüttelt sie hin und her. Er nimmt sie in die Arme und küsst sie heimlich auf den Nacken.

New York, 2. November 1938

Sie hat vergessen, Vivian anzurufen. Jetzt ist es schon zu spät, sie muss sich alleine fertig machen. Für die Haare bleibt nicht mehr viel Zeit, ein einfacher Knoten muss reichen. Sie würde gerne noch Blumen hineinstecken, aber leider hat sie heute keine gekauft. Die langstieligen Rosen auf dem Schreibtisch eignen sich nicht, aber auf dem Tischchen neben der Tür steht die Vase mit kleineren lachsfarbenen Rosen, eine Aufmerksamkeit der Hotelleitung. Frida knipst zwei halb offene Blüten ab und befestigt sie mit Klammern in ihrem Haar.

Ihr Wagen muss ein paar Minuten warten, bis er vor dem Eingang des Stork Club halten kann. Taxis und private Limousinen bilden eine Schlange, die sich nur langsam voranschiebt. Chauffeure in Livree reißen Wagentüren auf und helfen ihren Herrschaften beim Aussteigen. Es ist immer noch der exklusivste Club in Manhattan.

Julien drückt Fridas Hand. »Nervös?«

Sie schüttelt den Kopf. »Wir sind alle gleich. Wir essen, trinken, vögeln und ...«

»Genau«, unterbricht Julien sie. Manchmal verträgt er ihre drastische Ausdrucksweise nicht gut. Er zerrt an seiner Fliege und hofft, dass sie sich heute Abend zurückhält. Im Stork Club gelten andere Regeln als in den Bars in Greenwich und Harlem, in die er sie sonst ausführt. Als ihr Taxi endlich vor dem Eingang angekommen ist, zahlt er, steigt aus und reicht ihr die Hand.

»Du siehst großartig aus«, raunt er ihr zu. »Aber tu mir den Gefallen und benimm dich hier besonders gut, okay? Keine mexikanischen Volkslieder, keine allzu schlimmen Anzüglichkeiten.«

Frida tätschelt ihm beruhigend die Wange. Neugierig betrachtet sie die Gäste, die vor ihnen den Club betreten. All diese aufgeplusterten Schreckschrauben mit den wippenden Federn auf dem Kopf haben das Gleiche zwischen den Beinen wie sie, und die befrackten Pinguine neben ihnen kommen im Bett ins Schwitzen. Solche Gedanken helfen ihr, wenn sie unter feine Leute geht.

Während sie vor dem Eingang warten müssen, weil es vor ihnen eine Diskussion gibt, sagt Julien leise: »Dann lassen wir uns mal vom Psychodoktor ausführen. Aber später habe ich mit dir noch etwas vor, vergiss das nicht.«

Hat sie heute Nacht wieder Lust auf Julien? Sicher nicht. Sie sehnt sich nach Nickolas. Als sie ihren Wollumhang auszieht und Julien reicht, richten sich alle Blicke auf sie. Sie dreht sich spielerisch im Kreis, ihr Rock bauscht sich, die

Fransen des *rebozo* fliegen, und ein paar der Leute, die vor dem Club herumlungern, um Prominente zu sehen, klatschen. Blitzlichter flammen auf. Jemand ruft: »Frida! Schau her!« Sie lächelt schelmisch.

Im Innern des Stork Clubs werden sie von sanfter Jazzmusik und stechendem Zigarettenqualm empfangen. Zahlreiche Spiegel reflektieren das Licht der Kerzen auf den Tischen, die mit steifen weißen Tischdecken und kleinen Blumenbuketts dekoriert und jeweils für vier Personen gedeckt sind. Ein großes Plakat neben der Bühne zeigt einen Storch mit Zylinder und Zigarette. Drei Musiker in dunklen Anzügen spielen mit konzentrierten Mienen und halten miteinander Augenkontakt. Fast alle Tische sind schon besetzt. Als Frida vor einigen Jahren zum ersten Mal mit Diego im Stork Club war, lag das Lokal noch in einer anderen Straße, und es gab offiziell keinen Alkohol.

Dr. Meyer hat zwei Tische zusammenschieben lassen. Er trägt einen Smoking und erhebt sich sofort, um sie zu begrüßen. Neben Geena und Norman Turner, die sich heute mit mehr Aufwand als sonst im schwarzen Seidenkleid und dunklen Anzug präsentieren, sitzt eine Dame, die deutlich älter ist als Frida und sehr schön. Sie trägt ein cremefarbenes enges Kleid, auf dem bei jeder Bewegung glitzernde Steinchen blinken. Dr. Meyer stellt sie als seine Frau Violet vor und platziert Frida neben ihr. Alle im Raum folgen Frida mit Blicken, und Violet schaut sie so konzentriert an, als müsse sie sich ihr Gesicht genau einprägen.

»Bitte entschuldigen Sie«, sagt Violet, »dass ich Sie so

anstarre, aber ich vermeide gerade den Augenkontakt mit einem Gast. Ich kenne ihn von der Couch, denn ich habe leider denselben Beruf wie mein Mann.«

Frida schmunzelt. »Und Ihr Mann kennt ihn nicht?«

»O doch, aber er verdrängt alles, sobald er sein Arbeitszimmer verlässt. Daher ist er privat so unbekümmert. Die härtesten Fälle reicht er sowieso an mich weiter. Deshalb sehen mich manche, treffe ich sie in einer solchen Umgebung, als Bedrohung ... oder als Rettung. Ehrlich gesagt, ich gehe gar nicht mehr so gerne in New York aus. Mir sind schon Leute auf die Toilette gefolgt, um dort weiterzumachen, wo wir in der Praxis aufgehört hatten.«

»Dann sollten Sie keine Leute aus New York behandeln.«

»Aber hier leben nun mal die meisten, die eine Therapie brauchen und auch bezahlen können. Timothy und ich haben noch ein Anwesen in Connecticut, dort können wir ganz unbehelligt essen gehen und die kleinen Bars, die wir so lieben, aufsuchen. Ein Ersatz für New York ist das natürlich nicht. Aber es gibt Hoffnung: Mit jeder neuen Flasche Champagner entspannen sich alle, auch ich.« Sie hält ihr Glas ihrem Mann hin, der es erneut füllt.

»Ich vertrage nicht viel«, sagt sie verschwörerisch zu Frida. »Am besten zählen Sie mit.«

»Oh, da bin ich die Falsche!«, entgegnet Frida mit unschuldigem Blick. »Ich habe die Schule abgebrochen. Und Geena meint, ich hätte ein Problem mit Alkohol. Sie können also gleich anfangen, mit mir zu arbeiten.«

Violet lacht hell auf. »Ich habe schon von meinem Mann gehört, dass man sich mit Ihnen gut unterhalten kann.«

»Und ich hatte gehofft, Sie könnten mir sagen, welche Berühmtheiten sich heute hier versammelt haben!« Ihr Blick bleibt an drei jungen Mädchen hängen. »Sind das etwa Kinder dort drüben?«

Violet braucht gar nicht hinzuschauen. »Fast. Es ist Gloria Vanderbilt und ihre Clique. Sie haben einen festen Tisch, und die Kellner haben strikte Anweisung, ihnen keinen Alkohol zu servieren. Sie ist vierzehn oder fünfzehn und hat ihren Vater schon lange beerbt. Armes Mädchen. Mutter und Tante haben um das Sorgerecht einen schmutzigen Prozess geführt. Die Tante hat gewonnen, und Gloria wohnt bei ihr in Greenwich.«

»Und das Mädchen neben ihr? Die schöne Dunkle mit der Zigarette.«

»Das ist Oona O'Neill. Ihr Vater lebt zwar noch, will aber nichts von ihr wissen.«

»O'Neill, der Schriftsteller?«

»Kennen Sie ihn?«

»Nein, aber er ist ein Freund von einem Freund ...«

Violet schaut Frida erwartungsvoll an, aber Frida will lieber nicht erzählen, dass Nick mit O'Neill befreundet ist. Stattdessen schaut sie sich weiter um und fragt: »Wer ist der Mann mit dem karierten Anzug?«

Violet denkt nach. »Ein Schriftsteller. Glaube ich. Hab ihn schon mal gesehen, kann mich aber nicht erinnern, wie er heißt. Oh, endlich das Essen, ich verhungere bereits.«

Der Kellner stellt die Vorspeisen ab: Krabben, Kaviar, mit Hummercreme gefüllter Sellerie, Anchovis. Dazu frisches Brot, das man hier französisches Brot nennt. Es ist warm und knusprig. Sie trinken weiter Champagner. Frida probiert alles und ist angenehm überrascht.

Norman Turner beugt sich nach vorne und fragt Dr. Meyer: »Ist Muray hier? Ich meine, ich hätte ihn beim Hereinkommen gesehen.«

Dr. Meyer nickt. »Ich wollte ihn einladen, aber er ist mit einer eigenen Gesellschaft hier. Er ist ein Freund Ihres Mannes, Frida, oder?«

»Ja, und ein Freund von mir.« Frida leert den Rest ihres Champagners und hält Dr. Meyer das Glas hin.

»Ach ja?« Jetzt sieht er sie direkt an und schenkt ihr nach. »Er war auch auf der Vernissage. Hat er etwas gekauft?« Seine Stimme klingt misstrauisch, wie oft bei Sammlern, die Sorge haben, andere könnten ihnen etwas wegschnappen, was sie selbst übersehen haben.

»Noch nicht«, sagt Julien beruhigend.

Dr. Meyer ist erleichtert.

»Frida, probieren Sie das hier. Irgendwas mit Fisch, sehr köstlich.« Frida greift zu, und Violet plaudert zwischen zwei Bissen weiter. »Muray kenne ich ebenfalls ein wenig. Sympathischer Aufsteiger. Dynamisch und frisch.«

Frida sagt nichts dazu.

Violet zerbröselt Brot und tupft alle Kaviarperlen auf, die noch auf ihrem Teller liegen. Das Thema Muray scheint ihr zu gefallen, und unbewusst stochert sie weiter in Fridas Wunde herum. »Wurde er nicht letztes Jahr irgendwie … auffällig geschieden?«

»Ja, da war etwas«, sagt Frida bemüht locker.

Violet wird hellhörig. Sie kramt aus ihren Erinnerungen

den alten Klatsch hervor. »Jetzt ist es mir wieder eingefallen: Seine Frau schickte eine Nachricht an die *New York Times*. Völlig unmöglich von ihr. Sie wollte ihn gesellschaftlich ruinieren, aber letztlich hat sie mehr sich selbst geschadet. Ich weiß inzwischen nicht einmal mehr ihren Namen.« Harmlos fragt sie Frida: »War das seine zweite Ehe?«

»Die dritte.« Ihre Antwort kommt zu schnell.

»Aber wer war sie noch mal?« Als Frida nicht antwortet, wendet Violet sich an ihren Mann und unterbricht sein Gespräch mit Norman Turner. »Timothy, wie hieß die letzte Frau von Muray, die es unbedingt in die *Times* bringen wollte, dass sie sich von ihm getrennt hat?«

• Das Gespräch am anderen Tischende verstummt kurz, alle schauen auf Dr. Meyer, aber es ist Geena, die sagt: »Monica ... irgendwas ...«

Violets Gesicht hellt sich auf »Ach ja, Monica Barry O'Shea. Ich kenne die Eltern ... Sie war früher so ein richtiges Vorzeigemädchen.«

Frida kann nicht widerstehen. »War sie das? Ich habe mal ein Foto von ihr gesehen ...«

»Also, umwerfend schön war sie nicht«, sinniert Violet. »Aber doch ganz hübsch. Was ich meine: Sie kam aus einem guten Stall. Eine Park-Avenue-Pflanze.«

»Wer? Wer ist eine Park-Avenue-Pflanze? Hier sitzen Dutzende.« Ohne ihre Antwort abzuwarten, winkt ihr Mann dem Kellner und bestellt eine neue Flasche.

»Die ehemalige Mrs Muray«, erwidert Violet. »Ich frage mich nur, warum hat er sie überhaupt geheiratet?«

»Warum nicht?« Auch Dr. Meyer findet Gefallen an dem

Thema. »Muray ist ein guter Mann. Fechtet beim New York Athletic Club, beste Adresse. Arbeitet für die renommiertesten Magazine. Und da hat er eben gedacht, er nimmt sich jetzt mal die richtige Frau, mit Verbindungen.«

Frida schaut ihn zweifelnd an. Es gefällt ihr nicht, dass er so über Nick redet. »Glauben Sie wirklich, dass er so denkt?«

Der Psychiater schaut sie prüfend an. »Vielleicht hat er eine Schwachstelle? Etwas, das er kompensieren muss? Kennen Sie seine Familie?«

»Sie lebt in Ungarn, glaube ich.«

Dr. Meyer macht eine Geste, als wolle er ihr ein Geschenk überreichen. »Aber da haben Sie es doch schon, meine Liebe. Er hat also selbst keine amerikanischen Vorfahren? Wann ist er eingewandert?«

»Vor vielen Jahren.«

Violet lässt wieder ihr helles Lachen ertönen. »Frida, Sie kennen uns nicht. So viele Jahre kann etwas gar nicht her sein, dass die New Yorker nicht auf jemanden herabschauen.« Sie holt ihren Taschenspiegel heraus und pudert sich die Nase. Dann fuchtelt sie mit den Händen herum und ahmt dabei den näselnden Tonfall der Upper-East-Side-Bewohner nach, den auch Vivian so gut draufhat. »Oh, Sie stammen aus Europa und haben Ihre Karriere selbst aufgebaut? Wie bewundernswert. Zweifellos werden Sie überall empfangen, aber zu meiner Party kann ich Sie leider nicht einladen, denn unsere Mütter kannten sich ja nicht.« Sie klappt die Puderdose geräuschvoll zu, steckt sie weg und fährt wieder mit ihrer normalen Stimme fort. »Wo wohnst du, welche Privatschule hast du besucht, wer beerdigt deine Familie? Das sind die Dinge, die zählen. Wussten Sie, Frida, dass noch vor fünfzig Jahren genau vierhundert Familien zur New Yorker Oberschicht zählten?«

Frida ist froh, dass es nicht mehr um Nick geht. »Warum vierhundert?«

»Weil die gute Mrs Astor einen Ballsaal hatte, in den nur vierhundert Gäste passten. Und einzig wer bei ihr eingeladen war, gehörte dazu. So einfach war das.«

Ihr Mann ergänzt etwas besserwisserisch: »Aber das galt nur so lange, bis die Vanderbilts ihren Palast an der 5th Avenue bauten. Sie hatten einen Ballsaal für siebenhundertfünfzig Personen. Damit wurde alles verwässert, wie die Astor-Anhänger noch heute sagen. Plötzlich mischten sich auch Kaufleute unter die Aristokratie.«

»Aristokratie?« Frida ist verwundert. »Ich dachte, die gibt es hier gar nicht?«

»Nicht so wie in Europa, meine Liebe«, doziert Dr. Meyer. »Aber wer sehr lange hier lebt und sehr reich ist und möglichst von holländischen Pionieren abstammt, ist in unseren Augen schon so etwas wie ein Aristokrat.«

Violet nickt zustimmend, aber sie hat nicht vergessen, wie sie auf dieses Thema gekommen sind. »Muray wird nie so dazugehören, wie er das vielleicht möchte. Denn das schafft man auch durch Heirat nicht. Nicht als Mann. Aber immerhin, er hat sich als Fotograf einen so guten Namen gemacht, dass er diese Frau gar nicht gebraucht hätte. Na ja, jetzt ist er sie sowieso los. Und gibt es schon eine neue?«

Frida steht auf und verlässt den Tisch. Sie steuert den *powder room* an und tritt danach vor die Tür des Clubs, um frische Luft zu schnappen. Noch immer fahren Taxis vor, laden Gäste aus und nehmen die Ersten wieder mit.

Der Himmel über ihr ist schwarz. Es hat erneut geregnet, und die Autos pflügen zischend durch die Pfützen. Die Lichtreklamen färben die Wasserlachen in sekundenschnellem Rhythmus rot, blau, weiß, grün. Frida zieht den *rebozo* fester um sich, sie hätte ihren warmen Umhang aus der Garderobe holen sollen.

»Ist es doch zu kalt ohne Mantel?« Ein Mann steht neben ihr und schaut sie mitfühlend an. Er zieht seinen Mantel aus und legt ihn ihr um.

»Danke.«

»Sie habe ich hier noch nie gesehen. Sind Sie nicht die Malerin, die bei Levy ausstellt?«

Frida blickt ihn genauer an, es ist der Mann im karierten Anzug, nach dem sie Violet vorhin gefragt hatte.

»Und wer sind Sie?«

»Orson Welles, sehr erfreut.«

Frida fröstelt und tritt von einem Fuß auf den anderen. »Sie sind der Autor, der die Menschen mit seinem Hörspiel so erschreckt hat.«

Er lächelt breit. »Ich glaube, im Erschrecken sind Sie auch nicht schlecht, Lady Rivera. Nach dem, was man so über Ihre Bilder sagt.«

Frida denkt einen Moment nach, dann sagt sie leise und mit starkem Akzent: *»Who knows what evil lurks in the hearts of men? The Shadow knows!«*

Welles schaut sie vergnügt an. »Sie kennen *The Shadow*? Ich wusste nicht, dass die Serie auch in Mexiko läuft.«

»Ich habe mit meinem Mann vor Jahren in Detroit gelebt, weil er dort ein großes Wandgemälde für das Museum anfertigte. Leider wurde ich krank und musste wochenlang zu Hause bleiben. Seitdem mag ich das Radio. Es holt die Welt ins Haus und tröpfelt sie in unsere Ohren. Ihre *Shadow*-Serie habe ich nie verpasst.«

»Was macht jemand wie Sie im Stork Club?«

»Ich wurde eingeladen von einem Sammler.«

Welles schaut die Straße entlang. »Also Prostitution. Wie bei mir. Ich hoffe, ich konnte heute einen der Studiobosse von einer neuen Idee überzeugen.«

»Was ist es?«

Er schaut sie von der Seite an. »Psst. Über solche Dinge spricht man nicht, Lady Rivera. Nicht einmal mit einer so schönen Frau aus Mexiko wie Sie. Aber es wird ein großes Ding. Und wenn ich das Geld bekomme, werden Sie es auch in Mexiko sehen können.«

»Ein Film?«

»Mehr als das. Ein Epos.«

»Ich liebe das Kino!«

»Dann sollten wir unbedingt zusammen einen Film anschauen. Wohnen Sie in der Stadt? Und ...«, er schaut sich um, als würde er verfolgt, »... ist Ihr furchterregender Mann hier?«

Bevor sie antworten kann, hört sie eine vertraute Stimme. Nick. Schon wieder klingt er kalt und wütend.

»Julien sucht dich. Soll ich ihm sagen, wo du bist?« Sie schöpft Hoffnung. Er muss sie gesucht haben, sonst wäre er nicht hier draußen aufgetaucht. Aber sein Lächeln ist nicht freundlich. »Du hast wohl viel zu tun, glaube ich.«

»Genau«, sagt sie kühl. »Ich unterhalte mich gerade.« Als er sich daraufhin ohne ein weiteres Wort zurückzieht, tut es ihr leid. Dann steht plötzlich Julien neben ihr. »Kommst du? Wir gehen nach oben.«

Julien schaut Orson Welles feindselig an. »Guten Abend Mr Welles. Was für ein Erfolg. Halb New York in Panik.«

Welles deutet eine Verbeugung an.

»Danke, Mr Levy, aber die Presse übertreibt mal wieder maßlos. Es wird Zeit, dass man die Machenschaften der Herren aus dem Rockefeller Center stoppt.«

Frida gibt Welles seinen Mantel zurück und sagt rasch: »Danke. Ich wohne im Barbizon Plaza.«

»Sehr schön, ich werde Sie ausführen, verlassen Sie sich darauf, Sie hören von mir.« Welles lüpft den Hut und geht mit schnellen Schritten die Straße hinunter.

»Musste das sein?« Julien klingt beleidigt. Kannst du nicht mal einen Abend ohne einen neuen Flirt verbringen? Ich kann diesen Kerl nicht ausstehen. Wir gehen rauf in den Cub Room. Ist einfach netter dort. Es sind schon alle hinaufgegangen. Wir haben Nick und seinen Leuten gesagt, sie sollen sich zu uns setzen.«

Im Cub Room herrscht eine entspanntere Stimmung als unten im Diningroom. An der geschwungenen holzgetäfelten Wand hängen Porträts von Hollywoodstars. Die Meyers und die Turners sitzen schon, während Nick und seine drei Freunde sich am unteren Teil des Tisches gerade niederlassen. Frida und Julien nehmen die letzten freien Plätze ein, gegenüber von Nick und Margaret Robinson, der Nixe. Die anderen beiden werden ihnen als Cathleen und Bruce vorgestellt, sie ist Tänzerin, er arbeitet als Schauspieler und spielt zusammen mit der Nixe in einem Stück am Broadway.

»Vivian hätte darin auch eine Rolle haben können, aber sie wollte nicht«, sagt die Nixe und schaut Frida dabei an. »Sie hat wohl andere Jobs im Moment. Wo ist sie eigentlich?«

Niemand antwortet.

Frida nimmt sich vor, Nick auf keinen Fall das Gefühl zu geben, sie würde ihn vermissen. Sie hat es gestern einmal gesagt, und das muss reichen. Er redet mit Geena und Norman über eine geplante Ausstellung von Miguel Covarrubias. Violet will immer wieder mit Frida anstoßen. Sie scheint ihr erlaubtes Alkoholpensum überschritten zu haben, denn ihre Stimme klingt etwas zu laut, als sie sagt: »Was für ein Verlust für die Stadt, dass diese Idioten damals das Fresko Ihres Mannes im Rockefeller Center zerstört haben. Ein ganzes Bild übermalen wegen eines einzigen Gesichts. Wahnsinn!« Ihr Gesichtsausdruck hat etwas Verschwommenes.

»Nun ja, es war Lenin«, gibt ihr Mann zu bedenken. »Der passte den Rockefellers eben nicht in den Kram. Muss man auch verstehen.«

»Aber nur weil ein Lenin dort oben in der Ecke hockte«, Violet beginnt jetzt leicht zu nuscheln, »das ganze Bild kaputtmachen? Das ist doch verrückt. Das wäre ja, wie einen Menschen aufgeben, nur weil er einen blöden Fehler gemacht hat. Völlig irre ist das.«

Fridas und Nicks Blicke treffen sich. Eine Frage steht zwischen ihnen.

Los, denkt Frida. Nick, gib mir ein Zeichen. Lass mich bitte nicht so lange warten.

»Aber Diego hat sich geweigert, Lenin zu übermalen, Violet«, versucht Dr. Meyer seine Frau zu besänftigen, die noch lauter geworden ist. »Rockefeller hatte nicht viele Möglichkeiten ...«

Der stumme Dialog zwischen Frida und Nick bricht ab. Trotzig hebt sie ihr Glas. »Auf Lenin!«

Alle zucken zusammen. Die Nixe lächelt dünn. »So weit geht die Liebe zum zerstörten Fresko Ihres Mannes dann doch nicht, dass wir auf Lenin anstoßen wollen, Mrs Kahlo.«

»Nein? Warum nicht?« Frida merkt, dass sie sich von etwas befreien muss. Dieser Ort, diese Wohlanständigkeit, dieses dauernde New-York-Zelebrieren, das geht ihr alles auf die Nerven.

Sie steht auf. *»Viva Lenin! Viva la revolución!«*, wiederholt sie laut und hebt ihr Glas.

»Viva! Und scheiß auf die Kapitalisten!«

An den Tischen neben ihnen schauen die Leute neugierig herüber. Julien zieht sie auf ihren Stuhl herunter. Er lächelt gequält. Genau das hat er vermeiden wollen. Nicks Miene ist völlig undurchdringlich, aber Violet lacht und lallt: *»Viva! Viva!«*

Ihr Mann beugt sich zu ihr und streichelt ihr sanft die Hand. Norman bemüht sich, von ihr abzulenken: »Ja, ein *Viva* auf die Mexikanische Revolution. Sie ist ein Segen für das Volk. Bildung, Kunst, Arbeit. Das sind gute Dinge, nicht wahr?«

Die anderen trinken, aber niemand stimmt in den Trinkspruch mit ein.

»Nun«, meldet sich Frida wieder zu Wort, »mit der Arbeit

war es nicht so einfach. Mein Vater hat seine erst mal verloren, nach der Revolution.«

»Ach ja?«, fragt die Nixe. »Was hat er denn gemacht?«

»Er war Fotograf. Zuvor hat er für die Regierung offizielle Gebäude in Mexiko fotografiert. Kirchen, Monumente, Industrieanlagen oder Bahnhöfe.«

Die Nixe ist beeindruckt. »Interessant, dass ihr Vater Fotograf war, nicht wahr, Nick?«

»Das wusste ich bereits.« Nick schaut Frida an, und sein Blick bleibt an ihren Haaren und den lachsfarbenen Rosen in ihrem Haar hängen.

»Niemand ist mit der Kamera so gut wie du, Nick«, lässt sich jetzt Cathleen vernehmen und hebt ihr Glas. »Auf Nick. Den Besten.«

Nick schüttelt genervt den Kopf.

»Was macht Ihr Vater heute?«, fragt Bruce.

Frida zögert nur kurz. »Nicht viel. Er sitzt im Patio und füttert die Affen.«

»Nick, bist du ihm einmal begegnet?«, fragt die Nixe.

Der betrachtet sein Glas, konzentriert sich und hebt es an die Lippen. Kurz bevor er es austrinkt, sagt er: »Er hat mir einmal seine Sammlung von alten Kameras vorgeführt, in Coyoacán.« Er leert das Glas in einem Zug.

Frida schießen vor Überraschung und Freude Tränen in die Augen. Dieser Satz ist nur für sie gedacht. »Der Tag, an dem Guillermo Kahlo mir seine Kameras gezeigt hat« ist ihr Geheimcode. Niemand außer ihnen beiden weiß, was sich dahinter verbirgt. Nur so können sie sich vor anderen dazu bekennen, dass es etwas sehr Bedeutendes zwischen ihnen gibt.

Nicks Bemerkung schafft einen geheimen Raum für sie beide, und für ein paar Sekunden sind sie ganz allein. Erneut treffen sich ihre Blicke, und es ist, als würde etwas in Bewegung geraten. Frida wartet darauf, dass Nick lächelt und damit zeigt, wie unwichtig die blöden Nacktfotos für ihn sind. Stattdessen beugt er sich zur Nixe und legt seinen Arm um sie.

Frida schaut sich hilflos um. »Bitte, Julien, ruf mir ein Taxi. Ich möchte ins Hotel.«

Sie blockt Juliens Versuche, bei ihr zu bleiben, ab. Sie habe Schmerzen. Und es stimmt ja auch, sie hat Schmerzen. In der Brust, im Bauch, im Kopf. Ihre Seele sitzt in vielen Teilen ihres Körpers und knüllt dort alles zusammen. Nick ist also immer noch wütend. Warum hat sie mit Julien nur diese Aktfotos gemacht? Ja, sie hätte es besser wissen müssen. Müdigkeit, Alkohol und Einsamkeit sind eine schlechte Kombination.

Es passierte zwei Tage vor der Eröffnung. Sie hatten die Bilder an diesem Abend fertig gehängt, und Julien war mit ins Hotel gekommen, hatte die Schuhe ausgezogen und sich auf ihr Bett gelegt, einfach so.

»Ich bin kaputt«, sagt er. »Aber die Bilder hängen perfekt. Es wird eine denkwürdige Ausstellung, und du wirst viele Interviews geben müssen.«

Es ist klar, dass er mit ihr schlafen will und davon ausgeht, dass sie es wieder tun, wie am Tag zuvor. Aber zuerst will er etwas trinken und öffnet mit dem Korkenzieher an seinem Taschenmesser eine Flasche Burgunder, die er mitgebracht hat.

»Ich erwarte jede Menge Sammler. Blöd nur, dass wir nicht alle Bilder verkaufen können.« Er schenkt zwei Gläser voll.

»Diego sagt, Bilder aus Privatbesitz machen in einer Ausstellung einen guten Eindruck.« Frida nimmt sich ein Glas.

Julien gähnt. »Na ja, aber nicht, wenn das Bild irgendjemandem gehört. Leihgabe von Trotzki, das klingt natürlich gut. Aber glaubst du, er will das Bild überhaupt behalten? Komm her, setz dich zu mir!«

Frida nimmt sich lieber den Sessel und legt die Füße aufs Bett. »Gib mir das Kissen.« Sie stopft es sich in den Rücken und greift nach den Zigaretten. »Wo ist das Paket mit den Nüssen?«

»In meinem Sakko, es hängt im Bad.«

»Warum dort?«

»Weil ich keinen anderen Platz gefunden habe, an dem ich sicher sein kann, dass nicht irgendwo Farbe ist. Musst du wirklich hier im Zimmer malen? Kannst du dir nicht ein Atelier mieten?«

»Ich werde in den nächsten Tagen vielleicht einen Raum im fünften Stock bekommen. Vivian passt schon auf, dass ich das Zimmer nicht ruiniere.«

»Was ist jetzt mit dem Porträt, das du für Trotzki gemalt hast? Wir könnten es morgen gut verkaufen.«

Frida reibt verstohlen an einem Farbfleck auf ihrem Handgelenk. »Ich weiß nicht. Ob es ihm viel bedeutet oder nicht, es gehört nun mal ihm. Diego hat mich schwören lassen, dass ich es nicht verkaufe.«

»Ich liebe das Bild. Wie du da stehst, zwischen den Vorhängen … Wenn ich es sehe, habe ich stets dieselbe Vision.«

»Vision?«

»Ich möchte die Kordeln des Vorhangs lösen und dich dahinter ausziehen.«

Während er das sagt, zieht er sie zu sich aufs Bett und nestelt an ihrem Oberteil herum.

»Diese Dinger sind sehr praktisch. Wie nennst du das?«

»*Huipil*.«

»Passender Name. Hui, und schon ist es über den Kopf gezogen. Keine Knöpfe, keine Bänder ... Ja, das ist besser.«

Julien stellt sein Glas ab und küsst Frida. Mit der linken Hand zieht er die Blumen aus ihrem Haar und will auch die Bänder lösen.

»Au, hör auf, das tut weh.«

Sie steht auf und löst die hochgesteckten Zöpfe selbst. Vorsichtig windet sie das rote Band aus den Haaren.

»Warte, warte! Bleib so, ja, genau so. Eine Sekunde!«

Levy geht ins Bad und kommt mit seiner Leica zurück.

»Bist du verrückt? Was soll das werden?«

»Das ist perfekt. Bleib so, ich will etwas ausprobieren.« Er schaltet alle Lampen im Zimmer ein und entfernt den Schirm von der Stehlampe.

»Was hast du vor?«

»Nur ein paar Schnappschüsse. Ich möchte dich einmal mit nackten Brüsten fotografieren und mit offenen Haaren. Ehrlich, davon träume ich seit Wochen.«

»Diego wird dich dafür umbringen.« Frida lächelt und füllt ihre Gläser nach. Sie wird Julien nachher vielleicht den Film aus der Kamera nehmen. Jetzt will sie ihn nicht unterbrechen. Sie mag das Gefühl, dass er sie anschaut und fotografiert. Es ist erregend, fast besser als der Sex mit ihm. Sie greift wieder in ihre Haare und löst die geflochtenen Zöpfe.

»Jetzt dreh dich zu mir. Noch etwas. Gut so. Warte, bleib so. Jetzt mach weiter mit deinen Haaren. Nimm die linke Schulter etwas nach vorne, ja, das ist es.«

Julien ist glücklich.

»Solche Fotos hat noch niemand gemacht, oder?«

»Nein, Mr Levy, Sie sind der Erste. Und der Letzte.«

»Niemand wird diese Bilder sehen oder davon erfahren. Ich schwöre es. Ich werde sie an einem geheimen Ort in meiner Wohnung aufheben und nur hervorholen, wenn ich allein bin.«

Frida zündet sich eine weitere Zigarette an. Julien nimmt sie ihr aus der Hand, und sie greift zu einer neuen. Diego würde toben, das ist klar, aber er ist in Mexiko und wird es nicht erfahren. Julien hat viel zu viel Respekt, um ihm davon zu erzählen. Und Nick wird es auch nicht mitkriegen. Vielleicht ist es eine dumme Idee, Julien solche Fotos machen zu lassen. Aber dazu ist das Leben ja auch da, um dumme Fehler zu machen.

»Du wirst es wirklich niemandem sagen?«

»Ehrenwort!«

Aber er hat es eben doch getan. Als Frida nach dem Besuch im Stork Club ihren Schmuck ablegt, schiebt sie die Vase mit den lachsfarbenen Rosen zur Seite. Dabei kippt der Strauß zur Seite, weil er zu lang ist für das kleine Gefäß. Warum hat das Zimmermädchen die Stängel nicht abgeschnitten? Erst jetzt sieht sie, dass der Strauß von einem Seidenband zusammengehalten wird, und sie begreift, dass diese Blumen nicht von der Hoteldirektion sind, wie sie gedacht hatte, sondern dass sie ihr jemand geschickt hat. Und im selben Augenblick weiß sie, dass sie von Nick sein müssen. Wer sonst sollte ihr lachsfarbene Rosen schicken? Wie gedankenlos! Wieso ist sie nicht schon früher darauf gekommen? Aber sie hat sie heute Abend getragen, und er hat es wahrgenommen.

Sie versteht jetzt auch, warum ihr dieser Strauß von Anfang an so gefallen hat, denn er besteht aus geschlossenen Knospen, halb geöffneten und voll erblühten Rosen. So mischt sie die Blumen bei sich zu Hause, aber ein Florist in New York würde es anders machen. Er würde Blüten auswählen, die gleich weit aufgeblüht sind. Er würde auch nicht diese gefüllten Rosen nehmen, sondern Edelrosen mit weniger Blättern, die dafür eleganter aussehen. Die Rosen, die sie jetzt in den Händen hält, sind wild und geheimnisvoll. Sie sind eine Anspielung, und sie sieht Nick vor sich, wie er eine solche Rose an sein Gesicht presst. Es ist erst wenige Monate her.

Coyoacán, Sommer 1938

Sie sind zu viert auf dem Markt, Diego und Frida, Nick und Cristina. Dass sie sich zu dieser seltsamen Gruppe zusammengefunden haben, ist Zufall. Die Bretons und die Trotzkis sind heute allein unterwegs, was Diego und sie der Aufgabe enthebt, den anspruchsvollen Gästen etwas Neues bieten zu müssen. Nick ist nach Coyoacán gekommen, um Fridas Arbeiten für die Ausstellung in New York zu fotografieren, und

Diego hat ihn kurzerhand eingeladen, am Abend mit ihnen zu essen und mit ihnen dafür einkaufen zu gehen. Cristina ist sowieso fast immer dabei, wenn Frida etwas unternimmt. Die Lieblingsschwester, nur ein Jahr jünger als sie, ist seit Kindertagen engste Vertraute und Freundin. Cristinas Affäre mit Diego war daher aus Fridas Sicht ein doppelter Verrat, der sie zutiefst verstört hatte. Was Diego bei ihrer Schwester gesucht hatte, war nicht schwer zu erraten. Cristina ist ebenso schön wie Frida, doch alles an ihr ist weich und rund, die Lippen, die Brüste, Bauch und Schenkel. Selbst ihr Wesen ist sanft und nachgiebig. Die Natur wollte an Cristina zeigen, was entsteht, wenn sie aus jeder Kante eine Kurve formt. Beide Schwestern erblicken in der jeweils anderen eine extreme Variante ihrer selbst. Vielleicht musste Cristina sich deshalb auf Diego einlassen: um zu beweisen, dass sie das Gleiche erreichen kann wie die große Schwester. Trotzdem haben sie schon nach wenigen Monaten in ihre alte Beziehung zurückgefunden, weil Frida ohne Cristina einfach nicht sein kann.

Sie trinken heiße Schokolade und essen dazu kleine Krapfen, tauschen mit Nachbarn die neuesten Nachrichten über anstehende Hochzeiten und Beerdigungen aus und schlendern zwischen den Ständen umher, um sich für das Abendessen inspirieren zu lassen. Cristina hat zwar eine Einkaufsliste dabei, doch oft wirft sie den Speiseplan um, wenn sie etwas entdeckt, was ihr besser erscheint.

Frida liebt den Markt, seinen Duft nach Blumen, Fruchtsaft und Fisch. Dort, wo die Indiofrauen vor ihren kleinen Garkochern auf dem Boden hocken, steigt der würzige Geruch von scharfen Fleischgerichten auf, die man, in eine Mais-tortilla eingerollt, gleich im Stehen isst.

»Man kann gar nicht richtig einkaufen, wenn man keinen Appetit hat«, sagt Diego und ersteht Tortillas für sich und Nick.

Frida lässt sich treiben und genießt es, wenn die Kinder beim Nachlaufen ihre weiten Röcke streifen. Vor dem Stand von Señora Pérez grüßt sie die alte Dame freundlich. Schon ihre Mutter hatte hier das Obst für die Familie gekauft. Die Señora stapelt ihre Waren auf besonders kunstvolle Weise und legt mit aufgeschnittenen Früchten ein Muster, safttriefend, grünfleischig oder zartrosa. Frida freut sich stets auf den Moment, an dem sich die runzligen, gichtgekrümmten Finger um die perfekt geformten Früchte schließen und Señora Pérez ihren Korb füllt, denn dieses Bild symbolisiert für sie ein Stück Heimat.

Es ist heiß, und ihr weißes *huipil* aus Leinen klebt an ihren Brüsten. Sie spürt die Blicke von Nick und Diego und fühlt sich wie eine Seiltänzerin, die nicht auf den Boden schauen darf. Ihre Nackenhaare stellen sich auf, und sie geht sehr aufrecht. Hinter ihr hört sie, wie Diego großmäulig das Abendessen anpreist, zu dem er selbst überhaupt nichts beitragen wird außer der Unterhaltung. Immerhin sind seine Geschichten ein wichtiger Teil des Genusses, denn er ist ein begnadeter Erzähler. Besteht die Aussicht auf ein großes Abendessen mit Gästen, hat er augenblicklich gute Laune.

Diego klatscht Nick freundlich auf den Rücken: »Du wirst heute bei uns das beste mexikanische Essen bekommen, das du kriegen kannst. Frida, Cristina und unsere geschätzte

Eulalia sind jede für sich schon fantastische Köchinnen, aber zusammen sind sie einfach unschlagbar. Glaub mir, du wirst ihnen zu Füßen liegen.«

»Das tue ich doch längst!«

Hatte Nick das wirklich gesagt? Sie vergisst alle Vorsicht und schaut verliebt zu ihm. Aber die Männer sind schon weitergegangen, und sie kann nicht mehr verstehen, was sie sagen. Nick, *mi amor*, denkt sie, und es wird ihr plötzlich leicht ums Herz. Sie liebt diesen großen, schlaksigen Mann. Und sie will ihn haben. Heute und immer.

Gestern Nacht hatten sie sich nur kurz in ihrem Atelier getroffen. Diego hatte in seinem Kubus in San Ángel geschlafen. Einzig die Nackthunde waren durch die Dunkelheit gehuscht, ihre treuen Komplizen. Sie hätten sofort gewinselt, wäre Diego unerwartet aufgetaucht.

Jetzt hört Frida, wie Diego Tamarinden, Jackfrüchte und Guaven aussucht und zu Nick sagt: »Die sind für Fridas Stillleben. Sie malt sie gerne als ... nun ja, Pobacken und so was alles.« Er deutet mit den Händen auf seinen Unterleib. »Hast du das letzte Bild gesehen? Es quillt praktisch über vor ...«

Cristina schlägt Diego auf die Hand. »Lass das, wir wollen nicht an so was denken, wenn wir essen. Wehe, du sagst so was vor den Kindern.«

Diego grinst und geht weiter.

Señora Pérez füllt den Korb mit den Früchten, und Cristina ruft Diego zurück, damit er bezahlt. Nick tritt neben Frida, und seine Hand berührt ganz zart ihre.

Sie zittert vor Glück. Das Gefühl, die Kontrolle über ihre Affäre zu verlieren, ist wie ein Rausch. Es ist ganz anders als bei Trotzki. Den hatte sie als Triumph gebraucht. Nicht als Rache, wie Cristina vermutet hatte. Die Liebelei mit Leo war eher der Versuch, eine Balance zwischen sich und Diego herzustellen. Aber das mit Nick ist etwas anderes. Mit ihm könnte ein Wort wie Zukunft Bedeutung bekommen. Als ihr das klar wird, mitten auf dem Markt von Coyoacán, ist ihr auf einmal so schwindlig, dass sie sich am nächsten Stand abstützen muss. Sie taumelt in die Blumen von Alvaro hinein. Der drahtige Blumenhändler hält sie fest.

»Hoho, Señora Frida, wollen Sie sich in meinen Blumen verstecken?«

»Auf keinen Fall. Ich will sie kaufen. Mal sehen, was du heute hast, Alvaro.«

Sie fängt sich wieder und betrachtet die Blumen, ohne sie wirklich zu sehen. Sie weiß, dass Nick ungeduldig ist. Er will keine kurzen, heimlichen Treffen mehr. Letzte Nacht hatte er es ihr erneut zu verstehen gegeben. »Komm zu mir nach New York. Lass es uns einfach versuchen. Oder wir leben in Mexiko, wenn du das lieber willst. Wir finden einen Platz für uns. Wir werden sehr viel arbeiten und Freude haben und uns lieben. Ich werde der beste Fotograf der Welt sein. Für dich.«

Sie hatte sein Gesicht in ihre Hände genommen und gesagt: »Das bist du jetzt schon.«

»Was hält dich?«, hatte er gefragt.

Sie wird ihm eine Antwort geben müssen. Es muss ja irgendwann eine Antwort geben, eine Entscheidung. Aber nicht jetzt, nicht heute, nicht hier auf dem Markt von Coyoacán, wo sie vor einem Wald lachsfarbener Rosen steht, rundliche, gefüllte, wonnige Rosen, die sich vor ihren Augen aufblättern. Wenn sie in das Innere der Rosen blickt, denkt sie an ihre eigenen zarten Hautfalten, an ihre unbändige Lust und die Sehnsucht danach, von Nick berührt und geöffnet zu werden. Je länger sie auf die Rosen schaut, desto mehr hat sie das Gefühl, nackt zu sein. Nick steht jetzt direkt hinter ihr und flüstert ihr leise Worte auf Ungarisch ins Ohr. Sie versteht kein Wort, aber seine Stimme sagt ihr, dass er weiß, was sie denkt.

Nick kauft alle lachsfarbenen Rosen, die Alvaro hat. Eine reicht er Frida, die sie sich sogleich ins Haar steckt. Er presst sein Gesicht in den Strauß, und Frida bleibt fast das Herz stehen, weil diese Geste etwas so Intimes hat, dass sie glaubt, alle Menschen auf dem Markt müssten es erkennen. Aber niemand scheint es so zu sehen wie sie. Sie nimmt sich vor, eine Blume für Nick zu malen, die nicht ihr eigenes Geschlecht zeigt, sondern seines. Oder noch besser: beide. Genau, das soll es sein: ein Bild von der Vereinigung ihrer Körper in Form einer Blume. Sie wird das Bild *Xochitl* nennen, den »Ort der Blumen«. Denn so hat Nick sie einmal genannt, in einem sehr stillen Moment.

New York, 3. November 1938

Frida steht in ihrer Ausstellung und raucht. Julien hatte einen Termin mit Conger Goodyear gemacht. Sie ist nervös. Sie mag Conger und kennt ihn schon seit ein paar Jahren, aber er ist der Präsident des Museum of Modern Art, und das flößt ihr Respekt ein. Normalerweise fühlt sie sich gut in seiner Gesellschaft und kann mit ihm Witze machen, aber bisher ging es noch nie um ihre Bilder. Wenn der Chef des MoMA ein Bild von ihr kaufen will, dann ist das schön, aber wenn es stimmt, was Julien sagt, dass er eines ausgesucht hat, das sie bereits verschenkt hat, dann ist das ärgerlich. Und sie hat Angst, es ihm in dem Fall zu sagen.

Die Galerietür geht auf, und Conger Goodyear tritt ein.

»Kommen Sie«, sagt er und geht mit schweren Schritten zu dem Bild *Fulang-Chang und ich.*

»Das will ich. Fürs Museum. Einverstanden?«

Frida seufzt. Jahrelang wollte niemand ihre Bilder haben außer Diego und ein paar Freunden, und jetzt könnte sie manche ihrer Arbeiten gleich doppelt verkaufen.

»Es tut mir so leid, aber ich habe es Mary geschenkt. *Lo siento.* Verzeihen Sie.«

»Was?« Goodyear wirft den Kopf zurück.

Sie mag ihn, er ist ein Gentleman, und er liebt die Kunst. Aber Versprechen sind Versprechen.

»Mary Shapiro?«

»Sie heißt jetzt Mary Sklar«, erinnert ihn Frida sanft.

»Mary Shapiro also. Warum?«

»Wir sind Freundinnen, und sie wollte es haben. Da habe ich es verschenkt.«

»Warum haben Sie nicht gewartet?«

»Sie hat es mir gleich nach der Eröffnung gesagt. Und von Diego habe ich gelernt: Wer ein Bild haben will, soll es haben.«

Goodyear holt zwei Klappstühle von der Wand und stellt sie vor dem Bild auf. Er wartet, bis Frida sich gesetzt hat, und nimmt neben ihr Platz. »Da hat Ihr Mann recht, aber ich bedaure es sehr, ich liebe dieses Bild. Wissen Sie, warum?«

»Der Affe?«

Er schaut sie misstrauisch an. »Ja, der Affe. Aber nicht nur seinetwegen. Obwohl ich zugeben muss, dass ich es in meinem ganzen Leben noch nicht erlebt habe, dass sich ein Künstler – nein, eine Künstlerin! – einen so frechen Scherz erlaubt.«

»Conger, das Bild ist kein Scherz.« Frida richtet sich auf und nestelt eine Zigarette aus ihrer Tasche. Goodyear schlägt die Beine übereinander, holt Streichhölzer aus seinem Jackett und gibt ihr Feuer.

Drohend sagt er: »Nein, natürlich nicht. Es ist viel schlimmer. Es ist frevelhaft!«

»*Madre de Dios!*«

»Sie sagen es! Beten Sie zu ihr und bitten Sie sie um Verzeihung. Sie haben der Muttergottes einen Affen in den Arm gedrückt. Einen Affen! Egal wie niedlich er ist, er sitzt dort, wo normalerweise das Jesuskind sitzt.«

»In meinem Arm?«

»Glauben Sie nicht, Frida, dass Sie mit mir spielen können. Als Sie geboren wurden, war ich schon ein erwachsener Mann. Das Bild ist eine Muttergottes-Referenz. Wollen Sie etwa behaupten, Sie hätten das nicht so beabsichtigt? Sie brechen alle Regeln: Die Maria hält einen Affen, der übrigens einen Blick hat, dass einem angst und bange werden kann.«

Goodyear hat sich beim Sprechen nach vorne gebeugt, in seinen Augen eine Mischung aus Bewunderung und Zorn. Frida lehnt sich auf ihrem Stuhl zurück und schweigt einen Moment.

»Eine Kreatur Gottes«, sagt sie dann mutig und funkelt ihn an.

»Eben. Und auch ein Symbol für Sexualität. Wenn nicht sogar Promiskuität. Ich habe die Mythen der Maya gelesen, Frida.«

Mit der Hand fährt er über seinen Kopf. »Und dann die Haare. Der Affe ist ... sehr haarig, und Sie malen Ihre Augenbrauen ...«

»... wie sie sind«, ergänzt Frida.

»Übertrieben haarig, und dann auch noch einen Damenbart. Und Ihre Haare sind auf diesem Bild nicht etwa hochgesteckt wie sonst, sondern offen und legen sich um Ihren Hals wie eine Alge. Damit nicht genug. Der ganze Hintergrund: haarige Blätter, Kakteen, aus denen Haare wachsen. Das ganze Bild ist ein Aufruf zu sinnlichem ... Genuss. Oder Schlimmerem.«

Frida lächelt ihn zaghaft an. »Es klingt fast so, als würden Sie das Bild gar nicht mögen?«

Goodyear atmet tief aus und blickt zu Boden. »Ich liebe es«, sagt er schlicht. Dann schaut er sie wieder an. »Wenn Mary Shapiro es hergibt ...« Er hebt die Hand, als wolle er sie berühren, aber er lässt sie wieder sinken. »Ich bin zu alt, um mich in Ihren Netzen ...«, er verzieht seinen Mund zu einem bitteren Lächeln, »... oder in Ihren Haaren zu verfangen. Und ich bin nicht unglücklich darüber, zu alt zu sein und Sie nicht mehr für mich gewinnen zu können.«

Sie erwidert nichts und wendet sich allein dem Bild zu.

Goodyear fährt etwas stockend fort. »Aber nicht alles kann ich deuten. Ihr Blick, Frida, so wie er mich von Ihrem Bild aus trifft, ist wie eine Aufforderung. Aber wozu? Da ist dieses rosafarbene Band, das um Ihren Hals geschlungen ist. Hält der Affe es fest? Hält er Sie an der Leine oder Sie ihn? Verspricht es Rettung? Oder wird der Affe Sie damit erwürgen, wenn ich den Blick abwende und nicht auf Sie aufpasse? Verstehen Sie, was ich meine? Ich habe das Gefühl, ich muss Sie immer anschauen, um Sie zu beschützen. Dieses Band kann den Weg in den Himmel weisen oder zur Hölle.«

Frida schweigt weiter.

»Und? Helfen Sie mir dabei, das Bild zu verstehen, selbst wenn ich es nicht kaufen kann?«

Sie zögert. Sie erklärt ihre Arbeiten nicht gerne. Es ist doch alles zu sehen. Aber Goodyears Gedanken rühren sie, und sie möchte ihn trösten, weil er so verzweifelt wirkt.

Sie holt die nächste Zigarette aus ihrer Tasche, und wieder gibt er ihr Feuer. Sie merkt, dass ihre Hände feucht sind, und trocknet sie an ihrem Rock ab. »Ich kann es Ihnen nicht sagen, Conger, aber Sie sind sehr nahe dran.«

Goodyear atmet tief durch. »Malen Sie mir ein neues Selbstbildnis mit einem Affen. Ein anderes Bild, aber ich möchte darin den gleichen Abgrund und die gleiche Verheißung finden.«

Frida legt ihm die Hand auf den Arm.

»*Con mucho gusto, Conger.* Sehr gerne.«

Fridas Hotelzimmer verwandelt sich in ein Atelier.

»Wie kannst du hier drin schlafen«, fragt Vivian jedes Mal, wenn sie den Raum betritt. »Mach doch wenigstens das Fenster auf!«

»Es ist zu kalt. Ich mache es auf, wenn ich rausgehe. Den Portier bitte ich, es nach zwei Stunden zu schließen. Sonst erfriere ich beim Zurückkommen.«

In der Ecke des Zimmers, seitlich vom Fenster, steht eine Staffelei, die Georgia O'Keeffe ihr geliehen hat, als Frida sie am Tag zuvor in ihrem New Yorker Atelier besuchte. »Du kannst sie so lange behalten, wie du willst«, bot Georgia großzügig an. »Ich bin in ein paar Tagen ohnehin wieder auf dem Weg in den Süden.« Frida war beglückt, dass sie einen langen Abend mit der zwanzig Jahre älteren Malerin verbringen konnte, bevor diese wieder nach New Mexico fuhr, wo sie den Großteil ihrer Zeit verbringt. Als sie sich Jahre zuvor zum ersten Mal begegnet waren, hatten sie so heftig miteinander geflirtet, dass Diego, der ihnen zugeschaut hatte, seine Frau seitdem vor anderen gerne als homosexuell bezeichnet.

Beim Aufziehen der Leinwand hatte ihr Juliens Freund Victor geholfen, der gewaltige abstrakte Bilder malt, aber mit viel Sorgfalt einen vierzig mal dreißig Zentimeter großen Keilrahmen für sie baut und ordentlich bespannt. In San Ángel macht sie diese Arbeit entweder selbst oder lässt sich von Diego dabei helfen. Den Knochenleim, mit dem die Leinwand vor den aggressiven Ölfarben geschützt werden muss, hat Victor ebenfalls nach ihren Vorgaben angerührt und aufgetragen. Als er anbietet, sie auch weiß zu grundieren, lehnt sie dankend ab, denn mit dem Grundieren eignet sie sich die Leinwand an, lernt sie kennen, nimmt Kontakt zu ihr auf, entwickelt ein Gefühl für die Spannung des Stoffs. Sie braucht diese Zeit, um sich auf das neue Bild zu konzentrieren, lange bevor sie die Vorzeichnung aufträgt.

Während die Grundierung trocknet, blättert Frida durch ihr Skizzenbuch, in das sie bereits Dutzende mexikanische Pflanzen und Früchte gezeichnet hat, für den Fall, dass sie auf Reisen malen will und weder Anschauungsmaterial noch Bücher zur Verfügung hat. Auch Katzen, Affen, Nackthunde, Papageien und zahlreiche Insekten hat sie schon in die Kladde aufgenommen, trotzdem bittet sie Vivian darum, ihr aus der New York Library einen Band mit Darstellungen von Affen auszuleihen.

Sie beginnt mit dem Hintergrund. Für die feinen Härchen und Adern der Blätter nimmt sie ihre allerfeinsten Pinsel. Die Blätter bilden fast eine Wand, nur oben links bleibt ein Stück blauer Himmel sichtbar. Die Symbolsprache der Pflanzen wird Conger vielleicht nicht auf den ersten Blick erkennen, aber er wird sehen, dass die Blätter auf der linken Seite nach unten zeigen und auf der rechten nach oben. Auf diese Weise gerät der Hintergrund in Bewegung, während ihr extrem starres, ernstes Selbstporträt große innere Anspannung ausstrahlt.

Conger will ein Bild, das ähnliche Gefühle in ihm auslöst wie das, was sie Mary geschenkt hat. Frida will sich aber nicht selbst kopieren. Lieber hätte sie ein anderes Tier gewählt, aber es soll ja unbedingt ein Affe sein, so muss er auf dem neuen Bild eine andere Funktion bekommen. Das Tier macht ihr besonders viel Arbeit, es weigert sich, seinen Platz zu finden, und es schaut ständig in die falsche Richtung. Stundenlang ist sie mit dem Fell und den glänzenden Knopfaugen beschäftigt, dann erfasst sie, dass es gut ist, dem Blick des Affen eine andere Richtung zu geben als ihrem eigenen.

Sie hat ihn auch anders platziert. Er hockt hinter ihrer rechten Schulter und hat seinen linken Arm um ihren Hals gelegt. Sie selbst verkörpert diesmal keine Madonna, sondern hat einen Augenausdruck, wie er auf Porträts der Renaissance zu finden ist, selbstbewusst und warnend. Die Beziehung zwischen ihr und dem Affen scheint nur im ersten Moment unkompliziert. Er könnte ein Freund sein, vielleicht sogar Goodyear selbst, aber er könnte auch nur so tun und ihr in Wirklichkeit schaden wollen. Seine kleine Pfote an ihrem Hals wirkt besitzergreifend, und er könnte ihr mit seinen Krallen die nackte Haut am Hals aufritzen, sobald er die Pfote bewegt.

Wie so oft auf ihren Selbstporträts trägt sie einen ungewöhnlichen Halsschmuck, eine Kette aus einem zerborstenen Knochen, der die Ahnung von Tod und Verwesung wachruft. Mit ihrem Blick teilt sie dem Betrachter mit, dass sie den Affen genau spürt, auch wenn sie ihn nicht anschaut. Das Tier richtet seine Augen auf etwas links vom Betrachter. Auf diese Weise wird die Person, die das Bild ansieht, in die Szene hineingezogen. Sie steht vor der Entscheidung, Frida zu betrachten und ihr damit Nähe und Halt zu geben oder aber den Kopf nach links zu drehen, um zu erkennen, was der Affe wahrnimmt. Was natürlich Unsinn ist – Frida muss lächeln bei diesem Gedanken –, weil niemand sehen kann, was der Affe sieht. Aber was passiert, muss sich der Betrachter fragen, wenn ich Fridas Blick verliere? Wird sie noch da sein, wenn ich den Kopf von ihr abwende? Oder wird sie vom Affen verletzt oder gar getötet? Ihr Mund ist leicht geschürzt, so als wolle sie etwas sagen. Aber was?

Nach ein paar Tagen ist das Gemälde fertig. Sie sitzt im Nachmittagslicht davor und betrachtet es kritisch. Schade, dass Diego nicht hier ist, um ihr seine Meinung zu sagen. Aber sie weiß auch so, dass es ein exzellentes Bild geworden ist.

Frida nickt ihrem Selbstporträt zu. »Conger Goodyear, du hast es so gewollt. Du wolltest genau diese kleine Qual an der Wand deines Museums haben«, sagt sie laut. Sie ist zufrieden mit der Arbeit. Die haarigen Blätter sind besonders gut geworden. Und obwohl ihre eigenen Haare hochgesteckt sind, zeigen der Flaum an der Außenseite ihrer Wange, die Augenbrauen und der feine Damenbart ihre Verwandtschaft mit dem kleinen Affen. So wie wir alle mit dem Affen verwandt sind.

Sie stellt die Pinsel in einen Metallbecher mit Lösungsmittel, schraubt die Verschlüsse auf die Tuben und legt die Palette vorsichtig daneben. Sie müsste jetzt aufräumen und die Pinsel reinigen, aber sie ist zu erschöpft. Später, denkt sie und kriecht unter die Bettdecke. Sie schläft sofort ein.

In den nächsten Tagen beginnt Frida die Arbeit an dem Porträt von Dorothy Hale und verabredet sich abends mit ihren Freunden. Jede Minute wartet sie auf ein Zeichen von Nick. Bis sie in der *New York Times* ein Foto von ihm sieht. »Muray erobert London«, lautet die Überschrift. Darunter ein Bild von Nick, der vor einer seiner neuen Fotoserien steht, farbige Porträts von Hollywoodstars. Frida wusste nichts von der Ausstellung und ist gekränkt. Sie wäre zwar nicht nach London gefahren, aber sie hätte ... ja, was hätte sie? Ihm einen

Brief geschrieben und viel Erfolg gewünscht? Auf jeden Fall hätte sie nicht jede Minute auf ihn gewartet. An manchen Tagen war das anstrengend gewesen, jetzt ist es einfach nur schlimm.

New York, 11. November 1938

Frida stürmt in Juliens Galerie, läuft direkt durch zum Büro und knallt ihm eine Zeitung auf den Tisch.

»Lies das!«

Julien greift danach. Und setzt sich.

Sie beobachtet ihn und geht dabei vor seinem Schreibtisch auf und ab.

»Die Nazis haben in Deutschland die Synagogen angezündet. Und Geschäfte zerstört. Was sind das für Menschen? Die Juden sollen ihre Häuser verlassen, steht da. Ihre Autos werden konfisziert, sie dürfen auch nicht tanken. Wie sollen sie denn das Land verlassen? Viele haben gar keine Pässe mehr. Die haben sie ihnen schon weggenommen.«

Julien schaut auf und schiebt den Artikel von sich.

»Ich weiß das alles. Es geht um diesen deutschen Diplomaten in Paris«, erklärt er. »Jemand hat ihn erschossen. Ein Jude.«

»Und deshalb müssen jetzt alle Juden dafür büßen?« Frida baut sich vor ihm auf. »Das sind deine Leute! Du bist auch Jude! Was willst du tun?«

Julien seufzt. »Tun? Was soll ich denn tun? Setz dich, um Himmels willen, du machst mich ganz nervös.«

Frida lässt sich auf einen Stuhl fallen, steht aber sofort wieder auf.

»Dieser Goebbels ist ein Scheißkerl. Die Straßen in München, steht da, sehen aus wie im Krieg. Die Nazis haben die Schaufenster von Juden eingeworfen und die Läden geplündert. Warum, Julien, warum? Stell dir vor, es gibt Leute, die bringen sich lieber um, als denen in die Hände zu fallen. In Frankfurt nehmen sie Leute in ... wie heißt das ... warte ...« Sie greift sich die Zeitung und sucht nach dem Wort. »... Schutzhaft. Was soll denn das bitte schön sein?«

»Das heißt, sie bringen sie in ein Gefängnis, um sie vor Gewalt zu schützen.«

»Glaubst du das?«

»Keine Sekunde«, sagt Julien, ohne sie anzuschauen.

Frida öffnet seinen Barschrank und gießt sich Whiskey in ein Glas. Julien reagiert zu spät. »Nicht schon so früh am Morgen. Das hilft doch niemandem, Frida.«

»Man kann sich ausmalen, was das bedeutet. Diego hatte recht. Diese Nazis sind Monster. Lies den Schluss, da ist eine Liste von allen Städten, in denen das passiert ist. Berlin und Köln und Hamburg und München, und ich weiß nicht mehr, wie die anderen heißen.«

»Es ist schrecklich, ich stimme dir da völlig zu. Ich werde sehen, ob wir eine Veranstaltung organisieren können, bei der sich Künstler mit den Juden in Deutschland solidarisieren.«

»Ich habe eine Entscheidung getroffen. Mein Vater ist ja Deutscher, und deshalb wurde mein Name mit ›ie‹ geschrieben, als ich getauft wurde.«

»Das wusste ich nicht.«

»Weil ich das ›e‹ weglasse, das ist für die Mexikaner leichter zu merken. Aber wenn ich zurück in Coyoacán bin, werde ich meinen Pass ändern lassen. Ich hasse dieses deutsche ›ie‹. Es muss weg. Es ist wie eine Wunde, wie eine Nabelschnur zu diesen Nazis. Ich will das nicht.«

»Wirst du wirklich im Februar nach Paris fahren?«

»Ich weiß nicht. Meinst du, es ist zu gefährlich?«

»Eigentlich nicht, es gibt ja noch keinen Krieg. Aber niemand kann sagen, wann Hitler damit beginnt, und er wird damit beginnen. Außerdem ist die Stadt jetzt schon voller Flüchtlinge aus Deutschland.«

»Woher weißt du das?«

»Breton hat es mir im Sommer erzählt. Die Leute sind sehr verzweifelt. Die meisten sind Juden, aber es gibt auch viele andere, die von den Nazis verfolgt werden, Journalisten, Künstler, Schriftsteller. Leute, die den Mund aufmachen.«

»Umso besser, dann kann ich gemeinsam mit ihnen auf Hitler schimpfen, diese Kanaille.«

»Gut, dann lass uns gleich die Fotos von den Bildern aussuchen, die wir nach Paris schicken, damit Breton die Ausstellung dort planen kann.«

»Vorher muss ich was essen, dieser Whiskey haut mich um.«

»Ich schau mal, ob ich in der Küche noch was finde. Fang schon mal an.«

»Wo sind die Fotos?«, ruft sie ihm hinterher. Sie muss die Frage wiederholen, weil Julien so laut klappert. Aber aufstehen will sie auch nicht.

»In einer roten Mappe, auf dem Tisch. Links irgendwo unter den Zeitungen.«

Frida sucht eine Weile in dem großen Stapel und stößt auf eine Mappe, auf der »Muray, *dancers*, 1921« steht. Das sind sicher nicht ihre Fotos, aber sie ist zu neugierig, um die Mappe wegzulegen. Sie zieht sie zu sich heran, löst die Schleife und schlägt sie auf. Das erste Foto zeigt einen Tänzer in einem aufwendigen Kostüm. Wie bei einer Marmorskulptur treten die Muskeln an seinen Beinen und seinem Rücken klar hervor. Auf der Rückseite steht sein Name, »Leon Barte«, aber der sagt ihr nichts. Auf dem nächsten Bild sind zwei nackte Tänzerinnen im Profil zu sehen. Sie stehen hintereinander auf den Zehenspitzen und berühren sich zart an den Händen. Es ist eine schöne Aufnahme, erotisch, nicht pornografisch. Frida dreht sie um, unter Nicks alten Studiostempel hat er von Hand geschrieben »Desha und Leja Gorska, 1921«. Leja war seine zweite Frau, sie ist die Mutter von Arija, Nicks Tochter. Frida betrachtet das Foto genauer. Die Körper der beiden Schwestern sind perfekt geformt, schlank und durchtrainiert, weich und fest. Licht und Schatten umschmeicheln sie, sodass sie fast nicht mehr nackt wirken. Zwei Nymphen oder Feen mit kleinen, spitzen Brüsten und anmutigen Gesichtern, halb versteckt hinter schulterlangen Haaren.

Nick ist ein Meister, denkt Frida, kein Wunder, dass alle Tänzerinnen und Tänzer von ihm fotografiert werden wollen. Sie blättert weiter, es gibt noch mehr Aufnahmen von Desha, auch einige von Anna Denzler, die von Isadora Duncan ausgebildet wurde und später deren Nachnamen tragen durfte.

Auf einem dieser Fotos wird die Tänzerin von einem durchsichtigen Tuch umweht.

Bild um Bild sieht sie sich an, und endlich findet sie das, wonach sie gesucht hat, ein Selbstporträt von Nickolas, ebenfalls aus dem Jahr 1921. Er war damals erst neunundzwanzig, zehn Jahre jünger als bei ihrer ersten Begegnung. Frida sucht nach dem Nick, den sie kennt und liebt, aber der Mann auf dem Foto blickt sie abwartend und misstrauisch an, als sei er wütend auf sie, und das tut ihr weh. Sie streicht vorsichtig über die geraden Augenbrauen und über die Nase mit den sanft geschwungenen Flügeln. Nicks Mund ist unfassbar anziehend, das hat sie schon immer gedacht, aber dieses siebzehn Jahre alte Bild löst eine Sehnsucht aus, die neu für sie ist. Die gelockten dunklen Haare sind ein wenig wirr, der steife Hemdkragen umschließt einen schlanken Hals und lässt doch einen ausgeprägten Adamsapfel erahnen. Nick trägt eine schwarze Schleife, wodurch er etwas schülerhaft wirkt, aber auch draufgängerisch. Es ist eine altmodische Aufnahme von einem romantischen Jüngling aus Szeged, der seit acht Jahren in den USA lebt und dabei ist, sein Glück zu machen. In diesem Jahr 1921 hat er sein erstes eigenes Studio eröffnet, und seine Fotos wurden offenbar gleich ausgestellt.

»Das ist die falsche Mappe, das sind alte Tanzporträts von Nick«, bemerkt Julien, als er mit einem großen, mit Sandwiches beladenen Teller hereinkommt und sieht, welche Aufnahmen sie in der Hand hält. Er schiebt eine Frage nach: »Sag mal, ist da eigentlich was zwischen euch beiden?«

Frida antwortet nicht und legt Nicks Porträt zurück in die Mappe. »Nein«, sagt sie schließlich.

»Dann ist gut, denn ich habe ihm von den Fotos erzählt, die wir zusammen gemacht haben. Sorry, ich weiß, ich habe versprochen, es nicht zu tun, aber von Fotograf zu Fotograf ... das ist ein bisschen wie ein Wettbewerb, ich konnte da nicht wirklich widerstehen.«

»Du hättest das nicht tun sollen, *imbécil*«, erwidert Frida. »Wer kann ahnen, wem er es weitererzählt? Und dann weiß es bald die ganze Stadt.«

»Nein«, beteuert Julien und holt die richtige Mappe aus dem Stapel hervor. »Nick sagt bestimmt nichts. Ich glaube, er war sogar ein bisschen schockiert.«

TEIL DREI

New York, 20. November 1938

Die Meyers bewohnen eine weitläufige Wohnung an der Upper West Side. Dorthin laden sie abends zu Lesungen oder Hauskonzerten ein. Heute ist es ein junger Pianist, der sich auf ein größeres Konzert vorbereitet und die Gelegenheit bekommen soll, sein Programm einem ausgewählten kleinen Kreis vorzustellen.

Frida sitzt auf einem Stuhl in der ersten Reihe. »Sie sind unser Ehrengast«, hat Violet gesagt, obwohl viele prominentere Persönlichkeiten anwesend sind.

Frida hält sich aufrecht auf einem Klappstuhl und versucht eine Position zu finden, in der sich ihr Rücken entspannen kann. Als der junge Pianist unter Applaus zum Flügel geht, wischt er sich die Hände an der Hose ab. Frida rührt diese unbeholfene Geste, denn auch Nick macht das manchmal, bevor er seine Kamera in die Hand nimmt.

Der junge Mann beginnt mit dem ersten Stück, einer Ballade von Chopin. Frida bemerkt, wie sich alles in ihr zusammenzieht. Es stimmt nicht, was sie vor ein paar Tagen zu Julien gesagt hat, dass sie klassische Musik nicht mag. Es ist eher so, dass sie Angst davor hat. Sie kann sich nicht gegen das wehren, was sie in ihr auslöst. Die Musik der mexikanischen Mariachi geht ihr zwar auch direkt ins Herz, aber sie stimmt sie glücklich. Und wenn sie doch einmal weint, wenn sie »Jarabe Tapatío« hört, dann ist es, weil sie sentimental gestimmt ist oder betrunken oder beides.

Aber das hier, das bohrt sich wie ein Nagel in ihre Eingeweide. Sie muss die Augen schließen und sich zusammennehmen, um nicht aufzuspringen und wegzulaufen. Bilder flackern in rasendem Tempo in ihrem Inneren auf, sie sieht Diego, Nick, eine ausgelaufene Farbtube, einen ihrer kleinen Nackthunde, ein altes Kleid – und dazwischen immer wieder ihren Vater. Kurz überlegt sie, ob sie nicht doch aufstehen, den Raum verlassen kann. Dass es unhöflich wäre, ist dabei nicht das Schlimmste. Sie müsste an allen anderen Gästen vorbei, sich durch die Reihen schieben, Dutzende Gesichter würden sich zu ihr drehen und an ihrer Maske zerren. Also besser sitzen bleiben und es aushalten, beschließt sie.

Die Bilder kommen und gehen, beruhigen sich aber nach und nach. Das Kaleidoskop dreht sich weniger schnell und bleibt endlich bei einer Einstellung stehen. Sie sieht Guillermo, ihren Vater. Er geht mit langsamen Schritten durch sein Studio zu einem Tisch mit hohen Beinen. Eine schwarze Decke ist darübergebreitet, und darauf steht das Grammofon, sein besonderer Schatz. Der Raum wird durch ein paar Fenster erhellt, die sich oberhalb der Tür befinden, schmale Schächte, wie Schießscharten. Ihre Schatten auf der gegenüberliegenden Wand bilden einen Zaun, zwischen dessen Latten Frida bei ihren Spielen die geheimen Freunde verschwinden lässt, wenn sie beim Vater sitzen darf. Mit sechs Jahren war sie an Kinderlähmung erkrankt, monatelang musste sie im Bett liegen, und auch danach konnte sie nur für wenige Stunden am Tag aufstehen. Daher trug der Vater sie oft zu sich ins Atelier und setzte sie in den schweren Ohrensessel, gab ihr Bücher und kleine Tonfiguren zum Spielen. Und auch an diesem Tag darf sie bei ihm sein.

»Hör zu, Frida, das ist die schönste Musik, die es gibt.« Guillermo setzt die Nadel auf die Platte, die sich eiernd dreht. Es knistert eine Weile, dann beginnt ein klagendes Klavierspiel, und nach ein paar Takten setzt eine Frauenstimme ein. Man kann fast nicht verstehen, was sie singt, aber es ist Deutsch. Später erfährt sie, dass die Sängerin Edith Clegg heißt und in England lebt.

Guillermo wendet sich dann zu Frida, denn er will sie fotografieren. Wie alt ist sie? Acht oder zehn oder zwölf? Die Szenen überlagern sich, denn es ist immer dasselbe, was er zu ihr sagt: »Halt still, Frida. Warte. Ich muss es erst finden.« Er hat nie erklärt, was er finden muss, aber sie weiß es, seitdem sie selbst malt. Er muss das Bild finden, er muss es zuerst sehen.

Der Vater richtet die Lampen ein, dann bereitet er die Kamera vor. Dafür verschwindet er unter dem schwarzen Tuch, kommt wieder hervor, starrt sie an. Setzt sich auf einen Schemel und betrachtet sie prüfend, forschend, liebend. Und sie schaut zurück, studiert das schmale Gesicht des Vaters, seine besorgten Augen, über denen sich die Augenbrauen wölben wie bei ihr, mit dem Unterschied, dass zwei scharfe Falten die Brauen daran zu hindern scheinen, sich miteinander zu verbinden. Auch ihre Nasen ähneln sich, doch sein Mund wird von einem Schnäuzer verdeckt, und so gleitet ihr Blick wieder zu seinen Augen, denen sie sich anvertrauen will, auch jetzt, als er sie genau mustert. Sie ist sein Kind und sein Geschöpf. Ihm verdankt sie, dass sie wieder hüpfen und springen lernte, obwohl das rechte Bein seit der Krankheit kürzer und dünner ist als das linke. Die Kinder in der Nachbarschaft hatten sie gehänselt und *Pata de palo*, »Holzbein«, gerufen. Ihr Vater wischte das mit einer Handbewegung weg, als sie es ihm unter Schluchzen erzählte. »Lauf Frida«, sagte er, »lass dich nicht abhängen. Lauf durch die Straße, klettere auf den Baum, du kannst das!« Er hat ihr Rollschuhe geschenkt, einen Fußball und sogar Boxhandschuhe. Wenn sie in schmutzigen Kleidern nach Hause kam oder ihre Haarschleife beim Toben verloren hatte, war es der Vater, der die Mutter besänftigte. »Lass mal. Sie muss doch laufen.«

Bevor der Vater sie heute fotografiert, studiert er ihre Haltung, gibt kurze Anweisungen: »Das Kinn etwas höher, das linke Ohr näher zu mir.« Er spricht freundlich, aber ihr ist bewusst, dass er etwas Bestimmtes von ihr will. Ihre Augen sollen leuchten, damit er sich darin spiegelt.

Der Applaus holt sie wieder zurück in den Salon der Meyers. Frida klatscht ebenfalls und lächelt den jungen Mann an, der aufsteht und sich verbeugt. Dann beginnt er ein neues Stück, und sie ist sich nun sicher, dass sie es jetzt aushalten kann, an den Vater zu denken, und ihre Gedanken wandern zurück. Sie sind ein besonderes Paar, Guillermo und Frida. Verbündete. Die Krankheit knüpft ein Band zwischen ihnen, das alle anderen Familienmitglieder ausschließt. Frida ist die

Einzige, die weiß, was zu tun ist, wenn er einen seiner epileptischen Anfälle erleidet. Eine Zeit lang kommt das häufig vor, und er nimmt nur sie mit, wenn er für einen Auftrag in die Stadt muss. »Schau immer zuerst auf die Kamera, bring sie in Sicherheit. Erst dann hilfst du mir, verstanden?«

Sie nickt und hält seine Hand fest, damit sie es merkt, wenn seine Finger schlaff werden. Der Vater verdreht dann die Augen und taumelt. Frida nimmt ihm dann schnell den Tragegurt mit der schweren Kamera ab, stellt sie vorsichtig auf den Boden, drückt dem Vater die Faust in die Kniekehlen, damit er langsam niedersinkt und nicht nach vorne aufs Gesicht fällt. Sie sorgt dafür, dass er nicht im Dreck liegt, nicht auf der Straße, nicht im Pferdekot. Träufelt ihm seine Medizin ein und wartet wie ein kleiner Schutzengel an seiner Seite, bis es ihm besser geht und er sich wieder aufsetzen kann. »Das ist keine Aufgabe für ein Kind«, sagt Matilde, wenn sie zurückkommen und sie am Staub auf Guillermos Anzug erkennt, was geschehen ist. Aber sie will ihn auf gar keinen Fall selbst begleiten.

Bei ihren Fotositzungen gibt es Momente, in denen sie sich anschauen und nicht sehen. Und dann wieder Bruchteile von Sekunden, in denen sie einander durchdringen. Manchmal zündet Guillermo sich einen Zigarillo an und stellt das Grammofon erneut an. Frida lernt von ihm, ihren Blick zu steuern. Mit zehn kann sie ihre Augen unbeweglich auf jemanden richten, ohne mit den Wimpern zu zucken. Sie versteht es, in das Innere ihres Gegenübers einzudringen und die eigenen Gefühle dabei komplett zu verbergen.

Der junge Pianist im Salon der Meyers spielt jetzt andere Musik. Frida hat nicht aufgepasst, was es ist. Vielleicht etwas Russisches? Plötzlich friert sie. Ist hinter ihr ein Fenster aufgemacht worden, oder warum hat sie auf einmal das Gefühl, ihr Rücken sei nackt? Er fühlt sich kalt und verletzlich an, als könnte plötzlich jemand mit einer Gabel hineinstechen. Um sich von der aufsteigenden Panik abzulenken, fragt sie sich, wie sie das malen würde. Ihren eigenen nackten Rücken mit den Operationsnarben würde sie in die Mitte setzen und dazu Menschen, die herumstehen, sich unterhalten und mit ihren Gabeln herumfuchteln, wobei ab und zu einer aus Versehen mit den spitzen Zinken in ihren Rücken stößt.

Vor drei Jahren hatte sie ein Bild gemalt, das Cristina als ihr grausamstes bezeichnet hat: *Ein paar kleine Dolchstiche.* Es ist kleinformatig wie fast alle ihre Arbeiten, und sie hat sich damit von dem Schmerz befreien wollen, den Diego ihr zufügte, als er sie mit ihrer Schwester betrog. Die nackte Geliebte liegt erstochen auf dem Bett, das Blut ist bis auf den Bilderrahmen gespritzt. So hatte sie es gefühlt, und so hatte sie es gemalt. Inspiriert hatte sie eine Zeichnung eines deutschen Malers, der ebenfalls eine Frauenleiche nackt auf einem Bett dargestellt hatte. Außerdem las sie fassungslos von einem Mörder, der sich vor Gericht für seine Tat mit dem dreisten Kommentar »Es waren doch nur ein paar kleine Dolchstiche« rechtfertigt hatte.

Was sie heute fühlt, ist etwas anderes. Sie wird ein Bild malen müssen, das sie von hinten zeigt. Kann sie das? Würde sie sich damit nicht noch mehr ausliefern als je zuvor? Wenn sie den Betrachtern nicht ins Gesicht schauen kann, verliert sie die Kontrolle. Warum hat sie auf einmal das Bedürfnis, sich so angreifbar zu machen?

Der Pianist macht eine kleine Pause, Violet reicht Frida einen Cocktail und erzählt ihr etwas, aber Frida kann ihr nicht folgen. Sie steckt fest in ihrem Inneren und kann die drängenden Fragen, die wie kleine Blasen aus einem schwarzen Sumpf aufsteigen, nicht wegschieben. Als das Konzert weitergeht, fürchtet sie kurz, wenn sie sich anlehnt, würde sie blutige Streifen auf der Stuhllehne hinterlassen.

Endlich merkt sie, dass ihr Rücken wärmer wird. Sie entspannt sich und kann auch wieder hören und riechen, was um sie herum geschieht. Und jetzt ist da der Duft von Seife und Pinie mit einem Hauch von Leder. Frida erkennt diesen Geruch sofort, sie würde ihn überall erkennen. Nick ist in diesem Raum, irgendwo hinter ihr. Vielleicht gar nicht weit. Kann sie ihn atmen hören? Womöglich schaut er sie in diesem Moment an. Aber er rührt sich nicht. Sagt nichts, räuspert sich nicht. Und doch weiß sie, dass er da ist. Er ist zurück aus London, wahrscheinlich sogar erst heute angereist, um die Einladung annehmen zu können und sie zu sehen.

Frida sitzt ganz still, lauscht der Musik, der Pianist spielt ein modernes Stück, schräg und zart zugleich. Sie streicht mit beiden Händen kurz über ihren Hals und lächelt.

Zwei Stunden später, in denen Frida mit vielen Leuten geredet und gelacht, wenig gegessen, aber reichlich getrunken und geraucht hat, sagt Nick zu Violet: »Ich bringe Frida ins Hotel.« Seine Stimme duldet keinen Widerspruch, und das fühlt sich an wie ein warmes Tuch, in das er sie einwickelt.

Vor dem Haus der Meyers winkt er ein Taxi heran und hilft ihr beim Einsteigen. Er nennt dem Fahrer die Adresse seiner Wohnung, und erleichtert lehnt sie sich an ihn.

Vor dem Haus steht ein Zeitungsverkäufer, der verblüfft zur Seite tritt, als Frida an ihm vorbeigeht. Der Portier nickt nur und schiebt das Aufzugsgitter für sie zur Seite. Oben angekommen schließt Nick seine Wohnung auf, und vorsichtig tritt Frida ein. Diese Wohnung kennt sie noch nicht, neugierig und befangen mustert sie die Räume, die Fotos an den Wänden, die ordentlichen Bücherregale, die mexikanischen Skulpturen auf der Erde.

Sie ist so unendlich müde. Sie lässt sich auf einen Sessel sinken, greift nach einem Kissen und stopft es sich in den Rücken. Nick bleibt einen Moment vor ihr stehen und erkennt an ihren Augen, dass sie für eine Aussprache zu erschöpft ist. Er hockt sich vor sie und sagt leise: »Wir reden später.« Vorsichtig hebt er sie hoch und trägt sie in sein Schlafzimmer, wo seine Reisetasche aus London noch unausgepackt auf dem Bett steht. Mit dem Fuß schiebt er sie herunter, zieht den Überwurf weg und legt Frida auf sein Bett. Er setzt sich neben sie, streicht ihr übers Haar und pflückt vorsichtig die Blüten heraus. Dann zieht er die Kämme heraus und löst die Spangen. Mit beiden Händen fährt er ihr durch das dicke schwarze Haar. Es bleibt gewellt in der Form, in der es so viele Stunden festgezurrt war. Nick entkleidet Frida, langsam und sanft. Die Pumps und die langen Strümpfe, das Tuch, die wollene Jacke, das *huipil*, die Kette mit dem schweren Anhänger. Jedes Stück legt er ordentlich auf einen Stuhl, bis sie völlig nackt ist und die Bettdecke über sich zieht.

»Du radierst mich aus«, flüstert Frida.

»Nein«, sagt er, knöpft sich das Hemd auf und beugt sich über sie. »Ich hole dich hervor.«

Als Frida in der Nacht wach wird, steht Nick in seinem Morgenmantel am Fenster und schaut auf die Straße. Es hat zu schneien begonnen, und sie sieht die Flocken vor dem Fenster wirbeln.

»Nick?«

»My dear?«

»Warum hast du so lange gewartet? Warum erst heute? Das war ... *una tortura*, Folter.«

Er dreht sich zu ihr um.

»Müsste nicht ich diese Frage stellen, Frida? Warum Julien?«

»Du warst nicht da!«

»Und dann muss sofort ein anderer in dein Bett kriechen? Ausgerechnet Julien! Ein Freund von mir. Und dann diese Fotos, was soll das?«

»Ich weiß nicht, *mi amor*, es tut mir leid. Es war idiotisch, und ich schäme mich dafür.«

»Ich habe dich noch nie nackt fotografiert.«

»Du kennst mich so nackt wie niemand sonst. Ich liebe dich. Ich habe so auf dich gewartet.«

Nick schaut wieder aus dem Fenster. »Wir beide sind ständig asynchron. Es ist wie beim Fechten, vor und zurück, nie in derselben Richtung. Ehemann, Ehefrau. Immer pressen wir unsere Liebe zwischen das Leben mit anderen. Ich glaube, ich will das nicht mehr. Deshalb habe ich so lange gewartet.«

Frida richtet sich auf und schaut ihn erschrocken an.

»Du meinst, es ist vorbei?«

Nick sieht sie an.

»Du weißt genau, was ich will, Frida.«

Sie atmet tief durch. »Mich? Immer noch?«

Er nickt. »Nicht immer noch. Immer.«

Sie wacht ein zweites Mal auf in dieser hellen Nacht.

»Nick?«

»Frida.«

»Weißt du, wie du sterben willst?«

Er denkt kurz nach, aber er fragt nicht, warum sie das wissen will. Das gehört zu den Dingen, die sie an Nick besonders mag. Er nimmt sie und ihre Fantasien einfach so hin, liebt sie mitsamt den dunklen Wolken, die um sie herum schweben.

»Mit dem Säbel in der Hand. Und du?«

»Ohne Säbel, aber genau wie du. Im Stehen.«

Nick stützt seinen Kopf mit der rechten Hand ab. Die linke wandert über ihren Körper.

»Für dich würde ich nach Mexiko ziehen und in New York nur das Atelier und ein kleines Apartment behalten. Arija könnte ein paar Monate im Jahr bei uns leben und den Rest der Zeit bei ihrer Mutter. Sie will unbedingt im Frühling nach Frankreich, aber ich bin nicht begeistert davon.«

»Ich will auch nach Frankreich.«

»Ich weiß, und das gefällt mir ebenso wenig. Aber du wirst nur kurz dort sein und anschließend zu mir zurückkommen. Arija will mit Leja jedoch ein paar Monate dort sein, will Französisch lernen und malen.«

Frida angelt nach dem großen Kissen, das auf den Boden gerutscht ist, und schiebt es sich in den Rücken. Sie zündet sich eine Zigarette an und lehnt sich zurück.

»Die Nazis wagen hoffentlich nicht, Frankreich zu besetzen«, sagt sie.

»Natürlich tun sie das, die Deutschen haben das immer getan.«

»Und was machen deine ungarischen Landsleute? Sie paktieren mit Hitler.«

»Unsinn. Ungarn ist nicht mit den Nazis verbündet.«

»Aber sie lassen sich von ihnen Land zuschustern. Ich habe es in der Zeitung gelesen. Sie profitieren von den Nazis. Sie machen die Tschechoslowakei kaputt, und Ungarn bekommt etwas vom Kuchen ab.«

Nick sieht unzufrieden aus. »Das stimmt, aber das sind Gebiete, in denen Ungarn leben.«

»Und damit wird es richtig?«

»Nein, es ist falsch, aber wir sind hier so weit weg, wir können das gar nicht wirklich beurteilen, was dort passiert.«

»Unrecht ist immer Unrecht, egal, von wo aus man es sieht, auch von weit weg.«

»Das ist nur eine Parole, Frida. Du weißt, dass ich solche Gespräche hasse.«

Frida drückt ihre Zigarette aus und erhebt sich. Sie wickelt sich in die Decke und stellt sich ans Fenster, blickt auf die verschneite Straße, in der erste Autos schwarze Rillen hinterlassen. »Hast du von dieser schrecklichen Nacht gehört in Deutschland? Sie hat sogar einen Namen, ›Kristallnacht‹. Weil so viel Glas zerbrochen ist.«

»Ja, das habe ich gelesen, als ich in London war. Schrecklich.«

»Julien will irgendwas organisieren, einen Protest der Künstler oder so.«

»Das bringt nichts.«

»Hast du was gegen Juden?«

»Ich? Nein.«

Frida setzt sich wieder zu ihm ins Bett und nimmt sich eine neue Zigarette.

»Warum bist du dann so ungerührt?«

»Bin ich nicht.«

»Klingt aber so.«

Nicks Gesicht wirkt starr. »Frida, ich bin selbst Jude!«

Sie ist so überrascht, dass sie das Streichholz erst auspustet, als es ihr fast die Finger verbrennt.

»Du bist Atheist. Das hast du mir einmal gesagt.«

Er legt die Hände in den Nacken und massiert seinen Hals.

»So habe ich es in meinen Pass eintragen lassen, als ich in die USA kam. Aber geboren bin ich als Jude.«

»Nickolas Muray?«

»Miklós Mandl. Das ist mein Taufname. Mein Vater heißt Samu, und meine Mutter hieß vor ihrer Hochzeit Klára Lövit. Wir gehörten zur jüdischen Gemeinde in Szeged. Aber schon damals war es schwierig, als Jude akzeptiert zu werden, auch in Ungarn. Samu wollte mit unserer Mutter und uns Kindern nach Budapest ziehen, damit wir eine gute Schule besuchen konnten. Aber dort war es mit dem Antisemitismus schlimmer als in Szeged, also benannte er sich und unsere Familie um. Er wählte Murai als neuen Nachnamen, was so viel wie ›der am Fluss Mura wohnt‹ heißt.«

»Und daraus hast du dann Muray gemacht?«

Er nickt. »Ich sollte eigentlich Jurist werden. Ich war der Lieblingssohn meiner Eltern – und hab sie sehr enttäuscht.«

»Aber nein. Warum sollten sie enttäuscht sein? Du hast nie über sie gesprochen.«

»Weil sie weit weg in Ungarn waren und ich keine Lust dazu hatte. Aber in den letzten Jahren ist meine Familie nach und nach in die USA emigriert. Ich habe drei Brüder, eine Schwester und jede Menge Nichten und Neffen. Auch meine Eltern wanderten aus, und auf einmal waren sie froh, dass der verlorene Sohn eine gute amerikanische Karriere gemacht hat. Sie brauchen ständig Geld. Na ja, wenn es nur das wäre ...«

Er steht auf, geht zum Regal und nimmt einen Bilderrahmen, den er Frida reicht: »Das ist die ganze Sippe, alle leben jetzt in den USA. Bis auf meinen Vater da in der Mitte, Samu. Er ist zurückgegangen zu seiner Geliebten.«

»Und deine Mutter?«

»Ist hiergeblieben und hält die religiösen Sitten hoch. Und die Familienfahne. Ich rufe sie jede Woche an, und einmal im Monat besuche ich sie.«

»Dann gibt es sicher ein großes Familienessen.«

»Ja, aber ...«, Nick stellt das Foto zurück, »... ich gehe immer ... vor dem Essen.«

»Warum das denn?«

»Ich will diese Geschichten aus Ungarn nicht hören. Das Kapitel ist für mich vorbei. Obwohl ich schwach werden könnte, wenn ich den Duft der Fischsuppe in der Nase habe. In Szeged gibt es die beste Fischsuppe der Welt, und meine Mutter ist eine gute Köchin«, sagt er wehmütig.

»Dann solltest du dich auch zu ihr an den Tisch setzen. Man hat seine Mutter nicht ewig, ich weiß das. Und dass du Jude bist ... das soll hier niemand wissen?« Frida kann nicht verhindern, dass ihre Frage einen scharfen Unterton hat. Nick reagiert entsprechend aggressiv.

»Glaubst du, man hätte mich in diesem Fall in den New York Athletic Club aufgenommen? Ich hasse Antisemitismus, aber ich habe mir geschworen, nie wieder zu erleben, als Jude zurückgesetzt zu werden.«

»Und da hast du einfach beschlossen, keiner mehr zu sein?«

»Mir bedeutet Religion nichts. Ohne den richtigen Club und seine Trainer hätte ich nie an den Olympischen Spielen teilnehmen können.«

Eine solche Strategie kann Frida nicht akzeptieren. Wobei ihr klar ist, dass sie selbst schon zu viele Kompromisse gemacht hat, um sich als Verfechterin konsequenten Verhaltens aufzuspielen. Einlenkend sagt sie mit einem Lächeln: »Du bist ganz schön ehrgeizig.«

Nick grinst. »Bin ich.«

»Der beste Fechter, der beste Fotograf. Was noch?«

Er zieht den Morgenmantel aus. »Die schönste Frau der Welt in meinen Händen.«

Er küsst ihren Hals, und sie sagt leise: »Nick? Gib mir eine von den kleinen weißen Tabletten aus meiner Tasche.«

»Bitte nicht. Ich will, dass du bei mir bist, Frida. Betäube dich nicht.«

»Darum geht es nicht. Ich will nur ... weich sein ... biegsam. Für dich, *mi amor*.« Als er nicht reagiert, fügt sie hinzu:

»An manchen Tagen geht das nur mit diesen kleinen Dingern. Bitte.«

Nick hievt sich bäuchlings über den Bettrand und tastet nach ihrer Tasche. Er findet das Röhrchen mit den Tabletten. Und noch etwas anderes. Einen Brief. Nick muss nicht nachsehen, von wem er ist, er weiß es auch so.

»Diego hat dir geschrieben?«

»Nichts Wichtiges.« Sie lügt, und er merkt es. Diegos Briefe sind immer wichtig.

Nick atmet tief durch. Dann öffnet er das Röhrchen und lässt eine Tablette in seine Hand rollen. Er nimmt sie in den Mund, küsst Frida und schiebt sie ihr mit der Zunge über die Lippen.

»Könnte ich dir nur das alles sein«, flüstert er ihr ins Ohr, »Medizin und Heilung und Glück und Zukunft.« Er nimmt einen Schluck Wasser und beugt sich wieder über sie. Er möchte ihre Quelle sein. Mehr würde er ja gar nicht fordern.

New York, 6. Dezember 1938

Querida *Cristina, allerbeste Schwester und liebste Freundin,*
ich kann Dir nicht erzählen, wie es mir geht. Du sollst aber wissen,
dass ich sehr glücklich bin, zum ersten Mal vielleicht so glücklich wie
seit Jahren nicht. Du musst diesen Brief sofort vernichten, wenn Du
ihn gelesen hast. Ich würde Dir alles erzählen, wenn Du hier wärst.
Also, mit Julien ist es vorbei (wehe, Du wirfst diesen Brief nicht weg
und Don D. bekommt ihn in seine Finger, dann ermorde ich Dich).
Julien nimmt es sportlich, aber er wüsste so unheimlich gerne, wer

nach ihm kommt. Ich habe ihm gesagt, es gäbe keinen Ersatz. Und das
ist sogar wahr. Denn der Mann, den ich liebe, ist kein Ersatz für nie-
manden, auch nicht für Froschgesicht.

Wenn ich zurück bin, dann erzähle ich Dir alles, und Du musst
mir versprechen, ihn gern zu haben. Aber nur ein bisschen, auf GAR
KEINEN FALL mehr, hörst du? Hahaha!

Niemand weiß etwas, niemand merkt etwas, es ist sehr schön und in-
nig. Ich bin glücklich, und ich glaube auch, dass ich gesund werde. Ist
das möglich? Kann Liebe gesund machen? Nun, mein Fuß sagt nichts
dazu. Ich traue ihm noch nicht, aber mein Rücken fühlt sich besser
an, vielleicht weil er kein grober Klotz ist, der mich in die Matratze
drückt, sondern ein Ritter mit stählerner Lanze (nein, das meine ich
nicht so, wie Du jetzt denkst, Schwester. Schlag in den Deutschen
Legenden *von Papa nach, such die Geschichte über Tristan, dann*
weißt Du, was ich meine).

Ich muss los.

In Liebe,

Frida

PS: Ich muss schwierige Entscheidungen treffen, aber ich werde erst
mal nach Paris fahren, dann nach Mexiko kommen und danach ent-
scheiden.

PPS: Ich schicke den Kindern heute ein Paket mit roten Stiefeln und
Schokoladennikoläusen, das hoffentlich bis Weihnachten bei Euch ist.
Es ist eine Tradition aus Ungarn, aber in Deutschland soll es sie auch
geben. Der Nikolaus ist ein Heiliger, dessen Tag am 6. Dezember ge-
feiert wird, also heute. Frag Papa, ob er ihn kennt. Man muss seinen
Schuh am 5. Dezember abends vor die Tür stellen.

Nick und Frida sind auf dem Weg nach Harlem.

»In den Cotton Club«, sagt sie zum Taxifahrer.

»Nein, der hat geschlossen«, mischt sich Nick ein.

»Ich habe gehört, er hat wieder aufgemacht. Irgendwer hatte mir erzählt, ich müsste unbedingt dorthin.«

»Wahrscheinlich Julien. Der hat keine Ahnung, glaub mir. Der Club war mal angesagt, ist lange her.«

»Diego und ich waren dort noch vor ein paar Jahren.«

»Lady, ihr Freund hat recht«, meldet sich der Taxifahrer zu Wort. »Der Cotton Club musste schließen, weil es Unruhen gab. Man hat ihn in Midtown neu eröffnet, aber er ist nicht mehr derselbe.«

»Sag ich ja.« Nick freut sich, dass der Fahrer ihm zustimmt.

»Also, wohin dann?«, fragt Frida.

»Wir beginnen im Savoy Ballroom.«

»Gute Wahl«, bemerkt der Taxifahrer zufrieden und fährt nach Norden. »Vielleicht haben Sie Glück, und Chick tritt heute auf. Er geht nicht mehr auf Tour und ist daher öfter im Savoy zu hören.«

Frida schaut Nick fragend an. Der schnalzt mit der Zunge. »Chick Webb. Genialer Schlagzeuger mit eigener Band. Hat im letzten Jahr die Battle des Jahrhunderts gegen Benny Goodman gewonnen. Er war es, der Ella Fitzgerald entdeckte. Aber die singt heute nicht, das hätte sonst in der Zeitung gestanden.«

Zwanzig Minuten später hält das Taxi vor dem Club in der Lenox Avenue, zwischen 140th und 141st Street. Die Fassade ist hell erleuchtet. »Savoy«, steht in großen Lettern über dem Eingang, darunter »World's Finest Ball Room«, links und rechts blinken lilafarbene Musiknoten. Ein paar Weihnachtsbäume kleben an der Fassade, Lichterketten verbinden sie mit den Leuchtbuchstaben.

»Da wären wir«, sagt der Fahrer, »im *Home of happy feet*. Amüsieren Sie sich. Das Parkett wurde gerade neu gemacht. Es ist alle drei bis vier Jahre dran. Die Leute, die hierherkommen, sind nämlich verrückt. Gehören Sie vielleicht auch zu denen, die zehn Stunden durchtanzen? ... Oh, danke, Sir.« Er nimmt die Scheine entgegen und tippt sich an die Mütze.

Der Bürgersteig ist voller Menschen, obwohl es wieder schneit. Musik und Stimmengewirr dringen aus den geöffneten Fenstern des Clubs. Frauen in dicken Schals oder Pelzen und Männer in groben Wollmänteln stehen herum, rauchen und unterhalten sich. Manche sitzen trotz der Kälte auf der Feuertreppe.

»Man muss manchmal raus, um nicht tot umzufallen«, kommentiert Nick die Ansammlung von Menschen vor dem Clubeingang. Er sucht die Schaukästen ab, kann aber Chick Webbs Namen nicht entdecken. Stattdessen werden ein Tanzwettbewerb und mehrere Überraschungsauftritte angekündigt. Je näher sie dem Eingang kommen, desto stärker spürt Frida elektrisierende Vorfreude. Über der Tür blinkt ein Schild: *»Welcome to the home of happy feet«*, genau wie der Taxifahrer gesagt hatte.

Als sie die Schwingtür passieren, tauchen sie in eine neue Welt ein. Der Eingangsbereich ist pink gestrichen und strahlt in hellem Licht. Anders als im Stork Club scheint der Besitzer des Savoy in eine gute Lüftung investiert zu haben, Frida fröstelt fast ein wenig. Die Musik dröhnt in ihren Ohren, und alle Leute schreien, weil man sonst kein Wort verstehen würde.

Nick bezahlt den Eintritt und steckt einem jungen schwarzen Kellner einen Schein zu, damit er ihnen einen guten Tisch besorgt. »Wird 'n Moment dauern, Sir«, ruft er ihm zu. »Warten Sie dort an der Bar, ich hol Sie, wenn ich was hab.« Und schon ist er weg.

Nick legt seinen Arm um Frida und bahnt ihnen einen Weg zu der ersten Bar, die sich ein paar Stufen oberhalb der Tanzfläche befindet, sodass sie einen guten Blick auf die wogende, zuckende, schlenkernde Masse haben. »Viertausend Leute quetschen sich hier manchmal, aber es gibt keinen besseren Ort für Jazz und Swing. Was willst du trinken? Bier?«

Frida nickt. Zufrieden schaut sie sich um. Die große Tanzfläche wird von Säulen begrenzt, die wie Palmen aussehen und angeleuchtet werden. Die meisten Paare sind schwarz, aber es sind überraschend viele Weiße dazwischen.

Nick folgt ihrem Blick und ruft ihr zu: »Das gibt es nur hier, dass Weiße und Schwarze im selben Saal tanzen. Im Roseland spannen sie ein Seil über das Parkett, damit die Leute sich nicht mischen. Absurd.«

Frida stimmt ihm zu. Sie mag die Vorstellung, dass Menschen verschiedener Hautfarben zusammen tanzen. Auch in Mexiko gibt es einen Wettbewerb um die hellste Haut, dem sie sich selbst immer verweigert hat, nicht nur weil ihr Großvater mütterlicherseits von Indios abstammt. Keines der Paare scheint mehr als ein paar Zentimeter Platz zu haben, trotzdem wirbeln die Menschen wild umher.

»Das ist Lindy Hop«, schreit Nick. »Faszinierend, nicht wahr? Ich würde selbst nicht so tanzen wollen, aber ich schaue gerne zu.«

Frida lacht. Dass Nick so akrobatisch swingen würde wie das junge schwarze Pärchen vor ihrer Nase, findet sie komisch. Nick ist ein Mann der schnellen, aber klaren Bewegungen. Beim Fechten ist er gewohnt, dass seine Anstrengungen zu einem Ergebnis führen. Das Gezappel passt überhaupt nicht zu ihm. Liebe steigt in ihr auf, als sie ihn von der Seite anschaut. Er trägt einen Anzug aus Tweed und darunter ein offenes weißes Hemd. Seine Haare fallen ihm in die Stirn, und seine schönen langen Finger sehen selbst mit einem Bier in der Hand elegant aus.

Sie blickt zur Band. Es sind acht junge schwarze Musiker in eleganten Anzügen. Sie spielen mit großer Freude und großem Ernst. Frida muss an einen Satz ihres Vaters denken: »Wenn du etwas richtig machst, tut es weh und gut im selben Moment.« Das Wort »Leidenschaft« hätte Guillermo nicht benutzt, aber er hatte es bestimmt dabei im Sinn.

Der Kellner taucht vor ihnen auf und macht ihnen ein Zeichen. Sie folgen ihm zu einem Tisch nahe der Tanzfläche. Nick bestellt mehr Bier und ein paar Snacks. Der erste Tanzwettbewerb beginnt, und Frida ist glücklich, einen Platz zu haben, von dem aus sie alles hervorragend sehen kann. Ein Trommelwirbel kündigt die Whitey's Lindy Hoppers an. Nick erklärt, diese Gruppe sei praktisch die Haustruppe vom Savoy. Vier Frauen, gekleidet wie Zimmermädchen in sehr kurzen Kleidern, mit weißen Schürzen und Häubchen, flachen Schuhen und weißen Söckchen stürmen, von einem weiteren Trommelwirbel begleitet, auf einen inzwischen abgetrennten Bereich inmitten der Tanzfläche. Ihnen folgen vier Männer in Portierslivree. Alle stellen sich in Reihe und reißen die Arme hoch. Das Publikum johlt und applaudiert, und schon geht es los.

Wie unter Strom tanzen sie im jagenden Rhythmus, halten sich an den Händen, hüpfen, stampfen und springen leichtfüßig übereinander hinweg. Die Männer lassen die Frauen durch die Luft wirbeln, werfen sie sich über die gebeugten Rücken gegenseitig zu oder schmeißen sie einfach hoch in die Luft, um sie sogleich wieder aufzufangen.

Frida klatscht begeistert und lacht, während ihr zur selben Zeit Tränen über die Wangen laufen. Nick schaut sie besorgt an, aber sie wehrt ab, klatscht weiter und wartet auf die nächste Nummer. Es folgen drei Nachwuchsformationen, die die Lindy Hoppers herausfordern, junge durchtrainierte Tänzerinnen und Tänzer, die die Gesetze der Schwerkraft nicht zu kennen scheinen. Während die Jury sich nach den Vorführungen berät, wird die Tanzfläche für alle freigegeben. Und damit sich der Puls auch bei den Zuschauern normalisieren kann, spielt das Orchester eine langsame Nummer.

Nick zieht Frida sanft vom Stuhl und schiebt sie auf die Tanzfläche. Eng umschlungen drehen sie sich in Zeitlupe, während der von den Tänzern aufgewirbelte Staub langsam zu Boden schwebt. Sie atmet Nicks Seifenduft ein und fühlt sich vollkommen glücklich. Er ist ihr so nah und zugleich so fremd. Genau die Mischung, um ihn innig lieben zu können. Es muss ein Stück Weg zwischen ihnen geben, das zu überwinden ist.

»Als ich mein erstes Studio in Greenwich hatte, gab es

jeden Mittwochabend Musik«, erzählt er. »Ein Nachbar hatte mir ein altes Klavier geschenkt, und deshalb kamen viele Musiker vorbei.«

»Mina Loy sagte, bei dir hätten sich junge Schriftsteller versammelt, von denen heute einige berühmt sind.«

»Nicht zu vergessen die Tänzerinnen und Tänzer. Viel Platz hatte ich zwar nicht, aber sie traten trotzdem auf, und die Zuschauer quetschten sich mit dem Rücken an die Wand oder hockten dicht gedrängt auf dem Sofa. Alkohol war damals verboten, aber bei mir gab es trotzdem immer welchen.«

»Und die Polizei?«

»Die hatte mich nie im Visier. Alle brachten etwas zu essen mit. Das einzige Problem war die teure Glühbirne der Studiolampe. Wäre sie draufgegangen, hätte ich erst mal keinen Ersatz gehabt, das war zu teuer. War ich allein, schaltete ich das Licht aus, damit sie länger hielt. Oft stellten wir Kerzen auf. Nick schaut sinnend in die Menge und lächelt bei der Erinnerung.

Frida denkt an die zahllosen Partys, die sie in San Ángel und Coyoacán veranstaltet haben. Diego ist in dieser Hinsicht ähnlich wie Nick. Er zieht kreative Frauen und Männer an, aber auch Politiker und Intellektuelle. Sie fühlen sich wohl in seiner Nähe und wollen ihre Ideen mit ihm diskutieren. In San Francisco, Los Angeles, New York oder Detroit war es dasselbe: Überall dort, wo sie mit Diego länger als ein paar Tage war, fand sich ein Kreis von Künstlern und Literaten zusammen, in ihrem Schlepptau Schauspieler und Musiker. Obwohl das ein anstrengendes Leben war, hat sie davon profitiert, dass ihr überall interessante Menschen vor die Nase gesetzt wurden, ohne dass sie sich selbst darum hätte kümmern müssen. Wozu sie oft gar nicht in der Lage gewesen wäre, muss sie sich eingestehen.

Als die Musik verstummt, setzen sie sich wieder an ihren Tisch. Nick trinkt sein Bier aus und stellt das Glas ab. »Nur Edward Weston mochte meine Partys nicht.«

»Weil er dein Konkurrent war?«

»Er ist eben kein Sportler. Wir beide waren die einzigen amerikanischen Fotografen, die in der Royal Photographic Society in London ausstellen durften. Doch am Ende bekam nur ich die Mitgliedschaft angetragen.«

Frida grinst und legt ihre Hand an seine Wange. »Nickolas Muray, du bist ganz schön überzeugt von dir!«

»Wieso? Ich bin nur ein Klempner.« Aber er strahlt sie an, zieht sie wieder auf die Tanzfläche und presst sie fest an sich.

»Ich möchte mit dir aufs Land fahren und drei Tage lang das Bett nicht verlassen.«

In seinen Augen flackern Sehnsucht und Verlangen auf. Das macht sie glücklich, aber irgendetwas in ihr will nicht mitziehen und bremst ihre Freude. Sie wendet den Blick ab.

»Was ist los?«, fragt er.

»Nichts, wieso?«

»Weil ich gerade das Gefühl habe, dass du wieder etwas in dir vergräbst, statt es auszusprechen.«

»Wenn ich über alles sprechen könnte, müsste ich nicht malen.«

Nick antwortet nicht, sondern zieht sie noch näher zu sich

heran. Aber Frida ist weit weg. Bin ich das wirklich, die hier mit dem Geliebten tanzt?, fragt sie sich. Bin ich das, Frida Kahlo aus Coyoacán? Oder ist das nur eine Frau, die ich gerne wäre, aber nicht bin? Ist das mein Leben?

Frida merkt, wie sie abdriftet. Um sich zu konzentrieren, studiert sie die Band. Der Kontrabassist erinnert sie an Diego, er sieht aus, wie ein großer grober Klotz mit breiten Fingern, die sich aber extrem behände über die Saiten bewegen. Sie nimmt wahr, wie er zu ihr hinüberschaut.

»Was ist los? Frida?« Nick bleibt stehen und hält ihre Handgelenke fest.

Sie macht sich los, kehrt zurück an ihren Tisch und setzt sich. »Lass uns später reden, bestell uns bitte was Härteres!«

Nick, der sich auch niedergelassen hat, sieht sie irritiert an, winkt aber dem Kellner und bestellt zwei Savoy Cocktails. Vorsichtig streicht er über ihren nackten Arm und zupft an den bunten Fäden, die lose aus der gehäkelten Borte herabhängen, welche die kurzen Ärmel abschließt. »Diese Bluse habe ich noch nie an dir gesehen.« Mit der rechten Hand fährt er sanft unter den Stoff, hinauf zu ihrer Schulter.

»Cristina hat sie für mich genäht. Extra für New York. Sie ist eigentlich zu dünn für den Winter, aber ich mag sie.«

Fridas Blick schweift über die Tanzfläche, als suche sie die Schwester dort. Nick zieht seine Hand zurück.

»Ich weiß, dass Cristina dir nähersteht als irgendwer sonst. Aber so richtig habe ich nie verstanden, wie es zu dieser ... also ... Versöhnung kommen konnte.«

Frida ist nicht sicher, ob sie die Frage richtig verstanden hat, er hat die Stimme gesenkt, und die Musik ist einfach zu laut. Das Thema ist ihr unangenehm, nur mit Mühe rafft sie sich zu einer kurzen Antwort auf.

»Wir sind Schwestern, und wir bleiben es. Warum hätte ich warten sollen? Was hätte das geändert?«

Er schaut sie überrascht an, aber bevor er etwas sagen kann, taucht ein elegant gekleidetes Paar an ihrem Tisch auf. Nick steht sofort auf und umarmt zuerst die Frau, dann den Mann. Die beiden könnten Geschwister sein, sie haben kurze schwarze Haare und sehr helle Haut. Er trägt einen dunklen Anzug und sie ein knielanges enges Kleid, nachtblau, hochgeschlossen und mit einer rot-blauen Schärpe. Hübsche Reklame-Amerikaner, denkt Frida.

»Frida, das sind Helen und Bruno, und das ist Frida aus Mexiko. Setzt euch zu uns.« Der Kellner bringt zwei Stühle, Frida und Nick rücken ein wenig zur Seite, sodass Helen und Bruno nicht der Bühne und der Tanzfläche den Rücken zukehren müssen.

Helen mustert Frida neugierig, die neben ihr sitzt.

»Sie sind die Malerin?«

»Ja, und Sie? Was machen Sie?«

»Nichts, ich überlebe. Ich komme aus Deutschland.«

»Gut, dass sie es hierhergeschafft haben. Sind Sie Jüdin?«

Helen nickt. »Auch wenn mein Name nicht so klingt, eigentlich heiße ich Helene. Ich wurde zwar nicht religiös erzogen, aber die Nazis interessiert das nicht.«

»Ich habe in der Zeitung darüber gelesen, es muss sehr schrecklich sein ...«

»Tagsüber versuche ich, mich an alles Erlebte zu erinnern und es aufzuschreiben. Daraus entsteht manchmal ein Artikel oder eine Erzählung. Oder ein Gedicht. Ich weiß noch nicht, welche Form am besten für mich ist. Und abends strenge ich mich an, das alles zu vergessen. *Cheers.*«

Sie kippt den Cocktail, den Bruno für sie bestellt hat, herunter und nickt in seine Richtung.

»Er hilft mir dabei, nachts. Tagsüber bin ich allein.«

Frida weiß nicht, was sie sagen soll. Etwas hilflos wiederholt sie:

»Es ist furchtbar, was in Deutschland passiert.«

»Furchtbar oder schlimm oder schrecklich. Es gibt kein Wort dafür. In keiner Sprache dieser Welt. Und ich glaube, es geht gerade erst los.«

»Haben Sie Familie in Deutschland?«

»Ja.« Helen nimmt eine Zigarette aus Fridas Päckchen. »Ich darf doch? Aber nochmals: Ich bin zum Vergessen hier. Wir können ein andermal darüber reden. Und Sie? Müssen Sie auch etwas vergessen?«

Frida denkt nach. »Nein. Ich beschäftige mich immer mehr damit, etwas zu erinnern.«

In dieser Nacht will Frida im Hotel schlafen.

»Ich muss mich umziehen, malen, schreiben und nach Mexiko telefonieren.«

Nick ist nicht begeistert. »Sobald ich dich aus den Augen verliere, habe ich Angst um dich. Und um uns. Sehen wir uns morgen?«

»Besser übermorgen.«

»Frida!« Nick verschränkt die Arme und schaut sie vorwurfsvoll an.

»Wir haben doch viel Zeit.«

»Wir haben schon viel zu viel Zeit verloren.«

Sie streicht ihm durchs Haar. »Durch deinen Stolz ...«

Er hält ihre Hand fest und küsst sie. »Übermorgen muss ich für eine Woche nach Los Angeles.«

»Dann komm mit rauf«, sagt sie und geht auf den Hoteleingang zu.

»Nein. Du hast recht. Ich fahre in meine Wohnung, und du kannst alles in Ruhe machen. Und wenn du willst, dann besuche mich morgen.«

New York, 16. Dezember

Während Nick auf dem Weg nach Hollywood ist, besucht Frida mit Geena Turner das MoMA. Diego war 1931 der zweite Künstler nach Henri Matisse, dem das damals noch neue Museum eine Einzelausstellung gewidmet hat, seit dieser Zeit fühlt Frida sich dort zu Hause. Sie hatten viel mit Conger Goodyear und seinen Kuratoren darüber diskutiert, welchen Schwerpunkt das Museum setzen könnte. Inzwischen zählt es zu den ersten Adressen in den USA, und Frida ist stolz, dass bald auch eine Arbeit von ihr hier hängen wird.

Jetzt kauft sie zwei Eintrittskarten für »Bauhaus 1919–1928«.

»Julien findet, es sei eine der besten Ausstellungen, die das MoMA je gezeigt hat«, erklärt sie der Freundin.

Geena schaut sich etwas ratlos um. Im Eingangsbereich sind Plakate und Papierarbeiten ausgestellt, kleine Objekte aus Holz und Metall. »Ehrlich gesagt, ich weiß gar nicht genau, was das sein soll. Bauhaus. Ein deutscher Kunststil?«

Frida strebt auf ein Gemälde von Oskar Schlemmer zu. »Es war so etwas wie eine Kunstschule. Sie wollte alle Disziplinen vereinen, Architektur und Malerei, Grafik, aber auch Handwerk wie Möbelbau, Webkunst und Keramik. Schau, alles ist funktional durchdacht: Teppiche, Plakate, Teetassen. Mir gefällt die Idee, dass man der Kunst die Möglichkeit gibt, sich überall im Alltag auszudrücken.«

Geena schaut weiterhin zweifelnd auf Stühle von Marcel Breuer. »Sind die bequem? Das alles wirkt so... kühl auf mich.«

Frida runzelt die Stirn. »Gerade du solltest ein Fan dieser Bauhaus-Leute sein. Sie wollten Massenprodukte entwerfen, die künstlerisch wertvoll sind und trotzdem erschwinglich für die Menschen. Sieh, die hier sind schön ...« Sie beugt sich über zwei kleine Teppiche mit geometrischen Mustern.

Geena schaut ihr über die Schulter. »Das soll aus Deutschland kommen?«

»Interessant, oder? Die Nazis haben das Bauhaus abgelehnt und es zur Selbstauflösung gezwungen. Viel zu modern, zu subversiv und sicher auch zu intellektuell. Ich mag die Bilder von Schlemmer, wie heißt das hier? *Das Figurale Kabinett*.«

»Ich weiß nicht, was gefällt dir daran?«

»Geena, in Kunstfragen bist du manchmal eine Katastrophe. Das ist großartig. Schlemmer zerlegt den Menschen in Teile, als sei er eine Maschine.«

»Ich finde das schrecklich.«

»Aber wir sind Maschinen. Wir sind noch mehr als das,

doch wir sind auch Maschinen.« Sie streckt den Rücken durch. »Niemand weiß das besser als ich. Die Funktionen unseres Körpers beruhen auf Biologie, Physik und Chemie.«

»Ja, aber die Seele ...«

»Klar, die gehört dazu, aber wenn die Medizin an ihre Grenzen kommt, verliert die Seele trotzdem ihr irdisches Zuhause.«

»Ich wusste nicht, dass du so denkst, Frida.«

»Man hat mich dazu gezwungen.«

Später streifen die beiden Frauen durch das Warenhaus Macy's und kaufen Geschenke für Fridas Familie in Mexiko und für ihre Freunde in New York, mit denen sie Weihnachten feiern wollen. Dolores del Río, eine gemeinsame Freundin und Schauspielerin, hat gerade in New York zu tun und lädt alle zu einem großen Fest ein. Frida wählt bunte Pralinenschachteln, Taschentücher mit Paisleymuster und Weihnachtskugeln, auf denen niedliche dickwangige Engel mit kleinen Flügeln herumflattern.

»Den Engeln male ich noch Sprechblasen mit frechen Sprüchen«, kündigt sie an.

Geena verdreht die Augen. »Denk daran, dass auch Kinder dabei sind. Also, nichts Unanständiges.«

»*Chica*, du bist so prüde! Aber wenn du mir nachher deine Nähmaschine leihst und auch ein paar Stoffreste übrig hast, nähe ich gerne kleine Säckchen. Für die Zensur.«

Als sie vor Saks Fifth Avenue stehen, dem nächsten Kaufhaus, sagt Frida, sie wolle lieber die Schaufenster studieren als hineingehen. »Nick hat mir erzählt, die Dekorateure von

Saks würden europäische Modezeitschriften lesen, um sich Anregungen zu holen. Das ist ziemlich clever.«

Geena hat nichts dagegen, obwohl sie gern einen Blick in die Schmuckabteilung des Luxustempels geworfen hätte. Aber allein hat sie dazu keine Lust.

Vor einem der Fenster bleibt Frida wie angewurzelt stehen. Ausgestellt ist eine elegante Abendrobe, ein schmales, langes Corsagenkleid aus roter Duchesse-Seide mit einem offenen Überrock, der von einer breiten Samtschleife gehalten wird. Der Überrock besteht aus roséfarbenem Tüll, ist in Hunderte Kräuselfältchen gelegt und vorne sanft abgerundet, damit das lange rote Kleid darunter sichtbar bleibt.

»Interessant«, findet Geena. »So kann man es auch machen, wenn man verschiedene Röcke übereinander trägt. Du machst das ja auch oft.«

Frida reagiert nicht. Sie betrachtet das Kleid und die Accessoires, lange schwarze Abendhandschuhe, eine kleine Tasche und eine Feder als Kopfputz. Was sie fesselt: Das Ensemble wird nicht von einer Schaufensterpuppe getragen. Dort, wo ihr Körper sein müsste, ist Luft. Bei dem Kleid fällt das nicht weiter auf, aber die langen Handschuhe schweben in einer eleganten Bewegung in der Luft, ebenso der Kopfputz. Und doch ist der Körper der Frau, die das Gewand tragen soll, derart präsent, als würde sie jeden Moment auf die Straße spazieren. Warum die Dekorateure das so inszeniert haben, versteht Frida sofort: Jede Frau, die vor dem Schaufenster steht, soll sich selbst in dem Ensemble sehen. Frida denkt an ihr Bild *Erinnerung oder das Herz*. Auch dort hat sie Teile ihres Körpers weggelassen. Wo ihr Herz sein müsste, ist ein Loch, durch das man den Himmel sieht. Die Ärmel ihrer Jacke sind leer, weil die Arme an ihren Kleidern hängen geblieben sind. Jetzt fragt sie sich: Könnte sie diesen Weg noch weitergehen und sich selbst Stück für Stück aus ihren nächsten Gemälden entfernen? Wie äußert sich Identität, und woran machen wir sie fest? Kann sie sich zeigen, ohne sich selbst zu malen? Reicht ihr Kleid? Ihr Haar? Eine Blume oder eine Frucht? Eine Maske ohne ein Gesicht dahinter? Kann sie das, was sie mit einem Bild sagen will, auch ausdrücken, ohne dass sie selbst auf dem Bild anwesend ist? Sie muss das mit Diego besprechen, denkt sie.

»Was ist?«, fragt Geena. »Wollen wir los?«

Am selben Abend geben die Turners Frida zu Ehren eine kleine Party, daher bleibt sie gleich bei ihnen in der Wohnung.

»Du kannst dich zwei Stunden auf der Couch ausruhen, bis die Gäste kommen«, schlägt Geena vor.

Frida erscheint aber schon nach einer Stunde in der Küche, um ihrer Freundin bei den Vorbereitungen Gesellschaft zu leisten. Als sie sieht, wie sie kleine Blumen aus Möhren schneidet, pfeift sie anerkennend.

»Meine Mutter konnte so etwas nicht«, sagt sie.

»Immerhin hat sie dir das Kochen beigebracht.«

»Nein, nur das Nähen. Kochen lernte ich von Lupe, Diegos Exfrau. Lupe Marín, die hast du schon bei uns in Coyoacán getroffen. Eine Bestie. Aber mit einem großen Herzen.«

Geena holt Schinken, Lachs und Käse aus dem Kühlschrank. Sie fängt an, die Scheiben auf verschiedenen Platten zu dekorieren.

»Wollte sie dich vielleicht vergiften? Oder Diego?«

»Lupe? Nein! Wenn sie das gewollt hätte, hätte sie uns schon bei unserer Hochzeit um die Ecke bringen können. Sie war für das Essen verantwortlich.«

»Die Exfrau kocht für die Frischvermählten? So was habe ich noch nie gehört.«

»Immerhin hat jemand gekocht. Ihr tut das ja auch nicht. Ihr verteilt gekauftes Essen auf Platten.«

Geena richtet ein Gürkchen auf Frida. »Pass auf, was du sagst, sonst musst du heute Abend hungern. Ich habe sehr wohl gekocht. Die Speisekammer ist voll.«

Sie holt eine weitere große Platte, die mit einem Baumwolltuch abgedeckt ist, aus der angrenzenden Kammer und stellt sie auf den Tisch. Unter dem Tuch liegen Würstchen im Teigmantel, die Ränder der Platte sind mit Girlanden aus Remouladensauce und Blüten aus Petersilie verziert. Frida schüttelt sich, sagt aber scheinheilig: »Sehr hübsch. Gib mir bitte etwas zu trinken.« Sie hält ihr ein Glas hin.

Geena holt die Weinflasche aus dem Kühlschrank und schenkt ihr ein.

»Halt dich ein bisschen zurück. Mehr sag ich nicht.«

»Sag es doch!«

»Du trinkst viel in letzter Zeit. Versuch doch mal, den Wein zu genießen, anstatt ihn zu kippen.«

»Ach so? Also, das ist ein wirklich gutes Stichwort. Genießen! Die Gringa will mir erklären, wie das geht?« Frida wird nicht laut, aber ihre Stimme bekommt einen scharfen Ton, und Geena legt beschwichtigend die Hand auf ihren Arm. Auf gar keinen Fall kann sie jetzt einen Wutausbruch der Freundin gebrauchen. Aber Frida schüttelt Geenas Hand ab und zeigt mit dem Finger auf sie. »Dein Mann hat mir gestern einen Automaten gezeigt, bei dem man Kuchen oder Sandwiches kaufen kann. Am Grand Central. Du steckst Geld hinein und kannst dann eine kleine Klappe öffnen. Dann nimmst du das Sandwich heraus, das schon stundenlang dort liegt. Oder tagelang.«

»Ja, ich weiß, was du meinst«, seufzt Geena. »Das ist wirklich unkultiviert.«

»Unkultiviert? Was soll das sein?«

»Nun, das machen eben Leute, die nicht viel Geld haben. Keine Kultur, oder sagen wir, keine Esskultur. Die benutzen so etwas.«

»Du meinst arme Leute? *Pobres?*«

Die Frage klingt harmlos, aber Geena ist auf der Hut. Sie kennt ihre Freundin, weiß, wie sehr sie sich aufregen kann, wenn es um Arm und Reich geht. Jetzt hat sie weder Lust noch Zeit für eine Grundsatzdiskussion, zumal die ersten Gäste gleich vor der Tür stehen. Frida geht ihr manchmal auf die Nerven mit ihrem Salonkommunismus.

»Nun ja, arm oder nicht so arm – was kostet denn so ein Sandwich?«, fragt Geena.

»Arme Leute kaufen so ein Sandwich nicht, *pobres* würden das nie machen, das ist viel zu teuer. Es sind Leute mit Bürojob und Aktentasche, die das Zeug kaufen. Leute ohne Zeit … und ohne Liebe.«

»Aha, ohne Liebe.« Jetzt wird Geena selbst wütend. »Bitte erklär mir doch, warum die Leute mit Aktentasche, die jeden Tag zehn Stunden im Büro hocken und dazu noch zwei Stunden mit der Bahn fahren, keine Liebe fühlen? Und gilt das nur bei uns Amerikanern?«

Frida greift sich eines der Schinkenröllchen von der Platte vor ihr und rollt es auseinander.

»Das ist Essen, das jemand zubereitet hat, der keine Liebe zum Essen verspürt. Ich nehme eine Salsa aus dem Kühlschrank, klekse sie auf eine Scheibe Schinken, die nicht einmal von Hand abgeschnitten wurde, sondern in eine quadratische Form gepresst, und dann rolle ich es auf. Fertig. Und das soll man dann genießen, ja?«

Sie legt das Röllchen übertrieben vorsichtig auf die Platte zurück.

Geena greift danach, steckt es trotzig in den Mund und schenkt sich jetzt auch ein Glas Wein ein, obwohl sie das sonst nie macht, wenn sie in der Küche arbeitet. »Bravo, die Mexikanerin erklärt mir meine Welt!«, sagt sie mit vollem Mund. »Es ist übrigens deine Party, die ich hier vorbereite. Das hätte ich mir wohl sparen können.«

»Entschuldige. Ich wollte dich nicht kränken. Es ist nur so... die Liebe zum Essen, Geena, ist auch die Liebe der Zunge, der Nase, sie ist ein bisschen wie Sex. Wer nicht gerne isst, hat auch keinen guten Sex.«

»Besprich deine Theorien mit Dr. Meyer, wenn er nachher kommt. Aber zieht euch dafür in die Bibliothek zurück. Ich möchte nicht, dass du meine Freundinnen verletzt.«

»Die Bohnenstangen?«

»Ja, genau, die Bohnenstangen! Alles Frauen, die sich Mühe geben, für ihre Männer schön zu sein. Was ist falsch daran? Du willst doch auch für deinen Mann schön sein!«

»*Claro*, aber was habe ich davon, wenn ich keinen Spaß mit ihm habe?«

»Schluss jetzt. Lass uns aufhören zu streiten.« Sie gibt Frida einen Kuss auf die Wange, und Frida drückt sie kurz an sich. »Ich muss noch eine Platte fertig machen. Wenn du mir schon nicht helfen willst, dann erzähle mir von dem Hochzeitsessen, das Diegos Exfrau gekocht hat. Ich habe diese Geschichte noch nie gehört. Schade, dass wir uns damals noch nicht kannten. Wie war ihr Name noch mal?«

Frida nascht ein paar Nüsse, die Geena für den Aperitif in eine Holzschale geschüttet hat. »Lupe Marín. Sie hat nicht alles alleine gekocht, sie heuerte ein paar Köchinnen von der Straße an. Nur Diegos Lieblingsgerichte hat sie selbst zubereitet. Vielleicht um ihn zu kontrollieren. Diego ist ein Riesenbaby, man denkt immer, man muss ihn füttern. Denn dann hat er gute Laune. Lupe war damals schon wieder neu verheiratet, mit einem Dichter. Sie wirkte sehr glücklich.«

»Und was gab es zu essen?«

»Austernsuppe als Vorspeise, um Appetit auf Sex zu machen. Also, das war Verschwendung, das brauchten wir damals wirklich nicht. Danach gab es Reis mit Kochbananen, *huauzontles* in grüner und roter Sauce, mit Käse und Fleisch gefüllte grüne Paprika und natürlich *mole*, Truthahn in schwarzer Chili-Schokoladen-Soße.«

»Hat diese Lupe etwa auch die Hochzeitstorte gebacken?«

»Nein, so was macht man in Mexiko nicht selbst. Die hatte ich in Coyoacán beim besten Konditor bestellt, sie war wunderschön, komplett mit Zuckerguss überzogen. Kleine Tauben aus Zucker saßen zwischen weißen Röschen. In der Mitte stand natürlich das Brautpaar, sie in einem weißen Kleid mit Spitze und Schleier und er in einem schwarzen Frack mit Zylinder.«

»Ich kann mir nicht vorstellen, dass ihr so etwas getragen habt.«

»Haben wir auch nicht. Natürlich nicht. Ich trug ein knielanges weißes Kleid mit roten Punkten und Diego einen dunklen Anzug. Wir feierten in Tinas Haus.«

»Genossin Modotti?«

»Ja, sie hat mich zur Partei gebracht. Und ich werde ihr ewig dankbar sein dafür.«

»Frida. Keine Kommunistenpropaganda heute. Tu mir den Gefallen.«

»Warum nicht? Ich glaube immer noch daran, dass es der Welt guttäte, wenn es mehr Kommunisten gäbe. Du bist doch auch noch in der Partei, oder?«

»Ja, aber nur noch mit einem Bein.«

»Willst du den Kampf aufgeben? Bei euch läuft es doch ganz gut, sagt Diego. Die Idee der Volksfront hat viele Unterstützer. Vor allem unter Künstlern.«

»Ja, aber ich finde, Roosevelt macht seine Sache nicht schlecht. Der New Deal hat funktioniert.«

»Geena! Du wechselst ins Lager des Establishments? Bist du krank?«

»Siehst du, das meine ich, Frida. Lass es gut sein und erzähl mir lieber, warum ihr eure Hochzeit ausgerechnet bei Tina Modotti gefeiert habt.«

Frida überlegt einen Moment, ob sie protestieren soll. Dann gibt sie nach.

»Erst hatten meine Eltern das Fest ausrichten wollen, wie es sich eigentlich gehört, doch ich wollte alles anders haben, modern und einfach. Als wir bei Tina ankamen, hatte sie ihren kleinen Patio mit Lampions geschmückt, es sah wunderschön aus. Diego war schon vor der Zeremonie betrunken, ekelhaft. Wir aßen und tranken und tanzten, und plötzlich drehte Lupe durch. Sie brüllte mich an, ich sei nur ein kleines hässliches Gör, das sich mit List den größten Maler Mexikos geangelt hätte. Ich würde Diego niemals so glücklich machen wie sie. Dann hob sie ihr Kleid hoch und zeigte alles, was sie hatte.« Frida legt die Hände zusammen, schließt die Augen und sagt dann mit einem Stoßseufzer: »Ich muss zugeben, ihre Beine sind perfekt. Diego fing sofort an, sie frech zu betrachten, er war schon viel zu betrunken, um noch klug zu reagieren. Er sang ein Lied, und alle sollten mit ihm auf Lupes Beine anstoßen. Ich wollte ins Haus gehen, da hielt Lupe mich fest und zog nun auch mein Kleid hoch. Schau so«, sie rafft ihren Rock. »›Seht ihr?‹, hat sie geschrien. ›Sie hat nur Stöcke unter ihrem Rock! Das ist keine Frau für Diego!‹ Und so weiter. Es war völlig verrückt.«

Frida greift nach Geenas Glas und trinkt es aus.

»Ich mag diesen deutschen Wein, er macht mich wach.«

»Und dann?«

»*Qué?*«

»Wie ging's weiter? Was hast du gemacht?«

»Ich habe mich auf sie gestürzt und ihr ein paar Haare ausgerissen.«

»Oh *my dear*, wie im Film.«

»Du hast recht! Es war ein bisschen wie bei *Dick und Doof.*

Es gab einen kleinen Tumult, Diego holte seine Pistole aus der Jackentasche und fuchtelte damit herum, bis sie versehentlich losging.«

»Nein!«

»Es war ein Cousin zweiten Grades, den er traf. Der musste ins Krankenhaus. Aber sie konnten den Finger retten.« Frida fischt die letzten Nüsse aus der Schale. »Hab ich einen Hunger.«

»Und du? Wie hast du dich gefühlt?«

Sie setzt ein triumphierendes Gesicht auf. »Ich habe alle geküsst, die mir an dem Abend gefielen. Männer und Frauen. Aber Diego hat es gar nicht mehr mitbekommen. Cristina begleitete mich nach Hause. Diego kam erst drei Tage später und brachte mich in unsere gemeinsame Wohnung am Paseo de la Reforma. Ich weiß nicht, in wie vielen Betten er vorher geschlafen hat.«

»Eine denkwürdige Hochzeit. Und dann hat Lupe dich Kochen gelehrt?«

»Lupe und ihr Mann hatten so wenig Geld, sie zogen bald zu uns in dasselbe Haus. Heute sind wir … ach, ich weiß auch nicht … vielleicht so was wie Kameradinnen. Veteraninnen. Wir waren im selben Krieg, in der Schlacht am Vulkan Diego Rivera. Können wir bald essen? Ich sehe, dort ist gefüllter Sellerie wie im Stork Club. Ist da Hummerpaste darin?«

»Ja, aber leider ganz ohne Liebe.«

»Egal, gib her.«

Als Nick kurz vor Weihnachten aus Los Angeles zurückkehrt, treffen sie sich in einem kleinen sizilianischen Lokal
am Times Square, weil sie hinterher ins Kino wollen. Nick
ist übermüdet, fährt sich ständig durch die zerzausten Haare
und hat gerötete Augenlider. Er nimmt sich eine Zigarette
von ihr.

»Seit wann rauchst du?«

»Seit ich in den letzten Tagen etwa zweitausend Werbeauf-
nahmen für Lucky Strike gemacht habe.« Er drückt die Zigarette sofort wieder aus. »Aber ich vertrage es nicht.«

Frida streicht ihm sanft über das Gesicht.

»Bist zu zufrieden mit den Aufnahmen? Hast du schon was
davon gesehen?«

Die Kellnerin fragt nach ihren Wünschen, und sie bestellen
Nudeln, Fisch und Wein.

Er strafft sich. »Gleich gestern haben wir noch angefangen,
die ersten Sachen zu entwickeln. Meine Leute arbeiten auf
Hochtouren. Ich sollte auch im Studio sein, aber ich musste
dich sehen. In den nächsten zwei Tagen werde ich kaum Zeit
haben. Aber Weihnachten feiern wir zusammen, und danach
können wir aufs Land fahren, was meinst du?«

»Diego hat geschrieben, dass Dolores über Weihnachten in
New York sein wird.«

»Dolores del Río? Die habe ich vor Kurzem gesehen. Sie hat
nichts davon erzählt. Und was heißt das für uns?«

»Dass wir alle zusammen eine schöne Party feiern.«

»Ist es das, was du willst? Eine große Party?«

»Natürlich, es ist Weihnachten! Da feiern wir immer mit vielen zusammen. Aber jetzt erzähl. Hast du noch andere Fotos machen können?«

»Allerdings. Von Marlene Dietrich. War jedoch ein Zufall. Die Zeit mit den Models für Lucky war so knapp, dass ich den ganzen Tag nicht aus dem Studio rauskam, außer zum Essen. Aber als ich am Ende auf den Fahrdienst wartete, der mich zum Hotel bringen sollte, stand sie auf einmal neben mir und fragte mich, ob ich sie mit in die Stadt nehmen könne. Sie meinte, sie müsse ›den Sumpf‹ mal für ein paar Stunden hinter sich lassen. Sie kam direkt vom Set, hatte so ein Kopftuch umgebunden und einen Regenmantel, damit man sie nicht gleich erkennt. Sehr sexy.«

»Und so hast du sie fotografiert?«

»Wir kennen uns seit ein paar Jahren. Ich glaube, sie mag mich. Ich habe sie gefragt, ob ich ein paar Schnappschüsse machen darf, wenn ich ihr verspreche, dass ich die Fotos nicht ohne ihre Zustimmung verwenden würde. Sie hat kurz darüber nachgedacht. Du hättest ihre Augen sehen sollen. Mit diesen falschen Wimpern sah sie irgendwie grausam aus. Sie sagte, solche Fotos seien laut ihrer Verträge gar nicht erlaubt. Aber dann hat sie doch zugestimmt.«

»Du hast mit ihr geflirtet«, stellt Frida fest und stürzt sich auf die Nudeln. Die Karaffe mit dem Rotwein ist bereits halb leer.

»Ein Fotograf muss flirten.«

»Wahrscheinlich. Und es macht ja auch Spaß, diese Schönheiten anstarren zu dürfen, oder?«

Nick legt den Kopf in den Nacken und schließt kurz die

Augen. Dann beginnt er zu essen. Erst nach ein paar Bissen antwortet er.

»Es ist schön, sie anzuschauen und sie zu fotografieren. Aber wenn sie den Mund aufmachen, reden viele dummes Zeug. Ich finde es anstrengend, einen ganzen Tag mit Leuten zu verbringen, die sich vor allem mit ihrem Aussehen beschäftigen. Deshalb sind mir Tänzerinnen lieber. Sie sind auch wunderschön, aber ihnen geht es um mehr als um die perfekte Oberfläche. Schriftsteller hab ich ebenfalls gerne vor der Kamera. Diese Menschen abzulichten, das ist richtiger Spaß, weil man so viel damit aussagen kann. Da fällt mir ein, ich habe noch Fairbanks gesehen, dem geht's schlecht. Säuft wie ein Loch.«

»Den alten oder den jungen?«

»Senior natürlich. Sein Sohn müsste so alt sein wie du, knapp dreißig. Nein, der alte Douglas ist mein Freund. Ich habe ihn vor vielen Jahren fotografiert, es war einer meiner ersten Aufträge in Hollywood. *Vanity Fair* hatte mich geschickt. Der Mann hat mich sehr beeindruckt.«

»*Der Dieb von Bagdad* ... den Film hab ich als junges Mädchen gesehen.«

»*Zorro* ist noch besser. Douglas kann nämlich sehr gut fechten, wir sind auch mal gegeneinander bei einem Wettkampf angetreten. Wir lagen auf gleicher Wellenlänge. Das einzige Problem war seine Frau, jedenfalls die letzte, Mary Pickford.«

»Zu schön?«

»Zu eifersüchtig. Man konnte mit Douglas eigentlich nie irgendwo allein hingehen. Mal was trinken oder in Ruhe reden. Mary wollte immer mit. Sie hatte große Angst, er würde sie betrügen.« Nick nimmt sich Brot und wischt damit seinen Teller aus, eine Geste, die Frida amüsiert. Es hat Zeiten in seinem Leben gegeben, wie sie weiß, in denen er von Tag zu Tag schauen musste, wo er ein paar Dollar herbekam. »Bei jeder Liebesszene, die Douglas spielte, wollte sie als Double für die andere Frau eingesetzt werden. Man konnte sie dann aber nur von hinten filmen. Alle waren total entnervt, und der arme Douglas kriegte immer weniger Liebesszenen, obwohl er sie ganz gerne drehte und auch gerne mal andere Frauen küsste.«

Frida lacht. »Was für eine Ziege. Anstatt ihrem Mann ein bisschen Vergnügen zu gönnen!«

»Inzwischen sind sie geschieden, und mit Douglas geht es bergab. Vielleicht läuft heute irgendwo ein Film mit ihm, dann sollten wir ihn uns anschauen.«

Doch an diesem Abend finden sie keine Vorstellung mit ihm. Stattdessen sehen sie sich *Leoparden küsst man nicht* an, der gerade in den Kinos angelaufen ist. Frida amüsiert sich sehr und kommt gut gelaunt aus dem Saal.

»Ich mag die Hepburn«, stellt sie fest. »Sie hat einen eigenen Stil und ist nicht so ein hübsches Dummchen. Aber den Mann kenne ich nicht ...«

»Gary Grant? Er ist hier ein großer Star. Ein Engländer, das merkt man an seinem Charme.«

»Du bist mein Star, Nick«, sagt Frida und hält im Gehen inne.

Er nimmt sie in den Arm und küsst sie. Sie stehen mitten auf dem Bürgersteig im Schein der aufblinkenden Reklametafeln, der die herabwirbelnden Schneeflocken wie Konfetti leuchten lässt. Eng umschlungen schlendern sie dann den Broadway hinunter, trinken noch ein Glas Wein in einer Bar, schauen sich die Fotos in den Schaukästen der Theater an. Als sie am Ethel Barrymore Theatre vorbeikommen, strömen die Zuschauer gerade aus dem Musical *Knickerbocker Holidays*, und man hört sie begeistert über die Aufführung sprechen.

»Das Musical läuft erst seit Kurzem, und es gab schon begeisterte Kritiken. Ich möchte es gerne mit dir sehen«, sagt Nick. »Es geht darin um einen Dichter, der eine romantische Komödie über die Gründung von New York schreiben will. Der Komponist ist ein deutscher Jude, Kurt Weill. Er lebt inzwischen hier. Die Musik ist sehr modern. Ich mag sie. Vielleicht können wir in das Musical gehen, wenn du zurück aus Paris bist.«

»Dann muss ich wieder nach Mexiko.«

»Soll ich mitkommen?«

»Warum?«

»Wir könnten gemeinsam mit Diego und deiner Familie reden.«

»Worüber?«

Nick bleibt abrupt stehen. Verletzt schaut er sie an. Dann geht er weiter. Als sie ihre Hand in seine schiebt, hält er sie fest. Er bemerkt, dass sie auf einmal hinkt, und ruft ein Taxi.

Nick trägt Frida die Treppe zu seiner Wohnung hinauf, wie er es immer macht, wenn er merkt, dass sie müde ist oder Schmerzen hat. Er drückt sie an sich und vergräbt sein Gesicht an ihrem Hals. Frida wunderte sich beim ersten Mal darüber, dass er sie so leicht hochheben konnte.

»Was glaubst du, wie hart unser Training ist«, hatte er gesagt. »Fechten sieht leicht aus, aber du brauchst sehr viel Kraft, um schnell agieren zu können und um lange durchzuhalten.«

Frida legt ihren Kopf nach hinten, damit er sie beim Treppensteigen besser küssen kann.

Nach dem Aufschließen der Wohnungstür trägt er sie aufs Sofa. Seine Hände schieben sich unter ihre weiße, handbestickte Bluse. Sie hat viele kleine Knöpfe am Rücken und ist nicht leicht zu öffnen.

Frida hofft, dass Nick vergessen hat, was sie vorhin zu ihm gesagt hat, aber so ist es nicht.

»Warum sollen wir es geheim halten?«, fragt er. »Jeder darf es wissen. Jeder soll es wissen.«

Nick hat einige Knöpfe geöffnet, dann verlässt ihn die Geduld, und er zieht ihr die Bluse über den Kopf.

Frida lacht. »Nicht! Pass auf, dass du sie nicht zerreißt, und die Kette ...«

Vorsichtig hebt Nick die Kette über ihren Kopf und legt sie auf den Tisch. Er streichelt Fridas Gesicht.

»Warum?«, wiederholt er ernst.

»Nicht jetzt. Noch nicht.«

»Erkläre es mir.«

»Ich habe Angst.«

»Wovor? Ich denke, ihr habt euch getrennt, Diego und du. Du wohnst im Blauen Haus, er in San Ángel, ihr habt getrennte Betten.«

»Haben wir auch ... aber trotzdem ... ist es schwierig. Wir sind immer noch verheiratet.«

»Weißt du, wie es sich anfühlte, als ich in einem Magazin im Frühjahr euer Foto sah?«

Frida antwortet nicht und sucht nach ihren Zigaretten. Nick greift nach seinem Mantel und steigt die enge Wendeltreppe zum Dach hinauf. Als er die schmale Tür öffnet, wehen ihm Schneeflocken entgegen. Vorsichtig tritt er auf die kleine Terrasse und wischt die Bank frei, setzt sich aber nicht. Von hier aus kann er weit über die Dächer Manhattans schauen. Frida folgt ihm nach ein paar Minuten. Sie hat sich wieder angezogen und setzt sich auf die Bank. Sie schweigen lange.

»Diego und ich sind verwandt«, durchbricht sie schließlich die Stille. »Vielleicht weil wir beide malen? Weil er der Erste war, der mir sagte, dass ich eine Künstlerin bin. Oder sein kann. Als ich Diego traf, war ich zerstört. In einzelne Teile zerfallen. Meine Mutter war erzürnt, weil die Arztrechnungen so hoch waren, und mein Vater traurig, weil ich nicht mehr sein kleines Mädchen war. Die Schule habe ich nach dem Unfall abbrechen müssen, deshalb konnte ich nicht studieren. Ich habe auch keinen Beruf erlernt und hatte damals nur einen öden Job in einer Druckerei. Verdient habe ich auch nicht viel. Diego hat mich aus dieser Situation gerettet.«

»Mit Geld?«

»Mit seinem Glauben an mich.«

Er schaut sie an. »Was machst du dann hier?«

»Nick, sei jetzt bitte nicht gemein.«

»Du schläfst mit mir, du sagst, du liebst mich, du breitest dich in meinem Leben aus, aber Diego darf nichts davon wissen und auch niemand sonst? Du machst aus mir eine schmutzige kleine Affäre.«

»Nein, so ist es nicht.«

»Wie ist es dann?«

»Was wir haben, ist etwas Großes, Nick, etwas Einzigartiges. Reicht das nicht? Müssen alle das wissen? Muss jeder Gringo wissen, dass die kleine Mexikanerin den berühmten Fotografen vögelt? Die Nixe, die Goodyears, die Turners? Und alle fragen sich, was Diego dazu sagt. Muss das sein? Ich erkläre meine Bilder nicht, und ich erkläre auch mein Leben nicht. Nur dir und Diego und vielleicht noch ein paar Freunden. Der Rest der Welt ist mir so was von scheißegal. Und was hast du davon, wenn alle es wissen? Bin ich etwa deine Trophäe? Mit dem Degen aufgespießt, wie Miguel es gezeichnet hat: ich auf dem Boden und du in Siegerpose? Was willst du denn eigentlich der Welt mitteilen? Die kaputte Frau in dem bunten Kleid da gehört mir? Die arme verkrüppelte Frida mit den Wunden und Narben und den Scheißschmerzen.« Den letzten Satz hat sie mehr geschrien als gesprochen.

Nick geht stumm die Treppe herunter und holt ihre Tasche mit den Tabletten, ihren Umhang, dazu zwei Gläser und eine Flasche Rotwein.

»Ich will nur ein Leben ohne diese Heimlichkeit«, sagt er, während er den Wein einschenkt und sich neben sie setzt. »Ich will mit dir über die Straße gehen können und dich jederzeit küssen dürfen. Was ist falsch daran? Deine Post soll in unserem gemeinsamen Briefkasten liegen. Ich will sie ja nicht lesen. Ich will nur, dass du zu mir gehörst. Nenn mich einen bürgerlichen Träumer, wenn du willst, aber ich will mit dir leben, Frida, am liebsten hier. Aber wenn es nicht anders geht, dann auch in Mexiko. Ich will alles von dir, nicht immer nur diese Häppchen. Sieben Jahre geht das jetzt so. Klar, ich habe in dieser Zeit zweimal eine andere geheiratet. Ich will nicht so tun, als hätte ich die ganze Zeit nur auf dich gewartet. Aber jetzt ... spürst du es nicht? Jetzt ist endlich unsere Zeit gekommen. Für die Wahrheit über uns. Wir sind beide frei! Warum nehmen wir uns nicht alles? Ein ganzes gemeinsames Leben? Eine Zukunft?«

Frida hat eine Tablette geschluckt. Warum liebt dieser Mann sie nur so sehr?, fragt sie sich. Er könnte jede Frau haben, die ihm gefällt. Und warum kann sie ihr Leben nicht einfach in seine Hände geben? Es könnte so leicht sein. Was hindert sie daran?

Er wirkt traurig, ratlos. Sie möchte ihn trösten, aber sie kann nicht das sagen, was er hören will.

»*Mi amor*, wir sind hier, wir lieben uns. Jetzt. Was soll es mehr geben? Glaub mir, der Tod hat mir das damals genau gezeigt. Es gibt nie ein Alles und auch nicht immer eine Zukunft. Ein ganzes Leben willst du mit mir? Weißt du überhaupt, wie alt ich werde? Wie viel das überhaupt ist, dieses alles, was du dir wünschst? Während du Pläne machst und ein Haus für uns baust, bin ich vielleicht schon tot, Nick. Doch, jetzt schüttle nicht den Kopf, sondern hör mir zu! Weil sich mein Körper manchmal so anfühlt, als würde er vergammeln wie eine faule Frucht. Bei lebendigem Leib. Ich werde nie ein Kind haben. Niemals.« Sie ballt die Fäuste und schlägt sie wie in einem Krampf auf ihren Bauch. Nick greift nach ihren Fäusten und drückt sie an seine Augen.

»Ich muss kein Kind mit dir haben, Frida.«

»Du hast ja auch schon eines!«, brüllt sie ihn an.

Nick bleibt ganz ruhig. »Nicht nur deshalb. Du bist mir genug. Du und deine Welt. Deine Bilder hier drin.« Er streicht ihr über die Stirn und küsst sie sanft.

»Du weißt nicht, welche Alpträume dort geboren werden.«

»Doch, das weiß ich. Ich spüre es, wenn du neben mir schläfst, wenn du weinst. Sogar wenn du in der Nacht meinen Namen rufst, fühle ich die Dämonen, die in dir sind. Davor habe ich keine Angst, Frida. Das ist ein Teil unseres Lebens. Ohne diese Geister könnten wir unsere Arbeit nicht machen.«

»Du hast doch gar keine Dämonen, Nick, du bist inzwischen ein richtiger Amerikaner, der Orangensaft und Toast zum Frühstück braucht. Ich dagegen eine Zigarette, eine Tablette und am liebsten noch einen Schluck Tequila.«

Nick hebt sie hoch. Er trägt sie die Wendeltreppe hinunter, geht mit ihr ins Schlafzimmer und legt sie auf sein Bett.

»Du bist völlig verrückt, Frida, und genau deshalb liebe ich dich.« Noch einmal an diesem Abend zieht er sie aus, diesmal mit schnellen, sicheren Griffen, ohne dass sie ihm dabei helfen muss.

New York, 31. Dezember 1938

Frida wacht auf. Sie muss die Augen gar nicht aufschlagen, um zu wissen, wo sie liegt. Sie kann es riechen. Diese Mischung aus abgestandenem Essen, Desinfektionsmitteln und gebügelter Baumwolle ist auf der ganzen Welt gleich. Nur die Kopfnoten unterscheiden sich, eine Folge vom landesüblichen Essen und der jeweiligen Umgebung. Im New Yorker Krankenhaus dominieren gedämpfter Kohlgeruch und die feuchte Ostküstenluft. In Mexiko steigt der Duft von frischem Bohnenmus und Papaya aus den Betten auf, allerdings weht, wenn die Fenster geöffnet sind, auch ein wenig Uringestank herein. In Detroit überdecken die Putzmittel alle anderen Gerüche, und in San Francisco schweben stechende Blumendüfte umher.

Frida lauscht auf den Atem der beiden Frauen in den Betten neben ihr. Die eine hatte gestern bis spät in die Nacht geweint, weil sie fürchtete, das neue Jahr nicht mehr zu erleben. Die andere hatte überhaupt nichts gesagt und den ganzen Tag Kreuzworträtsel gelöst, die ihr Mann später kontrollierte.

Sie holt das Telegramm von Diego aus der Schublade des Nachttischs. »Friducha! Soll ich kommen? Werde gesund! Sofort! Heute noch! Diego, Froschgesicht, der dich liebt.«

Niemand kann so genau den Ton treffen wie Diego, denkt sie dankbar. Nur er weiß, wann sie bedauert, aufgemuntert oder herausgefordert werden will. Manchmal klingt er ruppig, aber er fühlt zutiefst mit ihr. Als sie vor Jahren den Arzt in Detroit darum bat, ihr Bücher über Embryos mitzubringen, hat dieser sie nur verständnislos angeschaut.

»Das werde ich sicher nicht tun, Mrs Rivera«, hatte er gesagt, »das würde Sie nur unnötig aufregen. Denken Sie an etwas Schönes, und wenn Sie unbedingt zeichnen müssen, dann zeichnen Sie Blumen oder Früchte!«

Als Diego davon erfuhr, ballte er die Fäuste, gab ihr einen Kuss und verließ das Zimmer. Zwei Stunden später kam er zurück und legte ihr einen Stapel medizinischer Lehrbücher aufs Bett. Sie schauten die Zeichnungen und Fotos gemeinsam an, lasen von Entwicklungsstufen, Keimstufen und Komplikationen. Sie weinte, und er ließ sie weinen. Als er zwei Wochen später ihr Bild *Henry Ford Hospital* sah, weinte er.

Geena hatte Diego ausgerichtet, er solle nicht nach New York kommen, denn Frida sei in ein paar Tagen schon wieder im Hotel. Die Turners würden die Krankenhausrechnung vorstrecken, Diego könnte ihnen das Geld später zurückgeben. Oder ihnen ein Bild schenken. Warum nicht eines von ihren?, denkt Frida.

Sie stemmt sich hoch, stopft das Telegramm zurück in die Schublade und greift sich den Skizzenblock und einen Bleistift. Der Taschenspiegel liegt neben dem Wasserglas. Sie klappt ihn auf und schaut sich an. Die Vorhänge sind noch zugezogen, aber das Notlicht über der Tür ist hell genug. Sie muss bei sich beginnen, immer. Am Anfang braucht sie die Versicherung, dass sie es selbst ist. So ist es seit dem Unfall, der nicht nur ihr Becken, ihr Rückgrat und ihren Fuß zerschmetterte, sondern ihr auch das Gefühl raubte, das für jeden Menschen selbstverständlich ist. Ich bin hier, ich lebe.

Der Tod tanzt nicht mehr um ihr Bett, so wie er es in den Wochen nach dem Unfall getan hatte. Inzwischen sind sie so gute Bekannte, dass er sich einen Stuhl heranzieht und sich neben sie setzt, wenn sie schläft. Heute Morgen sitzt er hinter ihr und schaut ihr kurz über die Schulter. »*Lárgate*, hau ab und lass mich in Ruhe«, knurrt sie und zeichnet ihr Gesicht. Sie kann nicht verhindern, dass ihre Augen so aussehen, als sehe sie den Tod hinter ihrer Schulter. Egal, das weiß nur sie.

Sie skizziert ihre offenen Haare, das Dekolleté, ihre nackten Brüste. Sie weiß, wie sie diese zeichnen muss, dafür muss sie sich nicht ausziehen. Dann nimmt sie sich ihren Bauch vor. Frida malt einen winzigen Embryo hinein. Er liegt mit dem Kopf nach unten, obwohl er so klein ist, dass er sich noch lange nicht in diese Position drehen müsste.

Das Kind, das sie gerade zeichnet, wäre jetzt fünf Jahre alt. Es hat keine Haare und kein richtiges Gesicht, man erkennt nur die Nase und die geschlossenen Augen. Kein Mund. Hier genau verläuft die Grenze des Erträglichen. Nur so kann sie ihr Kind malen. Sie kann ihm zwar ein Geschlecht geben, aber würde das Kind die Augen öffnen und den Mund verziehen, könnte sie es nicht aushalten, dann müsste sie sofort schreien. Wie damals in Detroit, als sie mitten in der Nacht aufwachte und sofort wusste, dass etwas anders war. Das Laken klebte an ihrer Haut, als sie sich umdrehen wollte. Da wusste sie es. Sie schlug die Decke zurück, und obwohl es so dunkel war wie jetzt, nein, noch viel dunkler, sah sie, dass es dort schwarz war, wo ihr Unterleib lag. Das Blut hatte weiche Kurven um sie herum gemalt. Frida schrie auf, und nach wenigen Sekunden stürmte Lucienne, die seit einigen Wochen im Nebenzimmer schlief, zu ihr herein.

»Was ist los, Frida, was ist los? Sag was!«

»*Mi niño*, mein Kind. Ich verliere es.«

Lucienne rief einen Krankenwagen. Diego saß neben ihr während der Fahrt und hielt ihre Hand. Dann fasste er ihre Zöpfe an.

»Sie sind ganz nass«, sagte er traurig.

Es war nicht ihr erstes Kind, das Frida in Detroit verlor. Aber es war das erste, von dem sie zuvor geträumt hatte. Zu

Beginn der Schwangerschaft hatte sie das Kind gar nicht gewollt und sich sogar Chinin und Rizinusöl verschreiben lassen, um einen Abbruch herbeizuführen. Sie hatte ihrem Arzt und Freund Dr. Eloesser in San Francisco geschrieben, sie glaube, es sei nicht gut für sie, für Diego und vor allem für ihre Ehe, wenn sie ein Kind bekäme. Es würde sie an einem Ort festhalten, und sie wolle doch Diego nicht alleine reisen lassen. Damals verbrachte er immer wieder mehrere Monate in den USA, und obwohl sie vieles an diesem Land kritisierte, wollte sie bei ihm sein. Auch weil sie wusste, dass er sich sofort in neue Affären stürzen würde, wenn sie zu Hause bliebe. Sie hatte das Kind ihren Ängsten geopfert, doch es hatte sich in ihrem Leib festgesetzt und trotzte den Abtreibungsmedikamenten. Schließlich hatte sie begonnen, sich auf das Kind zu freuen, und als sie zum ersten Mal von ihm geträumt hatte, war es so real geworden, dass sie es nicht mehr hergeben wollte.

Weil sie sich ständig übergeben musste, aß sie nur noch das, was sie damals in den USA besonders mochte, Apfelmus, Malzmilch und amerikanischen Käse. Außerdem stopfte sie sich mit Süßigkeiten voll, mit Karamellbonbons und Nougat. Manchmal stellte sie sich nackt vor den Spiegel und lauschte in sich hinein. Von der Straße drangen laute Geräusche in ihr Hotelapartment, Autos, die Räder von Karren und die Stimmen der Straßenverkäufer. Dann stellte sie sich vor, wie sie ihr Kind vorsichtig in diese laute Welt hineintragen würde, und eine Woge von Liebe schwemmte alle Zweifel fort. Jetzt wollte sie das Kind unbedingt haben. Es hatte sich in ihrem Leib festgehalten, und deshalb hatte sie sich nicht geschont, wie die Ärzte es ihr geraten hatten. Sie war trotzdem durch Detroit gelaufen und hatte sogar Fahrstunden genommen.

Aber der Tod hatte sie getäuscht. Er hatte sich lange versteckt und weggeduckt, um sie in Sicherheit zu wiegen. Um dann in der Nacht des 4. Juli 1932 zuzuschlagen und ihr Kind zu holen.

Querida *Cristina,*

nun bin ich schon seit Tagen in diesem verdammten New Yorker Krankenhaus. Ich hasse jede Minute hier, denn ich habe ganz andere Dinge vor, ich will malen, ich will Menschen treffen, ich will tanzen und durch die Stadt schlendern. Aber heute habe ich zum ersten Mal das Gefühl, es geht bergauf.

Es war wieder der Fuß. Ich wollte Dir am Telefon nicht alle Details sagen, weil Leute hinter mir standen.

Also, es ist ein Geschwür unter dem Fuß. Ist ja klar, dass man damit nicht laufen kann, oder? Sie haben es aber nicht geschnitten, sondern mit Salben behandelt, und es wird jeden Tag kleiner. Vielleicht kann ich in ein paar Tagen schon einen Schuh anziehen. Im Moment geht das nämlich nicht.

Cariña, ich hatte Angst, es könnte vielleicht Syphilis sein. Es war Vivians Idee, sie hatte darüber gelesen und meinte, man könne sich vielleicht testen lassen. Ich hatte wirklich Angst, aber dann habe ich den Test doch gemacht. Er heißt Wassermann-Test, und er war NEGATIV, gracias a dios! *Ich bin froh, und jetzt heilt der Fuß, und man hat mir gesagt, nächste Woche kann ich raus. Mary Sklar hat gesagt, ich soll bei ihr wohnen, bis ich nach Paris fahre, aber das ist mir zu lang, ich werde noch mal ins Barbizon gehen und erst kurz vor der Abreise zu Mary.*

Hier will ich nicht einen Tag länger bleiben als nötig. Sie behandeln mich gut, aber stell Dir vor, sie zwingen junge schwangere Mädchen, die nicht verheiratet sind, die Böden der Zimmer zu schrubben.

Wie geht es Dir und den Kindern? Und was macht der Unkenfrosch? Grüße ihn nicht von mir, ich telefoniere mit ihm.

Er muss mir noch die Adresse von einer Sammlerin schicken, die er kennt. Sie wollte vielleicht ein Bild kaufen, ich könnte etwas Geld gebrauchen, vor allem weil ich die Frachtkosten für die Bilder vorstrecken musste. Breton hat nichts dagelassen, obwohl er es versprochen hatte (in meiner Erinnerung).

Sei geküsst und gedrückt,

Frida

PS: Mit allen anderen sehr wichtigen Themen warte ich, bis wir uns sehen. Hast Du meinen letzten Brief verbrannt? Tu es, ich befehle es!
PPS: Ich freue mich, dass die Kinder Spaß an den Nikoläusen hatten.

Vivian kommt jeden Tag und bringt die Post aus dem Hotel. Es sind vor allem Einladungen. Jeden Tag könnte Frida eine Cocktailparty besuchen oder an einem Abendessen teilnehmen. Von Mrs John D. Rockefeller über die einflussreichen Macher des MoMA, von erfolgreichen und weniger erfolgreichen Künstlern bis zu den alternden Intellektuellen aus Greenwich – sie alle wollen sie als farbigen Glanzpunkt auf ihren Festen sehen. Auch Orson Welles hat ein Kärtchen geschickt und ihr gute Besserung gewünscht. Offenbar hatte man ihm im Hotel erzählt, dass sie im Krankenhaus ist. Da er nach London reist, schreibt er, müssten sie ihren gemeinsamen Kinobesuch leider aufschieben.

Gestern war außerdem ein großer gelber Umschlag von Nick dabei. Sein einziger Besuch bei ihr im Krankenhaus war nicht glücklich verlaufen, weil Geena und Vivian gleichzeitig da waren, und seitdem schreibt er ihr nur noch. »Ich fahre heute zu dem Haus, in dem ich mit Dir allein sein wollte. Bin ein paar Tage nicht in der Stadt. Muss nachdenken. Will Dich nicht bedrängen, aber ich kann auch nicht mehr warten. Bitte. Frida. Hab Mut! In Liebe, Nick.« Dazu hat er ein paar Fotos gelegt, Schnappschüsse von ihr in seiner Wohnung, im Atelier, mit Arija beim Schneespaziergang. Auf einer der Aufnahmen stehen sie und Arija vor einem Fischbecken im New Yorker Aquarium im Battery Park. Arija liebt dieses runde Gebäude mit den großen Wasserbecken. Es gibt auch ein paar Terrarien mit Tieren aus Mexiko, kleinen Eidechsen und großen Heuschrecken, die Arija besonders eklig findet. Frida glaubt, Nicks sechzehnjährige Tochter begreift genau, was zwischen ihnen beiden los ist, aber in diesem Punkt ist es Nick, der auf völlige Geheimhaltung achtet. Der gemeinsame Ausflug war daher schön, aber nicht ganz entspannt.

Jetzt will Frida unbedingt raus aus dem überheizten Stationszimmer. Vivian hilft ihr, sich etwas Warmes anzuziehen, und hievt sie in einen Krankenhausrollstuhl. Sie klappt eine Stütze aus, damit Frida den verbundenen rechten Fuß darauflegen kann, und schiebt sie in den kleinen Park der Klinik. Mehr Schwestern und Ärzte als Patienten sitzen auf den Bänken. Der Schnee taut und hinterlässt auf dem Boden eine große Landkarte mit braunen Kontinenten inmitten eines weißen Meers. Man könnte hier wunderbar spielen, denkt Frida, aber Kinder sieht sie nicht.

Vivian schiebt sie neben eine freie Bank und lässt sich selbst auf ihren Pelzmuff nieder.

»Die Leute reden über dich und Trotzki. Hattest du wirklich eine Affäre mit ihm?« Sie zündet zwei Zigaretten an und reicht eine an Frida weiter.

»Hast du auch etwas zu trinken dabei?«

Wortlos holt Vivian einen Flachmann aus ihrer Tasche und gibt ihn Frida.

»Hab ich von meinem Vater«, erklärt sie nun. »Er wollte, dass ich mit ihm auf die Jagd gehe.«

»Und? Bist du?«, fragt Frida. Sie trinkt einen Schluck und hält die kleine Flasche wieder Vivian hin.

»Bin ich verrückt? Aufstehen, wenn es noch dunkel ist, und durch den Wald stapfen, um arme Rehe zu massakrieren?«

Frida denkt an die Fotomontage, die Nick ihr vor Jahren geschickt hat. Ein Reh, das von einem Pfeil durchbohrt wird und den Betrachter vorwurfsvoll anschaut. Sein Kopf trägt zwar nicht ihre Züge, aber die zusammengewachsenen Augenbrauen und die hochgetürmten Haare gehörten unzweifelhaft ihr. Lebendig und tödlich verwundet zugleich. Nick weiß es schon seit Ewigkeiten, und trotzdem will er sie heiraten.

»Hörst du mir überhaupt zu?«

Frida schnippt Asche auf den Boden. »Wer will schon ein Reh töten? Vielleicht ist es auch gar nicht tot, sondern nur verwundet und läuft noch Jahre später mit einem Pfeil in der Brust durch den Wald.«

Vivian lacht auf. »Unsinn. Ein gezielter Schnitt sorgt dafür, dass es nicht zu lange leidet. Und am Ende landet das Reh auf unseren Tellern, das ist ja Sinn der Sache.«

»*Mierda*, ist das ekelhaft.« Frida macht eine Bewegung, als müsse sie sich übergeben. »Gib mir noch mal den Flachmann.«

Vivian reicht ihn ihr, aber als Frida danach greift, zieht sie die kleine Flasche spielerisch fort.

»Ich hatte nach Trotzki gefragt. Erzähl mir erst, wie es war.«

Wütend versucht Frida die Flasche zu fassen und schlägt sie Vivian dabei aus der Hand, sodass sie in den dreckigen Schnee unter der Bank fällt.

»Verdammt, Vivian, ich hasse solche Spielchen. Behandle mich gefälligst nicht wie ein Kind. Gib schon her.«

Vivian wischt den Flachmann ab und drückt ihn Frida in die Hand.

»Reg dich nicht gleich so auf. Man könnte ja denken, du seist Alkoholikerin.«

»Frag Geena, die ist auch so schlau wie du.«

Sie nimmt einen tiefen Schluck.

»Trotzki war ein Fehler. Ich war froh, als es vorbei war.«

Vivian schaut überrascht. »Das klingt aber herzlos. Warum hast du überhaupt etwas mit ihm angefangen?«

Frida zuckt mit den Schultern. »Er tat mir leid.«

»Und seine Frau?«

Sie zieht den Umhang fester um ihre Schultern. »Jetzt tut die mir leid. Und ich schäme mich. Zufrieden?«

Vivian überlegt einen Moment. »Nein. Ich will lieber wissen, warum du Trotzki überhaupt verführt hast.«

»Er hat mich gereizt. Der große Leo Trotzki. Der Herausforderer Stalins. Ein Revolutionär ist immer sexy.«

»Aber er ist doch wohl eher ein Flüchtling.«

»Seine Flucht verschaffte ihm eine besondere Aura. Jemand, der so gefährlich ist, dass er vom Geheimdienst seines Landes auf der ganzen Welt verfolgt wird – und Diego muss sich wirklich darum kümmern, dass ihm in Coyoacán nichts passiert –, ist einfach unwiderstehlich. Was denkst du, warum so viele Frauen mit Diego ins Bett gehen wollen? Doch nicht, weil er so gut aussieht.«

»Diego ist offenbar sehr begabt und interessant«, wirft Vivian ein.

»Eben. Und das ist Trotzki auch. Herrje, Vivian, ich wollte ihn einfach verführen! So bin ich, ich kann nichts dafür.«

»Ich dachte, du sympathisierst mit seinen Ideen ...«

»Das tue ich ja auch. Tief im Herzen fühle ich mich noch immer als Kommunistin, auch wenn ich inzwischen nicht mehr in der Partei bin. Aber wenn die Genossen sich gegenseitig zerfleischen, habe ich dafür kein Verständnis. Warum kann Stalin ihn nicht in Ruhe lassen? Trotzki hat wirklich gute Ideen. Wenn er in Schwung kommt und dir erklärt, was bei der Mexikanischen Revolution alles versäumt wurde, kannst du ihm nur zustimmen. Alles ist so klug und durchdacht, und du nickst und findest alles richtig. Und dann wollte ich eben mit ihm schlafen ... Und als er mir später verliebte Blicke zuwarf und eine Liebesbotschaft schickte, fand ich das einfach ...«, sie bläst einen Rauchkringel, »... erregend. Falls du verstehst, was ich meine, in deinem zarten Alter.«

Vivian übergeht diese Spitze. »Er hat dir Briefe geschrieben? Hast du sie noch?«

Frida legt ihre Hände an den Kopf, um die Ohren zu wärmen. »Zum Glück nicht. Diego hätte ihn dann womöglich eigenhändig erwürgt. Leo hat mir kleine Zettel in die Bücher gelegt, die ich lesen sollte. »Lesen Sie über die Unterdrückung der Massen im *Kapital* von Marx«, sagte er zum Beispiel und schaute mir tief in die Augen. Wenn er mir das Buch dann überreichte, berührten sich unsere Hände. Der war ganz schön mutig. Er machte das vor aller Augen. Es war wie ein Rausch. Für uns beide.«

»Unglaublich, das hätte Ärger geben können.«

»Genau das war der Spaß!« Frida grinst.

»Und seine Frau und Diego haben überhaupt nichts gemerkt?«

»Ich bin mir nicht sicher.« Frida legt den Kopf zur Seite. »Diego wohl nicht, der nimmt so was nicht wahr. Natalja schon eher. Eigentlich mag ich sie. Sie ist sehr klug und charmant, und ich bin nicht stolz darauf, sie gekränkt zu haben.«

»Was für ein Typ ist sie?«

Frida zuckt mit den Schultern. »Klein und energisch. Sicher war sie als junge Revolutionärin eine Schönheit. Auf jeden Fall ist sie zu stolz, um sich etwas anmerken zu lassen. So ganz anders als ich ... Das mit Leo dauerte nicht sehr lang. Als wir mit den Bretons und den Trotzkis auf Reisen gingen, war es schon vorbei. Leo entpuppte sich dann auch als richtiger Spießer. Wir Frauen hatten in seinen Augen nichts zur Diskussion beizutragen, er redete nur mit den Kerlen.

Und dann wollte er uns verbieten, zu rauchen und zu trinken, richtig manisch war er.«

»Er war sicher untröstlich, als du ihn verlassen hast.«

»Vielleicht am Anfang. Aber er hat sich schnell erholt. Und ich habe ihm ein sehr schönes Bild geschenkt.«

»Hab's gesehen, in der Ausstellung. Sehr bürgerlich. Was hat er dazu gesagt?«

»Nichts. Aber ich darf es nicht verkaufen, sagt Diego. Obwohl Julien es schon dreimal hätte zu Geld machen können und ich dann keine Probleme mehr hätte. Trotzki hat mir übrigens vor Kurzem geschrieben, weil Diego sich mit ihm überworfen hat. Er tut jetzt so, als seien wir gute Freunde. Was immer man davon halten soll . . .«

»Wenn du von Diego getrennt bist, dann bist du jetzt frei, oder?«

»Wie kommst du darauf?« Frida nimmt einen weiteren Schluck.

»Nur so. Du kannst neu anfangen, wenn du das willst.«

»Es gibt keinen Neuanfang, Vivian. Das ist etwas, von dem Leute glauben, dass es das gibt, aber so richtig gibt es das nicht. Du schleppst immer alles mit, egal in welches Bett.«

New York, 3. Januar 1939

Anfang Januar kann Frida das Krankenhaus verlassen. Die Entzündung im Fuß ist abgeheilt, und auch die Rückenschmerzen sind besser geworden, weil sie sich endlich einmal geschont hat. Gierig darauf, die alten Fäden wiederaufzunehmen, will sie als Erstes Nick wiedersehen. Vom Hotel aus fährt sie zu seinem Studio. Dort herrscht emsiges Treiben, wie eigentlich immer. Sie erinnert sich noch gut an Nicks erstes Atelier in Greenwich, und jedes Mal wieder ist sie davon fasziniert, dass er sich in wenigen Jahren von einem armen Einwanderer aus Europa zum bekannten Celebrity-Fotografen New Yorks entwickelt hat. Nach dem Börsencrash machte er sich als Pionier der Farbfotografie einen Namen, und jetzt ist er einer der erfolgreichsten Werbefotografen der Stadt. Für das neue Studio mietete er eine ganze Etage unterhalb seiner Wohnung und ließ die meisten Wände herausreißen, um einen großen Raum zu schaffen. Dahinter liegen die Büros und eine Dunkelkammer, in der mehrere Leute gleichzeitig arbeiten können. Dreihundert Gäste kamen zur Eröffnung, hatte Nick ihr stolz erzählt.

Marion Meredith, Nicks Bürochefin, begrüßt Frida herzlich und begleitet sie zu seinem Büro. Die Angestellten und Laufburschen, an denen sie vorbeigehen, mustern sie neugierig und freundlich. Nick nimmt sie erfreut in die Arme und schließt die Tür hinter ihr. Sie schaut sich um, sehr oft ist sie nicht hier gewesen, aber seit ihrem letzten Besuch hat sich nichts verändert. Das Bücherregal ist noch immer vollgestopft, der große Schreibtisch mit Papieren übersät, die mexikanischen Skulpturen wachen unter dem Fenster, und an der Wand hängt eine Reihe von gerahmten Fotos, darunter eines von ihr in Teotihuacán. Frida registriert jedes Detail in diesem Raum, streicht liebevoll über die Köpfe der Skulpturen und bleibt vor der Aufnahme einer nackten Frau stehen. Es ist Martha Graham, ein Star der New Yorker Tanzszene und eine der wenigen Tänzerinnen, so glaubt sie jedenfalls, mit der Nick nie etwas hatte. Sie war nie sehr eifersüchtig auf Nicks Frauen oder Affären, weil sie sich meistens in Mexiko trafen und sie sein Leben in New York ausblenden konnte. Jetzt versteht sie zum ersten Mal, dass sie auf einem Parallelgleis fährt und die Hauptstrecke in Nicks Leben ohne sie verläuft. Ist es das, was er gemeint hat? Ist es so einfach? Ist sie endlich so weit und wird sich auf ihn einlassen können, so wie er es will? Der Gedanke macht sie froh, doch zugleich verwirrt er sie, er ist zu neu und zu ungeheuerlich, um ihn auszusprechen.

Nick stellt sich hinter sie, umfasst sie mit seinen Armen und vergräbt das Gesicht in ihrem Nacken. »Gut, dass du wieder da bist. Ich habe immer an dich gedacht. Ohne dich hat die Reise keinen Spaß gemacht.« Frida wendet sich dem nächsten Foto zu, darauf ist ein Mann zu sehen, der einen Säbel in Fechtposition hält. Alle seine Muskeln sind angespannt, selbst die Stäubchen in der Luft scheinen kurz innezuhalten. Frida legt ihre Hände auf Nicks, die sich unter ihrer Brust verschränkt haben.

»Was ist wohl dein Geheimnis?«

»Ich liebe dich. Das weißt du doch.« Er küsst sie auf den Hals. Mit seinen Händen streichelt er ihre Haare im Nacken, die zu kurz für die hochgesteckten Zöpfe sind.

»Das meine ich nicht. Deine Arbeit. Warum sind alle so verrückt nach deinen Fotos?«

»Weil sie gut sind?« Er führt Frida zu einem kleinen Ledersofa, setzt sich und zieht sie auf seinen Schoß.

»Aber warum sind sie gut? Was machst du anders als

andere?« Sie schaut ihm in die Augen. Sie könnte die Unterhaltung jetzt auch abbrechen und versuchen, ihn zu verführen. Aber ob Nick das in seinem Büro wirklich genießen könnte? Er würde das nicht, glaubt sie, weil es seiner Vorstellung von guter Erziehung widerspricht. Aber sie hat noch einen anderen Grund, ihn nicht zu sehr zu reizen. Sie liebt diese Momente, in denen alles offen ist, beglückende Minuten, in denen Nick verletzlich ist, ohne die unbekümmerte Fröhlichkeit, die er oft als Schutzschild verwendet. Als wären sie im selben Kokon eingesponnen, als würden sie beide im Wasser treiben, warm, nackt, weit weg vom Rest der Welt. Jetzt bin ich dir so nah, wie du es nur ganz selten zulässt, denkt sie und fragt vorsichtig: »Was ist es, was deine Fotos von anderen unterscheidet?«

»Was soll ich dazu sagen? Weißt du denn, warum deine Bilder so besonders sind? Vielleicht liegt es daran, dass wir uns mehr Zeit nehmen? Weil wir denken, bevor wir arbeiten.« Er legt ganz zart seine Fingerspitzen in die Kuhlen oberhalb ihrer Schlüsselbeine.

Er genießt diesen Augenblick genauso wie ich, glaubt Frida.

»Du denkst über das Foto nach, bevor du es machst? Ist denn da keine Intuition oder so etwas mit im Spiel?«

Er zieht die Hände weg und schiebt sie sanft von seinem Schoß, weil er sich besser konzentrieren kann, wenn sie neben ihm sitzt. Aber er nimmt ihre Hand, denn anfassen muss er sie.

»Sagen wir mal, ich sehe es. Ich weiß ziemlich genau, was die Kamera festhalten wird, bevor ich auf den Auslöser drücke.« Er schaut aus dem Fenster, ohne wirklich etwas zu erkennen. »Ich konzentriere mich auf die Person, nicht auf die Technik. Die technischen Fragen müssen vorher gelöst sein, sie werden erst wieder beim Entwickeln wichtig. Aber dazwischen muss man abwarten können. Es ist ... ein Fließen. Das Modell sitzt oder steht, bewegt sich, streckt sich, atmet, seufzt. Und irgendwann ...«

»Du redest die ganze Zeit auf die Leute ein?«

»Oft. Nicht immer. Damit sie sich entspannen. Innerlich entspannen. Die körperliche Spannung ist noch da, das siehst du ja hier bei den Tänzern, aber innerlich lassen sie für eine Sekunde los. Und genau diesen Moment muss ich erwischen. Ich muss ihn suchen.«

»Also, was jetzt? Suchst du etwas, oder siehst du es vorher?«

»Beides. Ich suche das Bild, das ich im Kopf habe. Ich warte auf den Moment. Aber vorher sehe ich ihn.«

»Klingt kompliziert.«

»Die Amerikaner haben ein schönes Wort dafür. *Flow*. Das ist wie beim Tanzen oder Fechten.«

Er nimmt ihr Gesicht in die Hände und studiert es voller Liebe. Während seine Finger über ihre Augenbrauen streichen, betrachtet er sie prüfend. »Ich schaue dich an und nehme jede Veränderung an dir wahr. Ich registriere, wie du mit den Augen rollst, deine Hand an die Nase legst ...«

»Aber sie juckt.«

»Und dann sehe ich, wie deine Lippen sich aufwerfen. Ich rede mit dir und erzähle dir etwas Schönes, damit du lächelst, so wie jetzt, und dann erfasse ich im Bruchteil einer Sekunde, dass es da ist, genau das, was ich brauche. Ich drücke ab, denn im nächsten Moment ist das, was ich gesehen habe, womöglich schon wieder vorbei.«

»Das ist gemeint, wenn in Artikeln über dich von *touché* gesprochen wird?«

Er nickt. »Es ist ähnlich wie beim Fechten. Ich treffe das Bild und« – er beißt spielerisch in ihren Hals – »spieße es auf.«

»Ich liebe das Foto von dir, das Edward Steichen gemacht hat. Das mit dem Degen.«

»Nur dass es ein Säbel ist.« Nick schaut auf seine Uhr. »Aber gut, dass du mich daran erinnerst. Ich muss zum Training.« Er steht auf. »Audienz beendet, meine Geliebte!«

»Jetzt schon?«

»Sehen wir uns heute Abend? Ich möchte mit dir ausgehen.«

»Du lässt mich einfach zurück? So …« Sie räuspert sich und legt die Hände auf ihre Oberschenkel.

Bevor sie weitersprechen kann, sagt Nick: »Du solltest jetzt malen, Frida. Im Verlangen steckt die beste Inspiration.«

New York an einem beschissenen Januartag
Diego, mein Lieber, ich sitze auf meinem Bett bei Mary Sklar und heule in Dein großes Taschentuch.

Was soll ich sagen? Es ist alles Scheiße. Sie haben mich aus dem Krankenhaus entlassen, und der Fuß ist auch besser, aber er tut weh. Und jetzt habe ich auch noch eine Erkältung mit Fieber, und Mary hat mich mehr oder weniger aus dem Hotel entführt, damit ich dort nicht alleine vor mich hin vegetiere. Nun bin ich bei ihr und darf das Haus nicht verlassen.

Weihnachten war schön, danke für Deinen Anruf und den Brief. Ich wollte ihn sofort beantworten, aber mir fehlte die Zeit und die

Ruhe. Und dann musste ich ja auch schon ins Krankenhaus, wo mich Dein Telegramm sehr erfreut hat. Jetzt liegt Weihnachten schon Wochen zurück, und ich habe gar keine Lust mehr, davon zu erzählen. Aber weil Du es ja wissen willst: Dolores hat einen schönen Saal in einem piekfeinen Hotel gemietet, und wir waren eine große, fröhliche Gruppe. Alle waren gut gelaunt, die Turners, Muray und Mary Sklar und dazu ein Dutzend Freundinnen und Freunde von Dolores, die meisten von ihnen Schauspieler, die alle so fantastisch aussehen wie sie. Dazu ein Haufen braver Kinder. Ich habe einen Sack voller Geschenke verteilt, und wenn Geena Dir schrieb, ich hätte mich unmöglich benommen, dann ist das nicht wahr. Die Turners werden langsam alt, fürchte ich. Ich habe den Kindern nur ein paar lustige Reime beigebracht. Nun ja, Geena fand sie nicht lustig, aber die Kinder schon!

Diego, soll ich wirklich nach Paris fahren? Alle sagen, der Krieg wird in den nächsten Monaten noch nicht beginnen, aber bald.

Ich will nicht in Europa sitzen, wenn dort Krieg ist. Aber Paris ist weit weg von Berlin, und die Nazis wollen nach Osten marschieren, las ich jedenfalls in der Zeitung. Das macht es sicherer, oder?

Aber wollen die Menschen in Paris jetzt wirklich meine kleinen Bildchen sehen? Hoffentlich kommen sie überhaupt in Frankreich an, aber Julien hat sie verschickt, also sollte es so sein.

Breton hat sehr gedrängelt, dass ich komme. Angeblich wollen alle Deine Friducha sehen.

Und Du, was willst Du? Ich liebe Dich, und jede Minute wird es mir stärker bewusst. Und ich hoffe, dass Du mich auch ein bisschen liebst. Einen kleinen Platz in Deinem Herzen wirst Du mir reserviert haben, nicht wahr?

Das Bild von Dorothy Hale – die schöne Schauspielerin, die sich aus dem Fenster gestürzt hat – ist schon fast fertig. Ich glaube, es wird sehr gut. Es wird Dir gefallen. Leider habe ich gemerkt, dass es ein paar Dinge gibt, die ich einfach nicht kann – Du musst mich unterrichten, Meister Frosch. Das Hochhaus wirkt zu klein, und es sieht aus, als fiele die Dame schräg nach vorne anstatt nach unten. Trotzdem ist es hervorragend, ich bin sicher, Clare Boothe Luce wird damit zufrieden sein.

Vergiss nicht, Dir die Nase zu putzen und die Schuhe auszuziehen, wenn Du ins Bett gehst. Grüße alle von mir, auch meine Schwester, hörst Du?

Norman will irgendwas für Dich kaufen, hast Du Farben bestellt? Besondere Pigmente? Schreib es ihm noch mal, er hat den Brief verloren (sag ich doch, sie werden ein bisschen alt, aber sie sind so lieb und gut wie immer zu mir ...), oder schreib es mir.

Was macht Fulang-Chang? Er soll nicht in meinem Bett schlafen, kapiert?

Ich küsse Dich! Wohin? Auf den Mund, Du Ochse.

Frida

PS: Kannst Du herausbekommen, wie ich meinen Pass ändern kann? Ich will nicht mehr, dass dort FRIEDA steht. Sag Papa nichts davon. PPS: Nächste Woche gehe ich aufs Schiff und lande in Cherbourg oder Le Havre, sie wissen noch nicht, wo ... (Kaum zu glauben, oder? Hoffentlich fahren sie nicht nach China.)

Geena und Norman geben an Fridas letztem Abend ein kleines Fest. Etwa zwanzig Leute sind da, darunter Nick, Julien, Dolores, Vivian, die Meyers, Goodyear, und sogar Mrs John D. Rockefeller lässt sich kurz blicken. Mina Loy ist auch erschienen und streicht um die kalten Platten.

Norman kommt mit einem Glas auf Frida zu.

»Ich mache mir Sorgen um Diego.«

Sie ist sofort alarmiert. »Warum, was ist passiert?«

»Nichts, nur so ein Gefühl. Wann hast du zuletzt von ihm gehört?«

Frida überlegt kurz und holt dann Diegos letzten Brief aus ihrer Tasche. »Er schreibt mir ab und zu, oder wir telefonieren.«

»Es wäre besser, wenn du bald wieder nach Mexiko fährst.«

»Aber Diego selbst hat mir einen langen Vortrag darüber gehalten, wie wichtig meine Anwesenheit bei der Vernissage in Paris sei.«

Norman schaut sich kurz um, dann tritt er näher. »Er schont sich zu wenig.«

Sie lacht auf. »Wenn du glaubst, dass ich daran etwas ändern kann, hast du keine Ahnung.« Der Blickwechsel zwischen Norman und seiner Frau Geena entgeht ihr, als sie sich eine Zigarette anzündet.

»Natürlich hast du Einfluss auf Diego. Mehr als wir alle zusammen. Du kannst ihn bremsen, ab und zu wenigstens. Und vor allem braucht er dich als Kritikerin seiner Bilder.«

»Von wegen. Als ich ihm erklärt habe, was mir an seinen

letzten Arbeiten nicht gefallen hat, ist er ausgerastet. Hat den armen Fulang-Chang durch den Garten geschleudert und ist auf irgendwas rumgetrampelt. Er hat ein Scheißtemperament, auch wenn er immer sagt, das sei mein Problem. Ich bin nur halb so schlimm wie er.«

»Mag sein, aber tief in seinem Innern weiß er, dass du recht hast mit deiner Kritik. Frida, ich habe viel darüber nachgedacht, wonach Diego sich seine Frauen ausgesucht hat ...«

»Sie sollten Brüste und einen Hintern haben«, wirft sie ein. Sie will gelangweilt wirken, aber eigentlich ist sie neugierig auf das, was Norman sagen wird. Sie sieht Nick am anderen Ende des Zimmers stehen und prostet ihm zu. Sie werden diese Nacht zusammen verbringen. Es ist alles geplant, und niemand muss davon erfahren. Morgen bringt er sie zum Schiff. Sie liebt ihn. Aber wie es weitergehen soll, weiß sie immer noch nicht.

»Ich rede nicht von seinen bedauerlichen Affären«, spinnt Norman seinen Gedanken weiter, »sondern von seinen Ehefrauen. Angelina war wie eine Mutter für ihn, glaube ich. Ein paar Jahre älter, sanft, freundlich, ohne Durchsetzungskraft. Lupe hingegen war wild und sehr attraktiv, stark und ... na ja, manchmal etwas neurotisch in ihrer Eifersucht. Sie war wohl mehr Modell und Inspiration. Und du ...«

Sie schneidet ihm das Wort ab: »Ich bin der kranke Klotz am Bein des Meisters.«

»Falsch. Du bist die Einzige, die ihm intellektuell das Wasser reicht. Du warst von Anfang an nicht nur seine Geliebte, sondern auch seine Kameradin, seine ehrlichste Kritikerin. Diego ist ohne dich verloren, glaub mir.«

»Aber er selbst wollte doch, dass ich nach Paris ...« Frida bemerkt, wie Geena und Lucienne zusammenstehen und einen Blick zu ihr und Norman werfen, als wüssten sie genau, worüber sie beide gerade reden. In dem Moment begreift sie, worum es bei diesem Gespräch geht. Um Nick. Sie wissen oder ahnen es, und sie haben sich vorgenommen, sie zu trennen. Sie wollen mich zurückschicken wie ein ungezogenes Kind, denkt Frida. Wut und Erleichterung breiten sich in ihr aus. Wut über die Einmischung. Erleichterung darüber, dass diese Wut sie sehr stark macht.

»Ich weiß wirklich nicht, ob ich das glauben kann, was du da sagst, Norman. Auch möchte ich gerne nach Paris fahren.«

»Aber danach solltest du so bald wie möglich nach Mexiko zurückkehren. Ich habe natürlich kein Recht, dir in dein Leben hineinzureden ...«

»Genau. Das hast du nicht.«

»Verstehe. Nur das noch: Pass auf, was du tust, Frida.«

»Scher dich zum Teufel, Norman.«

Als Frida am nächsten Tag die überheizte Kabine auf der *Île de France* betritt, ist ihr Koffer schon da. Sie lässt die Verschlüsse aufschnappen, öffnet den Deckel und sucht das Geschenk, das Nick ihr gestern Nacht hineingeschmuggelt hat. Nach der allerletzten Umarmung und dem allerletzten Kuss am Pier hatte er ihr ins Ohr geflüstert, sie würde im Koffer noch etwas von ihm finden. Als sie die *rebozos* abtastet, entdeckt sie den großen gelben Umschlag. Sie nimmt ihn heraus, streift den warmen Umhang ab und setzt sich aufs Bett. Mit den Händen biegt sie die Metallklemme hoch und holt einen kleinen Stapel Fotos heraus. Es sind die letzten Aufnahmen, die Nick kurz vor der Abreise gemacht hat. Für das oberste Bild hat er den Selbstauslöser benutzt. Es zeigt ihn aufrecht sitzend auf einem weiß bezogenen Sessel im Barbizon Plaza. Nick trägt seinen neuen Anzug, grauer Flanell mit dezentem rotem Streifen, dazu eine passende Weste, ein weißes Hemd und eine graue Krawatte. Er hat die Beine übereinandergeschlagen, seine schwarzen Schuhe glänzen. Mit der linken Hand hält er einen Zylinder auf seinem Schoß, die rechte umschließt den Griff einer altmodischen Duellpistole, deren langer Lauf auf seinem Knie ruht. Sein Gesichtsausdruck ist schwer zu deuten, er schaut ernst, fast etwas verdrossen, als wisse er bereits, wie das Duell ausgehen und dass es für niemanden ein Happy End geben wird. Frida steht neben ihm, Rock und *huipil* sind rot-weiß gemustert, eine Hand liegt auf Nicks Schulter. Das Band in ihren Haaren nimmt das Rot des Rocks auf, ebenso das der lackierten Fingernägel. Doch der *rebozo* ist schwarz, und ihre gesamte Person erscheint auf diesem Foto etwas unscharf, so als sei sie – unbestritten der Anlass des Duells – schon verloren. Oder noch nicht gewonnen? Die Inszenierung lässt es offen.

Frida legt das Foto zur Seite und betrachtet die anderen Bilder. Es sind alles Porträts von ihr, manche stammen aus dem Barbizon Plaza, andere hat Nick in seinem Studio gemacht, Schwarz-Weiß-Aufnahmen und Farbfotos. Auf einem sitzt sie auf einer weißen Bank, deren Lehne wie Weinlaub geformt ist. Im Hintergrund sieht man einen leuchtend grünen Stoff mit kleinen Blüten. Frida trägt lachsfarbene Rosen im Haar. Es ist das schönste Foto, das sie je von sich gesehen hat. Es folgen Aufnahmen mit verschiedenen Tüchern und Frisuren, auch hier zeigt Nick, dass er ein Meister der Farbfotografie ist. Doch erst das letzte Foto lässt Frida die Luft anhalten. Nick hat es also getan. Das, was er die ganze Zeit schon wollte. Die Aufnahme zeigt sie vor einer beigefarbenen, rau verputzten Wand. Sie trägt eine weiße Bluse und einen lilafarbenen Rock. Lila ist ebenso das Samtband, das sie in die Haare geschlungen hat, davor steckt ein glitzernder Haarreifen. Frida lehnt an der Wand, ihre Arme sind entspannt übereinandergelegt. Weich fällt der magentafarbene *rebozo* über ihre Schultern, und weich ist auch ihr Blick. Wer dieses Foto anschaut, kann keinen Zweifel haben, der weiß, dass Frida den Fotografen liebt. Ihr Blick ist unmissverständlich. Mit diesem Bild hat Nick das getan, was sie ihm die ganze Zeit verwehrt hatte, er hat ihre Beziehung öffentlich gemacht. Auf ihm kann es jeder sehen. Frida und Nick, denkt sie. Und es fühlt sich richtig an.

TEIL VIER

Paris, 10. Februar 1939

Das kleine Mädchen im roten Sonntagskleid steht einsam auf einer weiten Ebene. Seine nackten Füße scheinen keinen Kontakt mit der trockenen Erde zu finden, eher wirkt es, als würde das Kind knapp über dem Boden schweben. Im Hintergrund ragt ein blaugraues Gebirge mit spitzen Vulkanen in einen Himmel, auf dem sich die Gewitterwolken türmen, schwer von kaltem Regen. Eine Totenschädelmaske verdeckt das Gesicht des Mädchens, und in der Hand hält es eine *zempazúchil*, eine Totenblume. Als das Kind zu sprechen beginnt, klingt seine Stimme dumpf: »Komm, Frida, stell dich neben mich. Nimm die Maske und halte sie vor dein Gesicht.«

Eine Maske mit Tigerkopf, eine von der Sorte, die Kinder vor Unheil beschützen soll, liegt neben dem Mädchen auf der Erde.

»Aber ich bin doch du«, antwortet Frida. »Ich bin doch das Mädchen in dem roten Kleid, ich bin ja schon auf dem Bild!«

»Wie kommst du darauf?«, zischt das Mädchen wütend. »Weißt du nicht, dass ich dein Kind bin? Wieso glaubst du immer, dein Kind sei ein Junge? Warum hast du nie daran gedacht, dass ich ein Mädchen sein könnte? Dein kleines

Mädchen? Du hast Mädchenpuppen so gern, aber wenn du dein Kind zeichnest, muss es immer ein Junge sein. Du bist keine gute Mutter, Frida, und ich werde dir daher das Geheimnis nicht verraten, das du so gerne wissen willst ... Ich werde es nicht sagen ...«

Die Stimme des Mädchens verzerrt sich zu einem Knarren, und jetzt spürt Frida die Maske auf ihrem eigenen Gesicht, sie drückt schmerzhaft auf Wangen und Nase. Verzweifelt schleudert sie den Kopf hin und her, um sie abzuschütteln. Als sie sich endlich löst, kann sie die Augen öffnen. Über ihr erscheint das grimmige Gesicht einer Krankenschwester. Gleichzeitig fühlt sie einen Druck im Rücken, so als müsse sie eine Stahltür aufstemmen.

»Madame? Madame? Can you hear me, Mrs Kahlo?«

Frida schaut die Schwester hilflos an, sie kann sich kaum bewegen, und als sie nicken will, wird ein Kopfschütteln daraus.

»Sie versteht mich nicht«, sagt die Schwester enttäuscht und verschwindet.

Frida will protestieren, aber der Druck auf ihren Rücken ist zu stark, sie gibt nach, wird gegen die Wand gepresst und versinkt wieder im Dunkeln. »Bitte, schickt mich nicht zurück in das Bild«, betet sie. »Ich will das nicht ... durch mein eigenes Bild laufen ... und mich dann auch noch beschimpfen lassen. Bitte nicht!«

Als sie das nächste Mal wach wird, ist sie schneller klar im Kopf, aber der Schmerz ist stärker geworden.

»Bitte ... die Schmerzen sind so schlimm«, krächzt Frida, obwohl sie gar nicht weiß, ob sie jemand hört.

»Madame Kahlo?« Eine Krankenschwester erscheint. Es

ist eine andere als beim ersten Mal, und sie hat ein gütiges Gesicht. »Haben Sie Schmerzen?«

Frida nickt.

»Ich gebe Ihnen etwas.« Sie schiebt Frida eine Tablette in den Mund und hält ihr vorsichtig ein Glas hin. Frida trinkt in kleinen Schlucken. »Wissen Sie, wo Sie sind?«, fragt die Schwester. »Erinnern Sie sich? Gestern waren Sie noch nicht richtig bei sich.«

Frida hält sich am Blick der gütigen Frau fest, als stünde die Antwort in deren Gesicht. Sie konzentriert sich, denkt nach. Die Schwester spricht Französisch, die Sprache hat Frida in der Schule gelernt, wenn sie sie auch nicht besonders gut kann. Sie ist in Paris. Sie will ihre Bilder ausstellen. Nick hat sie zum Schiff gebracht. Er ist in New York und Diego in San Ángel. All das weiß sie. Aber ist sie allein in Paris? Schemenhaft sieht sie einen jungen Matrosen vor ihr vom Schiff gehen. Er trägt ihren Koffer. Dann sieht sie sich im Zug sitzen. Die Landschaft rast an ihr vorbei. Am Bahnhof Saint-Lazare wartet André Breton auf sie und bringt sie in seine Wohnung im 9. Arrondissement. Frida ist erleichtert. Es ist alles wieder da.

»Sie sind im Amerikanischen Krankenhaus Paris.« Die Krankenschwester spricht jetzt Englisch mit Akzent. »Verstehen Sie mich?« Frida nickt. »Ein Krankenwagen hat Sie vor ein paar Tagen eingeliefert. Sie hatten hohes Fieber und verloren immer wieder das Bewusstsein. Aber jetzt werden Sie sich bald besser fühlen, und irgendwann können Sie auch nach Hause gehen. Möchten Sie etwas essen? Einen Toast? Kamillentee? Etwas anderes darf ich Ihnen noch nicht geben.«

Frida hat Hunger, aber ihr ist auch übel. Trotzdem bejaht sie, und die Schwester verlässt den Raum. Vorsichtig setzt sie sich auf und schaut sich um. Es ist ein helles, freundliches Zimmer, und die zwei Betten neben ihr sind leer. Hat die Schwester gerade gesagt, sie kann irgendwann, vielleicht bald, nach Hause gehen? Doch wo ist das? Die Übelkeit wird stärker, aber sie zwingt sich dazu, sich zu erinnern.

Sie wohnte bei den Bretons und musste bei der dreijährigen Aube schlafen, der kleinen Tochter von Jacqueline und André. Ihr Widerwillen gegen Breton war von Tag zu Tag gewachsen, vor allem weil die Ausstellung, für die sie eigens nach Paris gereist war, vielleicht gar nicht stattfinden wird. Breton hatte es ihr gleich am ersten Tag gesagt.

An diesem ersten Abend wäre sie gerne ausgegangen, um etwas von Paris zu sehen, den Eiffelturm oder die Seine, aber Breton meinte, sie sollten zu Hause bleiben. Es gab Ziegenkäse und Brot, dazu welken Salat und einen säuerlich schmeckenden Rotwein. Als sie mit dem Essen fertig waren, schob er seinen Teller zur Seite. Breton sah gehetzt aus, und als sie nach der Ausstellung fragte, rückte er endlich raus mit der Sprache.

»Ich musste leider meine Galerie schließen, die Zeiten sind schlecht. Wir brauchen einen neuen Ort, um Ihre Bilder auszustellen. Tut mir leid. Aber das klappt schon, Sie werden sehen.«

Sie betrachtete das schmierige Wasserglas mit dem Wein.

»Wo sind meine Bilder?«, fragte sie und schaute sich um, als würden sie womöglich in der Küche stehen.

»O, die sind noch beim Zoll«, erklärte Breton und blickte zu Boden.

Sie starrte ihn ungläubig an.

»Ich sah keinen Sinn darin, die Bilder abzuholen, weil ich gar nicht gewusst hätte, wo ich sie lagern sollte. So sind sie gut verpackt und beim Zoll auch in Sicherheit, nicht wahr?« Er lachte verlegen und fuhr dann fort: »Nur habe ich jetzt nichts, was ich vorzeigen könnte, wenn ich mit einem Galeristen über die Ausstellung verhandle. Das macht es ein bisschen komplizierter.«

Ungläubig schüttelte sie den Kopf. »Aber Muray hat schon vor Monaten Fotos von meinen Bildern geschickt!«

Wieder wich Breton ihrem Blick aus. »Ach so? Die sind aber nicht angekommen. Der amerikanischen Post kann man wohl nicht immer vertrauen, fürchte ich.«

Sie war kurz davor gewesen, einen Wutanfall zu bekommen, aber sie beherrschte sich, weil sie auf diesen Mann, den sie in diesem Moment zutiefst verachtete, angewiesen war.

Sie ging früh schlafen, und als sie am Morgen das Geschrei von Aube hörte, stand sie auf, wusch sich und machte einen langen Spaziergang.

Nach ein paar Tagen bat sie um ein Hotelzimmer. Breton begleitete sie zum Hôtel Regina an der Place des Pyramides, aber das nette Zimmer mit dem frisch bezogenen sauberen Bett konnte sie nicht lange genießen, weil es in ihren Eingeweiden zu rumoren begann und sie ständig das Bad aufsuchen musste. Am nächsten Tag war sie so schwach, dass sie sich vom Zimmermädchen einen Eimer bringen ließ. Und als sie am Tag darauf gar nicht mehr aufstehen konnte, erklärte das Mädchen dem Angestellten an der Rezeption, sie fürchte, die

Mexikanerin von Zimmer 22 würde heute noch sterben. Ein Arzt wurde gerufen. Nach einem schnellen Blick auf sie wies er sie ins Krankenhaus ein.

Paris, 16. Februar 1939

Nick, mi amor*!*

Dein Telegramm ist angekommen und auch Dein Brief, und ich bin so froh, dass es Dich gibt und ich Dich lieben darf. Wie gerne würde ich jetzt mit Dir im Bett liegen und Pläne für Reisen schmieden, so wie wir es zuletzt gemacht haben.

Ich bin noch immer im Amerikanischen Krankenhaus, aber es geht mir besser, und ich bin wieder klar im Kopf. Verzeih meinen Anruf letzte Woche und dass ich so weinerlich war, aber ich brauchte dringend Geld, weil ich es bei den Bretons nicht mehr ausgehalten habe und in ein Hotel gezogen bin. Ich werde Dir alles zurückzahlen, versprochen.

Also, ich hatte eine Nierenentzündung, ausgelöst durch Kolibakterien. Woher ich die habe? Das kann ich Dir sagen. Der Teufel soll mich holen, wenn ich sie mir nicht bei den Bretons eingefangen habe. Wenn Du sehen könntest, wie dreckig es dort ist und was sie dort essen! Du würdest keine Nacht bleiben wollen. Die Ärzte sagen, vielleicht waren die Kolis in einem Salat oder an ungewaschenen Früchten. Gott steh mir bei, hier kann man nicht einmal Obst essen, weil es verseucht ist. Mein ganzer Magen und alle Körperteile, die danach mit dem Essen beschäftigt sind (ich erspare Dir die Einzelheiten), haben gestreikt. Ob man auch durch Ekel krank werden kann? Wenn ja, dann war ich es. Eine Woche lang war ich so schockiert über diese grauenvolle Wohnung.

Ich habe Diego nichts davon geschrieben, weil er sich sonst völlig verrückt macht, und nun habe ich es ja fast überstanden.

Aber es gibt noch eine Hiobsbotschaft, und jetzt halte Dich fest: Breton hat wegen der Ausstellung gar nichts gemacht, nichts geplant, keine Galerie gefunden (seine eigene hat er auch nicht mehr), und er hat nicht einmal meine Bilder beim Zoll abgeholt. Außerdem sagt er, Deine Fotos seien nie bei ihm angekommen, ist es zu glauben? Er hat sogar die Frechheit zu behaupten, die amerikanische Post sei unzuverlässig. Was für ein Schwächling. Es ist so eine Gemeinheit, mich über den Ozean schippern zu lassen und mir dann das zu präsentieren! Am liebsten wäre ich sofort zurück zu Dir gefahren und hätte mich in Deine Arme geflüchtet …

Das Schreiben erschöpft sie. Frida legt Block und Stift auf den Nachttisch, lässt sich in das Kissen sinken und schließt die Augen. Sie erwacht erst, als die Schwester mit dem Mittagessen und einer neuen Schmerztablette erscheint. Essen will sie eigentlich nichts, aber als sie sieht, dass es nur eine dünne Suppe ist, nimmt sie den Löffel doch in die Hand. Sie muss Kräfte sammeln. Den Nachmittag verschläft sie, und so ist sie ausgeruht, als die Schwester ihr vor dem Abendessen Besuch ankündigt. Dass Marcel Duchamp gekommen ist, weckt ihre Lebensgeister, denn sie hat ihn an einem Abend bei den Bretons kurz vor ihrem Zusammenbruch als einen hilfsbereiten, verständigen Menschen kennengelernt. Weil die Pflegerin keine männlichen Besucher im Zimmer duldet, steht Frida auf, schlüpft in Rock, Pullover und Stiefel und wickelt sich in einen warmen Umhang. Auf dem Flur verhandelt die Krankenschwester mit einem hageren, freundlich wirkenden Mann, der in einem zotteligen Pelzmantel steckt.

Nach einer längeren Diskussion erlaubt sie, dass Frida eine halbe Stunde lang in den Garten gehen darf, wenn Duchamp verspricht, auf sie aufzupassen.

»Marcel, Sie sind ein Engel.« Frida lächelt und bleibt kurz in der geöffneten Tür stehen, als ihr die kühle Luft entgegenschlägt. Der Maler führt sie zu einer halb versteckten Bank im Garten und breitet eine kratzige blau-weiß-rote Wolldecke aus, die er von der Schwester erhalten hat.

»Ich habe gute und schlechte Neuigkeiten, welche Reihenfolge verkraften Sie besser?« Verschmitzt schaut er Frida an, seine spitze Nase und die breiten Lachfalten erinnern sie an eine Kasperlepuppe, die sie in einem deutschen Bilderbuch gesehen hat.

Sie seufzt. »Egal, Hauptsache, ich komme hier bald raus.«

Duchamp setzt sich außen auf die Bank, dort, wo die Decke endet, schlägt die Beine übereinander und lehnt sich zurück. »Also: Ich habe Ihre Bilder beim Zoll abgeholt, und ich habe eine Galerie gefunden, Pierre Colle …«

Frida streckt die Hände gen Himmel. »Ein Engel, ich sage es doch!« Sie strahlt ihn an und drückt dankbar seine Hand, doch Duchamp ist noch nicht fertig. »Aber Colle will Breton die Planung der Ausstellung überlassen, und der will nun zusätzlich zu Ihren Bildern ein Dutzend mexikanische Ölgemälde zeigen, dazu eine Reihe Fotografien von Manuel Álvarez Bravo und …«, er macht eine kleine Pause, »… noch ein paar Objekte.« Duchamp schaut auf seine Hände und glättet die Handschuhe, bevor er sie einrollt.

Frida schaut ihn misstrauisch an. »Was für Objekte sollen das sein? Etwa sein Gerümpel?«

Duchamp zuckt mit den Schultern und macht ein unschuldiges Gesicht. »Ich glaube, er nennt sie *trouvailles*, es sind wohl ... Fundstücke?«

»Dachte ich mir doch, dass es um seinen Trödel geht. Ist alles kaputtes Zeug, aber er hält es für ›authentisch‹. Als Diego und ich mit den Bretons nach Morelos gefahren sind, hat er uns schier wahnsinnig gemacht, weil er jeden Tag neues Gerümpel ins Auto stopfen musste.« Sie schüttelt angewidert den Kopf, aber dann umspielt ein Lächeln ihren Mund. »*Dios*, Diego wird sich totlachen. Nun, mir soll's egal sein, wenn die Räume groß genug sind.«

»Das sind sie, aber ...« Duchamp macht ein unglückliches Gesicht. »... die Ölgemälde müssen zuerst restauriert werden. Dafür werden etwa 200 Dollar gebraucht, und die, liebe Frida, hat Breton nicht übrig. Und ich habe sie leider auch nicht.«

»Dann soll er doch die Gemälde weglassen!«

Duchamp schweigt sich aus.

»Aha, offenbar ist das alles längst beschlossene Sache, ja? Gut, ich werde Diego ein Telegramm senden. Er muss uns das Geld schicken. Auf jeden Fall danke ich Ihnen, Marcel, ohne Sie wäre meine Reise nach Paris ein einziges Desaster!«

Er verbeugt sich im Sitzen und zeigt sein feines Lächeln. »Es ist mir eine Ehre. Darf ich noch einen Vorschlag machen: Möchten Sie, wenn Sie das Krankenhaus verlassen dürfen, bei einer Freundin von mir wohnen? Mary Reynolds ist Amerikanerin und eine sehr kluge Frau. In den USA nennt man jemanden wie sie eine patente Person. Wir sind nicht verheiratet, aber ... nun ja ... ich glaube, sie würden sich gut verstehen.«

Frida denkt einen Moment nach. Zwar kennt sie diese

Freundin nicht, aber bisher hat sich alles, was Duchamp für sie getan hat, als segensreich erwiesen. Sie hält ihm ihre Hand hin. »*Con mucho gusto*, sehr gern!«

Mary Reynolds lebt schon seit fast zwanzig Jahren in Paris und bewohnt ein hübsches kleines Haus in Montparnasse. Es ist Teil einer Gruppe halbmondförmig angeordneter Gebäude. Man betritt es durch einen Vorgarten, der von Fliederbüschen und Kletterrosen überwuchert ist und in dem der nahende Frühling die ersten zartgrünen Blätter hervorgelockt hat. Duchamp geht voran, nimmt zügig die paar Stufen zur Haustür und zieht an der Glocke. Als Mary die Tür öffnet, ist Frida überrascht, weil sie noch nie eine Amerikanerin gesehen hat, die ihre blonden Haare so kurz trägt. Mary begegnet ihr mit einem klaren, freundlichen Blick. Ihr fein gezeichneter Mund, dunkelrot geschminkt, öffnet sich zu einem breiten Lächeln, als sie die beiden Besucher hereinbittet. Sie trägt ein gerade geschnittenes Kleid mit geometrischen Mustern. Ein Stoffgürtel betont ihre schmale Taille.

Duchamp stellt den Koffer ab und bleibt wartend im Flur stehen. Mary überlegt kurz, dann schiebt sie ihn sanft durch die noch offene Tür wieder nach draußen. »Komm später wieder«, sagt sie. Frida kann gerade noch »danke, Marcel« hinter ihm herrufen, da hat Mary die Tür auch schon geschlossen. Sie trägt Fridas schweren Koffer zum Gästezimmer am Ende des Flurs. Das breite Bett mit den blütenweißen Bezügen sieht einladend aus, auf dem Nachttisch steht eine schmale Vase mit Weidenkätzchen. Die ganze Wohnung atmet Frische und Sauberkeit. Es gibt keine Teppiche auf dem glatten Steinfußboden und nur wenige, locker verteilte Möbel. Ein Raum im Haus ist mit Landkarten tapeziert, eine Idee von Marcel, erklärt Mary. Alle anderen Wände sind weiß gestrichen und mit Gemälden, Collagen und Fotos behängt. Das Wohnzimmer hat einen Wintergarten, von dem man auf einen alten Kirschbaum sieht, der die gepflegte Unordnung im Garten zu überwachen scheint.

Vor einem Foto im Bad bleibt Frida stehen. Es zeigt Duchamp, dessen Gesicht und Haare komplett mit Rasierschaum bedeckt sind, nur die Augen und die charakteristische Nase sind zu erkennen.

»Man Ray hat das vor Jahren gemacht, gefällt es Ihnen?« Frida nickt. »Sind Sie hungrig? Wie wäre es mit einem Sandwich? Kommen Sie einfach in die Küche, wenn Sie mit dem Auspacken fertig sind.«

Am Abend taucht Marcel wieder auf, mit Breton im Schlepptau. Frida sieht, dass Mary die schmalen Augenbrauen hochzieht, und Duchamp reagiert mit dem für ihn typischen, ratlosen Schulterzucken.

»Frida ist noch zu angeschlagen für Besuch«, erklärt Mary den beiden kategorisch und bietet ihnen deshalb auch keinen Wein und keinen Sitzplatz an.

»Aber bald, ja?«, fragt Breton zahm. Frida wundert sich, dass er sich von Mary so leicht in die Schranken weisen lässt. »Wissen Sie«, sagt er nun eilfertig zu ihr, als wolle er etwas wiedergutmachen, »die Pariser Surrealisten wollen Sie unbedingt kennenlernen. Ich habe schon viel von Ihnen erzählt. Und so habe ich die Ehre, Sie ins Café Cyrano einzuladen. Natürlich erst, wenn Sie sich besser fühlen. In ein paar Tagen vielleicht? In der Zwischenzeit können Sie sich das hier anschauen.« Er drückt ihr einen Ausstellungskatalog mit dem Titel *Exposition Internationale du Surréalisme* in die Hand. »Das haben wir im vergangenen Jahr in der Galerie Beaux-Arts organisiert. Diego habe ich ja schon ein Exemplar mitgebracht, aber ich denke, Sie sollten ein eigenes haben. Ich möchte, dass Sie verstehen, warum ich die Ausstellung mit Ihren Bildern so aufwendig konzipiere, mit den Fotos, den alten Gemälden und den Objekten.«

Alle stehen etwas ungeduldig herum, keiner hat Lust, Breton zuzuhören, aber sie sind zu höflich, um ihm das Wort abzuschneiden. Ermutigt fährt er fort: »Eine Ausstellung soll nicht nur eine bestimmte Kunst zeigen, sie soll selbst ein Teil der Kunst sein. Und deshalb will ich das mit ›Mexique‹ auch so machen ...«

Mary nickt und geht voraus zur Haustür. »Gut und schön, aber jetzt braucht Frida Ruhe.«

Breton verabschiedet sich. »Marcel, komm, wir gehen auf einen Sprung in die Bar Closerie des Lilas. Also dann!«

Zum zweiten Mal sieht Duchamp sich aus dem Haus getrieben. Mary winkt ihnen nach, schließt die Tür und legt die Kette vor.

Die beiden Frauen nehmen ihre Weingläser vom Küchentisch und setzen sich auf das Sofa im Wintergarten. Es ist mit grünem Samt bezogen, tief und weich. Bunte Kissen und zwei Patchworkdecken liegen darauf. Mary nimmt sich eine davon und schiebt die andere zu Frida.

»Breton ist ja sehr klug, und was er für die Kunstszene in Paris alles geleistet hat, kann man nicht hoch genug schätzen, aber er ist auch etwas anstrengend, oder?«

Frida antwortet ausweichend. »Ich bin ja nicht mehr so gut auf ihn zu sprechen, aber ich will nicht schlecht über einen Freund von Ihnen reden.«

Mary schaut sie amüsiert an. »O, ein enger Freund ist er nicht, aber Marcel und er arbeiten oft zusammen. Und ich finde, wir beide sollten offen miteinander sein und auf Förmlichkeiten verzichten, das macht unser Zusammenleben einfacher, findest du nicht?«

Frida ist froh über diese Worte und lehnt sich zurück. »Danke. Aber erwarte nicht, dass ich viel erzähle. Ich fühle mich ... seit meiner Ankunft ... gebremst. Französisch kann ich nur schlecht. Und dann passierte eine Katastrophe nach der anderen ... Sag mir lieber, wie es dich nach Paris verschlagen hat.«

Mary steht auf und holt einen kleinen Lederschemel, den sie vor Frida abstellt. »Leg ruhig die Füße darauf. Wir sind unter uns.« Sie selbst schlüpft aus ihren halb hohen Schuhen, zieht die Beine an und hockt sich auf die andere Seite des Sofas.

»Die Liebe hat mich hierhergetrieben, was sonst«, beginnt Mary. »Allerdings anders, als du jetzt vielleicht denkst. Ich war sehr glücklich in New York mit Matthew, meinem Mann. Wir hatten ein hübsches kleines Haus in Greenwich. Unser ganzes Leben drehte sich um Kunst, Musik und Literatur. Dann musste Matthew in den Krieg, das war im November 1917. Er war sehr tapfer, erhielt einen Orden ... und kam doch nicht zurück.« Sie macht eine Pause und schaut auf ihre Hände. »Die Spanische Grippe nahm ihn mir weg. Ich war achtundzwanzig und sah keinen Sinn mehr im Leben. Also zog ich wieder zu meinen Eltern nach Minneapolis.« Sie schenkt ihnen beiden Wein nach. »Es war schrecklich. Sie wollten, dass ich möglichst bald wieder heirate und eine Familie gründe, aber das war das Letzte, was ich mir vorstellen konnte. Also ging ich zurück nach New York und von dort nach Paris. Matthews Körper war nie in die USA überführt worden, und wo hätte ich ihm näher sein können als in Frankreich, wo er gestorben ist? Anfang 1921 kam ich nach Montparnasse. Damals gab es in diesem Quartier eine brodelnde Szene, es erinnerte mich an Greenwich. An meiner Seite hatte ich einen wunderbaren Freund, Laurence Vail. Er kannte jeden kreativen Menschen in Paris. Und er wusste immer, wo gerade etwas los war. Oder vielleicht war es andersherum: Dort, wo Laurence war, konzentrierten sich die Dinge und gerieten in Bewegung.« Mary denkt einen Moment nach. »Sein Spitzname war ›König von Montparnasse‹, und ich segelte in seinem Windschatten und war innerhalb weniger Wochen ein Teil dieser Welt.«

»Und Marcel?«

»Wir kennen uns noch aus Greenwich. Die wenigsten wissen, dass wir schon seit vielen Jahren ein Paar sind, Marcel wollte es so. Er braucht seine Freiheit. Das ganze Arrangement hat seinen Preis. Manche denken, dass nur ich ihn zahle, aber ich sehe das anders. Heute verbergen wir unsere Beziehung nicht mehr.«

Frida deutet verschmitzt auf den Ehering: »Also doch verheiratet? Heimlich?«

»Nein, der ist von Matthew.« Mary streicht zart über den Ring. »Und wie ist es bei dir?«

Frida greift nach dem Katalog von Breton und blättert ihn durch.

»Ein Ehemann, der mich betrügt und nichts dabei findet. Und ein … ein Traum, der mir manchmal ganz real und dann wieder völlig unmöglich erscheint. Mehr gibt es nicht zu sagen.« Sie blättert weiter. »Ich wusste übrigens nicht, dass ich surrealistisch male, bis Breton es mir in Mexiko sagte. Vorher hatte ich noch nie vom Surrealismus gehört. Und auch heute bin ich nicht ganz sicher, ob ich mich mit diesem Etikett wohlfühle.«

Mary respektiert den Themenwechsel und nimmt einen Schluck Wein. »Ich habe den Text gelesen, den André für deine Ausstellung in New York geschrieben hat. Besser gesagt: Er hat ihn mir vorgelesen.« Sie räuspert sich. »Mehrfach sogar. Wie findest du ihn?«

»Mary, das ist eine hinterhältige Frage.« Frida grinst. »Wie findest du ihn?«

Mary steht auf und zündet die Kerzen auf dem Tisch an. »Das erklärt alles. Du magst den Aufsatz nicht.«

»*Hombre*, was für ein Geschwafel. Wie kommt er darauf zu schreiben, ich hätte eine ›feenhafte Persönlichkeit‹? Ich und feenhaft? Ich bitte dich, Diego nennt mich eine Hexe!«

Beide Frauen kichern.

»Vielleicht schießt er manchmal übers Ziel hinaus«, gibt Mary zu. »Ich war ja vor allem deshalb so neugierig auf dich, weil er schrieb ... warte, ich bekomme das bestimmt noch zusammen ... deine Art, Sexualität zu thematisieren, käme in einer Mischung – wie war das noch? – ach ja, einer Mischung aus ›Arglosigkeit und Impertinenz‹ daher. War es so? Ja? Das ist Breton. Also dann, auf Arglosigkeit und Impertinenz! Prost Frida!«

Frida lacht. »Der einzige Satz, den ich wirklich mag, kommt erst am Ende, wo er meint, meine Kunst sei wie ein farbiges Band um eine Bombe. Das gefällt mir.«

Sie wendet sich wieder dem Katalog zu. Breton und Paul Éluard sind als verantwortliche Ausstellungsmacher genannt, Marcel Duchamp als Schiedsrichter. Laut liest Frida vor: »Wolfgang Paalen, verantwortlich für Wasser und Buschwerk. Was bedeutet das?«

»Paalen hatte einen Teich in der Ausstellung installiert. Und dazu modriges Laub vom Friedhof auf dem Boden der Galerie verteilt. Das Ganze war wirklich eine Sensation. Hast du das Foto von Dalís Skulptur *Regnerisches Taxi* gesehen? Das muss irgendwo am Anfang sein.«

Frida blättert, bis sie die Stelle gefunden hat. Mary rutscht neben sie und deutet auf die Figur im Fond. »Hinten sitzt eine Schaufensterpuppe inmitten von Salat. Und dann Efeu, überall, innen, außen, der Efeu kletterte aus den geöffneten Fenstern und überwucherte das gesamte Auto. Dazu der Regen. Es regnete im Taxi, und zwar die ganze Zeit über. Dalí hat Schläuche verlegt, und es funktionierte perfekt. Zuletzt hat er die fetten Weinbergschnecken da auf der Puppe verteilt, sie krochen ihr übers Gesicht. Es war ekelhaft, aber auch sehr wirkungsvoll.«

»Und der Fahrer, soll das ein Fisch im Anzug sein?«

»Wohl eher ein Mann mit Haifischmaul, aber jetzt, wo du es sagst ...« Mary beugt sich über den Katalog und studiert die Gestalt hinter dem Steuer. »Wegen der Sonnenbrille ist das schwer zu unterscheiden. Eine geniale Arbeit, findest du nicht?«

Frida ist sich nicht sicher, was sie sagen soll. Dalí ist ein großartiger Zeichner, aber das hier ist nicht nach ihrem Geschmack. Sie findet die Idee zwar witzig, aber auch ein bisschen aufgeblasen.

»Dalí ist auf jeden Fall ein Genie«, sagt sie nur.

Mary beugt sich über den Katalog und blättert weiter.

»Moment, ich will dir noch etwas zeigen ... Marcel und ich waren nicht bei der Vernissage, weil Peggy just an dem Wochenende in London ihre Galerie Guggenheim Jeune eröffnete. Marcel hatte sie im Vorfeld monatelang beraten, und daher mussten wir an dem Abend in England sein. Aber der Skandal in Paris war so groß, dass er nach unserer Rückkehr noch lange nicht abgeflaut war. Diese Ausstellung hat die Kulturwelt schockiert und aufgewühlt.«

»Mit einem Regentaxi und Laub vom Friedhof?« Frida fällt es schwer, sich vorzustellen, was die Menschen so in Rage versetzt haben könnte.

»Die Fotos geben das nicht so gut wieder«, erklärt Mary. »Die Leute mussten sich bei der Vernissage durch verdunkelte Zimmer schieben. In einem Raum hingen Kohlensäcke von der Decke, aus ihnen rieselte schwarzer Staub auf die Besucher, eine Arbeit von Breton, die gar nicht mal schlecht war. Hier.« Sie hat die Seite gefunden und hält sie Frida hin.

Auf dem Foto sehen die dunklen Säcke aus wie riesige Fledermäuse, die mit dem Einfalten ihrer Flügel Probleme haben.

»Und dann gab es diese Reihe von Prostituierten. Jeder Künstler hatte dafür eine Schaufensterpuppe nach seinen eigenen Fantasien ... hm ... dekoriert. Viele Besucher dachten zuerst, die Frauen seien echt. Die waren richtig sauer.«

»Was für Fantasien?«

»Männerfantasien eben. Gewalt, Sex, Unterdrückung. André Masson hatte den Kopf seiner Puppe in einen Vogelkäfig gesteckt und ihr den Mund zugeklebt. Paalen hat sie von Moos überwuchern lassen, das war auch grausam. Ernst kreierte eine Art Schwarze Witwe, unter deren Slip eine Glühbirne leuchten sollte, aber Breton fand, das ginge zu weit.«

Frida klappt den Katalog zu und legt ihn zur Seite.

»Ich mag es nicht, wenn Männer Frauen – auch wenn es nur Puppen sind – so brutal behandeln und man dabei das Gefühl hat, es mache ihnen Spaß. Ist Kunst etwa dazu da, dass die Männer ihre brutalen Fantasien ausleben können? Wollen sie damit das Unrecht anprangern, das Frauen angetan wird? Was ist denn mit den armen Menschen? Deren Leiden könnte man doch auch mal zeigen!«

Mary sieht Frida irritiert an. »Ich glaube nicht, dass die politische Aussage der Surrealisten in diese Richtung geht. Sie begreifen Kunst als Teil der gesellschaftlichen Realität und nicht als schönes Dekor. Kunst darf doch schmuddelig sein, dreckig, ehrlich, sexuell. Das ist ihre Aussage. Und natürlich richtet sich ihre Kunst gegen den Faschismus.«

»Dem kann ich nur zustimmen, auch wenn ich nicht ganz überzeugt bin, wie ernst sie es damit meinen. Aber was machst du eigentlich? Marcel erzählte mir, du gestaltest Künstlerbücher. Kann ich sie sehen?« Frida will das Gespräch lieber auf andere Themen lenken.

»Gern. Ich zeige dir meine beiden Lieblingsarbeiten. Sie sind oben in der Werkstatt. Komm mit, aber lass den Wein hier und die Zigaretten bitte auch.«

Sie steigen die Treppe zum ersten Stock hinauf, die in einen hübschen Vorraum führt. Mary deutet auf die Bilder an den Wänden: »Rechts sind meine Arbeiten, links die von Marcel.« Frida hat keine Zeit, sie sich genauer anzuschauen, weil Mary ihr die Tür zur Werkstatt aufhält. Ein Atelier oder eine Werkstatt eines anderen Künstlers zu betreten ist immer ein intimer Moment. Frida sagt nichts und fasst auch nichts an, sondern nimmt den Raum nur in sich auf. Er wird von einem großen Arbeitstisch in der Mitte dominiert, auf dem Lederstücke aufeinandergestapelt sind. Eine Fellrolle liegt daneben. An den Wänden stehen mehrere Schubladenschränke, in einer Ecke befindet sich ein kleiner Tisch mit einer Handpresse und vor dem Fenster ein Gaskocher mit zerbeulten Töpfen.

Mary folgt ihrem Blick. »Dort koche ich den Heißleim und bereite den Kleister zu.« Sie geht zu einem der Schränke, zieht eine Schublade heraus und holt einen Karton hervor, den sie vor Frida auf den Tisch stellt. Mit einem Tuch wischt sie die Stelle daneben ab und legt ein Baumwolltuch darüber.

»Bitte«, fordert sie Frida auf.

Mit beiden Händen hebt Frida vorsichtig den Deckel vom Karton und schlägt ein schwarzes Seidentuch zur Seite. Sie blickt zu Mary, aber die nickt nur. Frida nimmt das Buch heraus und legt es auf das Tuch. Es ist eine Ausgabe von Alfred Jarrys *König Ubu*, einem Theaterstück. Frida hat noch nie davon gehört und lässt sich die Geschichte, eine Parodie auf Macht und Eitelkeit, von Mary rasch erzählen. Ein großes U aus beigefarbenem Leder prangt sowohl vorne als auch hinten auf dem Band, eine kleine Krone schwebt in dem Schacht, den der Buchstabe U bildet. Erst als sie Marys Aufforderung nachkommt, das Buch aufzuklappen und aufzustellen, begreift Frida den Trick. Die beiden Us lassen sich vom Rest des Buchs wegklappen, und da auf dem Rücken ein B in Beige auf schwarzem Grund geprägt ist, liest man »UBU«.

»Das ist genial, und es fühlt sich auch noch wunderbar an. Ist das Ziegenleder?« Mary lächelt und nickt. »Diego würde es lieben, ein solches Buch zu haben. Wo hast du das gelernt?«

»Bei Pierre Legrain, hier in Paris. Ich arbeite gerne mit Leder, aber manchmal auch mit Holz, Metall oder mit Fell.« Sie deutet auf die Rolle auf dem Tisch. »Selbst Schlangenhaut habe ich schon verwendet und einmal sogar die einer Kröte. Aber das Buch habe ich nicht hier.«

Sie holt ein weiteres Buch aus dem Schrank, es ist in Seidenpapier eingeschlagen. »*Voilà, Les Mains libres*. In diesem Werk gibt es Zeichnungen von Man Ray, illustriert sind sie mit Gedichten von Paul Éluard.«

Frida schlägt es behutsam auf. »Sollte es nicht umgekehrt sein? Die Zeichnungen illustrieren die Gedichte?«

»Hier ist es bewusst anders.«

Der Lederband ist cognacfarben. Auf der Vorderseite hat Mary einen aufgeschnittenen Handschuh eingearbeitet. Frida fährt sanft über das Buch. »Du bist eine Künstlerin.«

Mary legt den Kopf zur Seite. »Ich bin nah dran an der Kunst, aber geerdet.«

»Kannst du davon leben?«

Mary lacht amüsiert auf. »Nein, aber das muss ich auch nicht. Ich habe ein kleines Erbe und bin unabhängig. Also, du bist ganz schön direkt, Frida.«

Frida reicht das Buch zurück und lächelt entschuldigend. »Ich weiß ja nicht, wie viel Zeit ich noch habe. Daher versuche ich, nichts aufzuschieben.«

»Dann sollten wir bald mal das Haus verlassen. Was willst du sehen von Paris?«

»Das, was dir an der Stadt gefällt!«

Paris, 24. Februar 1939

Nick, mon amour, es sind die Marys, die mich in schwierigen Zeiten aufnehmen, die Marias, wie wir in Mexiko sagen. In New York war es Mary Sklar, und hier in Paris ist es wieder eine Mary, die sich um mich kümmert, weil ich nicht allein im Hotel bleiben soll. Ich habe aber kein Fieber mehr und fühle mich von Tag zu Tag besser.

Mary Reynolds ist ein Schatz und Marcel Duchamp sowieso. Sie sind nicht verheiratet, aber doch irgendwie ähnlich miteinander verbunden – und das schon seit vielen Jahren. Lange Zeit wusste niemand davon. Kommt Dir das bekannt vor? Mir jedenfalls.

Duchamp ist ein Surrealist, der nicht zur Großfamilie der Ärsche gehört wie die meisten anderen. Er hat alles alleine geregelt, was die Ausstellung betrifft. Breton hingegen macht vor allem Arbeit. Ich war kurz davor, das nächste Schiff zu besteigen und abzuhauen.

Denn jetzt, da endlich eine Galerie meine Bilder ausstellen will und Breton seinen ganzen Kram beisammenhat (er muss noch sein Gerümpel dazustellen, das ist so ein »Surrealistenhobby«), will der zweite Chef der Galerie nur zwei meiner Bilder zeigen, weil die anderen – jajaja – zu shocking sind. Die Franzosen machen mich noch wahnsinnig. Aber wir versuchen zu retten, was zu retten ist, Duchamp und ich.

Nick, mein Liebster, vergiss mich nicht, versprich mir, auf mich zu warten und nicht gleich wieder zu heiraten, nur weil ich mal ein paar Wochen weg bin. I love you so dearly. Schlaf immer schön auf dem kleinen Kissen, das ich Dir geschenkt habe. Und wenn Du unbedingt eine Frau mit in Dein Schlafzimmer nehmen musst (der Teufel soll sie holen), dann lass das Kissen nicht dabei zuschauen. Leg es in den Schrank zu meinem schwarzen rebozo, dann kann es dort trauern.

Ich denke jede Nacht an Dich, mein Pirat mit dem goldenen Degen – hahahaha. Oder war es vielleicht doch ein Säbel???

Deine Xochitl

PS: Was ich am meisten vermisse, mi amor*: Dein Lachen …*

Ein paar Tage bleibt Frida im Haus und erholt sich. Dann wird sie unruhig. Sie will mehr von der Stadt sehen und unter Leute gehen. Tag für Tag scheint die Frühlingssonne an Kraft zuzulegen, und als Mary ihr eines Morgens beim Frühstück erzählt, sie habe auf dem Rückweg vom Bäcker die ersten Tulpen in ihrem Garten entdeckt, beschließen sie, dass sie lange genug gewartet haben.

»Heute gehen wir los«, sagt Mary.

Sie spülen ihre Tassen, wischen die Krümel vom Tisch und machen sich fertig für einen Spaziergang. Mary zieht einen kurzen Mantel mit Pelzkragen über ihr Kleid und schlüpft in gefütterte Stiefel. Frida trägt ihren roten Lieblingsrock und dazu eine warme Jacke aus dunkelgrüner Wolle, die an den Kanten mit weißen Samtbändern eingefasst ist. Darüber kommt ihr Umhang. Unter dem Tehuana-Rock blitzt bei jeder ihrer Bewegungen ein gerüschter weißer Unterrock hervor. Sie hat die Haare hochgesteckt und ein paar Bänder hineingeflochten.

»Du siehst sehr exotisch aus«, stellt Mary fest, »die Pariserinnen werden dich anstarren.«

»Das bin ich gewohnt«, entgegnet Frida stolz.

Sie gehen in Richtung Jardin du Luxembourg, langsam, damit Frida sich nicht zu sehr anstrengen muss. Schon nach wenigen Minuten erreichen sie die Place Denfert-Rochereau, an der sich mehrere große Straßen kreuzen und drei kleine Parkanlagen aneinanderstoßen. Vor einem unscheinbaren kleinen Häuschen bleibt Mary stehen. »Das hier wollte ich dir zeigen, die Katakomben von Paris! Ich bin sicher, als Mexikanerin wirst du sie lieben.«

Eine schwarz gekleidete Frau drückt jeder von ihnen gegen ein paar Centimes eine Öllaterne in die Hand. Bedachtsam steigen sie eine steile Treppe hinab. Frida hält sich am Geländer fest und hofft, dass sie bald unten ankommen. Am Fuß der Treppe wird ein unterirdisches Labyrinth von Stollen sichtbar. Sie folgen einem Pfeil in einen schwach erleuchteten Gang. Mary hakt sich bei Frida ein.

»Paris wurde aus den Steinen gebaut«, erzählt sie, »die man hier aus der Erde geholt hat. Im 18. Jahrhundert mussten die Stadtherren sich jedoch etwas einfallen lassen, um die Stollen wieder aufzufüllen. Es sind immerhin fast dreihundert Kilometer, die sich hier unten verzweigen. Trotzdem passierte lange nichts, erst als ein paar Straßen einbrachen, fing man an, das Problem ernsthaft anzugehen. Irgendwer kam auf die Idee, man könnte ja zwei Fliegen mit einer Klappe schlagen. Warte ...« Mary bleibt an einer Abbiegung stehen, hebt die Lampe und entscheidet, dass sie dem linken Gang folgen müssten. »Es war nämlich so«, fährt sie fort, »die Friedhöfe von Paris waren schon längst überfüllt, man hat die neuen Leichen zwischen den halb verwesten beerdigt, und es soll Leute gegeben haben, die in der Nähe der Friedhöfe wohnten und von der verpesteten Luft krank wurden. Ein paar von ihnen sollen sogar gestorben sein, aber ob das stimmt, weiß ich nicht. Die Stadtverwaltung beschloss jedenfalls, die Friedhöfe zu schließen und die Knochen der Toten hier unten zu stapeln. Du wirst es gleich sehen. Da vorne, wo die Kerzen brennen, ist es schon.«

Nach ein paar Schritten gelangen sie zu einer unterirdischen Kapelle, deren Wände aus Tausenden von Knochen bestehen. Unwillkürlich senkt Mary die Stimme. »Die Gebeine wurden durch einen Schacht von oben heruntergelassen und dann hier aufgestapelt. Jemand hatte den Einfall, das Ganze ... tja, wie soll man das nennen? ... zu dekorieren. Womit mal wieder bewiesen wäre: Der Mensch hat ein Bedürfnis nach Ordnung und nach Schönheit!«

Frida schaut sich die Wände genauer an. Wie breite Zierleisten sind die Schädel zwischen den Bein- und Armknochen aufgereiht. Gedenktafeln und Holzkreuze verweisen auf die Friedhöfe, von denen die Toten stammen. Die Knochenwände setzen sich außerhalb der Kapelle fort, und sie und Mary gehen schweigend an den schier endlosen Reihen vorbei.

»Millionen Tote liegen hier unten«, raunt Mary. »Hast du so etwas schon mal gesehen? Spannend, oder?«

Frida ist nicht sicher, was Mary von ihr erwartet.

»Es ist grauenvoll«, sagt sie schließlich, »lass uns umkehren.«

Mary schaut sie überrascht an. »Ich dachte, du als Mexikanerin würdest es mögen. Ihr habt doch einen richtigen Totenkult, oder nicht?«

»Das hier, Mary, hat nichts mit dem zu tun, was wir am Tag der Toten feiern. Wir erweisen unseren Verstorbenen Respekt, indem wir ihnen einen Platz in unserem Leben einräumen. Dazu gehören Zuckerschädel, liebevoll gekochtes Essen und die kleinen Gerippe mit Kleidern aus Papier oder billigem Stoff. Wir feiern das Leben, zu dem der Tod als Schlusspunkt gehört.«

Sie dreht sich um und macht sich auf den Rückweg. Mary stolpert hinter ihr her und ärgert sich über sich selbst. Aber Marcel hatte doch gesagt, Frida besäße einen Hang zum Morbiden.

»Tut mir leid, dass ich dich hier heruntergeschleppt habe, Frida.«

»Ja, mir auch. Du kannst das nicht wissen, aber das, was ich hier sehe, ist ohne Hoffnung. Wer hier gelandet ist, wurde vergessen. Niemand sitzt an seinem Grab und singt.«

Als sie wieder auf den Bürgersteig treten, wird Frida von einem Mann angerempelt, der mit wehendem Mantel und einem Koffer in der Hand an ihnen vorbeirennt. Frida weicht zurück, stolpert und kann sich gerade noch an einer Laterne abstützen.

»Dummkopf«, ruft Mary hinterher und greift nach Fridas Arm. »Alles in Ordnung?«

Frida nickt, atmet durch, will losgehen, knickt aber mit dem Fuß weg.

Mary richtet sie auf und schaut ihr prüfend ins Gesicht. »Warte einen Moment. Wir machen eine Pause. Schaffst du es über die Straße? Dort ist ein Café. Wir können in der Sonne sitzen.«

Frida humpelt fluchend die paar Meter neben Mary her. Erleichtert lässt sie sich vor dem Café Au Lion auf einen Stuhl fallen. »So ein Idiot. Rennt mich einfach über den Haufen.« Sie zupft ihre Röcke zurecht und lehnt sich zurück. »Wo der wohl so schnell hinwollte?«

»Paris ist voller Flüchtlinge. Wer weiß, was der für ein Problem hat. Lass uns gnädig sein. Wie wär's mit einem *petit café*, bevor wir weiterziehen?«

»Ein Tequila wäre mir lieber.«

»Auf keinen Fall. Vor ein paar Tagen warst du noch im Krankenhaus. Kein Alkohol vor dem Mittagessen, lautet die Regel.« Mary ruft dem Kellner die Bestellung zu und schaut zum Himmel. »Eigentlich wollte ich mit dir zur Seine und von dort zur Oper.«

»Dort war ich schon mit Jacqueline. In den ersten Tagen hat sie mich zwischen dem Eiffelturm und Notre-Dame jede verdammte Straße ablaufen lassen. Vielleicht bin ich auch deshalb krank geworden. Zu Tode erschöpft.« Wie eine

Schauspielerin aus dem Stummfilm fasst sie sich dramatisch ans Herz und kippt zur Seite.

»Sicher hat Jacqueline es gut gemeint«, verteidigt Mary ihre Bekannte.

»Natürlich hat sie das. Jacqueline ist eine gute Freundin. Sie wollte mich wohl ablenken. Damit ich keine Zeit habe, mich über André aufzuregen. Na, egal, jetzt wird alles gut, dank Marcel.« Zufrieden schaut sie sich um. »Also, wir können gerne eine Weile hier in der Sonne sitzen bleiben, mir gefällt's.«

Mary freut sich, dass sie etwas gefunden hat, was Frida mag. »Es gibt vielleicht schönere Plätze in Paris, aber keinen, an dem sich nicht nur große Boulevards kreuzen, sondern auch drei Parks aneinanderstoßen.«

Der Kellner stellt den Kaffee vor ihnen ab, und Frida raunt ihm zu, er solle noch zwei *petit rouge* bringen. Sie kuschelt sich in ihren Umhang und hält das Gesicht mit geschlossenen Augen in die Frühlingssonne. »Herrlich. Hier strömt ganz viel Energie zusammen, ich kann es unter meinen Füßen spüren. Es kribbelt und summt. Seit ich schlecht zu Fuß bin, liebe ich solche Plätze. An ihnen kann ich das Tempo der Stadt und die Emotionen der Menschen aufsaugen, ohne dass ich viel herumlaufen muss.«

Mary zögert, aber dann fragt sie doch: »Wird es wieder besser werden? Also mit dem Gehen? Gibt es etwas, was dir auf Dauer helfen kann?«

Frida antwortet erst nicht, dann aber sagt sie leise: »Ich glaube nicht. Dieses Ärztepack hat schon so viel versucht, aber so richtig bekommen sie mich nicht mehr hin.«

»Das tut mir ...«

»Aber«, unterbricht Frida sie, schlägt die Augen auf und setzt sich gerade hin, »es gibt bessere und schlechtere Tage. Heute ist einer von den besseren. Weißt du, ich bin mit dem Tod wohl doppelt verschwägert. Zum einen, weil ich Mexikanerin bin, und zum anderen, weil er mir bei dem Unfall sehr nahegekommen ist. Und gerade deshalb liebe ich das Leben! Ich will nicht abwarten, bis es besser wird oder sogar schlechter. Und ich weiß, dass ich niemals so enden will wie die armen Teufel da unten.« Sie deutet auf den Eingang zu den Katakomben. »Ich will es jetzt fühlen. Und deshalb bleibe ich wahrscheinlich auch bei Diego, dem dicken Mistkerl. Weil er genau weiß, was das Leben mir bedeutet. Weil es ein Fest ist, mit ihm zu leben … jedenfalls meistens. Und darum«, sie greift nach den beiden Rotweingläsern, die der Kellner gerade vor ihnen abgestellt hat, »trinken wir jetzt. Du brauchst nicht mit den Augen zu rollen, glaub mir, ich weiß, was ich tue.« Sie reicht Mary ein Glas, die es mit hochgezogenen Augenbrauen entgegennimmt.

»Erzähl mir was über diesen Platz«, fährt Frida fort. »Er hat irgendwas Magisches. Wahrscheinlich liegt das an den vielen Toten, die da unten aufgeschichtet sind. Knochen speichern Energie. Ich habe verschiedene Ketten mit Knochenstücken, die diese Kraft in sich tragen, ganz anders als Steine.«

Mary schaut sie misstrauisch an, sie ist sich nicht sicher, ob Frida sich über sie lustig macht. Doch die hat sich schon wieder mit geschlossenen Augen an die Hauswand gelehnt.

»Interessant. Ich sollte vielleicht einmal mit Knochensplittern experimentieren. Aber woher bekommt man sie, vom Metzger? Doch du trägst nicht etwa Ketten mit Menschenknochen um den Hals, oder? Das fände ich ... ziemlich pietätlos. Und ekelhaft.«

»Ganz ehrlich, Mary, ich würde lieber in einem deiner Bücher verarbeitet sein, als da unten in euren Katakomben liegen. Aber nein, ich trage natürlich keine Menschenknochen um den Hals. Was ist jetzt mit dem Platz? Er muss doch auch eine oberirdische Geschichte haben.«

Mary nimmt ihr Glas und wechselt den Platz, damit sie dieselbe Perspektive hat wie Frida.

»Da hinten siehst du den Bahnhof. Dort endete eine der ersten Eisenbahnlinien von Paris. Das Besondere daran war, dass die Bahn eine Kurve fahren konnte, um den Sackbahnhof wieder zu verlassen. Deshalb hat das Gebäude diese seltsame halb runde Form. Frida? Du musst schon hinschauen!«

Frida schlägt die Augen auf und folgt Marys Hand.

»Im Bahnhof ist heute eine Métrostation, und zwar die, die meinem Haus am nächsten liegt. Du brauchst also nur bis zur Station Denfert-Rochereau zu fahren, falls du mal allein unterwegs bist.«

»Oder mit Breton, der mich irgendwo aussetzt. Und der Löwe da, was hat der für eine Bedeutung?«

»Das ist eine Kopie des Löwen von Belfort. Das Original ist viel, viel größer und befindet sich in Belfort, im Burgund. Die Stadt wurde im Deutsch-Französischen Krieg 1871 über hundert Tage lang von den Deutschen belagert. Zur Erinnerung an den Kommandanten von Belfort, Colonel Denfert-Rochereau, wurde der Löwe dort errichtet.«

Frida prostet der Bronze zu. »Auf den Löwen von Dingsda. Das ist die Energie, die ich spüre. Hundert Tage Belagerung.«

»Und vielleicht spürst du auch noch etwas anderes. Hier an diesem Platz verlief eine Zollschranke, die manche als Tor zur Hölle bezeichneten. Victor Hugo schrieb darüber in *Les Misérables*. Ich stelle mir immer vor, wie die Menschen damals ihre Barrikaden hier errichtet haben. Kennst du den Roman?«

Frida schüttelt den Kopf.

»Dann werde ich ihn dir schenken. Es geht um den Aufstand des Volkes. Ein großes Werk. Ob wir es in Paris auf Spanisch auftreiben können? Ich werde Dalí fragen, der muss es wissen.«

Am Abend wäre Frida gerne in Marys gemütlicher Wohnung geblieben, aber Breton hat jeden Tag nachgefragt, wann er sie zu der Verabredung mit seinen surrealistischen Freunden abholen darf, und sie will ihn nicht länger vertrösten. Also zieht sie ein schwarzes langärmeliges Kleid und darüber einen klatschmohnfarbenen *huipil* an, steckt sich frische Blumen ins Haar, die sie mit Mary gekauft hat. Pünktlich um acht steht Breton vor der Tür. Sie schlendern zur Métrostation, fahren drei Stationen bis zum Bahnhof Montparnasse, steigen um in einen Bus und gehen schließlich noch eine Viertelstunde zu Fuß zum Café Cyrano.

»Unsere Gruppe ist nicht mehr das, was sie einmal war«, sagt Breton, während sie durch den kühlen Frühlingsabend spazieren. Die Laternen werfen kreisförmige Lichtkegel auf den Bürgersteig. »Die Angst vor einem Krieg führt dazu, dass alle in verschiedene Richtungen drängen. Und das meine ich sowohl wörtlich als auch bildlich. Viele haben die Stadt verlassen. Es wird immer schwieriger, eine gemeinsame Strategie zu finden. Das ist bitter. Vor allem für mich.«

Frida weiß seit seinem Besuch in Mexiko, dass er von ihr keinen Beitrag zum Gespräch erwartet. Sie soll ihm nur zuhören, und damit ist sie jetzt auch zufrieden. Sie ist müde, und Breton läuft ihr ein bisschen zu schnell.

»Paul Éluard hat sich den Stalinisten angeschlossen, das ist eine Katastrophe«, fährt er fort. »Wir waren so gute Freunde. Natürlich konnte ich diesen Verrat nicht akzeptieren und habe ihn aus der Gruppe geworfen. Aber nun haben sich Man Ray und Max Ernst mit ihm solidarisch erklärt, weil ich angeblich die anderen gegen ihn aufgehetzt hätte. Die sind also auch raus. Ein herber Verlust.«

Frida sagt ihm lieber nicht, dass Max Ernst vor ein paar Tagen bei Mary zu Besuch war und heftig über Breton herzog. »Ja, das verstehe ich«, wirft sie unverfänglich ein.

»Aber noch sind wir eine Gruppe, die an ihren Ideen festhält und sich nicht unterkriegen lässt.«

Sein Selbstmitleid geht ihr auf die Nerven. »Was ist mit dem Krieg?«, fragt sie. »Was tut die Gruppe konkret dagegen?«

Breton schaut sie befremdet an.

»Tun? Wie sollten wir etwas *konkret* gegen den Krieg tun? Wir beziehen Stellung in unseren Texten und Bildern. Jeder, der sich vom Faschismus nicht distanziert, wird aus unserer Gruppe ausgeschlossen. Außerdem führen wir unseren eigenen Krieg. Dagegen, dass unser Unterbewusstes verschüttet ist. Wir führen Krieg gegen sexuelle Grenzen. Wenn wir die Welt entgrenzen, wird auch der Krieg überflüssig sein.«

Frida zieht eine Grimasse, sagt aber nichts.

Im Café Cyrano führt Breton sie in ein verrauchtes Hinterzimmer, in dem einige Künstler und Schriftsteller sitzen. Auch ein paar Frauen sind da, doch neben Jacqueline, der einzigen, die sie kennt, ist kein Platz mehr frei. Frida geht zu ihr und küsst sie sanft auf den Mund. »*Hola hermana*«, sagt sie, in Anspielung darauf, dass Diego sie gerne als »Fridas blonde Schwester« bezeichnete. Jacquelines Züge sind zwar schärfer, und ihre Nase ist leicht schief, aber ihre großen dunklen Augen und der zwingende Blick erwecken tatsächlich einen Eindruck von Ähnlichkeit.

Frida setzt sich auf einen freien Platz, und jemand schiebt ihr ein Glas mit Brandy zu. Der Abend ist gerettet. Sie nimmt sich vor, jeden Mist mitzumachen, den die Gruppe mit ihr vorhat. Sie weiß, dass Breton gerne Spiele veranstaltet, für die man viel Humor braucht – oder Alkohol. Sie schaut sich um. Dass es so viele Künstlerinnen im Kreis der Surrealisten gibt, davon hatte sie keine Ahnung gehabt. Breton hatte nie von ihnen gesprochen.

»Freunde! Hier bringe ich euch Frida Kahlo de Rivera, die Frau unseres verehrten Freundes Diego Rivera aus Mexiko«, eröffnet nun Breton das Treffen. Die Leute am Tisch klatschen freundlich und schauen Frida neugierig an. »Wir werden uns heute alle nur mit einem Vornamen vorstellen, aber nicht mit unseren echten. Es ist nicht wichtig, wie wir heißen. Nennt einen Namen eurer Wahl, einen, den ihr schon immer tragen wolltet, oder einen, der euch quält. Ihr sollt fühlen, wie es ist, den Namen zu tragen, den wir uns in unseren Träumen geben.«

Es wird still. Irgendwer macht dann den Anfang und sagt: »Louis.«

Es folgen Jean, Vincent, Émile, auch Antonio und Leonardo werden genannt.

Als Jacqueline an der Reihe ist, sagt sie: »Frida.«

Ihre Nachbarin erklärt mit einem strengen Blick auf Bretons Frau: »Jacqueline.«

Als Frida an der Reihe ist, stellt sie sich mit unschuldiger Miene als »Cristina« vor.

Das erste Spiel, das Breton nun ankündigt, heißt Cadavre Exquis, köstliche Leiche. Jemand schreibt auf einen Zettel ganz oben einen Namen oder eine Person, so erklärt André es Frida, knickt das Papier um und reicht es weiter. Der Nächste setzt eine Tätigkeit darunter. Wieder wird das Geschriebene verdeckt und weitergegeben. Am Ende werden alle herumgegangenen Blätter auseinandergefaltet. Es könnte dann ein Satz dort stehen, wie »Der köstliche Leichnam wird den neuen Wein trinken«, sagt Breton.

Aus Rücksicht auf Fridas mangelnde Französischkenntnisse und weil die meisten der Anwesenden ohnehin lieber zeichnen, wird an diesem Abend eine Variante gespielt. Zuerst skizziert jeder einen Kopf, möglichst verrückt oder monsterhaft, dann geht das Papier zum Nachbarn, der einen Oberkörper malt, es folgen der Unterleib, die Beine und Füße. Dieses Spiel hat Frida bereits mit Freunden in New York gespielt. Sie liebt es, die Körper obszön zu gestalten, aber jetzt malt sie keine nackten Brüste oder einen Penis, sondern sie zeichnet die Körperteile so, als gehörten sie einem Gerippe. Als die fertigen Zeichnungen nebeneinander auf den Tisch gelegt werden, ist sie erstaunt. Oft sind es Frauenkörper, die gefesselt oder verstümmelt sind. Frida erinnert sich an Bretons Katalog vom Vorjahr und fragt sich, warum die Surrealisten solche grausamen Fantasien haben. Von einem Bild kann sie den Blick kaum abwenden. Es ist ein Oberkörper, der in einer Maschine eingespannt ist, die ihn auseinanderzuziehen scheint. Frida muss an die vielen Streckverbände denken, die man ihr nach dem Unfall angelegt hat. Bevor die gebrochenen Wirbel zusammenwachsen konnten, mussten sie in die richtige Stellung gezogen werden, damit ihr Rückgrat seine Funktion überhaupt wieder erfüllen konnte. Auch ihr Arm, den sie nach dem Unfall nicht mehr richtig zu strecken vermochte, erhielt eine intensive Behandlung. Eine schreckliche Tortur.

Frida lässt sich ihr Glas noch einmal auffüllen. Sie ist froh, nicht genau zu verstehen, worum es bei den Gesprächen der anderen geht. Sie diskutieren die Zeichnungen, deuten auf Details, schieben die Blätter über den Tisch. Jacqueline spricht mit der streng blickenden Nachbarin. Ob es diese Schweizerin ist? Meret Oppenheim? Die eine Tasse mit Fell überzogen hat? Frida kennt die Arbeit aus dem MoMA. Hatte Mary nicht erwähnt, Meret sei gerade in Paris? Sie ist sehr schön, denkt Frida. Ihr schmales, ein wenig herbes Gesicht wird von ausgeprägten Wangenknochen und kühn geschwungenen Augenbrauen dominiert. Ihre Lippen besitzen einen dramatischen Zug, so als neige sie zu hysterischen Anfällen. Fridas Blick bleibt an ihren Lippen hängen, die sie an ihre Mutter erinnern. Als Matilde zum ersten und einzigen Mal ins Rotkreuzspital kam und über den Körper der Tochter hinweg mit dem Arzt verhandelte, bewegten sich ihre Lippen auch so schnell und aggressiv. Frida hatte die Augen nach ein paar Sekunden fest geschlossen, weil niemand merken sollte, wie aufmerksam sie jedes Wort verfolgte, das gesprochen wurde. Tränen brannten ihr hinter den Lidern, aber sie hielt die Luft an, um sie zurückzuhalten. Und als sie dann doch weinen musste, bemerkte es keiner.

Frida nimmt noch einen Schluck vom guten Brandy und sieht die Szene vor sich. Sie ist wieder die Achtzehnjährige, deren Mutter mit dem Arzt streitet.

»Was soll das heißen, sie wird vielleicht nie wieder gesund?« Die Stimme ihrer Mutter klingt verwirrt und wütend zugleich.

»So wie ich es sage, Señora Calderón y González. Man muss abwarten.«

»Wie lange?«

»Das kann niemand sagen. Es wird dauern, bis sie wieder aufstehen kann.«

»Wie soll das gehen? Wir sind doch kein Krankenhaus. Dann behalten Sie sie gefälligst hier, bis sie gesund ist.«

Der Arzt schiebt die Hände in die Kitteltaschen und zuckt mit den Schultern. »Das ist nicht möglich. Wir brauchen Platz. Und wir können im Moment nichts für Ihre Tochter tun. Sie benötigt jetzt Pflege.«

»Und? Ist ein Krankenhaus nicht dafür da? Für Pflege?« Sie spricht das Wort »Pflege« betont deutlich aus, als wüsste der Arzt nicht, was das ist.

»Nur am Anfang. Solange wir eine Therapie durchführen.

Jetzt müssen wir alle geduldig sein und warten. Vor allem Frida ...«

Matilde richtet sich auf, Frida hört es am Rascheln ihrer gestärkten Bluse.

»Sie wollen mir dieses ... Wrack nach Coyoacán bringen? Und ich soll dann eine Pflegerin einstellen? Wo die Rechnungen sowieso schon so hoch sind!« Ihre Mutter sinkt auf den Stuhl neben Frida.

»Vielleicht kann die Familie sie pflegen, Señora. Sie braucht jetzt Menschen, die für sie da sind. Die ihr den Glauben an ihre Genesung geben.«

Matilde weint in ihr Taschentuch. »Ich kann das nicht«, presst sie heraus. »Ich kann das nicht. Sie wird sowieso nicht mehr gesund. Sie wollen es mir nicht sagen, aber ich weiß es.«

In diesem Moment weicht alles Gefühl aus Fridas Körper. Sie sieht sich in einem Sarg liegen, der tiefer und tiefer in die Erde sinkt. Über ihr leuchtet der Himmel in Form eines Rechtecks. Gesichter schieben sich vor das Blau, Gesichter, die weinen und klagen. Dann erscheinen Hände, die sich nach ihr ausstrecken. Zuerst denkt sie, die Hände wollten sie festhalten, aber sie hat sich getäuscht. Sie werfen Erde auf sie. Die feuchten Brocken treffen ihr Gesicht, verstopfen ihr Nase und Mund und zerkratzen ihr die Augen. Jetzt sterbe ich, denkt sie, und alles wird schwarz.

Frida taucht aus ihren Gedanken auf und schaut sich um. Die Männer und Frauen im Cyrano reden immer noch, und jemand hat ihr Glas ein weiteres Mal gefüllt. Breton wirft ihr einen fragenden Blick zu. Frida prostet ihm über den Tisch zu und trinkt. Niemand will etwas von ihr, die wenigsten beherrschen Englisch gut genug für ein Gespräch. Frida greift sich einen der Zettel, dreht ihn um und nimmt sich einen Stift. Sie zeichnet eine Frau, die auf dem Rücken liegt und deren Arme an ihren Körper gebunden sind. Kleine spitze Nägel stecken in der Haut der Frau. Die sanfte Trunkenheit macht ihren Strich weich und unpräzise, sie schraffiert die Schatten, die von den Nägeln geworfen werden, und überlässt sich dem Nebel, der sich in ihrem Kopf ausbreitet.

Was war das Schlimmste gewesen, damals? Wochen, später nach dem Rückfall sogar Monate, auf dem Rücken zu liegen? Der Schmerz, der sich vom Kopf bis hinunter zu den Füßen schlängelte und jeden Tag neue Orte fand, die er in Brand setzte. Mal saß die Schlange im Hals, mal in der Kniekehle, meistens aber im unteren Rücken und im Becken. An das Jucken auf ihrer Haut erinnert sie sich so gut, dass sie noch jetzt einen Schrecken bekommt, wenn sie einen harmlosen Mückenstich hat. Dann kratzt sie sich so wild, dass es blutet, nur weil sie sich kratzen kann.

Damals haben sie sie mit Schmerzmitteln so vollgepumpt, dass sie nicht einmal mehr merkte, wenn sie zur Toilette musste. Deshalb haben sie ihr Windeln angezogen, wie einem Baby. Die ersten Tage im Krankenhaus waren so dunkel und schmerzvoll, dass sie nur darauf gewartet hat zu sterben. Der Tod tauchte immer zur Dämmerstunde auf und kramte in ihren Sachen herum. Sie hatte nicht einmal die Kraft gehabt, ihn anzuschreien. Die Eltern kamen lange nicht. Sie waren zu schockiert, hieß es. Ihre Mutter wurde krank, weil Frida krank war, sie konnte einen Monat lang nicht sprechen und musste selbst im Bett liegen. Maty hatte ihr das später alles erzählt, die Schwester, die zu Hause nicht mehr geduldet war, weil sie mit einem Jungen fortgelaufen war. Sie hatte sich zu Frida ans Bett gesetzt und gestrickt und dabei unentwegt geredet. Und damit den Faden festgehalten, den Frida brauchte, um am Leben zu bleiben. Der Faden, den sie später auf ihrem Bild *Was ich im Wasser sah* malen würde.

»Mama macht ihre eigene Tragödie daraus«, sagt Maty, während sie Fridas Gesicht mit einem feuchten Tuch abreibt. Frida ist froh darüber, denn die Pflegerinnen haben für solche kleinen Gesten keine Zeit. »Dabei ist es deine Tragödie. Sie hat den Schauplatz nach Hause verlegt. Alles dreht sich nur um sie, die arme Mutter, o je, völlig gebrochen. Dabei bist du es doch, die gebrochen ist. Cristi und ich wissen das, und Papa auch.« Maty legt den Lappen in die Blechschale, holt ihr Strickzeug aus dem Korb, zieht das Gewebe auseinander, prüft mit gerunzelter Stirn, ob es einen Fehler gibt, zählt die Reihen nach und fährt fort: »Und was das Gemeinste ist: Mama schimpft über die Kosten, die du ihnen machst.«

»Woher weißt du das alles?«, fragt Frida mit kraftloser Stimme. »Darfst du denn wieder nach Hause?«

»Nein! Natürlich nicht. Ich bin für immer die verstoßene Tochter, darauf kannst du deinen Arsch verwetten. Aber die alte Anna erzählt mir davon, wenn ich sie auf dem Markt treffe.«

Die Erwähnung der gutmütigen Näherin, die alle ihre Kinderkleidchen angefertigt hatte, macht Frida traurig. Wie lang ist das her, dass sie auf dem Tisch in der Küche stand, während Anna ein Kleid an ihr absteckte? Dass sie die großen

Schleifen bügelte, die ihre Mutter ihr dann ins Haar band? Fridas Nase läuft, aber sie kann sie nicht selbst putzen.

Maty nimmt wieder den Lappen aus der Schüssel und wischt ihr das Gesicht ab. Sie kommt ganz nah und flüstert: »Die Señora neben dir im Bett liegt im Sterben – pass auf, dass die Geister dich nicht berühren.« Als Maty sich an diesem Abend verabschiedet, küsst sie die Schwester sanft und sagt: »Bis morgen.«

Frida streckt die Finger nach Matys Hand aus. »Was ist denn morgen? Was ist das überhaupt? Gibt es ein Morgen?«

Ihre Schwester setzt sich noch einmal auf den Stuhl neben dem Bett und küsst Fridas Finger, bevor sie sie an ihre Augen presst. »Morgen? Das Leben beginnt doch morgen, Frida, das Leben!«

In der Nacht, als der Tod wie stets stumm neben ihr sitzt und überlegt, wie viel Zeit er ihr noch gibt, denkt sie darüber nach, was Maty gesagt hat. Das Leben beginnt morgen? Sie befühlt den Satz wie ein Geschenk, das noch eingepackt ist. Sie schüttelt ihn vorsichtig, riecht daran, schiebt ihn sich in den Mund und kaut darauf herum. *Das Leben beginnt morgen.* Der Satz ist wie eine dieser Zauberkugeln, die ihnen der Vater manchmal auf dem Jahrmarkt gekauft hat, als sie noch klein waren. Frida und ihre Schwestern hatten sich jede einen von den rosafarbenen Bonbons in den Mund gestopft, sich an den Händen gefasst und die Augen geschlossen. Voller Konzentration hatten sie Spucke gesammelt und die Kugel von einer Backe in die andere geschoben. Erst wenn es zu kribbeln und zu zischen begann, hatten sie die Augen wieder aufgerissen und versucht, nicht zu lachen. Zerplatzte die Kugel, hatten sie den ganzen Mund voll süßsaurem Zuckerschaum, und wer nicht aufpasste, dem quoll das Zeug zwischen den Lippen heraus und tropfte auf den Boden.

So fühlt es sich an, als sie Matys Satz in ihren Gedanken hin und her bewegt. Das Leben beginnt morgen? Wird es das wirklich? Und wenn der Tod sie wirklich aus seinen Klauen lässt, wie könnte es aussehen, das Leben? Ärztin wird sie wohl nicht mehr werden können, wie sie es sich vorgestellt hatte, vielleicht muss sie sogar den Plan aufgeben, das Abitur nachzuholen. Weil ihre Krankheit schon so viel gekostet hat wie ein ganzes Studium, ist das jetzt auch egal. Sie hat ja noch andere Ideen. Sie könnte Fotografin werden und bei ihrem Vater Guillermo in die Lehre gehen. Oder sie sucht sich einen Job als Assistentin in einem Fotostudio, denn Entwickeln und Retuschieren hat er ihr schon beigebracht. Und dann ist da noch Alejandro, ihr Freund. Der wird Anwalt oder Politiker, und wenn sie heiraten, liegt sie ihrer Familie nicht mehr auf der Tasche. Und eventuell wird sie auch wieder gesund. Die kaputten Knochen wachsen womöglich doch richtig zusammen, und eines Tages wird sie aufstehen und Alejandro strahlend verkünden, sie habe keine Schmerzen mehr!

Dass ihr Freund mit ihrem Traum von einem gemeinsamen Leben bald nichts mehr zu tun haben will, weiß sie da noch nicht. Wochenlang wartet sie auf ihn, aber er hat immer eine andere Ausrede. Und als er endlich vor ihrem Bett im Krankenhaus steht, einen kleinen Blumenstrauß in den feuchten Händen, spürt Frida, dass er die Minuten zählt, bis er wieder gehen kann. Der Geruch nach Desinfektionsmitteln, Schweiß, Urin und Salben stößt ihn ab. Er will nur noch fort.

Sie schreibt ihm Brief um Brief, lockt und bettelt. Umsonst.

Doch in den ersten Nächten nach dem Unfall glaubt sie noch an Alejandros Liebe und daran, dass alles wieder gut werden kann.

Nacht für Nacht rumort und arbeitet es in der schmalen Gestalt, die von Verbänden und Gips eingehüllt wie eine verpuppte Raupe auf dem Rücken liegt. Im großen Krankensaal klumpen sich die Hoffnungen und Alpträume von zwanzig Frauen in der Nacht zu einer dicken Wolke zusammen, die über ihren Betten wabert. In einer dieser Nächte geschieht es, dass sie in ihrem Herzen ein kleines Feuer entzündet. Es ist nur eine winzige Flamme, aber sie wird nie wieder verlöschen, solange sie lebt. *Viva la vida.* Es lebe das Leben. Und das Leben beginnt morgen.

Eine Hand legt sich vorsichtig auf ihre. Jemand nimmt ihr den Bleistift aus der Hand und zieht das Blatt, das vor ihr auf dem Tisch im Cyrano liegt, zu sich. Frida hat den Mann bisher noch nicht gesehen, er muss gerade erst gekommen sein. Aufmerksam sieht er sie an, seine Augen leuchten hell in einem kantigen Gesicht. Er duftet angenehm nach Rasierwasser und ist elegant gekleidet, so als kaufe er Bilder, statt sie zu malen. Seine Haare kleben an seinem Schädel wie bei einer alten Puppe aus Zelluloid.

»Ich bin Joan«, sagt er sanft auf Spanisch, und Frida freut sich, auf jemanden zu treffen, der ihre Sprache kennt, wenn er die Wörter auch anders ausspricht als sie. »Mir gefällt deine Zeichnung. Darf ich?« Er hält den Stift über das Blatt.

Frida hat der Frau, die von den kleinen Nägeln gequält wird, inzwischen noch ein Bett gezeichnet. Darunter lugen ein paar Schuhe hervor, was den Eindruck erweckt, sie liege in ihrem Schlafzimmer und die Tortur gehöre zu ihrem Alltag. Neben dem Bett sind ein paar abgeschnittene Haarbüschel zu sehen. Joan wartet.

»*Claro*, nur zu«, sagt Frida.

»Sie braucht Luft, diese Frau«, murmelt Joan. Mit ein paar schnellen Strichen zeichnet er die Wände des Zimmers, hängt Bilder daran, stellt eine Kommode dazu. Dann kritzelt er etwas an die Decke, und als er fertig ist, sieht Frida, dass ein Loch in ihr klafft. Man sieht den Nachthimmel, Sterne und Monde funkeln. Der Blick der Frau, zuvor in stummer Verzweiflung zur Zimmerdecke gerichtet, reicht nun in den Himmel und wirkt weniger mutlos.

Das Blatt gleitet über den Tisch zurück zu Frida.

»Ich male keine Träume«, sagt Frida. »Ich male das, was mir durch den Kopf geht. Wahrscheinlich bin ich keine Surrealistin, obwohl Breton es mir ständig einreden will.«

Ein Lächeln erscheint auf dem Gesicht des Mannes. »Ist das wichtig? Es ist doch egal, was für eine Malerin du bist. Solange du nur eine bist und es dich glücklich macht. Viele von uns passen nicht in Bretons System. Er … nun ja, er mag es sehr, Theorien zu formen. Und sie sind auch nicht falsch. Vor allem wenn es um den politischen Kampf geht. Aber wenn ich male, dann male ich das, was in mir ist und hinausmuss. Aber sag es Breton nicht.«

Sie lachen und stoßen mit ihren Gläsern an, die schon wieder voll sind.

»Woher kommst du?«, fragt sie ihn.

»Barcelona. Ich bin Katalane«, antwortet er selbstbewusst.

»In Mexiko ist es normal, dass wir uns in verschiedenen Welten zugleich bewegen. Die Realität ist nur eine davon. Unsere Toten öffnen uns die Tür zu einer anderen. Wir wissen, dass hinter dem Vorhang noch etwas anderes steckt, und dass unsere Häuser keine Keller haben, hat einen guten Grund. Außerdem stecken wir immer mit einem Fuß in unserer blutigen Geschichte. Wir quälen uns damit ab, nach vorne zu schauen, aber wir lieben den Blick zurück.« Joan hört ihr aufmerksam zu, und so spricht sie weiter. »Wenn du mir ein Bücherregal zeigst, kann ich mir eher vorstellen, dass Löwen daraus hervorkommen als Bücher. Aber meine Bilder sind keine Alpträume. Sie sind meine Wahrheit.«

»Aber du formst deine Wahrheit auch mit deiner Kunst«, entgegnet der Unbekannte. »Das sind sehr spitze Nägel. Wie gut du es zeigst, wie sie sich in die Haut bohren. Der Moment, in dem der Nagel die obersten Hautschichten durchstößt und ein Blutgefäß trifft, der Moment, an dem die Elastizität der Haut ausgereizt ist und ihr nichts anderes übrig bleibt, als aufzuplatzen. Aber du kannst auch ein Loch in die Decke zeichnen ... oder ...« Joan skizziert noch ein kleines Regal neben dem Bett der Frau. Ganz unten hat sich ein kleiner Löwe zusammengerollt und schläft.

»Kann ich das haben?« Breton steht plötzlich hinter ihnen. »Das sollten wir öfter machen, zusammen zeichnen. Bekomme ich das Blatt?«

»Nein, es gehört Frida«, sagt Joan. »Und sie ist noch nicht fertig damit.« Er faltet die Zeichnung und drückt sie ihr in die Hand, bevor er sich mit einem Zwinkern verabschiedet. »Ich werde mir deine Ausstellung anschauen«, verspricht er.

Als Breton später mit Frida auf ein Taxi wartet, weil sie zu müde für Bus und Métro ist, fragt er: »Was hast du mit Miró besprochen?«

»Das war Miró? Joan Miró? Verdammt, das wusste ich nicht. Ich kenne seine Arbeiten aus New York!«

»Ging es in eurem Gespräch um mich?«

»Nein, überhaupt nicht.«

In den nächsten Tagen erkundet Frida das Arrondissement Montmartre und macht immer wieder Pausen im Cyrano. Wenn sie jemanden von Bretons Freunden sieht, grüßt sie freundlich, setzt sich aber meistens nicht zu ihnen. Nur mit Jacqueline trifft sie sich ab und zu in diesem Café.

»Aube ist für ein paar Tage bei ihrer Tante auf dem Land«, sagt die Freundin bei einer dieser Gelegenheiten. »Ich wollte mehr Zeit für dich haben. Ihr Zimmer wäre jetzt frei für dich.«

»Danke, aber ich bleibe gerne bei Mary. Und vielleicht gehe ich noch mal für ein paar Tage ins Hotel. Ich möchte malen, und das kann ich am besten, wenn ich für mich bin.«

»Sag aber Bescheid, wenn du wieder zu uns kommen willst. In Aubes Zimmer könnten wir beide malen. Ich will auch endlich wieder anfangen. Es tut mir so leid, dass du ausgerechnet bei uns krank geworden bist.«

»Vergiss es einfach.«

»Was hörst du von dem alten Ziegenbart Trotzki? Hat er sein Bild von dir noch nicht vermisst? *Mon Dieu*, was für ein Spießer, weißt du noch? Seine Theorien über Kunst? Auf unserer gemeinsamen Reise nach Pátzcuaro?«

Frida legt den Kopf in den Nacken und lacht laut. Ein junger Mann, der ein paar Tische weiter sitzt, hebt den Kopf. Frida fühlt sich von seinem Blick angestachelt, ein bisschen Theater zu spielen, und dreht auf.

»*Señores y señoras*«, deklamiert sie mit Trotzkis russischem Akzent. »Ich prophezeie Ihnen, dass die Menschheit in Zukunft keine Künstler mehr braucht ...«

»Und auch keine Künstlerinnen?«, wirft Jacqueline ein.

»Danke, Madame Lamba Breton, für diese kluge Bemerkung«, antwortet Frida gespielt gönnerhaft. »Die Frauen braucht sowieso kein Schwein. Die sollen mal schön in Küche und Bett die Stellungen halten«, fährt sie fort und rückt einen imaginären Kneifer auf ihrer Nase zurecht. »Und Sie«, Frida zeigt mit einem Finger auf Jacqueline, »sind sowieso viel zu schöön, um Künstlerin zu sein. Das ist etwas für Männer. Um Kunst zu schaffen, braucht man einen ...«

Jacqueline legt Frida rasch die Hand auf den Mund. »Schhhhh, die werfen uns raus, hör auf damit.«

Frida spielt weiter, spricht aber leiser. »Was? Hier herrscht Zensur? Na gut, wenn das Volk die Wahrheit nicht hören will, muss sie diese fühlen. Wo war ich? Ach ja, die Kunst. In Zukunft wird es keine Künstler mehr geben, weil jeder Mensch sein Haus selbst bemalen wird. Damit ist die Trennung zwischen Kunst und Leben aufgehoben, und ich, Trotzkopf Trotzki, werde als Erster mein Haus bemalen.« Sie wendet sich übertrieben lehrmeisterhaft an eine imaginäre Person neben ihr. »Still, Natalja, ich weiß, was ich sage ... Die Nachwelt wird mir recht geben, wenn sie unsere *Gespräche von Pátz-cuaro* lesen wird. *Nastrovje!*«

Jacqueline hält sich den Bauch vor Lachen, der junge Mann vom Nebentisch schaut Frida unverwandt an, und sie fühlt sich so stark und schön wie schon lange nicht mehr.

Am nächsten Tag sitzt Frida allein im Cyrano. Sie trägt einen schwarzen langen Rock, an dessen unterem Rand zwei schmale grüne Bänder aufgenäht sind. Darüber hat sie einen schwarzen *huipil* gezogen, der an den Ärmeln und am Dekolleté mit roten Ornamenten bestickt ist. Auf der Brust sind Lamas, Blumen und Sterne zu sehen. Weil es keine englischen Zeitungen gibt, blättert Frida in den französischen Magazinen, liest die Überschriften und beobachtet die Gäste. Sie ist etwas früher erschienen als gestern und hofft, nicht lange warten zu müssen.

Und dann taucht er tatsächlich auf, der junge Mann, der sie gestern so bewundernd angeschaut hat. Er sieht sie alleine an ihrem Tisch sitzen, lächelt und steuert direkt auf sie zu. Frida hat ein flaues Gefühl im Magen, sie ist aufgeregt, atemlos und zugleich beruhigt. Sie war sicher, dass er wiederkommen würde, sie hat es in dem Moment gewusst, als er gestern gegangen war und dabei mit einer winzigen Bewegung an den Hut getippt hatte, ein Wink und ein Versprechen. Er war davon ausgegangen, dass sie sich wiedersehen würden, und wo sollte das gelingen, wenn nicht hier? Und wann sollten sie sich treffen, wenn nicht zur gleichen Stunde?

Auch an diesem Tag trägt er den hellen Anzug mit Weste und dazu Schuhe in Braun und Weiß. Seine Haare sind streng nach hinten gekämmt, seinen Hut hält er in der Hand. Als er vor ihrem Tisch steht, verbeugt er sich kurz: »Madame Kahlo. Sprechen Sie Französisch?«

Frida schüttelt den Kopf. »Leider nur sehr schlecht.«

»Dann werden wir Englisch miteinander reden, denn ich kann leider kein Spanisch. Erlauben Sie mir, dass ich mich vorstelle: Henry.« Er spricht es französisch aus, ohne das H, und sein Blick bohrt sich in ihren. »Darf ich Platz nehmen?« Frida nickt.

Henry setzt sich, öffnet die Anzugjacke und legt einen Tabakbeutel und ein Ledermäppchen mit Zigarettenpapier auf den Tisch. Er holt ein Blättchen hervor, greift mit einer eleganten Bewegung in den Beutel und verteilt den Tabak auf dem Papier. Dabei schaut er Frida an. Seine Augen sind sehr blau, die langen Wimpern fast mädchenhaft.

»Ich frage mich, ob Sie mir diesen Nachmittag schenken?«

Frida ist irritiert, was sie gut verbirgt. Stattdessen fragt sie betont gelassen: »Was haben Sie denn vor?«

Henry dreht die Zigarette in Ruhe weiter, leckt das Papier vorsichtig an, klebt es zu, reißt ein paar überhängende Tabakfäden ab, zieht ein Feuerzeug aus der Hosentasche und zündet sie an. Er bläst den Rauch zur Seite, ohne Frida aus den Augen zu lassen. »Wer weiß? Wie wäre es mit einem Blick in das Palais des Mirages, den Palast der Illusionen. Er ist nicht weit von hier.« Seine Stimme klingt ein wenig blasiert, und seine Haltung zeugt von großem Selbstbewusstsein, so als würde er dieses draufgängerische Spiel häufiger ausprobieren – mit Erfolg.

Frida beschließt, das Abenteuer zu wagen. Es ist nicht das

erste Mal, dass sie sich von einem Fremden verführen lässt, und sie hat große Lust, mit diesem Mann ins Bett zu gehen. Er sieht gut aus, und trotz seiner Jugend glaubt sie, dass er genügend Erfahrung besitzt, um ihr Freude zu bereiten. Die Nierenentzündung ist abgeklungen, das Rückgrat schmerzt nicht mehr als sonst, der Fuß hat sich beruhigt. Sie genießt es, jemandem so gut zu gefallen, dass er sich Mühe gibt, sie zu erobern. Nick muss es nicht erfahren und Diego ebenso wenig. Aber sie will diesem frechen Kerl nicht wie eine reife Frucht in den Schoß fallen. Nicht zuletzt, weil er so unglaublich jung aussieht. Sein Gesicht ist glatt, als habe er sich noch nie rasiert, und hätte er den edlen – zweifellos von einem Schneider stammenden – Anzug nicht an, könnte man ihn für einen Schüler halten.

»Aber ich kenne Sie nicht«, gibt Frida zu bedenken.

Henry nickt. »Madame, was wollen Sie von mir wissen?« Er legt die Hand auf sein Herz. »Ich werde Ihnen – fast – alles sagen.«

Frida fragt Henry nach den Ausstellungen, die es zuletzt in Paris gegeben hat. Überrascht stellt sie fest, dass er die Kunstszene in Paris sehr gut überblickt, auch wenn er die Surrealisten nicht persönlich kennt. Seine große Liebe gehört jedoch der Literatur, und er schwärmt von Schriftstellern, die es nach Paris gezogen hat, darunter einige Journalistinnen, die ihr Brot mit Artikeln für amerikanische Zeitschriften verdienen. Frida fragt ihn nach dem Buch, das Mary ihr gezeigt hat, *Les Mains libres*. »Natürlich habe ich ein Exemplar davon, ich liebe es. Haben Sie es schon einmal in der Hand gehabt? Im Einband ist ein Handschuh eingenäht. Jeanne Bucher, die das Buch verlegt hat, ist eine Freundin meiner ... Familie. Sie hat eine sehr exquisite Galerie, und wenn Colle Ihre Werke nicht zeigen würde, dann hätte ich Ihnen Jeanne empfohlen.«

Frida hat genug gehört. Dieser Jüngling sieht zwar so aus, als sei er noch ein halbes Kind, aber er scheint kein Krimineller zu sein und stammt wahrscheinlich sogar aus einer guten Familie, was — so muss sie sich eingestehen — seinen Reiz noch ein wenig erhöht. Eine über dreißigjährige Kommunistin lässt sich von einem Oberschichtensprössling verführen? Warum nicht? Dass seine Blicke immer eindeutiger über ihren Körper wandern, erregt sie.

Als hätte er ihre Gedanken gelesen, fragt Henry leise: »Bereit für einen Ausflug ins Land der Wunder ... Frida?«

Frida steht auf, um sich auf der Toilette frisch zu machen. Sie malt ihre Lippen sorgfältig nach, parfümiert sich am Hals und zwischen den Brüsten und zieht die knielange Wollhose unter ihrem Rock aus, die Mary Sklar ihr in den Koffer gelegt hatte.

Henry führt Frida die Rue de Clichy hinauf, vorbei am prächtigen Théâtre de l'Œuvre und dem Casino de Paris mit seinem großen Rundbogenfenster, bis hinunter zur Kirche La Sainte-Trinité, die mit ihrem hohen Glockenturm den gleichnamigen Platz überragt.

Frida hat sich bei Henry eingehakt, lauscht seinen Ausführungen aber nur halbherzig, weil sie ihre Sinne ganz auf seinen Körper gerichtet hat, seinen Duft, das Spiel seiner Unterarmmuskeln, den federnden Schritt. Sie mag diese großbürgerlichen französischen Häuser, die er ihr zeigt, aber wer hier früher gelebt, geliebt und soupiert hat, ist ihr ziemlich egal.

Hoffentlich ist der Weg bis zu ihrem Ziel nicht mehr zu weit, denkt sie.

Schließlich haben sie den Boulevard Montmartre erreicht und halten vor einem verschnörkelten Hauseingang, über dem »Musée Grévin, Cabinet Fantastique, Palais des Mirages« steht. Hier sind also mehrere Illusionen vereint, darunter ein Wachsfigurenkabinett. Frida hat noch nie eines betreten. Neugierig geht sie um eine Gruppe elegant gekleideter Besucherinnen herum, die steif neben dem Schalter stehen, als würden sie auf ihre Männer warten. Sie tragen lange Kleider, wie sie zur Zeit der Belle Époque Mode waren, und starren Frida aus blauen Glasaugen an.

»Nichts ist, wie es scheint«, sagt Henry, bezahlt den Eintritt und nimmt die Billetts in Empfang, die er in seine Anzugjacke steckt. Er greift nach Fridas Hand. »Wollen wir?«

Er führt sie durch ein prunkvolles Foyer, in dem noch mehr altmodisch gekleidete Puppen stehen, die Frida alle von Nahem anschauen will, Herren mit Zylinder, Halstuch und Gehrock, Damen in schimmernden Seidenkleidern. Ein Blumenmädchen gefällt Frida besonders, und kaum hat sie gesagt: »Wie kunstvoll ihre Lippen geformt sind«, zeigt das Mädchen seine Zähne und streckt Frida einen kleinen Strauß mit Schokoladenblumen entgegen. Für einen Moment ist sie sprachlos, dann beginnt sie laut zu lachen. »Unfassbar, das ist perfekt.«

Henry zieht Frida weiter zu einem runden Tor, hinter dem eine Treppe sichtbar wird. »Folgen Sie uns in die Tiefe der französischen Geschichte«, übersetzt Henry den Text über dem dünnen Pfeil, der nach unten weist. »Sie werden Augen machen. Halten Sie alles fest, was Sie besitzen, Schirme, Hüte und Taschen. Wir übernehmen keine Garantie für verloren gegangene Dinge. Willkommen in der glorreichen, dunklen, erschreckenden Vergangenheit der Grande Nation!«

Während sie vorsichtig die Treppe hinabsteigen, fragt sich Frida, warum sie schon zum zweiten Mal in die Unterwelt von Paris steigen muss. Die Treppe mündet in einen dunklen Gang. Er führt an kleinen Nischen vorbei, in denen kostümierte Wachsfiguren inmitten von detailgetreu rekonstruierten Szenen aus der französischen Geschichte platziert sind. Beleuchtet werden die kleinen Kabinette von kleinen Glühbirnen, die in der Dekoration versteckt wurden. Frida kennt die französische Geschichte nicht besonders gut, aber Jeanne d'Arc ist ihr aus der Schulzeit noch geläufig, ebenso der Sonnenkönig und die hochmütige Marie-Antoinette. Marat allerdings, der von einer wild entschlossenen Frau in der Badewanne erstochen wird, sagt ihr nichts. »Nirgends ist man wohl verletzlicher als im Bad«, kommentiert sie die Szene. In diesem Moment schiebt Henry sie in einen nachtschwarzen Winkel und presst seine überraschend weichen Lippen auf ihre.

Frida genießt den Kuss und noch mehr das Gefühl, Henry könne sich nur mit Mühe beherrschen, um ihr nicht schon hier unter die Röcke zu greifen. Kurz taucht das Bild von Nick vor ihr auf, es würde ihn verletzen, wenn er sie jetzt sähe, aber er weiß auch, dass diese Leidenschaft nur eine unverbindliche ist. Er selbst genießt sie, wie er ihr in einem Moment trunkener Vertrauensseligkeit einmal gestanden hat. Und Diego? Für ihn wäre das, was hier passiert, noch lange nichts, über das man sich Gedanken machen muss.

»Warum lachst du?«, fragt Henry ganz nah an ihrem Ohr, und als sie sagt, sie habe kurz an ihren Mann gedacht, muss auch er lachen. »Hast du Angst, er könnte uns sehen?«

»Im Gegenteil«, provoziert Frida. »Es tut mir leid, dass er uns nicht sieht.«

Henry küsst sie daraufhin noch einmal, leicht unschlüssig, wie weit er an diesem öffentlichen Ort gehen kann. Doch dann zieht er sie aus dem Winkel wieder in den Gang, um ihr die nächsten Figuren zu erklären.

Zurück im Foyer müssen sie vor dem Eingang zum Palais des Mirages ein wenig warten, bis die nächste Vorstellung beginnt. Nach ein paar Minuten dürfen sie den halb dunklen Saal betreten, aber bevor sie ihn näher betrachten können, schließt sich die Tür hinter ihnen, und das Licht erlischt. Henry nutzt den Moment, um Fridas Nacken zu küssen. Schon leuchten ein paar Lampen auf und tauchen den Raum in rotes Licht. Eine Spieluhr ist zu hören, darüber legt sich spannungsgeladene Musik. Der Saal, der jetzt sichtbar wird, ist von barocker Schönheit, überladen und prächtig. Verspiegelte Wände vergrößern ihn ins Unendliche. Vier Säulen zeigen leicht bekleidete Tänzerinnen in lasziven Stellungen. Kaum hat Frida ihre Schönheit in sich aufgenommen, als das Licht langsam schwächer wird, bis alles schwarz ist. Doch nach ein paar Sekunden leuchten die Lampen erneut auf und verwandeln den Saal in einen grünen Dschungel. Von irgendwo ertönen Schreie exotischer Vögel, Elefanten trompeten. Die Säulen, die sich gedreht haben, sind von Lianen und Riesenschmetterlingen überzogen.

Das nächste Schauspiel verwandelt den Saal in eine märchenhafte Meereswelt, Muscheln und Schnecken sind auf den Säulen zu sehen, während das Plätschern von Wasser zu hören ist. Zum Schluss wird der Raum in gleißendes Gold getaucht. Dazu ertönt Hofmusik, wie sie Ludwig XIV. geliebt haben könnte. Frida ist so vertieft, dass sie zusammenzuckt, als die schummrige Beleuchtung vom Anfang wieder aufflackert und die Türen sich öffnen.

Henry schaut sie fragend an: »Und? Zu viel versprochen?«

Sie antwortet nicht, sondern grübelt darüber nach, wie ein einziger Saal, der noch dazu so klein ist, durch Spiegel, Licht und Musik so verschieden wirken kann.

Als sie vor die Tür treten, dämmert es bereits. Hand in Hand gehen sie schweigend den Boulevard entlang. Nicht weit vom Museum hat Henry eine kleine Wohnung. Sie liegt im dritten Stock, und Frida ist außer Atem, als er die Haustür aufschließt. In seinem Schlafzimmer setzen sie sich aufs Bett und küssen sich hungrig.

Henry fragt, ob sie seinen Anzug anziehen würde. Frida seufzt. Vivian hatte recht. Sie hatte ihr erzählt, dass sich die Franzosen viel Zeit für das Vorspiel nehmen würden, aber sie will keine Spielverderberin sein. Geduldig zieht sie Rock und *huipil* aus. Als Henry das Hemd ablegt und sich zu ihr dreht, ist sie überrascht – er ist eine Frau. Anerkennend pfeift Frida durch die Zähne. Das hatte sie nicht erwartet, obwohl sie selbst das Verwirrspiel mit den Geschlechtern ganz gut beherrscht und früher gerne Herrenanzüge getragen hat. Erst seitdem sie mit Diego zusammen ist, hat sie damit aufgehört. Nun steht ein makelloser Frauenkörper vor ihr, und als sie fragt, wie sie ihn oder sie nennen soll, bittet Henry darum, bei dem Namen zu bleiben und ihn auch als Mann zu behandeln.

»Was immer du willst, mein Schöner«, sagt Frida.

Ihr ist jetzt so kalt, dass sie mit Freude in den Anzug von Henry schlüpft. Ein Blick in den Spiegel über der Frisierkommode zeigt ihr, dass die Sachen gut an ihr aussehen.

Doch Henry ist nicht zufrieden. »Deine Haare! Ich werde dir eine andere Frisur machen«, sagt er und greift nach einer Bürste.

Frida reicht es mit den Spielchen. »Nichts da«, sagt sie streng und stößt Henry aufs Bett.

Als sie erwacht, ist es dunkel, und die Lichter der Autoscheinwerfer kriechen über die Zimmerdecke. Frida dreht sich zur Seite und merkt, dass auch Henry wach ist. Nackt und verschlafen erkennt sie den Jüngling aus dem Café kaum wieder. Er hat schöne runde Brüste, eine schlanke Taille, seine pomadisierten Haare haben sich in einen wirren Struwwelkopf verwandelt. Frida streicht ihm die Locken aus dem Gesicht, fasst nach seinem Kinn, um es im trüben Licht genauer zu betrachten.

»Was suchst du?«, fragt Henry. »Narben? Pickel?«

Sie lässt sein Kinn los. »Ich suche den Mann, der mich im Café so frech umworben hat. Ich kann ihn nicht mehr finden. Du hast deine Männlichkeit mit dem Anzug abgelegt.«

»Schlimm?«

»Nein, nur seltsam. Da bin ich einem schicken Herrenanzug gefolgt, der letztlich leer war.« Sie kichert. »Na ja, nicht ganz leer.« Sie küsst Henrys Brust.

Er sieht ein wenig gekränkt aus. »Es können nicht alle Menschen so androgyne Züge haben wie du. Ich habe sofort den Mann in dir gesehen, obwohl du im Rock vor mir gesessen hast. Deine Augenbrauen, die Haare über der Oberlippe, der Flaum hier.« Er streichelt die Haut auf Fridas Wangen. »Und ich sah es in deinem Blick.«

Frida grinst. »Aber dieser Mann hat eine Frau verführt.«

»Wer hat hier wen bitte schön verführt«, protestiert Henry.

Frida zieht die Augenbrauen hoch. »Derjenige, der es jetzt wieder tun wird ...«

»Woher kanntest du meinen Namen?«, fragt Frida am nächsten Morgen.

»Das herauszufinden war nicht schwierig. Im Cyrano haben sie schon seit Tagen über dich gesprochen. Über deine bunten Kleider und die Blumen in den Haaren. Und irgendwer meinte, dass deine Augenbrauen einen schönen Bogen haben.« Henry fährt mit dem Finger über ihr Gesicht. »Dass du die Frau von Diego Rivera bist, weiß hier auch jeder. Nur deine Bilder kennen wir nicht, deshalb sind alle so gespannt auf die Ausstellung. Ich war allerdings in der Bibliothèque nationale und habe mir die amerikanischen Zeitungen vom letzten November angeschaut.« Er lächelt stolz. »Und siehe da, ich habe ein paar Fotos von den Gemälden der ›kleinen Frida‹ gefunden.«

Prompt wirft Frida ihm ein Kissen an den Kopf. »Diese dämlichen Idioten. Ich habe mich schon genug darüber geärgert, also reiz mich nicht und wiederhole nicht den Scheiß von der kleinen Frida, hörst du?«

Henry lacht. »Oh là, là, ist da etwa jemand empfindlich? Wusste ich doch, dass du nicht ganz so unberührbar bist, wie du tust.«

Frida stimmt in sein Lachen ein, aber insgeheim fühlt sie sich verletzt. Unberührbar? Was für ein Unsinn, natürlich ist sie das nicht, und sie will auch gar nicht so tun, als ob es so wäre. Sie beschließt, Henry nicht weiter zu befragen. Sie will darüber nachdenken, wenn sie wieder allein ist. Paris strengt sie mehr an, als sie erwartet hatte. Die Menschen in dieser Stadt reden permanent aufeinander ein, und das noch in einem ungeheuren Tempo, sodass sie sich manchmal wie ein U-Boot fühlt, das an einem Riff hängen geblieben ist und darauf wartet, ob sich ab und zu ein Taucher bei ihr blicken lässt.

Henry bietet Frida an, sie in den nächsten Tagen bei ihren Streifzügen zu begleiten. Es macht Spaß, mit ihm unterwegs zu sein, er kennt die besten Plätze und führt sie in Lokale, die Mary Reynolds nie von innen gesehen hat. Obwohl sie Henry attraktiv findet, sieht sie nicht länger den Liebhaber in ihm. Mehr ist er wie ein jüngerer Bruder, den sie nie hatte, weil Matildes einziger Sohn kurz nach der Geburt gestorben war.

Eines Abends betrachten sie den Eiffelturm von einer Bank am anderen Ufer der Seine aus. »Hier stand einmal das Palais du Trocadéro«, erzählt Henry wehmütig. »Aber vor zwei Jahren hat man es abgerissen, weil man für die Weltausstellung Platz schaffen wollte. Dafür haben wir jetzt das Musée d'Art Moderne, direkt dort.« Er zeigt mit dem Arm auf ein stattliches Gebäude. »Wir sollten es einmal zusammen besuchen.

Es gibt dort ein Bild von Matisse, *La Danse*. Und hast du von Fernand Léger gehört? Nein? Dann müssen wir unbedingt dorthin, damit du seine Arbeiten siehst.«

Frida stimmt ihm träge zu. Es ist schön, dass Henry ihr die Stadt zu Füßen legen will, aber ihr brummt der Schädel, wenn er ihr ständig etwas erklärt oder zeigt.

»Komm, wir gehen essen. Aber nicht hier, lass uns ins Marais-Viertel fahren. In dieser Gegend habe ich immer Sorge, einem Mitglied meiner Familie über den Weg zu laufen.« Er nimmt ihren Arm und geht mit ihr zu den Droschken.

»Was wäre so schlimm daran?«

»Mein Vater würde sicher nicht gerne sehen, wie seine Tochter im Anzug durch Paris spaziert. Aber er würde die Situation überspielen und einen Witz daraus machen. Aber meine Mutter ... um Gottes willen, die würde einen Aufstand anzetteln und mich wahrscheinlich in die Salpêtrière einweisen lassen.«

»In ein Krankenhaus? Im Ernst?«

»Das ist kein normales Krankenhaus, sondern eine Irrenanstalt. Die Vorhölle für alle, die sich außerhalb der Norm bewegen. Sie sperren dort nicht nur geistig Verwirrte ein, sondern auch Menschen, die sich umbringen wollen. Und natürlich Huren. Und, ja, Frauen, die in Männerkleidung herumlaufen. Aber sie haben dort nicht nur Irre als Insassen. Es gibt ebenso Ärzte, die hier oben nicht ganz dicht sind.« Er tippt sich an die Schläfe.

Da Henry ihr einmal erzählt hat, sein Vater sei Arzt, fragt Frida vorsichtig, ob er dort arbeitet.

»O Gott, nein! Mein Vater behandelt keine Patienten mehr.

Er berät die Regierung in Gesundheitsfragen. Und seit Kurzem ist er für die spanischen Flüchtlinge zuständig. Sie fliehen vor Francos Truppen.«

»Es ist eine Schande, dass der Bürgerkrieg verloren ist«, sagt Frida.

Henry hilft ihr, in die Pferdedroschke zu steigen, und nennt dem Kutscher eine Adresse an der Place des Vosges.

»Richtig. Aber wir Franzosen sind nicht schuld daran, und trotzdem müssen wir nun sehen, wie wir mit den Flüchtlingen klarkommen. Deshalb ist gerade ein Lager in der Nähe der Grenze eingerichtet worden.«

»Dann ist dein Vater gar nicht in Paris?«

Henry schaut aus dem Fenster. »Doch, natürlich. Wo sonst kann man denn gut essen und ins Theater gehen? Gerade jetzt sitzt er bestimmt in irgendeinem edlen Lokal und freut sich auf eine Vorstellung. Mein Vater arbeitet von hier aus, weil in Paris die Leute sitzen, die Geld haben und die Mittel, die Versorgung der Flüchtlinge zu verbessern.«

»Warum hat man sie überhaupt in Lager eingesperrt?«

»Weil Premierminister Daladier die Kontrolle behalten will. Dass er vor ein paar Wochen die Grenzübergänge geöffnet hat, liegt nur daran, dass er von allen Seiten dazu gedrängt wurde. Du kannst dir diese Masse an Menschen nicht vorstellen. Frauen und Kinder, Alte, Kranke, Verwundete. Es ist beschämend, aber sie müssen sich ihre Holzbaracken selbst bauen. Wenn es überhaupt noch Holz gibt. Viele schlafen einfach so auf der Erde, und sie kochen mit Salzwasser aus dem Meer. Das Rote Kreuz ist vor Ort, aber viel ausrichten können die Leute nicht.«

»Hast du das Lager gesehen?«

»Nein, aber ich habe die Berichte gelesen, die mein Vater aus dem Süden bekommt. Sie sind geheim, aber ich kenne den Code von seinem Safe.« Er schaut sie unschuldig an. »Und da ich ein guter Bürger bin, sehe ich zu, dass ich mich informiere.«

»Kann man etwas für diese Menschen tun? Ich würde gerne helfen.«

»Vielleicht werde ich dich einmal an diesen Satz erinnern.«

Als sie an einem der nächsten Tage wieder in Henrys kleiner Wohnung landen, fragt Frida ihn noch einmal nach seinen Eltern. Henry stammt aus einer vornehmen französischen Familie, aber er glaubt, er sei das Kind einer Affäre seiner Mutter mit einem Angestellten. »Ich sehe ganz anders aus, und ich fühle mich immer als Außenseiter zwischen meinen brünetten Schwestern. Sie haben olivfarbene Haut so wie du.«

Frida streicht ihm über die Haare, die sich nach einem Bad in Locken kringeln. Sie liegen auf dem Bett, und Frida streckt sich genüsslich aus. Jeder Tag, jede Stunde und jede Minute, in der sie sich schmerzfrei fühlt, muss gefeiert werden. Dass die kleinen weißen Tabletten dabei eine Rolle spielen – was soll's.

Henry steht auf, holt einen Korb und ein paar kleine Pakete aus der Küche und stellt sie zwischen sich und Frida aufs Bett.

»Nun pack schon aus, ich will dein Gesicht sehen, wenn die Gier dich überfällt«, fordert er sie auf.

Frida reißt das braune Papier auf. »Euer Essen macht mich

nicht gierig«, sagt sie. »Im Gegenteil. Seit meiner Krankheit muss ich mich oft zum Essen zwingen.«

»Das wird sich heute ändern.«

»Schön eingepackt ist es, das ist wahr«, sagt Frida, als sie die erste Schachtel öffnet. Darin liegen Macarons in verschiedenen Farben. »Was ist das, der Nachtisch? Der muss warten.«

Henry schaut sie amüsiert an. »Frida, du bist eine schlimme Banausin. Die Macarons von Ladurée sind kein Nachtisch, sie sind ein ... ein Kuss ... ein himmlischer Gruß ... oder so was.«

Frida schiebt sich ein rotes Macaron in den Mund und kaut bedächtig. »Hm. Das ist gut. Du hast recht.« Sie verschließt die Schachtel wieder. »Aber das heben wir für später auf. Was ist da noch?«

Sie holt ein Körbchen mit Kanapees hervor. Sie sind mit Anchovis, Kaviar, geräuchertem Lachs und Schinken belegt und mit einer dünnen Schicht Aspik überzogen. Frida probiert eines davon und ist beeindruckt. »Also, das ist besser als das«, sagt sie mit vollem Mund, »was die Amerikaner auf ihren kalten Platten anrichten.« Sie nimmt sich ein weiteres Kanapee.

»Besser?«, kreischt Henry. »Es liegen Welten dazwischen. Das hier ist fein und ausgetüftelt.« Er öffnet eine Flasche Rotwein und schenkt die Gläser auf dem Nachttisch voll.

Schmausend fällt Frida ein, was Henry eben über seine Kindheit gesagt hat.

»Eine Zeit lang habe ich auch gedacht, ich sei adoptiert«, erzählt sie. »Meine Halbschwester María Luisa war einmal so wütend auf mich, dass sie brüllte, ich sei nicht das Kind von Mama und Papa. Sie hätten mich in einem Müllkübel gefunden.«

»Wie grausam von ihr«, sagt Henry und wählt mit spitzen Fingern ein Kanapee aus.

»Nein, ich glaube, grausam war das, was sie erlebt hat. Zuerst starb ihre Mutter sehr jung, dann heiratete ihr Vater meine Mutter und setzte vier weitere Töchter in die Welt. Und Matilde, also meine Mutter, gab die beiden Töchter meines Vaters aus erster Ehe ins Kloster.«

»Was? Aber warum?«

Frida zuckt mit den Schultern. »Weiß ich nicht. Eifersucht? María Luisa hatte jedenfalls zu Recht viel Wut im Bauch. Sie hat mehr verloren als nur ihre Mutter. Ihre Familie, ihren Platz. Es war unverzeihlich von Matilde, die beiden Mädchen fortzuschicken. Als Kind habe ich das nicht so gesehen, aber heute weiß ich, es war falsch.«

»Und wie lange hat es dich gequält, was sie zu dir gesagt hat?«

Frida wischt sich die Hände an einer großen Stoffserviette ab. »Ich habe es sehr ernst genommen. Und mich eine Zeit lang zurückgezogen. Deshalb habe ich mir eine geheime Freundin gesucht, die mir niemand wegnehmen konnte, habe mir ausgedacht, was wir alles zusammen machen. Ich weiß nicht mehr, wie sie aussah, aber sie war sehr schön und tanzte gerne. Sie war die Einzige, der ich alles sagen konnte.«

»Lebte sie bei dir? In deinem Haus, in deinem Zimmer? Oder nur im Kopf?«

»Es gab einen Weg zu ihr, den nur ich kannte.« Frida steht auf und wirft sich Henrys seidenen Morgenmantel über. Als sie am Fenster steht, zieht sie den Vorhang zur Seite und haucht gegen die Scheibe. Dort, wo sie beschlagen ist, malt sie mit dem Finger eine Tür. »Durch so eine Tür gelangte ich in meine Fantasiewelt«, sagt sie. »Dahinter war ein großer Platz, und dort gab es ein Milchgeschäft namens Pinzón. Durch das O stieg ich eine Treppe hinunter in den Keller.«

»Ein bisschen wie im Museum Grévin«, wirft Henry ein.

»Stimmt, daran musste ich auch denken. Meine Freundin wartete auf mich und begann zu tanzen, sobald ich da war. Ich erzählte ihr alle meine Sorgen.«

»Auch davon, was deine Halbschwester zu dir sagte?«

»Ich weiß es nicht mehr. Ich weiß nur noch, dass ich mich wahnsinnig glücklich bei ihr fühlte. Durch die Tür im Fenster kehrte ich zurück in meine Welt, und dann«, sie rubbelt mit ihrer geballten Faust über das Fenster, »wischte ich sie aus.« Frida klettert zurück ins Bett. »Das war ein fantastischer Moment, ich fühlte mich mächtig. Ich hatte allen den Weg versperrt, niemand würde ohne mich dorthin gelangen und meinem Geheimnis auf die Spur kommen können.«

Henry schaut Frida fasziniert an. »Ich glaube, Dr. Freud in Wien würde diese Geschichte gerne hören, *ma chérie.*«

Fridas Blick verdunkelt sich. »Dr. Freud ist nicht mehr in Wien. Er ist nach London geflohen. So erzählt man es sich in New York.«

»Oh?«, sagt Henry nur und schaut aus dem Fenster.

Ein paar Minuten lang sagen beide nichts.

»Was wirst du tun, wenn der Krieg wirklich beginnt und die Deutschen dein Land angreifen?« Frida fasst nach Henrys Hand.

Er schaut sie ernst an. »Mir ein Kleid anziehen«, sagt er leise. »Wahrscheinlich.«

In dieser Nacht steht Frida auf und setzt sich an den kleinen Tisch in Henrys Küche.

Querido *Diego,*

großer Unkenfrosch, man hat mir schreckliche Dinge erzählt. Die Flüchtlinge aus Spanien, oh Gott, sie lassen sie einfach in Lagern verrecken. Viele wollen helfen, aber die Politiker sind so mit sich selbst beschäftigt und mit ihrer Panik vor Hitler, dass sie die Spanier einfach aufgegeben haben.

Kannst Du nicht etwas tun? Kannst Du nicht versuchen, eine Einreisegenehmigung für vielleicht zweihundert Flüchtlinge zu bekommen? Das wäre doch ein Anfang.

Antworte schnell. Schick ein Telegramm!

Diego, ich bin so froh, wenn ich Europa den Rücken kehren kann.

Zugegeben, Dein geliebtes Paris hat charmante Seiten (oh là, là), aber wenn man es mal nüchtern betrachtet, dann erkennt man auch sehr gut, warum Europa vor die Hunde geht. Weil die Europäer selbstverliebt durch ihr Leben flanieren. Sie sehen den Abgrund nicht, an dem sie stehen. Das ist tragisch.

Grüße Fulang-Chang von mir, und Du, freue Dich auf Deine alte neue Friducha

Am nächsten Tag schlendern Frida und Henry durch die Kaufhäuser von Paris. Henry zeigt ihr die Aussichtsplattform im obersten Stockwerk von Printemps, von wo aus sie weit über die Dächer von Paris blicken.

»Es ist schön hier«, sagt Frida. »Unter anderen Umständen könnte ich die Stadt vielleicht ins Herz schließen.«

Henry will das nicht hören. »Nur weil ein paar Leute dich enttäuscht und die Surrealisten ihre Bewegung zu Tode geritten haben, musst du das Paris nicht ankreiden. Es gibt keine schönere Stadt auf der Welt.«

»Das ist es nicht. Aber sollten die Menschen, die durch die Kaufhäuser streifen oder in den Cafés sitzen, nicht viel eher gegen Hitler demonstrieren? Sich darum kümmern, den Krieg zu verhindern?«

»Es gibt jede Menge Versammlungen, in denen darüber geredet wird, wie man den Deutschen begegnen müsste. Du könntest dort hingehen, wenn dein Französisch besser wäre. Der Schein trügt, Frida. Wir Franzosen sitzen nicht nur herum und warten darauf, dass Hitler uns überfällt.«

»Aber davon sehe ich nichts.«

»Weil du uns zu wenig kennst.«

Frida ist nicht gern alleine unterwegs, zu schnell fühlt sie sich verloren, weil viele Plätze und Boulevards für sie völlig gleich aussehen. Doch an einem Sonntagnachmittag, als niemand ihrer Freunde Zeit hat und die Frühlingssonne sie nach draußen lockt, steigt sie aufs Geratewohl in einen Bus und fährt so lange mit, bis er an einem kleinen Platz hält, der ihr gefällt. Sie steigt aus und schaut sich um. Ein paar Kinder spielen im Rinnstein, sie tragen kurze Hosen mit gekreuzten Trägern über den Hemden, die einmal weiß gewesen waren. Sie rollen sich Holzkugeln zu und jubeln, wenn die Kugel ein kleines Holzpferd umwirft, das in der Mitte steht.

Frida setzt sich auf eine Bank und schaut ihnen zu. Wie zart Kinder sind, denkt sie, wie verletzlich und wie nah an Krankheit und Tod. Und zugleich so voller Selbstvergessenheit und Glück. Nur Kinder können sich so in ein Spiel vertiefen. Diese hier sind arm und leben im Elend, aber es interessiert sie nicht. Sie leben, sie freuen sich, sie spielen. Ihr ganzes Interesse gilt dem Pferdchen, das sie mit der Holzkugel umwerfen wollen.

Zwei etwa zehnjährige Jungen, die den anderen zugeschaut und die kleineren angefeuert haben, kommen jetzt auf Frida zu und sprechen sie an. Frida versteht sie nicht, aber sie begreift, dass es um ihre bunte Kleidung und die Blumen in ihrem Haar geht. Auf einmal gehen die beiden Jungen gleichzeitig in den Handstand. Sie haben ihr Kreuz durchgedrückt und die Beine an den Kniekehlen abgeknickt. Schwer pendeln die Füße mit den Stiefeln über ihren Köpfen. Frida klatscht begeistert in die Hände.

Die anderen Kinder werden jetzt aufmerksam. Sie lassen die Holzkugeln in ihren Hosentaschen verschwinden, und ein Mädchen versteckt schnell das Pferdchen in ihrem Kleid. Da greift ein größerer Junge nach ihrem Arm und schüttelt sie so lange, bis sie heulend das Pferdchen herausrückt. Das Mädchen trollt sich, immer noch weinend.

Die anderen Kinder feuern jetzt die zwei Jungen an, die nun wieder auf den Händen laufen. Jetzt wollen es alle ausprobieren, und es wird schnell laut, weil jeder will, dass die anderen ihm zuschauen, wenn er es schafft, zwei Schritte auf Händen zu gehen.

Frida kauft in einem Café eine große Tüte Bonbons, die

sie mit zu der Bank nimmt. Sie reicht sie den beiden Jungen, deutet aber auf alle Kinder, die vor ihr stehen. Einer der Jungen reißt ihr die Tüte aus der Hand und läuft um die nächste Straßenecke. Die Kinderschar rast ihm johlend hinterher. Augenblicklich ist der Platz leer.

Auf dem Weg zur Bushaltestelle kommt sie an einem Trödler vorbei, der vorher noch nicht geöffnet hatte. Der alte Händler trägt einen Garderobenständer und ein paar Stühle nach draußen, hängt einen roten Schirm mit schwarzen Fransen und ein paar seltsame Holzgeräte, deren Funktion Frida nicht kennt, neben der Tür auf. Sie betritt das Geschäft und stöbert neugierig herum. Sie findet ein Kästchen aus rot lackiertem Holz, in dem Spielsteine liegen. Sie legt es zur Seite und fragt auch nach dem Preis für einen Handspiegel, dessen Griff aus Elfenbein zu sein scheint. Sie einigt sich mit dem Händler, was die Bezahlung betrifft. Als sie ihr Geld aus der Tasche holen will, fällt ihr Blick auf ein Puppenbett mit rot-weiß gestreiftem Himmel und zugezogenen Vorhängen. Rasch geht Frida zu dem Bettchen und kniet sich nieder. Ganz vorsichtig hebt sie den Vorhang, als müsse sie mit einem grausamen Fund rechnen.

Zwei Puppen sitzen darin. Drehen sie tatsächlich die Köpfe zu ihr? Oder sind es ihre eigenen Hände, die sie ausgestreckt hat, um sie an ihr Herz zu ziehen? Frida kauft alle beide und setzt sie am Abend auf Marys Küchenbank, während sie gegenüber Platz nimmt.

Nick, mi amor,
wie sehr ich Dir für Deinen Brief danke. Ich habe schon geweint, bevor ich ihn überhaupt gelesen habe. Dann noch einmal, als ich spürte,

wie sehr Du mich liebst. Du bist ganz nah bei mir, in mir, und damit verscheuchst Du alle Schmerzen und trüben Gedanken.

Nick, Liebster, warum hast Du mir schon wieder Geld geschickt? Und wie rührend Du bist, glaubst Du denn, ich falle darauf herein, dass es einen geheimnisvollen Sammler namens Mr Smith gibt?

Ich werde Dir alles wiedergeben, wenn ich in New York bin, aber ich danke Dir sehr für Deine Fürsorge. Und ich schäme mich, weil ich zu dumm war, mir den Tag Deines Geburtstags richtig zu merken. Deshalb habe dir einen Monat zu früh gratuliert, was Dich völlig zu Recht geärgert hat ... Lässt Du es mich wiedergutmachen?

Nick, mein Leben, meine Liebe, ich vermisse Dich so sehr, dass mir das Herz wehtut. Doch ich muss dir jetzt etwas sehr Schönes erzählen. Ich habe zwei Puppen gekauft, zwei herzallerliebste alte Puppen mit zarten Gesichtchen und winzigen Händchen. Sie saßen ganz alleine in einem kleinen Bett bei einem alten Trödler, der zwar freundlich war, aber doch kein richtiger Papa für sie sein konnte. Sie hatten sich daher auch hinter einem Bettvorhang versteckt. Ich glaube, sie wollten, dass ich sie finde, niemand sonst sollte sie haben. Sie brauchen ein bisschen Hilfe, ihre Köpfe wackeln, und ich hoffe, dass Du mit deinen geschickten Händen (oh, oh, oh!!!) die Köpfe wieder hinbekommst. Man muss sicher nur die alten Gummibänder austauschen (wenn das immer so einfach wäre). Und dann möchte ich, dass Du Dir zwei schöne ungarische Namen für sie überlegst.

Die eine ist blond und hat strahlend blaue Augen, die andere hat ebenfalls helle Haare, aber pechschwarze Augen. Als Kind hatte ich schon einmal so eine Puppe, die irgendwer zerbrochen hat, was ich sehr traurig fand. Und nun habe ich gleich zwei Kinder, die in einem Bett schlafen können, wenn ich auf Reisen bin.

Ich weiß, dass Du mein Bild, auf dem ich mit einer Puppe auf der

Bank sitze, nicht so gern magst, weil du es grausam findest. Es ist eben so, dass Du es nicht gerne siehst, wenn ich unglücklich bin, nicht wahr, geliebter Nick? Aber das gehört zu mir, und es gibt Momente, in denen selbst Du mich nicht trösten kannst.

Ach, nun schreibe ich Dir doch, was ich eigentlich tief in meinem Herzen vergraben wollte: Während der Vernissage bei Julien hörte ich, wie jemand sagte, die Puppe auf diesem Bild würde lebendiger ausschauen als ich. Das hat mich gekränkt. Es war die Nixe, die das gesagt hat, ich muss das jetzt mal loswerden. Sie ist verliebt in Dich und hat Spaß daran, mich zu verletzen. Aber ich weiß, dass Du mich liebst und mich nicht für alle Nixen der Welt verlassen wirst. Habe ich recht? Du musst sie nicht töten, schon gar nicht mit dem Säbel (siehst Du, ich habe es mir gemerkt), aber Du darfst sie gerne mal wie Luft behandeln. Besonders gerne, wenn ich dabei bin.

Ich denke an Dich und ziehe Dich in Gedanken aus. Ich weiß, dass wir abgemacht haben, dass Du mit einer anderen Frau ins Bett gehen darfst, wenn sie ein fucking wonder ist. Aber ich hoffe doch, dass Du solch eine Frau nicht gerade jetzt triffst. Oder wenigstens hoffe ich, dass Du dich nicht verliebst.

Hör zu, Nick, tu mit niemandem die Dinge, die Du mit mir getan hast, versprochen? Unsere kleinen geheimen Rituale müssen uns gehören, alle. Und lege die Platte von Maxine Sullivan nur auf das Grammofon, wenn Du allein bist, ich könnte es nicht ertragen, wenn eine andere Frau dabei neben Dir sitzt. Wenn Du ihre Stimme hörst, bin ich bei Dir.

Deine, ganz Deine,
Frida

TEIL FÜNF

Paris, 10. März 1939

Die Eröffnung der Ausstellung »Mexique« ist ein großer Moment für die Kunstszene in Paris. Die Galerie Pierre Colle liegt im Erdgeschoss eines alten Pariser Bürgerhauses in der Rue Cambacérès. Durch eine große Toreinfahrt gelangt man in den Innenhof, wo Kerzen in Tontöpfen den Weg zur Ausstellung weisen. Der Innenraum wurde komplett nach Bretons Vorstellungen gestaltet. Zwischen Fridas Bildern, von denen nun doch siebzehn gezeigt werden, hängen Arbeiten des Fotokünstlers Manuel Álvarez Bravo und mexikanische Ölgemälde aus dem 19. Jahrhundert, dazu einige Votivtafeln, die Breton bei seinem Besuch in Mexiko in kleinen Kirchen auf dem Land abgeschraubt hatte. Trotzki hatte versucht, ihn davon abzuhalten, umsonst. Auf dem Fußboden sind Objekte angeordnet, die ebenfalls Breton gehören, darunter zwei präkolumbianische Skulpturen, ein großer Zuckerschädel, ein Kerzenleuchter aus Ton, Spielsachen und Körbe.

Die Galerie ist brechend voll, und die meisten Besucher interessieren sich vor allem für Fridas Bilder. Gekauft wird aber nichts, was sie ärgert. Sie hat sich in einer hinteren Ecke der Galerie verschanzt, da sie den Gesprächen nicht folgen kann.

»Du siehst wie eine wütende Königin aus«, sagt Jacqueline und nimmt Frida in den Arm, die über ihrem schwarzen Oberteil und einem schwarzen Rock einen bodenlangen offenen Mantel mit halb langen, weiten Ärmeln trägt, der über und über mit stilisierten Vögeln aus roten und violetten Kreuzstichen bedeckt ist. »Hast du deine Vorliebe für bunte Kleider aufgegeben?«, neckt sie die Freundin. »Ganz in Schwarz, nur ein bunter Mantel – das ist ungewohnt. Aber elegant und sehr eindrucksvoll.«

Frida zeigt ihr schmales Lächeln, das sie sich angewöhnt hat, um ihre schadhaften Zähne zu verbergen. »Schwarz bringt diesen Mantel zum Leuchten, das war mir vorher gar nicht so bewusst.«

Jacqueline streicht ehrfürchtig über das edle Gewebe. »Woher stammt das Stück? Ich habe so etwas noch nie gesehen.«

»Aus Guatemala. Ein Geschenk von Diego.«

»Hast du schon ein Bild verkauft?«

»Nein, nur der Louvre will eines haben.«

»Was? Das ist fantastisch! Welches?«

»Das kleine dort hinten, das über dem Zuckerschädel.«

Jacqueline geht sofort hin, um es sich genauer anzuschauen. Frida bleibt zurück und fragt sich, ob es richtig war, den Mantel zu tragen. Sie hätte sich von Henry einen Anzug ausleihen sollen, um sich nicht wie ein Teil des Kunstgewerbegerümpels zu fühlen, das Breton aufgebaut hat. Henry wird nicht kommen, das hat er schon gesagt. Er befürchtet, Leute zu treffen, die seine Familie kennen, und Frida hat nicht versucht, ihn zu überreden.

Plötzlich nähert sich Frida ein älterer Herr mit Nickelbrille und Bart. Er wirkt seltsam besorgt.

»Madame Kahlo de Rivera«, spricht er sie an, und dann prasselt ein französischer Wortschwall auf sie nieder. Entschuldigend hebt sie die Arme, um zu zeigen, dass sie nichts versteht. »Ah pardon«, sagt er und fährt auf Russisch fort. Frida lacht, denn das versteht sie auch nicht. Der Herr schaut sie an, wischt sich mit einem großen Taschentuch über die Stirn. Sie begreift, dass er gerührt ist, denn er tupft sich auch die Augen ab. Er deutet auf ihre Bilder und dann auf sein Herz. Und plötzlich, ohne Vorwarnung, lässt er seinen Stock fallen, greift mit beiden Händen nach ihrem Gesicht und küsst sie auf die Wangen. Jemand hebt seinen Stock auf, den er dankbar nimmt, anschließend geht er eilig in Richtung Ausgang.

»Das war Wassily Kandinsky«, sagt Jacqueline beeindruckt, und als Frida ihm folgen will, hält sie sie fest. »Nein, lass ihn, es geht ihm nicht so gut, und ich glaube, mehr kann er nicht sagen, als er gerade ausgedrückt hat.«

Kandinsky klopft noch ein paar Besuchern auf den Arm und verlässt dann mit einer elegant gekleideten Frau die Galerie. Das muss ich Diego schreiben, denkt Frida. Was für eine Auszeichnung, dass der alte Meister sich die Mühe gemacht hat, meine Ausstellung zu besuchen. Und gefallen haben meine Bilder ihm auch. Beschwingt mischt sie sich nun zwischen die Gäste.

»Heute erlebte ich einen surrealistischen Augenblick«, sagt sie eine halbe Stunde später zu Marcel, »einen, den Breton vielleicht nicht als solchen erfassen würde. Ich stehe zwischen den Besuchern meiner Ausstellung und weiß nicht, ob sie über meine Arbeiten reden oder über Sex oder die Frage, wie viel Alkohol nötig ist, um die Angst vor dem Krieg zu vergessen.«

Duchamp lächelt feinsinnig. »Dann sage ich Ihnen lieber nicht, worüber die Gäste wirklich sprechen, sonst würde ich Ihre Fantasie unnötig zügeln. Aber Sie sollten sich nicht zu klein fühlen. Dort drüben sehe ich übrigens Picasso. Dann gehe ich mal lieber, damit Sie sich dem nächsten Ehrengast widmen können ...«

»Nein, bitte bleiben Sie, Marcel«, sagt Frida und will ihn am Arm festhalten. »Sie müssen für mich übersetzen.«

»Nicht nötig.« Marcel zwinkert ihr zu. »Pablo kann Spanisch.«

Frida hofft, dass Marcel ihre dumme Bemerkung nicht weitererzählt. Mit Genugtuung und Stolz beobachtet sie, wie Picasso Bekannte begrüßt und ihre Bilder genau studiert. Frida nimmt sich ein Glas Wein und plaudert radebrechend mit Wolfgang Paalen, behält Picasso aber immer im Blick. Endlich kommt er auf sie zu.

»Señora Kahlo, ich bin begeistert«, erklärt er.

Sie freut sich, dass die Leute um sie herum aufhorchen, vor allem der drahtige Kritiker von *La Flèche*, der schon seit Ewigkeiten Notizen auf seinen Block kritzelt. »Ich mag Ihre Ernsthaftigkeit, Ihren gnadenlosen Blick. Und ich sage Ihnen gleich: Niemand kann einen Kopf so malen wie Sie. Nicht einmal der große Rivera. Ich werde es ihm schreiben.« Er schaut sie freundlich an und fragt: »Wollen Sie mit mir essen? Morgen oder übermorgen?«

»Sehr gerne, Señor Picasso.«

»Nenn mich Pablo, und ich sage Frida, *bien*? Ich schicke dir eine Nachricht, wo wir uns treffen. Auf gar keinen Fall im Cyrano, wo all die Surrealisten hocken. Wo wohnst du?«

»In Montparnasse, bei Mary Reynolds.«

»Gut, das ist nicht weit von mir. Aber jetzt komm mal mit.«

Er geht durch den Raum und bleibt vor einem ihrer Bilder stehen: *Meine Amme und ich*. »Das gefällt mir am besten. Nun? Was sagst du zu meiner Wahl, Frida?«

Sie muss schlucken und sich mehrfach räuspern, bis sie ihre Stimme findet. »Es ist eine gute Wahl, denn ich glaube, es ist das wichtigste Bild, das ich je gemalt habe.«

»Dachte ich mir. Dann kann ich ja jetzt gehen. Bis bald, Frida.«

Diego, querido*!*
Du glaubst nicht, wer Deiner Friducha zu ihrer Ausstellung gratuliert hat, die gestern endlich begann. Alle waren da, die großen Künstler wie Picasso und Kandinsky, auch Paalen, Miró und natürlich Duchamp, selbstverständlich kamen auch die Arschgeigen wie Breton und Konsorten.

Morgen oder übermorgen gehe ich mit Picasso essen, denn er hat mich eingeladen. Es liegt ihm viel daran, mich zu treffen. Er ist fast sechzig, also älter als Du, Froschgesicht, aber er ist so vital. Ich liebe solche Menschen, die arbeiten, denken, sich anstrengen. Menschen, die so sind wie Du oder Nickolas Muray, Arbeitstiere eben.

Denn, Diego, ein großer Teil der Surrealistenärsche, über die ich hier an jeder Ecke stolpere, macht gar nichts, außer im Café Cyrano zu hocken, dumm zu quatschen und zu saufen. Sie warten auf Inspira-

tion, sagen sie, aber das ist gelogen. Sie warten darauf, dass eine dumme reiche Kuh kommt und ihnen Bilder abkauft oder sie sonst wie unterstützt. Oder sich wenigstens von ihnen vögeln lässt.

Bretons Club der Surrealisten ist völlig zerstritten und aufgerieben, aber er sitzt dort mit seinen Kumpels herum, und sie faseln von Umwälzung der Gesellschaft und so einem Scheiß. Und was tun sie dafür? Nichts. Es ist zum Kotzen. Mary und Marcel sind natürlich nicht so und viele andere auch nicht, aber der Bodensatz im Café Cyrano besteht aus genau solchen Leuten.

Mary hat mich gefragt, ob ich bei ihrer Freundin Peggy Guggenheim in London ausstellen will, sie hat eine eigene Galerie dort, aber ich habe abgesagt. Dieses Europa hat gerade ganz andere Probleme. Die Leute hier kaufen keine Bilder, und sie reden auch nur über sich selbst...

Ich küsse Deine Wangen, die ich so liebe. Beide! Noch mal und noch mal!

Friducha

Zwei Tage später wartet Picasso abends im Café de Flore, als Frida eintrifft. Er blättert in einer Zeitschrift. Schon bevor sie sich gesetzt hat, hält er ihr einen Artikel hin: »Hast du das gesehen? Dieser Schmierfink schreibt doch wortwörtlich das, was ich gesagt habe. Hier: ›Schwindel und Täuschung sind heutzutage Mode geworden, aber die unbestechliche Kraft und Eindringlichkeit der Frida Kahlo de Rivera ersparen uns die üblichen *Geniestreiche*‹.« Ich müsste Geld dafür bekommen, dass ich solche Sätze sage, die die Journalisten dann abdrucken. Frechheit!«

Sie trinken einen Aperitif auf der Terrasse, bevor sie im

Lokal an einem kleinen Tisch mit karierter Tischdecke Platz nehmen.

»Ich empfehle die Miesmuscheln«, sagt Picasso, ohne einen Blick in die Speisekarte zu werfen. »Absolut großartig, mit Kräutern, Zwiebeln und Tomaten. Dazu gibt es einen guten Wein. Vertrau mir.«

Frida ist mit allem einverstanden.

Als sie bestellt haben, fragt Picasso: »Willst du wirklich auf diesen sterbenden Gaul namens Surrealismus aufspringen, Frida? Die Bewegung ist so gut wie am Ende. Nicht die surrealistische Kunst, aber das, was Breton vor sich herjagt, diese Gruppe, die immer kleiner wird.«

»Ich verstehe mich nicht wirklich als Surrealistin, selbst wenn manche meiner Bilder so aussehen mögen, als seien sie mit dieser Bewegung verbunden. Aber mir geht es um etwas anderes.«

»Worum?«

»*Mexicanidad*, Pablo.«

Er stutzt und schenkt ihnen Wein ein. »Und was soll das sein? Die Liebe zu Mexiko? Bist du eine Volkskünstlerin?« Er sagt das in einem ironischen Ton, aber Frida ignoriert das.

»Vielleicht bin ich das. Aber *mexicanidad* ist viel mehr als das. Es ist die Verbundenheit mit den alten Völkern, die im Frieden mit der Natur und im Einklang mit den Gestirnen lebten. Die Eroberung durch Hernán Cortés und die Ausbeutung durch die Spanier ist eine Erfahrung, die bis heute in uns allen nachwirkt. Kollektive Unterdrückung bleibt über Jahrhunderte im Gedächtnis der Menschen. Sie sorgt auch für unseren Hass auf den Kapitalismus, der sich immer nur nimmt und noch mehr nimmt. Wir in Mexiko sind geprägt durch den Verrat von Malinche, die mit Cortés geschlafen hat und ein neues Geschlecht mit ihm zeugte. Wir sind das alte und das neue Geschlecht zugleich. *Mexicanidad*, dazu gehören die Vulkane und die poröse Erde des Hochlands, aber auch die im Dschungel verborgenen Pyramidenstädte mit ihren Geheimnissen und die Schlangen von der Ruinenstätte Chichén Itzá. Es ist der Stolz, die Musik, es ist unser Verhältnis zum Tod, unsere Unerschrockenheit, unser Mut. Und tief in uns steckt auch die Angst zu versagen. Unsere Caballeros in ihren mit Silberfäden bestickten Jacken haben bis heute Furcht, zwischen den Beinen der großen Mutter Mexikos zermalmt zu werden.«

Picasso runzelt die Stirn und denkt nach. Als die Muscheln serviert werden, konzentrieren sie sich im stillschweigenden Einvernehmen auf das Essen. Erst nach einer Weile knüpft er das Gespräch wieder an.

»Deswegen *Meine Amme und ich*?«

»Du hast es doch schon in der Ausstellung gewusst.« Frida nimmt eine Zigarette, und er gibt ihr Feuer.

»Du bist also ein Kind Mexikos und seiner ... nennen wir es ... Magie. Aber diese Amme ist keine Amme. Sie trägt eine Steinmaske. Ich weiß nicht viel über Mexiko, aber ich würde mal behaupten, nur Tote tragen solche Steinmasken. Richtig?«

Frida nickt.

»Du ziehst deine Lebenskraft und deine Kunst aus einer indigenen Amme und aus dem Tod? In der griechischen Antike gibt es auch Geschichten über Ammen mit Masken ...« Er grübelt einen Moment, dann lächelt er: »Jetzt weiß ich es wieder: Demeter verkleidet sich als Amme, nachdem ihre Tochter in die Unterwelt entführt worden ist. Sie sucht einen Retter und will ihn als Amme nähren, damit er unsterblich wird.« Picasso sieht sie bewundernd an. »Also, das ist großartig von dir in Szene gesetzt. Und jetzt verstehe ich auch das helle Blatt im Hintergrund, es ist nämlich die Rückseite. Dein Bild ist voller Anspielungen.«

Frida lächelt. »Vielleicht«, sagt sie.

»Natürlich ist es das. Du beziehst dich auf viele verschiedene Ebenen, auf deine persönliche und die von Mexiko, auf die von antiken Mythen und wahrscheinlich noch ein paar anderen ... Aber weißt du ...«, er hält inne, bevor er sein Glas leert, »... niemand wird es verstehen, das ist schade.«

Frida schaut auf ihren Teller und den Stapel leerer Miesmuscheln. Sie kann nicht verhindern, dass ihre Augen brennen, aber sie schafft es, die Tränen zurückzuhalten. »Doch. Es gibt einen«, widerspricht sie, »einen, der meine Arbeiten immer versteht.«

Pablo schaut sie mitfühlend an. »Das ist aber doch nicht traurig, Frida, das ist gut. Etwas von diesem Menschen steckt auch in der Amme, nehme ich an.«

Sie nickt und kippt den Wein herunter. »Ich hätte jetzt gerne einen Cognac.«

Später sagt Pablo: »Ich wünschte, ich hätte zu meiner Heimat ein so inniges Verhältnis wie du zu Mexiko. Was gäbe ich dafür, wenn ich diese Verbundenheit und Liebe zu Málaga fühlen könnte. Es ist eine Nabelschnur, die dich mit allem versorgt, was deine Heimat ausmacht, die Legenden und Symbole. Hass und Stolz. Das ist das, was wir Künstler brauchen, damit sich überhaupt irgendein Funke entzündet. Andalusien steckt in mir, aber ich konnte mich dort nicht entfalten. Deshalb lebe ich hier.«

Entspannt schaut er sich um, und sein Blick bleibt einen Moment lang an einer attraktiven Französin hängen, die an einem anderen Tisch sitzt und es irgendwie geschafft hat, ihre schönen Beine so zu präsentieren, dass fast alle im Lokal sie sehen können. »Und manchmal kann der Funke auch viel einfacher entzündet werden. Bei mir sind es die Frauen, die für Erregung sorgen, und ich meine das jetzt nicht unbedingt im sexuellen Sinn. Sie erregen mich als Künstler. Sie machen mich nervös und stacheln mich an.« Weil sie nichts sagt, fragt er: »Schockiert? Du doch nicht, oder?«

Sie schüttelt den Kopf. »Nein, ich bin nicht schockiert. Es ist nur so anstrengend. Liebe. Komplizierte Beziehungen. Affären. Es laugt aus.«

Er lacht. »Schön gesagt. Aber eigentlich bist du zu jung für so einen Satz. Schau, ich habe etwas für dich. Er holt ein kleines Kästchen aus der Innentasche seines Sakkos und reicht es ihr über den Tisch. »Mach es bitte nicht hier auf. Öffne es, wenn du bei Mary bist Verstehst du dich gut mit ihr?« Frida nickt. »Eine tolle Frau, das habe ich Marcel schon oft gesagt«, fährt Pablo fort. »Wenn man so eine Frau fände, die einen nicht auffressen will, das wäre schön. Es ist nämlich so ...«

Picasso breitet in der nächsten halben Stunde sein ganzes Beziehungschaos vor Frida aus. Sie hört ihm zu, und kaum hat sie beschlossen, ihm so klar wie möglich zu sagen, dass es seine Unfähigkeit ist, sich zu entscheiden, die nicht nur für ihn selbst, sondern vor allem für seine Frauen das größte Hindernis darstellt, wird ihr klar, dass sie das gleiche Problem hat wie Picasso. Mit dem Unterschied, dass er seine parallel verlaufenden Beziehungen ziemlich offen lebt und sie versucht, vor allen zu verbergen, dass es neben Diego noch jemand anderen gibt. Nur Cristina weiß über alle ihre Affären Bescheid und nimmt die verbotene Post für sie in Empfang. Ist sie unfähig, treu zu sein, wie Pablo es von sich behauptet? Kann sie ihr Verhalten damit rechtfertigen, dass Diego sie hintergeht? Darf sie machen, was sie will, weil er sie mit ihrer Schwester betrogen hat?

»Frida? Langweile ich dich?«

Picasso schaut sie amüsiert an, und sie lächelt schuldbewusst.

»Nein, aber ich erkenne bei dir meine eigenen Fehler … und das hat mich wohl kurz abgelenkt.«

»Na ja, also Fehler, ich weiß nicht, ob ich wirklich etwas falsch mache, es sind die Frauen, die mich quälen mit ihrer Eifersucht …«

»Das ist doch alles Bullshit, Pablo. Entscheide dich, sonst entscheiden die Frauen für dich.«

»Sollen sie, sollen sie!«, ruft er in gespielter Verzweiflung, aber er macht ein zufriedenes Gesicht. In der Rolle des Schwerenöters fühlt er sich wohl, wie Frida klar wird. Sie sagt sich, dass sie selbst nicht gerade eine Meisterin der Selbstkritik ist, aber Picasso schlägt sie in diesem Punkt um Längen. Sie beschließt, das Thema zu wechseln.

»Ich werde leider nicht in New York sein, wenn dein Bild *Guernica* diesen Sommer im MoMA ausgestellt wird. Ich hätte es sehr gerne gesehen.«

»Ach, es reist und reist durch die Welt, nur nach Spanien darf es nicht ...« Picasso ist auf einmal sehr müde, und sie verabschieden sich bald voneinander mit einer herzlichen Umarmung.

Es ist spät, als Frida Marys Haustür aufschließt. Sie bemüht sich, leise zu sein. Mary ist nicht zu Hause, hat ihr aber einen Zettel hingelegt und eine Flasche Cognac gekauft. Frida setzt sich in den Wintergarten und öffnet das Päckchen von Pablo. Es sind Ohrringe aus Schildpatt, die wie kleine Hände geformt sind. Die Hände stecken in goldenen Manschetten.

Sie legt sie vor sich auf den Tisch und betrachtet sie fasziniert. Eine Stunde später, als Mary heimkommt, sitzt sie noch immer dort und döst vor sich hin.

»Exquisit«, sagt Mary. »Sind die von Pablo? Er hat einen wirklich guten Geschmack. Du solltest sie morgen tragen, wir beide haben nämlich ein Date mit Elsa Schiaparelli. Sie zeigt ihre neue Kollektion – und wir haben eine Einladung zur Modenschau in ihrem Haus!«

Die Place Vendôme gehört zu den besten Adressen in Paris, das hat Frida schon an ihren ersten Tagen in der Stadt gelernt. Mary schlägt vor, dass sie bis zur Station Tuileries fahren, wofür sie nur einmal umsteigen müssen. Während sie auf die Métro warten, erzählt Mary von der märchenhaften Karriere ihrer Freundin Elsa Schiaparelli. »Sie hatte eine schwierige Jugend, aber irgendwann landete sie in New York. In Greenwich schlug sie sich durch, indem sie Mode aus Paris verkaufte. Sie lernte Marcel und Man Ray kennen, die damals noch in New York lebten. In deren Schlepptau kam sie nach Paris und schuf bald ihre eigenen Kreationen. Zuerst verkaufte sie die Sachen von ihrem Apartment aus, denn einen Laden konnte sie sich nicht leisten. Ihr Markenzeichen waren Pullover mit geometrischen Mustern. Eines Tages entwarf sie dann den Pullover, der sie berühmt machte. Er war dunkelgrau und hatte einen weißen eingestrickten Kragen mit einer eingestrickten Schleife vorn und dazu weiße, ebenfalls eingestrickte Manschetten. Das Ding war eine Sensation. Du kannst ihn gleich sehen, sie hat ihn in einer Vitrine ausgestellt. Elsa war immer auf der Suche nach etwas Verrücktem, das noch nie dagewesen war. Sie war die Erste, die Reißverschlüsse in Kleider nähte oder eine Culotte-Hose entwarf, die sie sich – das ist meine Theorie – von ihren New Yorker Freunden beim Tennisspielen abgeschaut hatte. Einmal ließ sie einen Zeitungsartikel auf ein Kleid drucken, und dann gab es das berühmte Kleid mit dem Hummer, das Dalí für sie entworfen hatte. Es ist ebenfalls in ihrem Salon zu sehen. Elsa gestaltete dann auch Hüte, Schuhe, Handschuhe, kreierte Parfums – sie wollte immer alles machen.«

Als Frida und Mary vor Schiaparellis Haus an der Place Vendôme stehen, öffnet ihnen ein junger Mann die schwere Holztür. Die Eingangshalle ist mit weißem Marmor bedeckt, in den terracottafarbene Ornamente eingelegt sind. Frida und Mary lassen sich die Mäntel abnehmen und steigen die breite Treppe hinauf, die in einem eleganten Schwung in den ersten Stock führt. Dort werden sie mit Champagner und kleinen Häppchen bewirtet. Mary begrüßt ein paar sehr gut gekleidete Damen und Herren, die sie der Freundin zwar vorstellt, doch Frida vergisst die Namen sofort wieder. Sie schaut sich die Vitrinen an, in denen Schiaparellis Glanzstücke präsentiert sind. Als sie vor dem Kleid mit dem aufgedruckten Hummer steht, ist Mary wieder bei ihr: »Dieses Kleid wurde für die *Vogue* fotografiert, und getragen hat es damals – Wallis Simpson.«

Frida schaut Mary fragend an.

»Das ist die Amerikanerin, die den englischen König Edward dazu gebracht hat, sich von seiner Frau scheiden zu lassen und auf den Thron zu verzichten.«

Frida hat von dem Skandal gehört, der nicht einmal drei Jahre her ist, aber so richtig interessiert sie sich nicht für solche Geschichten, weil sie den Adel als bourgeoise Institution ablehnt. Stattdessen studiert sie die blaue Samtjacke, die in der nächsten Vitrine zu sehen ist. Sie ist mit Tierkreiszeichen aus Gold- und Silberfäden bestickt. Mary hat auch zu diesem Stück etwas zu sagen: »Elsa hat für jede Kollektion ein Thema. Damals ging es um Sternzeichen oder Ähnliches.«

Als die Türen zum großen Saal aufgemacht werden, strömen alle Gäste hinein und suchen sich schnell einen guten Platz nahe am Laufsteg. Frida und Mary sitzen als Ehrengäste ganz vorne, wo Schiaparelli Schilder mit ihren Namen hat auslegen lassen.

Die Vorhänge vor den hohen Fenstern sind bereits zugezogen. Das Licht der Kronleuchter erlischt, und leise Musik erklingt hinter der Bühne. Sie wird lauter, eine italienische Tarantella mit Flöten, Pfeifen und Trommeln. Auf der Leinwand am Ende der Bühne wird ein Schriftzug projiziert: »Elsa Schiaparelli – Printemps 1939 – Commedia dell'Arte«.

Der fröhliche Tanz wird leiser und geht in eine andere Musik über, die ernst und fast etwas drohend klingt.

Auf der Bühne erscheint das erste Model im grellen Scheinwerferlicht. Eine Dame, ganz in Schwarz, mit Maske, Handschuhen und einem hohen Hut. Sie trägt ein dünnes Cape und bewegt langsam ihre Hände, spreizt die Finger vor ihrem Gesicht, führt die Arme zur Seite, als ob sie eine Marionette wäre. Jetzt erkennt man auch die Fäden, die zur Decke führen.

Langsam streift sich das Mannequin das Cape von der Schulter. Darunter kommt ein festliches Abendkleid zum Vorschein, gestreift in Weiß und Schwarz. Die Leute applaudieren, und das Model schreitet nun auf den Laufsteg. Es zieht ein langes schwarzes Band hinter sich her, an das viele kurze bunte Bänder geknüpft sind. Dieses Band bleibt liegen und wird von den nächsten Mannequins wieder aufgenommen. Sie wickeln sich darin ein, lassen es kreisen, fallen oder werfen es kurz in die Luft.

Sie erscheinen im raschen Wechsel, alle tragen Halbmasken oder schwarze Spitzenschleier über dem Gesicht, schwarze Hüte und dazu Kleider, Kostüme und Anzüge, die an die Figuren der Commedia dell'Arte erinnern. Manche Entwürfe sind aus Stoffen mit Rautenmustern geschneidert, eine Anspielung an das Kostüm des Harlekins, andere weisen Details wie gerüschte Ärmel, große glitzernde Glasknöpfe und aufgenähte Glöckchen auf.

Als sich zum Schluss alle Mannequins unter donnerndem Applaus und Bravorufen auf dem Laufsteg versammeln, sieht Frida Elsa Schiaparelli zum ersten Mal. Sie hat ein schmales

Gesicht mit schönen dunklen Augen, die nach Fridas Geschmack etwas zu schmachtend ins Publikum schauen. Ihre dunklen Haare sind kurz geschnitten, die Lippen tiefrot bemalt. Sie trägt ein schlichtes schwarzes Kleid mit einem auffallenden roten Gürtel.

Später kommt sie auf Mary zu, küsst sie auf die Wangen, und als sie Frida die Hand reicht, bemerkt diese, dass Elsa Schiaparellis Schlafzimmerblick möglicherweise von einer Sehschwäche herrührt. Dass sie Ende vierzig ist, sieht man ihr nicht an.

»Madame Rivera«, sagt Elsa mit einer Stimme, die so gar nicht zu ihrem sanften Blick passt. »Ich fühle mich geehrt von Ihrem Besuch.« Mit zusammengekniffenen Augen mustert sie Fridas langen, bestickten Mantel. »Was für ein außergewöhnliches Stück. Sie haben ein sehr gutes Auge für Farben.« Ihr Blick fällt auf Picassos Geschenk. »Und Ihre Ohrringe! Vor ein paar Jahren hätte ich glatt versucht, sie Ihnen abzukaufen!« Sie lacht kurz auf und betrachtet nun auch Fridas Collier. »Sind das etwa... Beine?« Frida greift unwillkürlich an ihren Hals. Dabei weiß sie genau, dass sie an diesem Abend ihre Kette aus länglichen Korallenperlen trägt, die von siebenundzwanzig flachen Silberanhängern getrennt werden, die alle dieselbe Form haben: Es sind Beine, fünf Zentimeter lang und so fein gearbeitet, dass sogar die Zehen an den Füßen zu erkennen sind. »Aufsehenerregend«, sagt Elsa. »Hat es eine Bedeutung oder eine Botschaft?«

Frida nestelt etwas aus ihrer Tasche. »Sicher. Bei uns in Mexiko hat alles eine Bedeutung. Die Kette beschützt mein rechtes Bein, allerdings ist sie an manchen Tagen sehr nachlässig geworden, weshalb ich sie wieder mit Magie aufladen muss, wenn ich zu Hause bin. Und dies hier«, sie reicht Elsa ein schwarzes Stofftuch, »ist ein Gruß von mir persönlich.«

Elsa faltet das Tüchlein auseinander, das mit einer roten Blüte bestickt ist. »Wie hübsch, vielen Dank! Es wird mich an Sie erinnern!« Ein junger Mann tritt an Elsa heran und flüstert ihr etwas ins Ohr. Sie nickt. »Bitte, amüsieren Sie sich gut, heute habe ich leider keine Zeit, länger mit Ihnen zu plaudern, aber kommen Sie wieder, wann immer Sie in Paris sind!« Die Modeschöpferin wendet sich nun ihren anderen Gästen zu.

Frida und Mary schlendern noch eine Weile durch die Räume und begutachten die vorgeführten Kleider von Nahem. Frida streicht voller Begeisterung über die edlen Stoffe. Dass sie sich die Mode von Schiaparelli nicht leisten kann, findet sie aber nicht so schlimm. »Ist nicht mein Stil«, sagt sie zu Mary und zwinkert ihr zu.

Als sie Henry am nächsten Tag davon erzählen will, ist dieser wenig interessiert. Frida und er schlendern durch die Straßen des alten Pariser Zentrums, als sie plötzlich eine lange Menschenschlange vor sich sehen. Auf den ersten Blick sind es nur Männer, die schweigend hintereinanderstehen und auf den Boden schauen. Viele von ihnen rauchen. Die wenigen Frauen fallen ihr erst später auf, aber auch sie tragen dunkle Wintermäntel und haben die Gesichter nach unten gerichtet. Niemand lacht oder redet laut, wie Frida es von den Franzosen gewohnt ist.

»Was sind das für Leute? Worauf warten sie?«, fragt Frida, als sie an der Schlange vorbeigehen.

Henry beschleunigt seine Schritte. »Flüchtlinge«, raunt er ihr zu. »Aus Deutschland. Sie müssen ihre Papiere erneuern. Oder beantragen.«

»Die haben Glück, sie leben nicht in einem Lager wie die Spanier.«

Henry sieht sie entgeistert an. »Ob man das als Glück bezeichnen kann, weiß ich nicht.«

»Mag ja sein. Aber was tun sie den ganzen Tag, wenn sie ihre Papiere haben? Können sie nicht aktiv werden? Artikel schreiben, gegen die Nazis demonstrieren oder fordern, dass Frankreich sich stärker einmischt?«

Henry schiebt Frida resolut in das nächste Café. Er wählt einen Tisch weit hinten in der Ecke, bestellt Kaffee für sie beide und setzt sich ihr gegenüber.

»Frida, hör mal zu. Keiner von denen sitzt hier nur rum. Du hast keine Ahnung, wie das Leben eines Flüchtlings hier aussieht.«

»Woher auch? Aber sie sind doch in Sicherheit, oder? Anders als die Spanier.«

»Ganz ehrlich. Du hast von den hiesigen Zuständen nicht viel begriffen...« Der Kaffee wird gebracht, und Henry wirft einige Stücke Zucker in seine Tasse. »Ich versuche es mal zu erklären. Ein Flüchtling aus Deutschland kommt nach Paris. Übergehen wir mal, wie kompliziert es für ihn gewesen sein könnte, dies überhaupt bewerkstelligt zu haben. Nehmen wir an, er ist ohne Visum geflüchtet. Also muss er in Frankreich zum Amt, um einen Antrag auf Erteilung einer Aufenthaltsgenehmigung zu stellen. Zunächst erhält er eine befristete Bestätigung, nach ein paar Monaten – manchmal auch erst nach

Jahren – eine richtige Aufenthaltsgenehmigung. Die gilt, wenn er Glück hat, für Jahre, wenn er Pech hat, nur für ein paar Monate. Und wenn er es sich einfallen lässt, sich in Frankreich politisch zu betätigen, wird sie ihm möglicherweise sofort wieder entzogen. Also vergiss die Idee, ein Flüchtling könnte hier demonstrieren. Wenn er zum Beispiel schreibt – denn es sind viele deutsche Journalisten und Schriftsteller, die bei uns landen –, darf er nicht über Politik schreiben. Es könnte ihm dann passieren, dass er ausgewiesen wird.«

Frida schaut Henry stirnrunzelnd an. »Verstehe. Das habe ich nicht gewusst. Was tun die französischen Kommunisten für diese Leute?«

»Genaues weiß ich nicht. Ich bin nicht in der Partei. Sie helfen im Verborgenen, wie alle, die etwas tun wollen. Sie waren die Einzigen, die sich im letzten Winter gegen die Zerschlagung der Tschechoslowakei gestellt haben. Aber für den Alltag der Menschen, die bei uns stranden … bedeutet das nicht viel.«

Als sie das Café verlassen, will Frida nach Montparnasse zurück. Den Rest des Tages sitzt sie in Marys Wintergarten und zeichnet.

Am nächsten Morgen beim Frühstück schaut Mary sie mit einem geheimnisvollen Lächeln an.

»Rate mal, welche Titelseite du seit heute schmückst?«

Frida zuckt mit den Schultern und greift nach dem Baguette, von dem sie ein Stück abbricht.

»Die *Vogue*! *Voilà!*« Mary wirft das Magazin auf den Küchentisch.

»O«, sagt Frida. Sie tröpfelt Marmelade auf das Brot und beißt hinein. Dann blättert sie durch das Heft und sucht den Artikel im Innenteil, wo noch mehr Fotos abgedruckt sind. »Das war bei Printemps, bei der Saisoneröffnung.«

»Genau. Die Fotografen sind ja nur so um dich herumgeflattert. Aber was dich auch freuen sollte, ist das hier. Heute in der Beilage.« Sie legt die aufgeschlagene Tageszeitung vor Frida auf den Tisch und tippt auf das Foto eines Mannequins.

»Was ist das?« Frida schaut ratlos auf das Foto, das ein schwarzes Kleid zeigt.

»Madame Schiaparelli hat ein Kleid nach dir benannt, steht da. *Robe Madame Rivera.* Wieso nennen sie dich eigentlich immer Madame Rivera und nicht Madame Kahlo?«

»Das ist so eine Marotte von der Presse, Diego ist nun mal das Aushängeschild.« Aufmerksam studiert sie das Foto. »Ja, das ist sehr hübsch«, murmelt sie. Das schwarze Kleid ist im Brustbereich wie eine enge Bluse geschnitten. Es hat einen Kragen, eine Knopfleiste und lange, durchsichtige Ärmel. Überall glitzern blutrote Pailletten und Glasperlen in Form von großen Blumen. Die Stickerei zieht sich bis zu den Schultern hinauf. Ab der Taille fällt das Kleid in weichen Falten bis über das Knie. »Die durchsichtigen Ärmel gefallen mir. Ich habe so oft kalte Arme, weil meine *huipils* alle kurzärmelig sind. Solche Ärmel wärmen und sind trotzdem luftig. Vielleicht kann Cristina auch so etwas nähen. Was ist das für ein Stoff?«

Mary studiert die Aufnahme. »Ich weiß nicht, vielleicht Organza? Die Ärmel auf jeden Fall.« Sie schaut Frida an und mustert den gestreiften *rebozo*, den sie gerade trägt. »Ich würde ja gerne einmal verstehen, nach welchen Regeln du dich kleidest. Gibt es bei dir auch Alltagskleidung?«

Frida lacht vergnügt auf. »Aber das hier ist meine Alltagskleidung. Ich male in diesen Sachen. Ich koche damit oder gehe einkaufen. Ich trage immer diese Röcke. Wenn ich in die Oper gehe, hole ich vielleicht einen teuren *rebozo* aus Spitze aus dem Schrank oder lege ein paar besonders wertvolle Ohrringe an. Im Grunde trage ich aber alle meine Sachen zu jeder Gelegenheit. Wie mir gerade danach ist. Wie ich es am Morgen fühle. Oder – wie ich mich fühlen will.«

»Und dann mischst du die Dinge einfach wild durcheinander, oder gibt es Sachen, die du nie zusammen kombinieren würdest?«

Frida steht auf. »Komm mit, Mary.« Sie geht voraus ins Gästezimmer, wo sie ihre Röcke, *huipils* und *rebozos* ordentlich im Schrank eingeräumt hat. Vorsichtig zieht sie einen Umhang aus Seide in einem Vanilleton aus einem Stapel. Er ist mit fuchsiafarbenen Blüten bestickt. Frida legt ihn sich um den Hals.

»Meine Kleidung ist mein Schneckenhaus. Sie gibt mir Halt.« Kurz denkt sie daran, wie es sich angefühlt hatte, als sie Henrys Anzug anzog. »Ohne meine Kleider muss ich mich immer fragen, wer ich bin.«

Mary reibt den *rebozo* vorsichtig zwischen den Fingern.

»Das ist ein edler Stoff. Teuer? Oder kostet etwas Handgewebtes in Mexiko nicht so viel wie hier?«

Frida legt den *rebozo* auf ihr Bett und sucht einen passenden Rock. »Doch, auch in Mexiko sind die Stoffe, die mir gefallen, manchmal teuer. Vor allem wenn sie aufwendig bestickt sind. Sie holt ihren roten Lieblingsrock hervor. »Die Tehuana-Tracht ist im ganzen Land beliebt, weil die Frauen aus Tehuantepec als stark und unabhängig gelten. Wir alle wollen von dieser Stärke etwas in uns haben, daher tragen wir ihre Trachten.« Sie drapiert zum *rebozo* den Rock und einen bunten *huipil*.

»Stimmt«, gibt Mary zu, »die Kleidungsstücke passen trotz der verschiedenen Muster gut zusammen. Und die Motive?«, fragt sie nach. »Haben sie eine Bedeutung?«

»Aber ja, meine Röcke und Tücher werden von Vögeln und Blumen bewohnt, in meinen *huipils* leben kleine Schmetterlinge und Sterne.« Frida greift sich jetzt den ganzen Stapel *rebozos* und blättert ihn wie ein Buch vor Mary auf. »Vögel, Schwäne, Früchte oder Blumen. Streifen finde ich auch faszinierend.«

»Ich wüsste nicht, was man miteinander mischen darf und was nicht.« Ratlos legt Mary ein paar Teile zusammen. »So?«

Frida tauscht rasch etwas aus. »Gute Stoffe mögen sich, Baumwolle und Seide, Samt und Leinen passen immer zusammen. Anders ist es mit Farben. Meine Freundinnen in den USA tragen gerne alles Ton in Ton, bevorzugen Creme oder Schwarz und Grau oder Flaschengrün oder Mauve. Von den Schuhen bis zum Hut.«

Mary lacht. »Nicht zu vergessen die Handschuhe. So lernen wir es schon als kleine Mädchen. Das war bei mir auch so.«

»Während ich die Farben gegeneinander antreten lasse.« Frida ändert noch einmal die Kombination von Kleidungsstücken auf ihrem Bett. »Ich stachele sie an, sie sollen sich gegenseitig zum Leuchten bringen. Gelb ist wichtig, um Lila richtig zu sehen, und ein leuchtendes Rosa liebt Grün, eine grasgrüne Borte adelt einen schlammfarbenen Rock, und Weiß gibt allem einen Hauch von Unschuld und Jugend. Und dann sind da noch die Fransen und Volants und Plisseefalten. Kleine Ablenkungsmanöver. So wie ein Zauberkünstler den Blick des Publikums auf seine rechte Hand lenkt, damit es nicht merkt, was seine linke macht, so benutze ich Fransen, Falten, Tücher und Ketten und das Geklimper von Ohrringen.« Sie legt eine Kette vom Nachttisch zu dem Ensemble, das sie gerade zusammengestellt hat. »Man kann aus einem tristen Stoff einen schönen machen, aber nur wenn es ein guter Stoff ist. So wie gute Menschen durch Liebe schön werden, was bösen Menschen niemals gelingt.«

TEIL SECHS

Ein paar Tage vor ihrer Rückfahrt nach New York fährt Frida nach Chartres. Die Einladung des Ehepaars d'Alincourt, sie möge ein paar Tage bei ihnen im Landhaus verbringen, hatte Henry ihr überbracht. Beide seien leidenschaftliche Kunstsammler und hätten Fridas Ausstellung sehr gelobt. Vielleicht würden sie etwas kaufen, wenn nicht jetzt, dann womöglich später. »Außerdem«, fährt Henry fort, während er Frida zärtlich die Haare bürstet, »könntest du mir einen Gefallen tun. Calvin und Olympe arbeiten für eine Organisation, die sich um spanische Flüchtlinge kümmert. Ich habe ein paar Spenden hier... Würdest du das Geld mitnehmen und den Kurier spielen?«

Frida wendet sich zu Henry um. »Ist es illegal? Dann mache ich es sofort! *Con mucho gusto!*«

Henry legt die Bürste weg, dreht ihren Kopf wieder zum Spiegel und versucht etwas ungeschickt, Fridas Haare zu einem Knoten zu schlingen. »Es ist nicht illegal, aber ich möchte dich bitten, nicht darüber zu reden, mit niemandem. Auch nicht mit Mary oder Jacqueline.«

Frida nimmt sich die Bürste vom Frisiertisch, schiebt

Henrys Hände weg und bürstet ihre Haare kräftig durch, bevor sie den Knoten selbst in wenigen Sekunden festgesteckt hat. »Ich freue mich, wenn ich endlich mal etwas Sinnvolles tun kann. Etwas, was den Menschen zugutekommt. Du darfst mir auch gerne eine gefährliche Mission anvertrauen ... wenn es eine gibt?«

Henry setzt sich aufs Bett. Seine Stimme klingt müde. »Mach darüber keine Witze. Du hast keine Ahnung, was du da sagst. Ist dir eigentlich klar, dass ihr mit dem Asyl für Trotzki ein großes Risiko eingeht? Was wollt ihr machen, wenn es wirklich mal ein Attentäter schafft, sich an den Polizeiwachen vorbei in euer Haus zu schleichen?«

Frida setzt sich neben ihn und streicht ihm übers Haar. »Diego weiß, was er tut, mach dir keine Sorgen. Haben wir es eigentlich eilig?«

»Nein«, sagt Henry und löst Fridas Knoten.

Querido *Diego, großer Maler meines Herzens!*
Ich komme bald zurück, por fin! *Kann es kaum erwarten, das Schiff zu besteigen, und dann Leinen los! Zuerst werde ich in New York noch eine Woche bleiben, um die Turners zu treffen und die Dinge zu regeln, um die Du mich gebeten hast. Schick Geena die Liste der Sachen, die Du brauchst, keine Kinkerlitzchen, hörst Du? Nur Bücher und Farben und die Pinsel, die Du so magst. Meinetwegen auch Hemden und Schuhe. Mehr nicht.*

Und dann wollen wir ein großes Fest geben, wenn ich zurück bin. Kann Papa das verkraften? Wie geht es Euch allen?

Ich bin froh, dieses Europa hinter mir zu lassen. Niemand kümmert sich darum, Hitler oder Mussolini oder Franco Einhalt zu gebieten.

Alle reden gegen die Diktatoren, aber jeder zieht den Schwanz ein, wenn konkrete Maßnahmen ergriffen werden müssen. Halt! Ein paar Aufrechte gibt es, ich erzähle Dir davon.

Pass auf Dich auf, und zieh Dir ein frisches Hemd an, bevor ich komme!

Friducha

Der Zug nach Chartres fährt am Bahnhof Montparnasse ab. Mary bringt Frida zum Zug und hilft ihr, den Koffer zu verstauen.

»Hab eine schöne Zeit und komm heil zurück«, sagt sie, küsst die neue Freundin auf beide Wangen und steigt wieder aus dem Waggon.

Während der Zugfahrt denkt Frida darüber nach, dass sie nun bald wieder alle Bilder einpacken und verschiffen lassen muss. Nur *Der Rahmen* bleibt in Frankreich. Dass der Louvre das Bild gekauft hat, macht sie stolz, aber alle anderen Gemälde muss sie zurückschicken, was sie enttäuscht. Bei Levy hingegen wurde mehr als die halbe Ausstellung verkauft. Die Amerikaner mögen ihre Kunst lieber, sagt sie sich. Oder stimmt das gar nicht? Sie erinnert sich an ein Gespräch mit Geena in ihrer New Yorker Wohnung. »Wir mögen dich, Frida, und deine Bilder ertragen wir.« Geena ist immer sehr ehrlich, und damals war sie außerdem leicht betrunken, aber vielleicht ist etwas daran. Manche ihrer Gemälde sind tatsächlich schwer zu ertragen. *Meine Geburt* ist eines, das die meisten ihrer Freunde gar nicht anschauen wollen. Dabei war sie sehr zufrieden, als sie es fertig hatte. Man sieht ein leeres Zimmer mit einem breiten Bett. An der Wand hängt eine Darstellung einer Mater Dolorosa. Auf dem Bett liegt eine Frau, deren Gesicht mit einem Leichentuch bedeckt ist. Sie bringt in diesem Moment ein Kind zur Welt. Der Kopf ist schon geboren, doch der Rest des Kindes – unverkennbar Frida selbst – steckt noch in der Toten fest. Es ist ein Bild, das die Betrachter aufwühlt und schockiert. Diego hat es ihr prophezeit, als es noch nicht einmal trocken war.

»Das kannst du vergessen, das wird niemand kaufen. Nur ich. Ich liebe es.« Er zieht sich einen Sessel heran und studiert das Gemälde sorgfältig.

»Du sollst doch meine Bilder nicht kaufen, Froschgesicht. Dafür ist ein Ehemann nicht da.«

»Sicher, ich sag's dir ja nur.«

»Aber erklär mir eines, Diego. Jeder von uns kommt durch diese Tür auf die Welt, bis auf die wenigen, die man aus dem Mutterleib schneiden muss. Und warum ist es so unmöglich, eine Geburt zu zeigen?«

»Frida, sei nicht blöd. Niemand will sehen, durch welche Tür er auf die Welt gekommen ist. Vor allem nicht so, wie du es hier zeigst, mit allen Details, so richtig schön von vorne. Und die Mutter ist ja offenbar schon tot. Wer soll sich dieses Bild denn aufhängen? Und wo? Im Esszimmer? Du willst auch ein Klo nicht sehen.«

»Aber wie kannst du das vergleichen? Eine Geburt bedeutet neues Leben, das ist doch … das größte Glück. Und ist es nicht dieselbe Tür, die die Männer suchen, wenn sie mit einer Frau ins Bett gehen?«

»Ja, aber ohne Blut und so was.«

»Gibt es dir nicht zu denken, dass die Natur uns auf diese Weise ins Leben entlässt? Und ihr Männer sagt: ›Nein, lasst uns damit in Ruhe, wir wollen das nicht anschauen. Wir wollen nur die Frau haben und in sie hineinstoßen. Und wenn ein Kind entsteht durch unseren Samen, dann wollen wir das auch nicht sehen.‹ Diego, das haben unsere Vorfahren anders gemacht.«

»Sicher, sie waren da nicht so zimperlich.«

»Und warum?«

»Frida, ich weiß es nicht. Ich kann dir nur sagen: Kümmere dich nicht darum. Wenn du dieses Bild wichtig findest, dann ist das so.«

»Verstehst du es denn überhaupt?«

Diego seufzt und schaut auf *Meine Geburt*.

»Ganz ehrlich: Sicher bin ich nicht. Sind es zwei tote Frauen, deine Mutter und du? Oder bist du beides? Gebärst du dich selbst? Ja, ich glaube, das ist es. Hab ich recht?« Er zieht sie sanft zu sich heran. »Aber wie ich dich kenne, ist es am Ende nicht so wichtig, wer unter dem Tuch liegt, weil du etwas anderes zeigen willst. Wie allein dieses Kind ist, diese Frau, die doch du bist, aber auch alle anderen. Wichtig ist der Akt, ja? Eine Geburt ist mit Schmerzen verbunden, anders geht es nicht. Und weißt du, was ich grade denke, Friducha?«

»Was?«

Er vergräbt sein Gesicht an ihrem Busen. »Wie traurig ich bin, dass ich so etwas nicht so erleben kann, was eine Frau erlebt. Diese Tiefe, dieser Schmerz, diese Häutung.«

»Aber ich kann es doch auch nicht.«

»Doch, du kannst es. Ob das Kind, das wir gemeinsam

gemacht haben, nun lebt oder nicht. Du hast den Körper der Mutter, du fühlst den Schmerz der Mutter. Und du fühlst es vielleicht sogar in viel stärkerem Maße als jede andere Mutter. Weil du diesen Schmerz des verlorenen Kindes in dir hast.«

Frida sieht, dass er Tränen in den Augen hat. Es rührt sie so sehr, dass sie wütend wird.

»Frosch, du musst nicht gleich heulen.«

»Weiß ich, Hundsgesicht. Mach mir endlich was zu essen, dann höre ich auf.«

Der Zug von Paris nach Brest hält am Nachmittag in Chartres. Es ist frühlingshaft warm, als Frida aus dem Waggon steigt und auf das große Bahnhofsgebäude zusteuert, das trotzig demonstrieren will, wie wenig man sich hier als Provinz versteht. Frida weiß nicht, nach wem sie Ausschau halten soll, und durchquert die Halle, in der sich die Zeitungsjungen und Blumenmädchen zwischen die Reisenden schieben, um noch ein paar Dinge zu verkaufen, bevor der Bahnhof bis zur Ankunft des Abendzugs wieder in einen tiefen Schlaf fällt.

Auf dem Vorplatz herrscht ein Durcheinander von Automobilen und Pferdekutschen. Die schmalen Holzhäuser mit ihren vorspringenden Giebeln verweisen aufs Mittelalter. Dahinter ragen die zwei verschiedenen Türme der berühmten Kathedrale hervor, die keine zehn Minuten Fußweg entfernt zu sein scheint. Kurz überlegt Frida, ob sie in Richtung der Türme gehen soll, aber da sieht sie schon einen Mann auf sich zukommen, der ihr mit beiden Händen winkt.

»Willkommen, Señora Kahlo«, sagt er freundlich, als er vor

ihr steht. »Oder darf ich Frida sagen? Henry hat immer von Frida gesprochen, und so habe ich Sie auch schon in meinem Herzen genannt.« Frida freut sich über sein gutes Spanisch, nickt und lässt sich von ihm auf beide Wangen küssen. »Ich bin Calvin d'Alincourt, also Calvin. Geben Sie mir das Gepäck, meine Kutsche steht dort drüben. Er deutet auf einen kleinen Einspänner, vor dem ein zotteliger schwarzer Kaltblüter mit gesenktem Kopf wartet. Calvin nimmt den Koffer und reicht ihr den Arm. Er trägt Reithosen, Stiefel und ein abgewetztes Tweedsakko und sieht genau so aus, wie Frida sich einen Landedelmann vorstellt. Sein Alter ist schwer zu schätzen, sicher ist er kein junger Mann mehr, aber sein Gang strahlt Energie aus. Hinter ihnen hupt ein Auto, und Calvin zieht Frida mit überraschender Behändigkeit zu sich heran.

»Vorsicht«, sagt er nur, dann erkennt er den Fahrer des Wagens, der ihm etwas auf Französisch zuruft. »*Bien sûr*«, ruft Calvin zurück und hebt die Hand zum Gruß. Zu Frida sagt er: »Meine Frau wäre gerne mitgekommen, aber es ging nicht. Doch sie hat heute Abend Zeit für uns.«

Als sie vor dem Einspänner stehen, fragt sich Frida etwas bang, wie sie auf den hohen Sitz hinaufkommen soll, aber da klappt ihr Gastgeber schon eine kleine Trittleiter herunter und hilft ihr beim Aufsteigen. Den Koffer schnürt er mit breiten Gurten über den Hinterrädern fest, klappt den Tritt wieder hoch und klettert auf der anderen Seite leichtfüßig nach oben und setzt sich neben sie.

»Es kann ein bisschen kühler werden, daher hat mir Olympe das für Sie mitgegeben.« Er breitet eine schwere Lammfelldecke über ihre Beine und reicht ihr noch eine Wolldecke.

»Für die Schultern, wenn Sie wollen.« Dann nimmt er die Zügel, löst die Bremse und schnalzt. Der Schwarze setzt sich in Bewegung, und Frida wird unsanft nach hinten gedrückt. Sie legt sich die Decke über die Schultern und versucht, den Rücken zu entspannen. Das Pferd trottet bedächtig über das Kopfsteinpflaster, und Calvin macht den Automobilen hinter ihnen Zeichen, sie sollen vorbeifahren.

»Dort ist die Kathedrale!« Er weist mit dem Arm in die Richtung der Türme. »Aber die Gassen der Oberstadt sind steil, und der alte Mortimère mag das nicht mehr. Wir werden die Kirche morgen besuchen, für heute ist es schon zu spät. Haben Sie Hunger?« Frida nickt.

»Sehr gut, ich auch.«

Die Fahrt geht nach Süden über eine schnurgerade Straße am Fluss entlang. »Hier stand einmal ein Teil der Stadtbefestigung, dafür haben wir jetzt diese schöne Promenade. Wir mögen diesen Weg sehr, Mortimère und ich, nur an die Automobile müssen wir uns noch gewöhnen, es werden leider von Tag zu Tag mehr.«

Bald haben sie die Stadt hinter sich gelassen, und das Pferd trabt munter über die Landstraße. Frida ist froh über die Felldecke, denn die Sonne wärmt jetzt nicht mehr, auch wenn das Abendlicht die Landschaft noch in weiche Farben taucht. Sie fahren an Bauernhöfen und Feldern vorbei, winken ein paar Kindern zu, die ihre Kühe nach Hause treiben, durchqueren kleine Waldstücke und Wiesen, auf denen sich Schlüsselblumen in großen Flecken ausgebreitet haben. Jedes Mal wenn Calvin eine Steinbrücke passiert, zügelt er das Tempo und lässt das Pferd langsam darüber schreiten.

Frida schaut sich zufrieden um. Sie hat die Pariser Parks mit ihren gestutzten Hecken und geharkten Wegen leidlich satt und freut sich darüber, in die Ferne schauen und richtige Wälder sehen zu können.

Zuletzt biegen sie in einen Weg ein, der von Pappeln gesäumt ist. Er führt direkt auf den Hof eines zweistöckigen Landhauses zu. Calvin lenkt den Einspänner vor einen der beiden Seitenflügel, als eine kleine drahtige Frau aus einer Fenstertür tritt. Sie trägt ein kariertes Wollkostüm und hat die dunklen Haare zu einem Dutt geschlungen, der sich in heller Auflösung befindet. Ihr Halstuch ist verrutscht, aber ihr Gesicht strahlt Sicherheit und Wohlwollen aus. »Willkommen, Frida, willkommen!« Frida amüsiert sich über den stolzen Blick, mit dem Calvin seine Frau anblickt, es ist schön, wenn ein Mann seine Frau so anstrahlt wie er. Auch Diego hat sie hin und wieder so angeschaut, und manchmal ist es immer noch so, wenn sie zusammen ausgehen und andere sie anstarren. Sie schiebt den Gedanken fort und klettert vorsichtig vom Sitz herunter.

»Ich bin Olympe«, sagt die Frau, die deutlich jünger zu sein scheint als Calvin, aber sicher ist Frida sich nicht. Sie nimmt den angebotenen Arm und betritt die Küche im Seitenflügel. »Wir haben auch einen vornehmen Eingang, aber den benutzen wir nie, und nun finde ich den Schlüssel zum Tor schon nicht mehr«, erklärt Olympe entschuldigend. Sie spricht ebenso gut Spanisch wie ihr Mann. »Ich zeige Ihnen Ihr Zimmer, und sobald Sie sich frisch gemacht haben, können wir essen. Kommen Sie, wir nehmen die Dienstbotentreppe, das ist kürzer, ich muss nur vorausgehen, es ist etwas eng.«

Über eine schmale Treppe erreichen sie einen dunklen

Gang mit ausgetretenen Teppichen. Olympe öffnet die letzte Tür, lässt Frida den Vortritt, steht aber sofort hinter ihr und stellt den Koffer ab. »Gefällt es Ihnen? Es ist das schönste Zimmer, und Sie sind die Erste, die es bewohnt. Angeblich hat ein Verwandter von Heinrich IV. einmal hier übernachtet, weil er wegen eines Hagelsturms nicht bis nach Chartres reiten konnte.«

Frida schaut sich um: »Wie schön! Es erinnert mich an die Bilder in einem Märchenbuch, das mein Vater aus seiner Heimat mitgebracht hat. Ich konnte es nicht lesen, aber die Bilder habe ich stundenlang betrachtet.«

Die Decke des hohen Raums wird von mächtigen Balken getragen. An der gegenüberliegenden Wand befindet sich ein Himmelbett mit schweren dunkelgrünen Samtvorhängen, die von Kordeln zur Seite gerafft werden, an denen golddurchwirkte Quasten baumeln. Statt eines Kleiderschranks gibt es eine große Holztruhe, darüber sind ein paar Rehfüße als Kleiderhaken angebracht. Vor dem Kamin stehen zwei Sessel und ein kleiner Tisch mit einer Obstschale, daneben ein Messer und eine Serviette. Zwei geschliffene Gläser und eine dazu passende Karaffe mit einer bernsteinfarbenen Flüssigkeit wecken sofort Fridas Neugierde. Die Sessel sind die einzigen Möbel, die stilistisch überhaupt nicht zum Rest des Zimmers passen, aber sie sehen bequem aus. Frida ertappt sich bei dem Wunsch, Olympe würde verschwinden, damit sie den Inhalt der Karaffe probieren kann.

»Das Bad ist dort.« Olympe zeigt auf eine niedrige Holztür, die Frida bisher nicht aufgefallen ist. »Ich lass Sie allein, Sie kommen dann nach unten zum Essen, ja?«

Frida nickt, dann begutachtet sie neugierig das Badezimmer, das größer ist, als sie erwartet hat. Eine Badewanne mit Löwenfüßen, ein Waschtisch und ein kleines Klosett mit Holzdeckel. »Kein Vergleich mit dem Barbizon Plaza«, seufzt sie. Sie gießt sich ein Glas aus der Karaffe ein und stellt fest, dass es sich um Cognac handelt. Mit dem Glas in der einen und der Zigarette in der anderen Hand schaut sie aus dem Fenster in einen verwilderten Park. Das letzte Tageslicht fällt auf eine Wiese mit hohen Büschen und einem Weg, der sich im Dickicht verliert.

In der Küche sitzen Calvin und Olympe schon am Tisch, als Frida eintritt, neben ihnen hockt ein hagerer Mann mit kahl geschorenem Kopf, der ihr als Iñaki vorgestellt wird. »Unser Gast … äh … aus Spanien«, fügt Calvin etwas ungeschickt hinzu, worauf der Mann die Lippen kräuselt und Frida einen vorwurfsvollen Blick zuwirft, als ob sie schuld daran sei, dass man ihn so unpassend vorstellt.

Gut aussehender Kerl, denkt Frida, er wirkt nur etwas mitgenommen. Seine Haut scheint gereizt zu sein, die Wangen sind schlecht rasiert, und tiefe Mundfalten verleihen ihm einen zynischen, wütenden Ausdruck. Er könnte so alt sein wie sie selbst, überlegt sie und mustert ihn genauer. Sein schwarzer Pullover sitzt zu locker, die Ärmel sind hochgeschoben, sodass einige Narben auf den Armen sichtbar werden. Seine Hände sind breit und leicht behaart, registriert Frida, und fühlt die Vorfreude einer Katze, die ein schmackhaftes Opfer entdeckt hat. Kokett lächelnd beugt sie sich zu ihm und küsst ihn auf beide Wangen. Dabei nimmt sie sofort einen ihr nur allzu bekannten Geruch wahr, der weder von Seife noch von Schweiß übertüncht wird. Auch wenn er keinen sichtbaren Verband trägt, weiß sie, dass dieser Mann eine frische Wunde hat. Sie begreift, dass sie einen Soldaten vor sich hat, der wahrscheinlich für die Spanische Republik gekämpft hat. Sie schämt sich einen Moment lang für ihre Absicht, mit ihm zu flirten, aber Iñaki scheint es ihr nicht übel zu nehmen. Und auch wenn er nicht lächelt, so folgen ihr seine Augen, als sie sich ihm gegenüber an den Tisch setzt. Olympe serviert einen Gemüseeintopf und dazu frisches Brot, Pastete, Käse und Wein. Die Unterhaltung wird weiter auf Spanisch geführt, aber Iñaki beteiligt sich nur wenig daran. Er scheint seine ganze Aufmerksamkeit auf das Essen zu richten, doch jedes Mal wenn Frida ihn anschaut, hebt er seinen Blick. Wie ein wachsames Tier, denkt sie, erlaubst du es mir also nicht, dich heimlich zu beobachten. Hinter der Fassade wohlerzogener Menschen, die sich freundlich beim Essen am Küchentisch unterhalten, spielen wir beide ein altes Spiel. Unsere Augen sondieren das Terrain, während die Nerven unter unserer Haut bereits Signale aussenden und das vorbereiten, was später passieren könnte.

Frida fragt nach der Geschichte des Anwesens, aber Calvin und Olympe wissen nicht viel darüber, weil sie es erst vor Kurzem gekauft haben. »Und Ihre Sammlung, darf ich sie sehen?«

Olympe seufzt hörbar. »Die Bilder sind noch in Paris«, erklärt sie. »Wir mussten sie einlagern und sind noch nicht dazu gekommen, sie zu holen. Wir haben ein paar Fotos von Man Ray, Gemälde von Dalí und auch von Picasso. Mit Max Ernst sind wir noch nicht ganz handelseinig. Aber das werden wir in diesem Sommer regeln.« Düster fügt ihr Mann hinzu: »Wenn nicht der verdammte Krieg dazwischenkommt.«

»Glauben Sie, dass es noch in diesem Jahr losgeht?«, fragt Frida und lässt sich Wein nachschenken.

»Eigentlich sind wir doch schon mittendrin«, sagt Calvin. »Hitler hat sich zuerst Österreich genommen, dann die Tschechoslowakei. Er führt einen Krieg gegen die Juden und gegen alle, die anders denken als er. Und auch wenn wir Franzosen offiziell noch keine Kriegserklärung abgegeben haben – das ist doch kein Frieden mehr, der in Europa herrscht. Die Spanische Republik ist so gut wie verloren. Ja, Iñaki, ich weiß, dass du das nicht hören willst, aber es ist so. Solange die Faschisten zusammenhalten, gibt es wenig Hoffnung.«

»Was wird aus den deutschen Flüchtlingen, wenn der Krieg beginnt? Müssen sie dann in französischen Uniformen gegen ihre Landsleute kämpfen? Oder schickt man sie zurück?«

Calvin schüttelt den Kopf. »Weder noch. Aber sie werden wahrscheinlich sofort interniert. Es gibt bereits Pläne dafür.«

Frida ist entsetzt. »So wie die Spanier in ... diesem Lager an der Grenze?«

Schweigen. Iñaki mahlt mit den Zähnen und ballt die Fäuste auf dem Tisch. Seine Stimme klingt zornig. »Was weißt du davon?«

Frida schaut ihm direkt in die Augen. »Nicht viel. Nur dass es grauenvoll sein muss. Warst du dort?«

Er wendet den Blick ab, und sein ganzer Körper spannt sich an.

In der Küche ist es völlig still, als Iñaki beginnt, von der

Massenflucht, der Retirada, zu sprechen. Er war als Verbindungsoffizier der republikanischen Armee schon in Frankreich, als Barcelona fiel. Dann sah er seine Landsleute an den Grenzzäunen stehen und tagelang warten, bis die Franzosen sie hereinließen. Hunderte, Tausende, schließlich Zehntausende. Ein endloser Strom an verzweifelten Menschen, verwundeten Soldaten, halb verhungerten Zivilisten, Frauen und Kindern. »Zunächst habe ich noch versucht, Decken für sie zu holen, Brot und Wasser, aber nach ein paar Tagen habe ich gemerkt, dass es sinnlos ist. Es waren zu viele. Sie gruben sich Löcher in den Strand, um darin zu schlafen. Sie wurden krank, und zuerst starben die Säuglinge. Ich weiß nicht mehr, wie viele Menschen ich begraben habe. Wir hatten nicht einmal genügend Spaten.« Er schaut auf seine Hände und dreht sie hilflos mit den Handflächen nach oben, als könne er nicht fassen, wie viel Tote er in seinem Leben schon berührt hat. Dann sieht er Frida an. »Wenn jetzt noch der Krieg zwischen Deutschland und Frankreich beginnt, wird es für meine Leute noch schlimmer.«

Er trinkt seinen Wein aus und zündet sich eine Zigarette an. Als er Frida erneut anblickt, erkennt sie so viel Leid in seinen Augen, so viel Verzweiflung, dass sie glaubt, die Tränen, die Iñaki nicht weinen kann, würden sich in ihrer eigenen Kehle sammeln und ihr die Luft nehmen.

»Wir sind überfordert mit der Situation, Iñaki.« Calvin greift nach seiner Hand. »Es gibt viele Menschen, die versuchen zu helfen, obwohl die Regierung so zögerlich ist. Aber eine halbe Million Flüchtlinge! Welches Land kann das leisten?«

Iñaki nickt und lässt den Kopf hängen. »Ich weiß«, flüstert er, »aber es ist nicht richtig, was da passiert.«

Frida merkt, dass sich die Traurigkeit wie eine schwarze Decke über ihnen ausbreitet. Kämpferisch sagt sie: »Ich hoffe so sehr, dass sich die Lage wieder verbessert und sich die Menschen zu einem Bollwerk gegen die Scheißfaschisten zusammenfinden.« Zu Calvin und Olympe gewandt sagt sie: »Henry hat mir einen Umschlag für Sie mitgegeben. Soll ich ihn holen?«

»Ja«, sagt Olympe und steht auf. »Wir trinken Kaffee und Cognac im Salon«, schlägt sie vor, »es müsste jetzt dort warm genug sein, ich habe den ganzen Tag eingeheizt.«

»Das solltest du nicht tun, Liebes«, raunt Calvin ihr zu, als er Tassen und Gläser auf ein Tablett stellt. »Es reicht, wenn wir einen warmen Raum haben. Das sind unnötige Ausgaben.«

Olympe nimmt ihm das Tablett aus der Hand. »Unsinn. Ich habe dieses Haus nicht gegen eine schöne Wohnung in Paris eingetauscht, um immer in der Küche zu sitzen.«

Der Salon hat bodentiefe Fenster zum Park, aber es ist zu dunkel, um etwas zu erkennen. Deshalb richten sie ihre Sessel um das Kaminfeuer, das Iñaki kräftig schürt.

Frida drückt Calvin den Umschlag von Henry in die Hand und lässt sich in einen tiefen Sessel sinken.

»Ihre Ausstellung ist ein großer Erfolg, so habe ich das jedenfalls in der Zeitung gelesen. Der Artikel muss hier noch irgendwo liegen.« Olympe durchsucht die Stapel von Büchern und Zeitschriften auf dem Tisch, bis sie den Beitrag findet. Sie reicht ihn an Iñaki. »Wir haben die Galerie letzte Woche besucht, bevor wir Henry trafen. Gerne möchten wir eines Ihrer Bilder kaufen, aber wir sind uns noch nicht einig, welches. Ich liebe das Gemälde *Selbstbildnis auf der Grenze zwischen Mexiko und den USA*, das mit dem rosafarbenen Kleid. Es bedeutet mir viel, vielleicht weil ich selbst aus einer Familie komme, die an der Grenze lebte. Und ich mag es, wie Sie Mexiko darstellen. Die Blumen, die Pyramiden, die Geschichte. Und daneben diese kalte, klare Welt von Detroit mit den Maschinen ...«

»Ich habe meiner Frau gesagt, das mit den Früchten gefiele mir besser«, unterbricht sie Calvin, »auch wenn sie so blutend und traurig nebeneinanderliegen.«

»Nun, wir werden sehen«, sagt Olympe. »Aber was ich mich die ganze Zeit gefragt habe: Wie hat es sich angefühlt, auf der Grenze, zwischen diesen beiden unterschiedlichen Welten, Mexiko und Detroit?«

Frida nippt an ihrem Glas und überlegt, was sie antworten soll. Das Wort »Grenze« hatte für sie damals eine ganz andere Bedeutung, als das Bild suggeriert. Aber wer Bilder malt, die so persönliche Dinge zeigen wie ihre, entwickelt mit der Zeit viele Strategien, um das Innerste zugleich zeigen und verbergen zu können. Es ist gut so, denkt Frida. Lieber werde ich missverstanden, als dass alle in meine Seele eindringen und sich dort umsehen wie in einem Museum. Und warum fällt eigentlich niemandem auf, dass die Frau, die dort im rosafarbenen Kleid steht, gar nicht Frida Kahlo heißt. Auf dem Steinsockel ist »Carmen Rivera« zu lesen.

»Wer auf einer Grenze steht, der befindet sich nicht zwischen zwei Welten«, mischt sich Iñaki ein. »Er ist Teil von beidem.« Seine Stimme klingt heiser und wütender als zuvor.

»Das stimmt«, sagt Frida. »Ich war in beiden Welten zugleich. In den USA habe ich gelebt, aber Mexiko trug ich im Herzen. Wir Mexikaner starren immer auf die USA und sind hin und her gerissen zwischen Faszination und Abscheu. Wir wollen so modern sein wie die Gringos, und ihren Fortschritt wollen wir auch. Gleichzeitig möchten wir unsere Traditionen bewahren und unsere alte Welt wiederhaben. Es ist schwierig, das miteinander in Einklang zu bringen.« Im Stillen fügt sie hinzu, dass sie, als sie das Bild malte, ein Kind verloren, ihre Mutter begraben und Diego sie wieder einmal betrogen hatte.

»Ist es nicht polemisch, die Vereinigten Staaten so kalt und grau und von Maschinen beherrscht zu zeigen, während Mexiko als farbige Idylle von Pflanzen, Sonne und Mond erscheint?« Calvin lächelt, als wolle er sich für die Frage entschuldigen, aber sie scheint ihm sehr wichtig zu sein, denn er fährt fort: »Verstehen Sie mich nicht falsch, Frida, ich will Sie nicht kritisieren, aber gibt es das denn wirklich auf dieser Welt? Hell und dunkel, lebendig und tot? Ist es eine … nun ja … faire Darstellung der Grenze?«

Frida beschließt, in diesem sonderbaren Kreis, in den sie geraten ist, ausnahmsweise ein bisschen mehr von sich preiszugeben, als sie es sonst für nötig hält. »Sie dürfen meine Bilder nicht ganz so wörtlich deuten, Calvin. Auf der Grenze – das ist kein Ort. Iñaki hat schon recht, ich bin Teil von beidem, und beides gehört zu mir. Ich wollte weder die eine Welt als gut noch die andere als böse darstellen. Diego hat mir prophezeit, dass man es so verstehen würde, aber das ist gar nicht meine Absicht gewesen. Erinnern Sie sich an die Blumen am unteren Rand des Bildes? Die auf der mexikanischen Seite wachsen? Es sind sehr giftige Pflanzen, keinesfalls harmlose fröhliche Blümchen. Und hinter den Blumen steht eine kleine toltekische Skulptur, die einem Kind den Kopf abgerissen hat. Sie müssen sehr nah herangehen, um das zu erkennen, das muss ich zugeben. Was ich damit sagen will: Wir Menschen tragen immer alles Gute und alles Schlechte zugleich in uns, egal in welcher Kultur wir leben. Trotzdem gibt es natürlich Unterschiede. Ich bewundere die Amerikaner für ihre Industrieanlagen. Sie sind großartig geplant und sehr effizient. In den USA haben die Menschen keinen Hunger, und sie haben auch alle etwas anzuziehen. Aber sie sollten darauf achten, dass die Menschen die Maschinen beherrschen, nicht umgekehrt. Und noch etwas: Ganz unten am Bildrand treffen die Wurzeln der Pflanze auf das Kabel des Drehmotors. Sie gehen eine Verbindung ein, die den Steinsockel mit Strom versorgt und damit die Frau, die dort steht. Wir alle brauchen Energie, Blut, Atem, Liebe. Das ist es, was uns am Leben hält.«

Die anderen schweigen und starren in die Flammen. Iñaki schaut sie fragend an.

Als sich später alle eine gute Nacht wünschen, würde Frida gerne noch einen Moment mit Iñaki allein sein. Ob es seine Ausstrahlung von Todesnähe und Traurigkeit ist, sein offensichtlicher Wille zu überleben oder einfach nur seine Wut auf die Verhältnisse, der sie nicht widerstehen kann – sie weiß es nicht. Es ist ihr auch egal.

Aber Olympe und Calvin warten, bis sie sich vor ihren Augen verabschieden. Iñaki greift mit der Hand in Fridas Nacken. »Ich warte draußen«, flüstert er ihr zu und geht, ohne ihre Antwort abzuwarten, an Calvin vorbei. Der schaut ihm misstrauisch nach. Frida fragt sich, warum all ihre Freunde und Bekannten – außer Mary Reynolds – so gerne verhindern möchten, dass sie sich mit einem anderen Mann als Diego einlässt. Wenn sie ihren Mann genauso bewachen würden, hätte sie es im Leben leichter gehabt. Sie steigt die Treppe hinauf in ihr Zimmer, wäscht sich, löst die Haarspangen und bürstet sich die Haare. Später schleicht sie sich aus der Küchentür hinaus.

Iñaki wartet im Dunkeln. Seine Zigarette glimmt, wenn er daran zieht, und so ist es nicht schwierig, ihn bei den Holzstößen neben dem Schuppen auszumachen. Noch bevor sie bei ihm ist, wirft er die Zigarette weg, streckt die Hand nach ihr aus und zieht sie an sich. Er küsst sie gierig, aber als sie sich an ihn presst, zuckt er zurück.

»*Cuidado!* Vorsicht! Die Faschisten haben mir ein Andenken verpasst.« Er umfasst Fridas Hand und legt sie vorsichtig auf seinen Bauch. »Hier darfst du nicht anfassen. Sonst überall.«

Iñaki will warten, bis die Lichter in Calvins und Olympes Räumen erloschen sind, bevor er Frida mit in sein Zimmer nimmt. Sie setzen sich auf eine Bank, halten sich an den Händen und starren in die Dunkelheit. Frida zieht ihren Umgang fester um sich.

»Ist dir nicht kalt?«, fragt sie.

Überrascht sieht er sie an. »Kalt? Nein. Kälte spüre ich nicht mehr, und Hitze auch nicht.«

Sie ahnt, dass es mit seinem Krieg zu tun hat, mit Tod und Leid, aber in diesem Moment will sie nur seine Wärme und seine Lust spüren. Als sich ihre Augen an die Dunkelheit gewöhnt haben, fällt Frida die Voliere in ihrer Nähe auf. Zuerst glaubt sie, dass der Käfig leer ist, dann entdeckt sie einige Vögel, die wie schwarze Gespenster unbeweglich auf einer Stange sitzen.

»Schlafen die?«, flüstert sie, aus Angst, sie könne die Vögel wecken.

»Vielleicht. Aber höchstens kurz. Manche schalten einen Teil ihres Gehirns ab. Mit dem anderen bleiben sie wachsam.«

»Und deshalb fallen sie beim Schlafen nicht herunter?«

Iñaki legt den Arm um sie. »Nein, das liegt an ihrem Greifreflex. Hockt ein Vogel auf einer Stange oder einem Ast, ziehen sich seine Muskeln zusammen, und dann«, er krallt seine Hand in ihr Fleisch, und Frida zuckt zusammen, »sind ihre Füße wie festgeklammert, und sie können nicht herunterfallen. Und bevor sie wieder losfliegen, müssen sie diesen Reflex erst lösen.«

»Interessant.«

»Ich hatte ein Leben vor dem Krieg.«

»Und hoffentlich hast du es bald wieder.«

Er sagt nichts dazu.

»Du bist doch jetzt frei. Du kannst gehen, wohin du willst.«

»Außer nach Spanien. Das ist auch eine Art Gefangenschaft.«

Frida fragt sich, wie es wäre, wenn sie niemals wieder nach Mexiko gehen könnte. Unfassbar, es wäre ihr Tod. Und New York? Das würde sie überleben.

»Ich bin ebenso gefangen«, flüstert sie. »In einem Körper, der verletzt ist.«

»Davon sehe ich nichts.«

»Ich bin ein Krüppel. Durch einen Unfall wurde meine Wirbelsäule gebrochen, mein Fuß zerquetscht, und eine Eisenstange hat mich aufgespießt.«

»Du bist doch kein Krüppel, Frida. Krüppel, das sind... weiß nicht... Männer ohne Beine. Sie müssen auf der Straße betteln, um sich Essen kaufen zu können.«

»Aber manchmal fühle ich mich so.«

Er küsst sie auf die Stirn. »Weil du in deinem Kopf einen Käfig hast. Aber du bist nicht gefangen. Ich kenne deine Bilder nicht, aber Olympe hat mir von ihnen erzählt. Du malst so, dass Menschen davon berührt werden, du gehst weit über dein eigenes Leben hinaus. Du bringst andere zum Nachdenken, zum Träumen. Oder zum Reden. Sie bezahlen Geld, um das, was in deinem Kopf ist, zu besitzen. Was für ein Glück ist das! Und du gehörst niemandem, Frida, du bist so frei wie die Vögel auf den Bäumen.« Sein Mund berührt ihr Ohr, ihren Hals. Seine Hände fassen in ihre Haare.

»Kommst du mit mir nach oben?«

Als Frida sich später zurück in ihr Zimmer schleicht, fühlt sie sich betrunken, wund und erschöpft. Ihre Knie zittern, und die Haare sind zerzaust. Mit einem Lächeln auf den Lippen kriecht sie unter die Bettdecke. Sorry, Diego und Nick, denkt sie noch, bevor sie einschläft, das ist nicht das, was meine Mutter als die feine Art bezeichnet hätte. Aber manchmal gibt es nichts Besseres, um sich lebendig zu fühlen.

Am nächsten Morgen fühlt Frida sich so zerschlagen, dass sie am liebsten im Bett bleiben würde, doch das wäre ihren Gastgebern gegenüber unhöflich. Sie wollen ihr gleich nach dem Frühstück die Kathedrale zeigen, das hatten ihr Calvin und Olympe gestern Abend noch gesagt, und auch für den Nachmittag haben sie schon Pläne. Also werde ich viel laufen müssen, denkt Frida unwillig, obwohl ich mich beschissen fühle.

Das Klopfen an der Tür klingt wie eine unfreundliche Bestätigung ihrer Befürchtungen.

»Bist du wach?«, fragt Olympe, und als Frida sie hereinbittet, stößt sie die Tür auf und eilt mit einem großen Tablett auf das Himmelbett zu. »Ich dachte, dass du vielleicht gerne hier oben frühstücken willst, weil wir einen langen Ausflug vor uns haben. Ist es dir recht, wenn ich du sage?«

»Natürlich!«

Frida setzt sich langsam auf, und Olympe stellt das Tablett behutsam auf der Bettdecke ab. Sie hebt ein Kissen vom Boden auf, stopft es Frida liebevoll in den Rücken, geht zum Fenster und öffnet die Vorhänge.

Frida betrachtet erfreut die große Schale mit Milchkaffee, dazu gibt es duftendes, frisch gebackenes Brot, Butter und Marmelade. Ein großes Glas mit einer trüben Flüssigkeit ist auch dabei. »Orangensaft haben wir nicht«, erklärt Olympe, die wieder an Fridas Bett getreten ist. »Aber der Apfelsaft stammt von Früchten aus unserem Garten.«

»Danke, ich werde so schnell wie möglich unten sein.«

»Das wäre schön. Wir möchten am Nachmittag nämlich noch mit dir an die Loire zu einem der Schlösser. Calvin hat das Auto schon aus der Garage geholt und überprüft gerade, ob alles funktioniert.«

»Was ist mit Iñaki, kommt er mit?«

»Nein! Er überspielt es ganz gut, aber er wurde verwundet. Er braucht Ruhe.«

»Verstehe«, sagt Frida und pustet grinsend in ihre Kaffeetasse.

Als Frida die Kathedrale von Chartres betritt, ist sie so überwältigt, dass sie minutenlang auf derselben Stelle stehen bleibt. In ihren Ohren rauscht es, als sei dieser Eindruck zu viel für einen Menschen. Sie hatte sich in Paris Notre-Dame angeschaut und lange in der Kirchenbank gesessen. Henry hatte ihr eine komplizierte Geschichte von einem monsterähnlichen Mann erzählt, der für die Glocken zuständig gewesen war. Sie hatte ihm nicht sehr aufmerksam zugehört, sondern sich lieber das Innere der Kirche angesehen. Es war beeindruckend und prächtig, aber auch sehr düster.

Chartres hingegen löst ein Gefühl in ihr aus, von dem sie gar nicht angenommen hatte, dass sie es in sich trägt: Sie empfindet Demut vor den Menschen, die dies hier geschaffen haben. Die christliche Religion bedeutet ihr eigentlich nicht viel. Als Kind hatte sie vor allem Angst vor der Hölle gehabt. Als sie begriff, wie unlogisch viele katholische Lehren waren, stellte sie eine Reihe von Fragen, die der Priester im Kommunionsunterricht nicht beantworten wollte oder konnte. Die Doppelmoral der frommen Gemeindemitglieder in Coyoacán hatte sie bald durchschaut, und gemeinsam mit Cristina machte sie sich oft über sie lustig. Eine Zeit lang spielten sie fast täglich Beichte und dachten sich absurde Sünden aus. Weil die Kirche alles, was ihr Spaß machte, verteufelte, wusste Frida, schon bevor sie sechzehn war, dass sie mit dem »Verein der Scheinheiligen« nichts zu tun haben wollte.

Jetzt taucht zum ersten Mal der aufrichtige Wunsch auf, den Glauben der Menschen, die solches geschaffen haben, zu verstehen und ernst zu nehmen.

Frida und ihre Gastgeber gehen durch das Mittelschiff, wobei sie den Blick immer wieder nach oben richten. Wie haben die Baumeister es geschafft, ihre Kirche so himmelstrebend zu bauen? Und welches Geheimnis steckt hinter der Lichterflut, die durch die Fenster dringt? Das ist also das berühmte Blau von Chartres, von dem ihr Diego einmal erzählt hatte.

»Diese Fenster sind aber nicht aus dem Mittelalter, oder?«, flüstert sie Calvin zu.

»Doch, sind sie. Die Kirche ist seit dem 13. Jahrhundert nicht zerstört oder geplündert worden, nicht einmal während der Revolution.«

Inzwischen ist die Sonne zwischen den Wolken hervorgekommen, und das Leuchten der Fenster wird stärker. Frida betrachtet die bunten Farbflecke auf dem Steinboden und versucht, ein Muster darin zu erkennen. Sie setzt sich in eine Kirchenbank, und als Olympe neben ihr Platz nimmt, flüstert Frida: »Gott ist Licht. Das haben alle Religionen gemeinsam, oder? Auch die altmexikanischen Pyramiden und Tempel huldigen dem Licht.«

»Kirchen sollten den Menschen wohl eine Ahnung vom Himmel schenken. Als Verheißung von Harmonie, Schwerelosigkeit, Ordnung. Ist dir das Labyrinth auf dem Boden aufgefallen, vorne am Eingang? Jetzt ist gerade keiner dort, wir sollten es uns anschauen.«

Das kreisförmige Labyrinth ist riesig. Frida schaut vom Rand aus zu, wie Olympe dem Weg aus Steinplatten folgt, bis sie im innersten Kreis angekommen ist. Als Olympe ihr von der Mitte aus winkt, geht Frida quer über die Steine direkt zu ihr. Ihr weiter Tehuana-Rock gleitet über den Boden.

»Ich hätte dir gleich sagen können, was du am Ende findest«, sagt Frida. »Man stößt doch immer nur auf sich selbst.«

Als sie die Kirche verlassen, ist es trotz des Windes frühlingshaft warm. Sie betrachten die Westfassade, den ältesten Teil der Kirche, und ihre Skulpturen. Eine Figur nach der anderen nimmt Frida ins Visier und versucht, Kontakt mit ihnen aufzunehmen. Aber der Blick der steinernen Heiligen, Könige und Königinnen ist nach innen gerichtet. Ihre Körper, schmal und länglich, wirken starr und leblos. Aber dann fängt Frida doch einen Blick ein. Sie bleibt vor einer Frau stehen, einer Königin, die eine Krone in Form eines breiten Metallbands trägt. Die geflochtenen Zöpfe reichen ihr fast bis zu den Knien. Ihr Gewand liegt eng am Körper, die Brust ist deutlich zu erkennen, und der Ausschnitt des Kleids schmiegt sich an den Hals. In der Hand hält sie ein Buch oder eine Schachtel. Sie spürt eine Verbindung zu der Frau, während sie ihr Gesicht betrachtet. Still fragt sie sich: Was verbindet dich und mich? Trotz der Jahrhunderte, die uns trennen, trotz der Tatsache, dass du aus Stein bist, gibt es eine Gemeinsamkeit. Aber welche? Ist es unser Körper? Die Sehnsucht, geborgen zu sein und geliebt zu werden? Fühlt sich mein Hunger so an wie deiner? Hast du getanzt und gesungen wie ich? Wer hat dir das

Gewand über den Kopf gezogen? Und hat dich der Schmerz so tief durchbohrt wie mich, als du feststellen musstet, dein Geliebter hat noch eine andere? Die Frau schweigt. Noch einmal versenkt Frida sich in die leeren Augen der Statue. Dann ist der Moment da, auf den sie gewartet hat. Die Frau aus Stein antwortet ihr. Ihre Antwort gilt jedoch einer Frage, die sie gar nicht gestellt hatte. »Ich bereue jede Sekunde, in der ich das Leben nicht genossen habe.«

Sie essen in einem Restaurant gegenüber der Kathedrale eine traditionelle Fleischpastete, dazu stoßen sie mit rotem Hauswein an. Als Hauptgericht haben sie Poule au pot bestellt. »Diesen Hühnereintopf verdanken wir König Henri IV.«, erzählt Calvin, während er Fridas Teller füllt. »Er wollte, dass es seinem Volk nach den langen Kriegsjahren besser geht. Also versprach er, dafür zu sorgen, dass jeder Franzose am Sonntag sein Huhn im Topf hat.«

»Und hat es geklappt?«, fragt Frida. »Hat er sein Versprechen eingelöst?«

»Na ja, wie das mit solchen Versprechen eben ist. Nein.«

»Es ist sehr köstlich. Wie bereitet man es zu?«

»Einfach das Gemüse und das Hühnchen zusammen in einen Topf werfen, würzen, kochen lassen – und fertig.«

Die Fahrt zum Wasserschloss Sully-sur-Loire dauert fast drei Stunden, von denen Frida einen Teil verschläft. Dann betrachtet sie die Landschaft.

»Es sieht alles so aufgeräumt und lieblich aus«, sagt sie. »Ich mag dieses flirrende Licht in euren Wäldern.«

»Ach, Frankreich hat noch viele andere Regionen, die Alpen, die Bretagne, die Pyrenäen ... Du solltest mal für ein paar Monate kommen, Frida. Mit deinem Mann. Nicht wahr, Calvin?« Olympe stupst ihren Mann an, der schon länger kein Wort mehr gesagt hat. Hat sie Angst, er würde einschlafen? Aber seine Hände halten das Steuer fest, und der Wagen gerät nur selten ins Schlingern.

Frida kann sich nichts weniger vorstellen, als jetzt mit Diego nach Frankreich zu reisen. Früher wollte er ihr die ganze Welt zu Füßen legen, aber von diesem Wunsch ist nichts mehr zu spüren. Im Rückblick muss sie sich eingestehen, dass es trotz aller Probleme zwischen ihnen und trotz ihrer labilen Gesundheit viel Spaß gemacht hatte, mit Diego in den USA zu leben. Die große Aufmerksamkeit, die man ihnen zollte, sie galt natürlich in erster Linie Diego und seinen großen Wandgemälden. Aber was für sie abgefallen war, hatte ihr gereicht. Und jetzt? Diegos Reiselust ist ebenso versiegt wie seine Liebe zu ihr. Würde Nick sie nach Frankreich begleiten? Sie stellt sich vor, wie es wäre, an seiner Seite durch Paris zu streifen, und der Gedanke gefällt ihr.

»Falls wir vom Krieg verschont bleiben, kannst du immer zu uns kommen, Frida, auch allein! Du kannst auch gut bei uns malen«, fügt Olympe schnell hinzu.

»Aber Diego auch«, wirft Calvin nun ein.

Frida beschließt, den beiden nicht länger etwas vorzumachen. »Diego und ich sind kein Paar mehr. Auch wenn wir noch verheiratet sind und das auch bleiben wollen. Wir ... passen nicht zusammen. Er ist ein Scheißkerl, und ich bin eine Hexe. Was soll's. Wir sind besser Freunde.«

»Aber das ist eine gute Voraussetzung für die Ehe«, versucht Calvin seine Verlegenheit zu überspielen. »Olympe und ich sind auch Freunde, *n'est-ce pas ma chérie?*« Er greift nach ihrer Hand, und das Auto steuert plötzlich auf den Straßenrand zu.

»Um Himmels willen, halt das Steuer fest!« Olympe dreht sich zu Frida um. »Du bist noch jung. Du solltest in der Ehe mehr finden als einen Freund. Aber manchmal entfacht eine Liebe auch wieder neu. Wie lange habt ihr euch jetzt nicht gesehen?«

»Bei meiner Rückkehr werden es fast sechs Monate sein.« Sie denkt daran, dass sie vorher in New York sein wird und dass sie sich wie verrückt auf Nick freut. Es kann ihr doch egal sein, was mit Diego wird, solange sie Nick hat. Vielleicht wird ein ganz neues Leben auf sie warten, wenn sie sich endlich traut, ihnen beiden die Chance zu geben, auf die Nick so lange wartet.

»Wie ist Diego eigentlich so?«, unterbricht Olympe ihre Gedanken. »Ein paar Fotos von seinen Bildern haben wir schon gesehen, aber wie ist er als Mensch?«

Frida überlegt nicht lange. »Er ist grob und laut, vergesslich und launisch. Sanft und liebevoll und unendlich witzig. Er kann ein ganzes Restaurant drei Stunden lang mit seinen Geschichten unterhalten, wenn er eine Flasche Tequila intus hat, aber wenn man ihn fragt, was er gerade fühlt, fällt ihm oft kein einziger Satz ein. Er ist ein genialer Maler, der beste, den ich kenne, und er würde seine Kunst nie verraten.«

»Also«, hebt Calvin an, »wenn du mich fragst …«

»Aber dich fragt gerade keiner«, fährt Olympe dazwischen.

Doch Calvin lässt sich nicht aus der Ruhe bringen. »Also, ich würde sagen, du liebst ihn.«

Frida schüttelt den Kopf, aber vielleicht tut sie das nur, weil in ihren Ohren der Fahrtwind gerade so heftig saust.

Sully-sur-Loire entpuppt sich als prächtiges Schloss mit dicken Mauern und festungsartigen Türmen. Es ist seit über dreihundert Jahren im Besitz derselben Familie. »Vor ein paar Jahren hat sie beschlossen, einen Teil der Räume für Besichtigungen freizugeben«, erzählt Calvin. »Olympe und ich wollten schon seit Langem mal hierher. Man möchte doch wissen, wie es sich im Schloss so wohnt!«

Während ihre Gastgeber die junge Frau, die sie durch die Säle im Erdgeschoss führt, mit ihren Fragen über Kassettendecken, Gobelins oder dunkle Ritterbildnisse in ein Gespräch verwickeln, hängt Frida wieder ihren Gedanken nach. Sie glaubt, den Schlüssel dafür entdeckt zu haben, warum die Franzosen weder Franco noch Hitler etwas entgegensetzen. Sie schauen viel auf sich, und sie schauen ständig zurück. Sie ergötzen sich an ihrer Geschichte und verpassen dabei den Moment, ihre Zukunft zu sichern. Und machen wir in Mexiko nicht denselben Fehler? Wir wollten immer anders sein als die Europäer, und dennoch schielen wir auf ihre Welt. Wir sind stolz und neidisch zugleich. Indios und Spanier sind beide unsere Ahnen, warum ist es so schwer, das zu akzeptieren? Meine Bilder wären anders, wenn ich nicht die Chance gehabt hätte, die Werke europäischer Künstler zu studieren. Sie inspirieren mich, aber ich gebe es nicht gerne zu. Warum? Alles, was ich in Paris gesehen habe, wird mich beeinflussen und vorantreiben. Selbst die Surrealistenärsche haben mir neue Ideen geschenkt.

Als sie spät in der Nacht im Landhaus ankommen, kriecht Frida gleich ins Bett und nimmt den Skizzenblock mit. Sie zeichnet die letzten Monate als Sternbild, jede Station ihrer Reise von Coyoacán nach New York, Paris und Chartres bildet einen Punkt. Es sieht aus wie der Große Wagen. Sie spinnt den Faden, der die Orte verbindet, weiter, damit sie den Weg zurück findet.

Am nächsten Tag packt sie ihre Sachen. Calvin trägt sie ins Auto, während Olympe schon auf dem Beifahrersitz Platz genommen hat. Plötzlich taucht Iñaki auf. Er umarmt Frida und sagt leise: »Vergiss uns nicht.«

Auf dem Bett in Marys Gästezimmer findet Frida bei ihrer Rückkehr eine Reihe von Briefen. Diego schickt eine Liste von Besorgungen, die sie in New York für ihn machen soll, dazu sendet er Küsse und freche Bemerkungen. Nick schreibt von seiner Sehnsucht nach ihr, aber es klingt, als glaube er fast nicht mehr, dass sie zurückkommt. Henry wiederum will zum Abschied mit Frida ins Musée Rodin, er bittet sie, am nächsten Tag um drei Uhr dort zu sein.

Henry sitzt auf einer Bank und springt auf, als er sie sieht. Sie umarmen sich, und Frida spürt den weichen Körper der Frau, die so viel lieber in Männerkleidung herumläuft.

Er nimmt ihren Arm, und sie schlendern zum Eingang des Museums mit Auguste Rodins Plastik *Der Denker*. Frida legt eine Hand an den Sockel und sagt zu Henry: »Glaub nicht, dass du mir irgendetwas über ihn erzählen kannst, das ich noch nicht kenne. Er und ich sind gute Freunde.«

»Wie das?« Henry klingt etwas enttäuscht.

Frida geht um den Denker herum und betrachtet ihn liebevoll.

»Ein Abguss steht in der Eingangshalle des Detroit Institute of Arts, und ich musste immer an ihm vorbei, wenn ich Diego bei seiner Arbeit besuchen wollte. Er hatte den Auftrag, eine Wand im Garden Court des Museums zu bemalen. Dutzende Male habe ich mit ihm dort Zwiesprache gehalten und ihn gefragt, was er von der Welt denkt, in die man ihn verpflanzt hat. Und Diego besitzt eine prähispanische Figur, die eine ganz ähnliche Haltung hat. Vielleicht werde ich sie einmal malen.«

»Mach das«, sagt Henry und kauft die Eintrittskarten.

In der Halle steht das bronzene Höllentor, das Rodin selbst nie gesehen hat, weil es erst nach seinem Tod gegossen wurde. Frida studiert die verdammten, gequälten, stürzenden Menschen darauf, und ihr ist nicht wohl dabei. Sie denkt: Dies alles wird den Menschen bevorstehen, wenn der Krieg beginnt. Rodins Höllentor steckt voller Ahnungen und Visionen. Man muss blind sein, wenn man vor diesem Kunstwerk steht und nicht erkennt, wie es einem die Warnung ins Gesicht schreit.

Frida zieht Henry zu sich und küsst ihn auf die Stirn, als wolle sie ihn segnen. Er lächelt überrascht, und als sie sich in die Augen blicken, begreift Frida, dass er ähnlich empfindet wie sie, dass er begreift, was Rodin mit dem Höllentor sagen will. Er weiß auch, was ich denke, sagt sich Frida. Aber ich verlasse dieses Europa und werde in Sicherheit sein. Die Menschen hier müssen bleiben, und wenn ihr Land untergeht, dann gehen sie mit unter.

»Wollen wir noch etwas zusammen trinken?« Henry räuspert sich und versucht, munter zu klingen. »Da ist eine Bar in der Nähe. Und danach ...«

»Nein, *mon cher*. Heute muss ich ins Cyrano. Abschied nehmen. Du kannst aber mitkommen, wenn du willst.«

Schweigend gehen sie durch das Museum. Mit jeder Skulptur, die sie betrachten, schwindet die Leichtigkeit zwischen ihnen, bis sie am Ende ratlos auf der Straße stehen. Sie halten sich lange in den Armen. Dann gehen sie auseinander, jeder nimmt eine andere Richtung.

Der Abend im Cyrano fällt Frida schwerer als gedacht. Viele haben ihr etwas mitgebracht, eine Zeichnung, eine Karte, ein Foto oder ein kleines Andenken. Breton hat ein paar Bücher für sie und nimmt sie in den Arm, Jacqueline hat versprochen, sie bis zum Schiff nach Le Havre zu begleiten. Marcel und Mary schenken ihr ein Foto, auf dem sie beide zu sehen sind, die Hinterköpfe gegeneinander gelehnt. »In den Rahmen habe ich ein Knochenstück eingelegt«, sagt Mary schelmisch und zeigt Frida die Stelle.

Bevor sie die Koffer verschließt, schreibt Frida noch einen Brief an Nick.

Nick, mi amor,
Chartres ist wunderschön, ich habe noch nie zuvor so leuchtende Kirchenfenster gesehen, das Blau trieb mir die Tränen in die Augen. Wenn

Arija und Leja in Paris sind, sag ihnen, sie müssen unbedingt Chartres besuchen.

Ja, ich habe viele »alte Steine« besichtigt, wie Du es nennst, nicht so alt wie die in Mexiko, aber doch älter als die in New York. Paris hat seine eigene Zeit, und ich glaube, ich passe nicht hierher, auch wenn die Stadt schön ist. Sie ist vielleicht zu schön für mich.

Und die Angst vor dem Krieg legt sich wie ein schwarzer Schleier über alles.

Ich denke an Dich und vermisse Dich. Ich möchte Dich spüren, denn ich verliere das Gefühl, dass ich Dir nah bin, und das tut mir weh. Wie viele Dinge müssen wir beide noch klären, Nick? Welche Abgründe müssen wir noch überwinden, um zusammen sein zu können?

Gestern fiel mir die Frage ein, die Du mir gestellt hast, als wir im Savoy waren. Wir haben über Cristina gesprochen, und Du wolltest wissen, wie ich ihr verzeihen konnte. Du sagtest nicht, warum ich ihr so schnell verziehen habe, wie ich zuerst dachte, daher hat meine Antwort Dich auch so verwirrt. Du wolltest wissen, warum ich ihr überhaupt verziehen habe, war es nicht so? Du hättest es wohl besser verstanden, wenn ich nie wieder ein Wort mit ihr gesprochen hätte. Und weil Du es so genau wissen wolltest, erkläre ich es Dir jetzt doch.

Denn es ist eigentlich ganz einfach. Niemand hat mich mehr verletzt in meinem Leben als Diego. Zwei Unfälle sind mir zugestoßen: Die Straßenbahn, die meinen Bus auffraß, war der eine. Der andere war Diego. Die Kerbe, die Diego in mich geschlagen hat, ist so tief, dass daneben keine andere sichtbar bleibt. Cristinas Verrat war nichts im Vergleich zu seinem. Ja, ich war sehr böse auf sie. Aber nur kurz, weil der Schmerz über ihren Verrat gar nicht so tief durchdringen konnte wie der Schmerz über Diego. So wie wir die Zeit einteilen und die Längen und die Gewichte, so hat meine Einteilung von Schmerz einen Namen. Diego.

Nun weißt Du es.

Ich weiß nicht, warum ich heute daran denken muss, aber ich wollte es Dir sagen.

In Liebe,

Frida

TEIL SIEBEN

Mexiko, San Ángel, Mai 1939

Die flache Metalldose ist ein Geschenk, aber von wem, das weiß sie nicht. Sie liegt schon seit ihrer Rückkehr auf dem Tisch in ihrem Atelier. Frida rückt den Skizzenblock etwas zur Seite, schiebt den Daumennagel unter den Deckel und klappt die Dose auf. Unter hauchdünnem Papier liegen vierundzwanzig Buntstifte, nach Farben sortiert. Jeder einzelne Stift schmiegt sich friedlich in ein Bett aus grauer Pappe. Sie schließt die Augen und greift einen heraus, mit dem sie einen Strich quer über das Papier zieht. Als sie die Augen öffnet, ist es Kobaltblau. Ausgerechnet. In ihrem Kosmos steht die Farbe für Reinheit und Liebe. Und für Elektrizität. Sie malt einen kleinen Vogel, weitet den ersten Strich zu einem Ast, lässt das Tier seine Krallen darum krümmen.

Der nächste Stift, den sie – ebenfalls ohne hinzuschauen – in die Hand nimmt, ist dunkelgrün. Die Farbe für schlechte Nachrichten und gute Geschäfte, denkt Frida und zeichnet einen Käfig um den Vogel und den Ast. Mit dem nächsten Stift – er ist gelbgrün – fügt sie ein Gespenst hinzu. Es hält den Käfig mit seinen dürren, skelettartigen Fingern und grinst den kleinen Vogel böse an. Gespenster haben immer

325

diesen gelbgrünen Farbton, glaubt sie. Als sie merkt, dass der nächste Stift in ihrer Hand schwarz ist, legt sie ihn zurück, denn nichts auf der Welt ist wirklich schwarz. Sie fischt weiter blind einen Stift aus der Dose: laubgrün. Das ist nicht nur die Farbe für Blätter, Wissenschaft und Trauer. »Ganz Deutschland ist in diese Farbe getaucht«, murmelt sie vor sich hin. Sie malt dem Gespenst ein paar Uniformstiefel und hängt ihm ein Gewehr um.

Der nächste Stift: rötliches Purpur. Die Azteken nannten es *Tlapali*, was einfach nur »Farbe« bedeutet. Es ist die älteste und zugleich lebendigste Farbe und erinnert Frida an das Blut des Birnenkaktus. Sie skizziert eine Pfütze, die sich unter dem Vogel im Käfig ausbreitet, das Blut tropft auf den Boden und sickert in die Erde. Ihre Hand malt automatisch weiter, Rinnsale von Blut strömen unter der Erde zusammen und bilden eine große Blase, die größer und größer wird und schließlich platzt. Das Blut spritzt in die Höhe und regnet auf … was? Frida schnappt sich einen neuen Stift. Es ist wieder der kobaltblaue. Aber diesmal zeichnet sie keinen Vogel, sondern nur ein paar Federn, die wild herumwirbeln im Blutregen.

Als sie das Blatt betrachtet, greift sie, ohne den Blick davon abzuwenden, nach ihren Zigaretten. Seit vier Wochen ist sie zurück aus New York, vier Wochen, in denen so viel zerbrochen ist, dass sie sich genauso fühlt wie das, was sie gerade gemalt hat: Was von ihr übrig ist, sind ein paar blaue Federn, die langsam zu Boden sinken.

Als das Passagierschiff *Île de France* in den Hafen von New York einläuft, steht Nick wie verabredet am Pier. Er ist nicht allein, sondern hat einen Schwung Leute mitgebracht, darunter Julien, Vivian, Mary und noch ein paar andere Freunde. Es gibt ein großes Hallo, Küsse und Umarmungen, und in all der Freude, wieder in New York zu sein, übersieht Frida, dass Nick blass ist und sein Lächeln ohne Wärme. In mehreren Taxis fahren sie zu einem Restaurant in Midtown. Dort nimmt Nick neben ihr Platz, greift aber nicht nach ihrer Hand, weder über noch unter dem Tisch. Sie schiebt es darauf, dass er beleidigt ist, weil sie ihm noch nicht erlaubt hat, ihre Beziehung vor anderen zu zeigen, obwohl sie glaubt, dass seine letzten Fotos von ihr, wenn er sich dazu entschließt, sie zu verkaufen, viel mehr über sie verraten als zwei ineinander verschlungene Hände.

Erst nach dem Begrüßungscocktail fällt Frida auf, wie gehetzt Nick wirkt. Er will nichts essen, stottert etwas von einem Großauftrag, der ihn Tag und Nacht in Atem hält, erwähnt technische Schwierigkeiten und verabschiedet sich, noch bevor das Essen aufgetischt wird. Dabei sieht er Frida nicht in die Augen, sondern küsst ihr übertrieben galant die Hand und sagt leise: »Ich rufe dich an!« Sie ist verwirrt und auch verärgert. Sie hatte sich gewünscht, er würde bleiben, bis alle anderen gegangen sind. Aber sie ist zu sehr auf ihre eigenen Gefühle konzentriert, um sich vorzustellen, dass Nick noch einen anderen Grund für sein Verschwinden haben könnte.

Mit halbem Ohr lauscht sie den Gesprächen der anderen,

während sie Mary Sklar von ihrer Ausstellung in Paris erzählt, und als sie mitbekommt, dass Julien über Nick spricht, bricht sie mitten im Satz ab. »Großauftrag, eine gut gewählte Formulierung«, spottet Julien gerade lachend. »Hast du sie mal gesehen? Sie ist wirklich groß. Trotzdem sehr hübsch, klug, fröhlich, ich glaube, sie macht das Rennen.«

»Von wem sprecht ihr?« Fridas Stimme klingt dünn, und sie muss sich räuspern.

Vivian schaut sie verschwörerisch an. »Von Murays neuer Freundin. Ich glaube, es hat ihn ganz schön erwischt. Du kennst ihn doch so gut, hat er dir nichts von ihr erzählt?«

Für ein paar Sekunden glaubt Frida, es ginge um sie selbst. Natürlich, es könnte doch sein, dass Nick unter seinen Freunden die Geschichte ausgestreut hat, ihm sei die große Liebe begegnet, und nun wolle er, da sie zurückgekehrt sei, allen mitteilen, dass es sich dabei um Frida handle. Sie schöpft Hoffnung, dabei hatte sie wenige Stunden zuvor noch darüber nachgegrübelt, wie sie Nick beibringen könnte, dass sie nur kurz in New York bleiben würde. In diesem Moment ist sie bereit, alle Pläne über den Haufen zu werfen, nur damit das nicht wahr wird, was sie gerade befürchtet. Aber Julien macht diesen Traum sofort zunichte.

»Ich hab sie ein paarmal zusammen gesehen. Dachte mir gleich, dass da was läuft. Vielleicht wird sie ja Ehefrau Nummer vier?«

Frida starrt ihn ungläubig an und merkt erst jetzt, dass Mary sich neben ihr aufregt.

»Frida? Sag mal, ich rede mit dir, und du hörst mir gar nicht zu!«

»Entschuldigung«, sagt Frida und wendet sich wieder Mary zu, versucht, sich auf die Freundin zu konzentrieren. In ihrem Innern wütet es. Sie bestellt einen weiteren Drink, und es folgt noch einer und noch einer. Sie überlegt, ob sie später zu Nick gehen soll, damit er die Gerüchte dementiert, aber der Alkohol nimmt ihr den Antrieb. Sie beschließt, ihn später anzurufen.

Als das Essen längst auf dem Tisch steht, kommt Ella Paresce ins Lokal. Sie und Frida kennen sich schon lange, denn ihr Mann René ist Künstler und ein Freund von Diego. Schon vor ihrer Reise nach Paris hatten die beiden Frauen verabredet, dass Frida nach ihrer Rückkehr für ein paar Tage bei ihr wohnen soll. Frida schiebt ihren Teller der Freundin zu, die sich hungrig darüber hermacht.

»Ich habe den ganzen Tag für dieses Benefizkonzert in zwei Wochen geprobt und bin total fertig.«

Frida muss sich zusammenreißen, um zu fragen, was Ella spielen wird.

»Eine Klaviersonate von Arthur Bliss. Ich muss dich warnen. Du wirst vielleicht in ein paar Tagen schon wieder ausziehen wollen. Es ist ein lautes, brutales Stück. René ist froh, dass er gerade einen Kurs in Boston geben kann.«

Zwei Stunden später denkt Frida, dass die Freundin recht hat. Die tosende Musik aus dem Wohnzimmer würde ihr in einem Konzertsaal und unter anderen Umständen vielleicht interessant oder sogar inspirierend erscheinen, aber als Hintergrundmusik für ihre derzeitigen Gefühle ist sie entsetzlich. Sie fühlt sich wie erstarrt, ihre Hände sind eiskalt. Nur mit Mühe erhebt sie sich vom Bett des Gästezimmers, geht schwerfällig in die Küche, wo das Telefon an der Wand hängt. Sie ruft Diego an.

»Friducha, bist du wieder in New York? Da bin ich beruhigt. Wann kommst du her?«

»In ein paar Tagen, wenn ich hier alles ... erledigt habe.«

»Sind deine Bilder da?«

»Julien kümmert sich darum und schickt sie nach San Ángel.«

»Hast du dein Ticket?«

»Ja. Danke, dass du mir den Flug bezahlt hast, du alter Unkenfrosch.«

»Frida?«

»Ja?«

»Was ist los?«

»Nichts. Ich weiß nicht, ich bin müde.«

»Du weinst doch?«

»Weil ich müde bin.«

»Komm nach Hause und lass dich von Cristina verwöhnen, dann geht es dir bald besser.«

»Diego?«

»Was ist?«

»Freust du dich auf mich?«

»Und wie! Ohne meine Hexe weiß ich doch gar nicht, worüber ich mich den ganzen Tag ärgern soll.«

Mit Tränen im Gesicht legt Frida auf und geht zurück in ihr Zimmer. Sie setzt sich aufs Bett und zündet sich eine Zigarette an. Mit der anderen Hand holt sie die beiden Puppen aus der Reisetasche und platziert sie neben sich. »Also, ihr wollt lebendiger sein als ich?«, sagt sie laut. Sie stupst die Puppen heftig in den Bauch, sie fallen auf den Rücken und strecken die Beine in die Luft.

Nochmals kehrt Frida in die Küche zurück. Diesmal wählt sie die Nummer von Nicks Studio. Er sei gerade nicht zu sprechen, erklärt seine Assistentin. Es ist nicht zu überhören, dass Nick sich verleugnen lässt. Sie bittet um einen Rückruf.

Noch auf dem Schiff hatte sie verschiedene Szenarien im Kopf durchgespielt. Nick, der ihr einen Heiratsantrag macht, den sie ablehnen würde. Nick, der sie bittet, nach New York zu ziehen, der sie auf Knien anfleht, bei ihm zu bleiben. Nick, der mit ihr nach Mexiko gehen und ein Fotostudio aufmachen will, der die Leitung des New Yorker Studios einem Partner überträgt. Nick, der sie eifersüchtig zur Rede stellt, weil er auf geheimen Wegen von Henry oder Iñaki erfahren hat. Womit sie nicht gerechnet hatte, war ein Nick, der ihr aus dem Weg geht. Ein Nick, von dem Julien sagt, er habe sich neu verliebt.

Frida kann sich nicht vorstellen, dass Julien recht hat. Nicht nach dem letzten Winter, nicht nach ihrer gemeinsamen Zeit vor der Abreise nach Europa. Sie holt die Briefe hervor, die er ihr nach Paris geschrieben hat. Sie habe sein Herz in das ihre eingeschlagen, steht da. Sie müssten eine Lösung finden und entscheiden, wo und wie sie zusammenleben könnten. Er wolle wenigstens die zweite Hälfte seines Lebens mir ihr verbringen. Er bitte sie darum, die Zeit, die sie in Paris nun für sich habe, zu nutzen, um nach dem Schlüssel für dieses Rätsel zu suchen, wie sie beide ein gemeinsames Leben haben könnten.

Sie hatte diesen Schlüssel nicht gesucht, gesteht sie sich ein. Sie hatte weder nach einer Lösung gesucht noch irgendwas in der Richtung in ihren Briefen angedeutet. Stattdessen hatte sie an Geena und Norman geschrieben, sie liebe Diego mehr als ihr Leben, vermisse Nick jedoch ab und zu. Hatten die Turners Nick davon erzählt? Oder hatte sie einen anderen Fehler gemacht? Hatte Nick vielleicht an ihrer Liebe gezweifelt? Und war das nicht sogar richtig, weil sie selbst daran zweifelte? War es nicht so, dass sie mit keiner Silbe angedeutet hatte, ihre Entscheidung sei für ihn gefallen? Sie hatte ihn immer wieder um Zeit gebeten. War es dann nicht weiter erstaunlich, dass er sich von ihr abgewendet hat?

Während ihre Freundin das Klavier im Wohnzimmer mit düsterer Wut bearbeitet, während Akkorde des Schreckens und der Verzweiflung unter der Türritze hervorkriechen, hockt Frida hadernd auf ihrem Bett. Vor ihrer Abreise nach Paris hatte Nick ihr sein ganzes Herz zu Füßen gelegt. Wo ist es jetzt?

Etwas in ihr jault auf wie eine Katze, die man im Nacken packt, um sie zu ersäufen. Betrug ist die Spezialität von Diego, er hat dieses Messer schon hundertfach in ihre Seele gerammt. Doch das Gefühl, verlassen zu werden, löst einen völlig anderen Schmerz aus, er ist nicht so heiß und lodernd. Eher so, als wenn man mit dem Kopf in ein Fass mit eiskaltem Wasser getaucht wird. Frida kennt das Gefühl. Es war schon da, bevor sie Diego und Nick kennenlernte, es ist verbunden mit dem Namen Alejandro.

Er war ihr erster richtiger Freund, der Erste, mit dem sie geschlafen hat. Aber als sie ihn am meisten brauchte, verließ er sie, weil er seit dem Unfall Angst vor ihrem Körper hatte. Eine verkrüppelte Frida zu lieben und Verantwortung für sie zu übernehmen, das überstieg seine Vorstellung. Deshalb hatte er sie unter die Wasseroberfläche gedrückt und ihr mit seinen schönen großen Augen beim Ertrinken zugeschaut.

Solange sie die fröhliche, freche Frida gewesen war, solange sie mit ihm Sex hatte, wo und wann er wollte, hatte er nicht genug von ihr bekommen können. Dann saßen sie nebeneinander im Bus, als der Unfall ihr Leben in ein Davor und ein Danach teilte. Während sie versuchte zu überleben, hatte sich Alejandro davongestohlen. Was sollte er auch mit diesem Wrack anfangen, das die Ärzte wie ein Puzzle zusammensetzen mussten? Sein Spielzeug war kaputt, er brauchte es nicht mehr. Bis heute erfasst sie Scham, wenn sie daran denkt, wie er sie bei seinem einzigen Besuch im Krankenhaus angeschaut hatte. Doch genau aus diesem Grund hält sie noch immer den Kontakt zu ihm, schreibt ihm freundliche Briefe und lächelt ihn an, wenn sie sich begegnen. Ihre Selbstachtung verlangt es. Nur so kann sie ihm und sich selbst beweisen, dass sie nicht nur den Unfall, sondern auch seine Treulosigkeit überlebt hat. Ihr Lächeln ist ihre Waffe, ihr Panzer. Es soll sich in sein Herz bohren. Jetzt, hier in New York, mit dem Gefühl, Nick würde sie auch im Stich lassen, muss sie an der alten Wunde kratzen.

Frida sitzt auf dem Sofa, angespannt, denn sie hat die Glocke an der Vordertür gehört und weiß, dass es Alejandro ist. Als er leise den Salon betritt, blättert sie mit ausdrucksloser Miene in einem Buch über Pieter Bruegel den Älteren.

»*Hola* Frida, wie geht es dir?«

»Ganz gut«, sagte sie und blättert weiter. Diese Lektion hat sie schon gelernt. Je weniger Interesse sie zeigt, desto zutraulicher wird er. Er kommt näher und setzt sich ihr gegenüber. Sie schaut ihn nicht an, sondern betrachtet die Bilder.

»Ist es nicht seltsam, dass die Söhne und die Enkel von Bruegel ebenfalls Maler waren? Aber keiner von ihnen war so gut und so erfolgreich wie Pieter der Ältere. Als ob sein Talent durch Vererbung kleiner geworden wäre. Gibt es das? Sind Kinder weniger intelligent als ihre Väter?«

Alejandro denkt nach. »Ich glaube nicht. Es kann sogar umgekehrt sein.«

»Sind Töchter weniger hübsch als ihre Mütter?«

Er schüttelt den Kopf. »Die Natur funktioniert nicht so.«

»Natürlich tut sie das nicht.« Frida klappt das Buch zu.

»Ich hoffe, unsere Kinder werden intelligenter und begabter sein als wir. Und weniger frech in der Schule.«

Ihr Freund schaut auf seine Hände, und sie weiß, dass sie einen Fehler gemacht hat. Natürlich spricht man nicht vor seinem *novio* von gemeinsamen Kindern. Vor allem dann nicht, wenn dieser *novio* gerade dabei ist, einen zu verlassen.

»Wie wird das Leben nun weitergehen?«, fragt sie zaghaft.

Alejandro lächelt, denn auf diese Frage weiß er eine Antwort. »Ich werde die Abschlussprüfungen bestehen, dann eine Zeit lang ins Ausland gehen und anschließend Jura studieren. Und du?«

Als sie das Haus wieder alleine verlassen kann, humpelt sie mit einem Gehstock ihres Vaters zum Bus und fährt nach Mexiko-Stadt. Es ist eine lange Fahrt, mehr als eine Stunde hat sie Zeit, um darüber nachzudenken, was sie Alejandro sagen will. Als der Bus an einer Ampel scharf bremst und sie ein glühender Schrecken durchfährt, wird ihr klar, dass sie gerade zum ersten Mal seit dem Unfall wieder in einem Bus sitzt. Ist sie wahnsinnig geworden? Zitternd und mit feuchten Händen lauscht sie auf das schwere Aufheulen des Motors beim Anfahren. Aber sie kann die Angst jetzt nicht gebrauchen, schiebt sie weg, stopft sie mit wütend geballten Fäusten in die kleine Umhängetasche, die sie mitgenommen hat. Darin stecken ein paar Geldscheine, ein Taschentuch und eine kleine Holzfigur, die sie Alejandro schenken will. Sie hält sich aufrecht sitzend an der Haltestange fest. Niemand hat ihr gesagt, sie könne nicht mehr Bus fahren. Also, was soll falsch daran sein?

Vor dem Haus, in dem Alejandro wohnt, wartet sie einen Moment, um zu Atem zu kommen, denn das Gehen kostet Kraft. Erst dann klingelt sie. Das Hausmädchen der Familie Gómez Arias erklärt, Alejandro sei nicht da. Sie schließt die Tür gleich wieder, und Frida steht wie eine Hausiererin davor. In der Schule kann er nicht sein, denn der Unterricht ist vorbei, alle lernen jetzt für die Prüfungen. Alle außer Frida, die keine Schülerin der Preparatoria mehr ist, der besten Schule von Mexiko-Stadt. Sie fährt trotzdem die paar Stationen bis zur Preparatoria und setzt sich auf die Bank vor der Bibliothek. Falls Alejandro hier ist, muss er irgendwann herauskommen. Frida wartet. Plötzlich steht Lupita Sánchez vor ihr. Die Mitschülerin mustert Frida neugierig.

»Na, Frida, wieder am Leben?«

»Wie du siehst.«

»Du sollst fast tot gewesen sein.«

»Na und?«

Lupita holt ein Päckchen Zigaretten aus der Tasche.

»Willst du eine? Dann komm her.«

Frida steht auf und lässt den Stock auf der Bank liegen. Sie nimmt sich eine Zigarette, und Lupita gibt ihr Feuer.

»Suchst du Alex?«

»Was geht dich das an?«

»Der ist nicht da.«

»Ach ja? Wo ist er denn?«

»Geht mich ja nichts an.«

Frida schluckt eine freche Bemerkung herunter und stupst Lupita freundlich am Arm.

»Sag schon.«

»Alex, der Mistkerl, hat mir gesagt, ich sei noch schlimmer als du, Frida. So einer ist das. Ich sei eine Schlampe. Und das wüsste er von dir. Er wusste lauter Dinge, die ich dir im Vertrauen erzählt hab, du blöde Kuh.«

»Ich hab Alex nichts erzählt.«

»Wirklich?« Lupitas Stimme wird immer schärfer. »Und woher wusste er dann, dass ich mit Arturo einen Ausflug im

Auto seines Onkels gemacht habe, hä? Woher, wenn nicht von dir, Frida?«

»Weiß ich doch nicht. Ich hab ihm nichts erzählt.«

»Ich habe ihm nichts erzählt«, äfft Lupita sie nach. Sie geht um Frida herum und bläst ihr den Rauch ins Gesicht. Frida dreht sich hilflos im Kreis, um Lupita im Blick zu behalten. Ihre Faust sieht sie aber nicht kommen, und als Lupita sie in die Seite boxt, muss sie alle Muskeln anspannen, um nicht umzufallen. Sie wünschte, sie hätte den Stock in der Hand.

Lupita spuckt vor ihr aus.

»Wer denn sonst, Frida? Ich sag dir was: Du magst wie eine Mater Dolorosa aussehen, aber du bist eine ganz Durchtriebene, und das habe ich Alex auch gesagt. Er weiß, dass du es mit deinem Chef in der Druckerei getrieben hast. Du bist die Schlampe, Frida, nicht ich.«

Lupita wirft die Zigarette vor ihr auf Boden, dreht sich um und geht.

Frida kehrt zurück zur Bank und setzt sich für einen Moment hin. Dann greift sie den Stock, steht auf und macht sich auf den Heimweg.

Alle Versuche, Alejandro mit Liebesbriefen zurückzugewinnen, scheitern. Sie erreicht sein Herz nicht mehr. Die Gerüchte über ihren Betrug liefern ihm jetzt auch einen akzeptablen Grund. Eine Freundin, die durch einen Unfall zum Krüppel wurde, kann man nicht gut verlassen. Aber wenn man erfährt, dass sie einen betrogen hat, dann ist das in Ordnung. Dann kann man sich sogar edel fühlen, wenn man das Mädchen noch einmal zu Hause besucht.

Nach den Prüfungen geht Alejandro für ein paar Monate nach Deutschland. Seine Familie will ihn mit dieser Reise von Frida trennen, dabei hat er das längst selbst erledigt. Frida schreibt ihm weiterhin Briefe. Schreibt sich in sein Leben hinein, weil sie nicht akzeptieren will, dass er sie aus seinem hinausgeworfen hat. Wenn er das wirklich will, dann muss er sie nach jedem Brief wieder von Neuem ausradieren. Es ist ein Machtkampf, den sie gegen seine Gleichgültigkeit führt. Für ihn hat sie ihr erstes Selbstporträt gemalt. Auch damit will sie ihn an sich binden. Er soll sie vor Augen haben, sehen, wer sie ist. Nach diesem Geschenk kann er sie nicht mehr ignorieren. »Heute ist immer noch«, schreibt sie auf die Rückseite. Beim Malen kann sie sich vergewissern, dass sie da ist. Mit jedem Bild beweist sie, dass sie lebt, denkt und fühlt. Dass sie noch ein Mensch ist.

Coyoacán, Herbst 1926

Ein Jahr nach dem Unfall erleidet Frida einen schlimmen Rückfall. Drei ihrer Wirbel sitzen nicht richtig, stellen die Ärzte fest. Als hätten Bus und Straßenbahn mit ihren Knochen gespielt, sie sich gegenseitig zugeworfen, um am Ende feixend zu sehen, was passieren wird, wenn sie die Puppe nicht richtig zusammenbauen.

Die Ärzte hätten es wissen können, bevor sie Frida nach dem Unfall zum ersten Mal aus dem Krankenhaus entließen, aber niemand von ihnen dachte daran, eine teure Röntgenaufnahme zu veranlassen, da die Familie ohnehin Probleme hatte, die Kosten für die Behandlung zu bezahlen.

Deshalb muss sie wieder im Streckverband liegen, und zusätzlich wird ihr ein Gipskorsett angepasst. Diesmal ist sie dazu verdammt, monatelang auf dem Rücken auszuharren. Sie überlegt ganz nüchtern, dass sie jetzt nur noch zwei Optionen hat. Die eine besteht in einem kleinen scharfen Messer, das sie in ihrer Matratze versteckt. Sie hat es tief in die Füllung hineingebohrt, damit ihre Schwestern oder die Frauen, die der Mutter im Haushalt helfen, es nicht versehentlich entdecken, wenn sie Fridas Bett neu beziehen. Falls die Schmerzen zu stark werden – und manchmal fühlt sie sich diesem Moment sehr nahe –, wird sie diese Welt freiwillig verlassen. Sie ist entschlossen und mutig genug für diesen Schritt, das weiß sie.

Die andere Möglichkeit ist komplizierter: Sie muss etwas finden, das sie von dem Schmerz ablenken und gleichzeitig ihrem Leben einen Sinn geben kann.

Vielleicht hatte es schon mit Hieronymus Bosch begonnen. Ihr Vater besaß einen schweren Wälzer, in dem eine Reihe von Abbildungen seiner Bilder klebten, deren Farben entweder zu blass oder zu dunkel waren. Die Bildchen waren nicht einmal so groß wie eine Postkarte und nur mit dem oberen Rand auf der Buchseite befestigt. Immer wieder bog Frida sie als kleines Mädchen nach oben, um zu sehen, ob sich darunter etwas befand, vielleicht ein Teufelsfuß oder ein kleines Loch, das in einen Abgrund führt. Natürlich war dort nichts, aber sie verspürte doch stets eine klamme Sorge, wenn sie das glatte Papier der Bildchen zwischen die Finger nahm. Die Höllengestalten von Bosch bewohnten damals ihre Alpträume und hinterließen in ihr das Gefühl, unrein zu sein. Hatten Mädchen mit gutem Gewissen auch so schlimme Fantasien? Wohl kaum, dachte Frida.

Jetzt, ein Jahr nach dem Unfall, fragt sie sich, ob sie selbst Schuld hat an ihren Krankheiten und Gebrechen. Etwas am Verhalten der Mutter hat sie auf diese Idee gebracht. Matilde geht zunehmend auf Distanz zu ihr, ihr Lächeln gerät immer schmaler, und ihre Hände scheinen sie kaum zu berühren, wenn sie Frida über das Gesicht streichen. Matilde hält ihre Tochter schon lange für unzähmbar, und sie betont es so oft, dass Frida glaubt, sie betrachte es als gerechte Strafe, dass ausgerechnet sie so lange ans Bett gefesselt und zur Unbeweglichkeit verdammt ist. Trotzdem ist es die Mutter, die ihr den Ausweg aus dem Gefängnis zeigt. Vielleicht, denkt Frida viele Jahre später, hat Matilde damit Abbitte dafür geleistet, ihrer Tochter einen lebenslangen Schuldkomplex aufgeladen zu haben, weil sie keine brave, fügsame Tochter gewesen ist.

Von Beginn an malt Frida nicht nur sich selbst, Cristina, andere Verwandte oder Freunde, sondern auch giftige Pflanzen, den Verräter Judas und die Tiere, die im Pakt mit dunklen Mächten stehen: Papageien, Katzen und Affen. Das Malen trägt sie fort aus dem Gipskorsett, dem Bett, dem dunklen Zimmer. Wer keine Flügel hat, malt sich welche, so kommt es ihr vor.

Es ist wie bei Lilith, der Frau von Adam. Frida hörte den Namen zum ersten Mal, als ihre Grundschullehrerin von ihr berichtete. Die junge Frau blieb nicht lange bei ihnen in Coyoacán, aber die Erstklässlerinnen liebten sie glühend, weil sie lange rotblonde Haare hatte und voller Geschichten steckte, in denen es um Mädchen ging, die stark und frei waren. Lilith war eine von ihnen. Sie hatte ihren eigenen Kopf und wollte sich Adam nicht unterordnen, sich ihm nicht *hingeben*. Was das genau war, verstanden sie damals nicht, aber es klang sehr dramatisch, und sie verglichen kichernd die Gänsehaut auf ihren Unterarmen, wenn sie davon redeten. Gewonnen hatte diejenige, deren Härchen am steilsten zu Berge standen.

Lilith war nicht bereit, ein Kind zu bekommen, und sie wollte auch nicht mit Adam zusammenleben. Das wiederum wussten Frida und ihre Mitschülerinnen sehr gut, denn jede von ihnen hatte eine Tante oder große Schwester, die unglücklich war und ihren Mann nicht mochte. Aber keine von ihnen hätte sich dem Zusammenleben mit einem Mann entzogen. Als der Teufel Lilith holen wollte, widersetzte sie sich auch ihm. Aber Gott, anstatt froh zu sein, dass er so eine starke Frau geschaffen hatte, war nicht zufrieden mit ihr. Lilith überlistete ihn jedoch und brachte ihn dazu, ihr seinen geheimen Namen zu verraten. Nun besaß sie so viel Macht wie niemand sonst auf der Welt. Lilith wollte jedoch niemanden beherrschen, sondern wünschte sich nur eines: Flügel, um frei zu sein. Gott schenkte sie ihr, und Lilith flog davon. Erst als sie fort war, schuf Gott Eva aus einer Rippe von Adam. Die ließ sich gerne von ihm schwängern. Frida fand Eva langweilig.

Wenn Frida in ihrem Gipskorsett liegt, denkt sie oft an Lilith. Bis sie begreift, dass sie längst selbst Flügel bekommen hat. Beim Malen kann sie sein, was sie will, an jedem Ort. Sie kann alles sagen, was sie denkt, auch wenn sie es verschlüsseln muss. Gerade das macht ihr mehr und mehr Spaß und gibt ihr das Gefühl, die Kontrolle über ihr Leben zurückzugewinnen. Sie beschließt, ihre Anspielungen und Rätsel niemals zu erklären und darauf zu vertrauen, dass sie eines Tages einen Menschen findet, der sie von alleine versteht. Einen Menschen, der keine Angst hat, den Dschungel zu durchdringen und Frida zu entdecken.

New York, April 1939

Nick ruft an, wie er es versprochen hatte. Am nächsten Tag holt er sie bei Ella ab. Im Bryant Park, der nur ein paar Minuten entfernt liegt, gehen sie nebeneinander her wie Fremde. Frida trägt ihr magentafarbenes Tuch über dem schwarzen Rock mit den grünen Streifen. Die Haare hat sie zu einem schlichten, glänzenden Knoten geschlungen und nur ein schmales rotes Band hineingeknotet. Picassos Schildpatt-Hände baumeln an ihren Ohren. Nick berührt sie vorsichtig. »Er hat einen guten Geschmack, dieser Picasso.« Dann schaut er sich um. »Wie ist es hier? Magst du dich in die Sonne setzen? Auf meine Jacke?«

Es ist warm in der Mittagssonne, aber Frida ist nicht wohl zumute. Um sich zu beruhigen und die Schmerzen im Fuß in den Griff zu bekommen, hatte sie gleich nach dem Frühstück etwas getrunken. Nun ist sie müde und fühlt sich für das Gespräch, was nun unweigerlich folgen wird, nicht stark genug.

Aber Nick schaut sie freundlich an und nimmt ihre Hand. »Wie soll es mit uns weitergehen, Frida?«

Die Frage überrascht sie. Der eiserne Ring um ihre Brust weitet sich.

»Hast du eine andere?«

»Wer sagt das?«

»Also hast du.« Sie zieht ihre Hand weg.

Nick seufzt. »Du wolltest doch, dass ich mit anderen Frauen ausgehe, erinnerst du dich? Nein, ich habe keine andere in dem Sinn, dass ich jemanden auch nur annähernd so liebe wie dich. Ja, ich gehe mit einer Frau aus, die mir gefällt und die mir guttut. Aber ich habe dich etwas gefragt: Wie soll es weitergehen, was hast du vor? Was wird aus uns?«

»Du hast dich offenbar ja schon entschieden. Wenn dir diese andere so guttut, dann brauchst du mich auch nicht mehr.«

»Du hast mir gesagt, ich solle auf keinen Fall zu Hause bleiben, wenn du in Paris bist. Und wie ich dich kenne, *my love*, hast du in Paris auch nicht zu Hause herumgesessen. Aber darum geht es doch gar nicht: Jetzt ist der Moment da, um zu sagen, wie es weitergeht. Diego oder ich. Was willst du?«

»Also das ist die Entscheidung? Und du und diese Schlampe, da musst du keine Entscheidung treffen?«

»Nenn sie nicht so, Frida, wirklich, das ist schlechter Stil.«

»Oh, là, là, du sprichst von Stil?«, faucht sie ihn an. »Ich komme zurück aus Paris und erfahre von Julien, dass du eine andere hast. Nach allem, was du mir vorher erzählt hast von ... Liebe?«

»Dass Julien ein Klatschmaul ist, solltest du am besten wissen!« Auch Nick wird jetzt lauter. »Wo hat er es dir denn gesagt, im Bett?«

Er bremst seine Wut sofort wieder, steht auf, knickt einen Frühlingszweig ab, setzt sich wieder und beginnt, die kleinen Blätter mit kurzen Bewegungen abzupflücken.

Frida fühlt sich einen Moment lang wieder sehr stark.

»Also, damit ich das jetzt auch richtig verstehe: Du hast eine andere, aber ich soll mich zwischen Diego und dir entscheiden?«

Nick schaut sie an. Prüfend und vorwurfsvoll.

»Erinnerst du dich an unseren ersten Frühling? In Mexiko?«

»Wie könnte ich das vergessen, Nick«, flüstert sie.

»Und weißt du noch, was du mir danach geschickt hast? Eine Zeichnung und einen Brief. Beides fiel mir wieder in die Hände, als du in Paris warst. Du hast geschrieben, du würdest mich lieben wie einen Engel, du würdest mich niemals vergessen, niemals. Ich sei dein Leben. Weißt du das noch?«

»Hör auf damit, was soll das?«

»Und die Zeichnung, die du mir mit dem Brief geschickt hast, was ist darauf zu sehen?«

Frida presst ihre Hände vor die Augen. »Ich weiß es nicht.«

Er löst sanft ihre Hände von ihrem Gesicht und schaut sie an. »Es war eine Zeichnung von dir und Diego. Und in deinem Bauch ...«

»Hör auf!«

»In deinem Bauch, fast nicht zu sehen, ein Kind.«

»Das ist so lange her, ich wusste damals doch nicht, was aus uns werden sollte ... Und das Kind ist schon tot.«

Sie zieht ihre Hände weg. Beugt sich nach vorne und vergräbt den Kopf in ihrem Tuch.

»Aber es hatte eine Bedeutung. Es ist tatsächlich das erste

Bild, das du mir geschenkt hast. Und darauf seid ihr beide zu sehen, du und Diego Ich war blind, Frida, völlig blind. Er war immer zwischen uns, immer. Ich hatte nie eine Chance!«

»Es ist acht Jahre her« Frida hebt kurz den Kopf.

»Diego bildet das Zentrum deines Lebens.« Vorsichtig streicht er über ihr Haar. »Als ich deinen letzten Brief aus Paris las, in dem du schreibst, die Kerbe, die Diego geschlagen hat, sei so tief, dass nichts daneben sichtbar bliebe, da habe ich es verstanden. Ich werde ihn dir nie ersetzen können. Du wirst mich nie so lieben wie ihn.«

Weil sie das Gesicht in ihren Schal gepresst hat, streichelt er ihren Nacken.

»Aber du kannst nicht alles haben, du kannst nicht Diegos Frau in Mexiko sein und meine in New York. Einen von uns wirst du verlieren.« Er holt tief Luft. »Und wenn du nicht aufpasst, dann vielleicht sogar uns beide.«

Mit einem Ruck hebt sie den Kopf und schaut ihn mit zusammengekniffenen Augen an.

Später weiß sie nicht mehr, wie viele Tränen sie weinte und wie oft Nick ihre Hand genommen und an sein Herz gedrückt hat.

Doch an einen Moment erinnert sie sich noch genau, weil er sich wie ein Film in ihr Hirn eingebrannt hat. Sie stehen einander gegenüber. Nick hält ihre Arme fest, während sie versucht, ihn von sich wegzuschieben. Sie weiß, dass sie es ist, die sich entscheiden muss, denn er ist wirklich zu allem bereit. Aber sie kann Diego nicht verlassen, denn damit hätte sie sich abgeschnitten von all ihren Wurzeln. Sie kann aber auch Nick nicht freigeben, kann seine Liebe nicht wegwerfen, die ihr so wichtig geworden ist und die nach so vielen Jahren zum ersten Mal eine echte Chance zu haben scheint.

Also macht Frida das Einzige, was ihr bleibt. Sie bringt ihn dazu, sie zu verlassen. Sie beschimpft Nick so lange für das, was sie seine Affäre mit der Schlampe nennt, bis er sie wütend loslässt und geht.

Drei Tage später fliegt sie zurück nach Mexiko.

Coyoacán, Ende April 1939

Diegos Empfang ist nicht besonders herzlich. Zwar hebt er sie hoch, drückt ihr Küsse auf beide Wangen, studiert aufmerksam die Zeitungsartikel, die sie ihm mitgebracht hat, aber nach dem Abendessen mit Cristina, die bald in der Küche verschwindet, um Eulalia, der Köchin, beim Aufräumen zu helfen, will er wieder nach San Ángel fahren. Frida begleitet ihn zur Tür und würde ihn gerne noch zum Bleiben überreden, aber er hat schon seine Jacke in der Hand und tätschelt ihr väterlich die Wange.

»Pack aus und gönn dir Ruhe. Ich nehme an, du bleibst erst mal hier?« Dass er sie nicht anschaut, ist ein schlechtes Zeichen.

»Warum sollte ich? Ich will malen und komme vielleicht schon morgen nach San Ángel, damit ich loslegen kann.«

»Du kannst auch hier malen. Aber mach, was du willst. Nur … vielleicht solltest du dich um deinen Vater kümmern.«

»Warum? Er ist bei Maty gut aufgehoben. Ich besuche ihn bald.«

»Nun gut, warte aber nicht zu lange damit.«

Zerstreut greift er in seine Jackentasche und sucht nach den Autoschlüsseln.

»Was ist los, willst du mich nicht im Haus haben?«

Er zuckt mit den Schultern. »Mein ja nur. Ein bisschen Abstand schadet nie.«

»Abstand? Hat Fulang-Chang dein Hirn gefressen? Ich war ein halbes Jahr fort.«

Diego hat die Schlüssel gefunden und lächelt Frida herausfordernd an. »Stimmt. Und es hätte leicht ein ganzes Leben daraus werden können, oder?«

Er wendet sich zum Gehen, aber sie hält ihn fest.

»Warte. Was soll das heißen? Wäre es dir lieber gewesen, ich wäre nicht zurückgekommen?«

Er greift ihr unters Kinn, wie man es bei einem Kind macht.

»Vielleicht wäre es dir lieber gewesen, bei Nick zu bleiben?«

»Was hat der damit zu tun?«

»Friducha, du bist eine schlechte Lügnerin. Du kannst vielen Leuten alles Mögliche weismachen, nur mir nicht. Aber ich gebe zu, Rosa hat mir auf die Sprünge geholfen. Und alles, was sie mir nicht erzählt hat, habe ich mir zusammengereimt. Ist ja nicht so, dass er kein regelmäßiger Gast bei uns war, und seine Bewunderung für dich war schon immer mit Händen zu greifen. Nicht so klar war mir, dass du offenbar auch ihn so bewunderst, meine Hübsche. Deshalb schlage ich vor: Halten wir etwas Abstand.«

»Diego …«

»Nein, halt den Mund. Ich mach dir nicht mal Vorwürfe.

Und keine Sorge, ich werde ihn nicht zum Duell fordern. Ich mag Nick. Und dass er dich liebt, kann ich gut verstehen. Ich lass dir deine Freiheit. Aber du mir bitte auch meine.«

Frida hebt die Arme in die Luft und stöhnt. »Aha, jetzt verstehe ich, wofür du deinen Abstand brauchst. Du hast wieder neue Assistentinnen im Visier und brauchst San Ángel als Liebesnest? Kannst du deine Huren nicht woanders hinbestellen? Ich will einfach nur arbeiten.« Sie dreht sich weg, damit er nicht sieht, wie verletzt sie ist. Scheinbar beiläufig fügt sie noch hinzu: »Und außerdem: Willst du mir nicht deine neuen Arbeiten zeigen?«

Diego bleibt in der Tür stehen und ist einen Moment lang unschlüssig. Sie fühlt, dass sie die einzige Schwachstelle gefunden hat, die sie im Moment erreichen kann. Er ist viel zu stolz auf seine Arbeiten, um sie ihr nicht zu zeigen. Zumal sie alles sieht, was seinen Bildern fehlt. Diego braucht sie als Kritikerin. Aber Diego durchschaut auch ihr Manöver.

»Wenn du nach San Ángel kommst, sag vorher Bescheid.«

Er wirft ihr eine Kusshand zu und schließt die Tür hinter sich.

Frida und Cristina setzen sich in den Patio. Es duftet nach Geranien und Azaleen. Eulalia bringt ihnen eine Flasche Tequila, Gläser und ein Schälchen mit Konfekt.

»Schön, dass Sie wieder zu Hause sind, Señora. Wollen wir noch überlegen, was es morgen zu essen geben soll? Werden Gäste erwartet? Kommt Don Diego zum Essen?«

»Lass uns morgen früh darüber reden. Ich bin zu müde. Cristina und ich wollen noch ein bisschen den Abend genießen. Geh nach Hause, Eulalia, und danke für das gute Abendessen.«

Die Schwestern bleiben allein zurück. Frida fragt nach Cristinas Kindern, nach dem Vater, nach Neuigkeiten aus Coyoacán. Als Cristina im Gegenzug etwas von der Reise nach Paris wissen will, winkt Frida ab. »Ein andermal. Schenk mir noch etwas Tequila ein!«

Bevor Cristina nach Hause geht, sagt sie noch: »Dass der Louvre ein Bild von dir gekauft hat, ist eine Sensation. Es stand sogar hier in der Zeitung. Mir war gar nicht klar, dass du die erste lateinamerikanische Künstlerin bist, die dort hängen wird.«

»Aber woher wussten die Zeitungen davon?«, fragt Frida erstaunt.

»Womöglich von Diego. Er ist sehr stolz auf dich und hat es überall herumerzählt.«

»Aber in San Ángel will er mich nicht haben, der Mistkerl.«

»Ich gehe jetzt mal, bis morgen.« Sie küsst Frida zum Abschied.

Frida starrt in die Nacht. Ein paar Kerzen flackern auf der Brüstung der Küchentreppe. Der Rest des Innenhofs wirkt im Dunkeln wie ein kleiner Dschungel, mit Yuccapalmen, Zedern, Bananenstauden, Farnen und Kakteen. Die Vögel schlafen längst, nur die Zikaden wiederholen unermüdlich ihre vertrauten Akkorde. Auch ihre kleinen Nackthunde haben sich ausgetobt und liegen eingerollt an der warmen Hauswand, während die Katzen noch durch den dunklen Hof schleichen und ab und zu ihre Röcke streifen.

Diego hat also wegen des Louvre-Ankaufs der Presse Bescheid gesagt, denkt sie und zündet sich eine Zigarette an. Wenn er stolz war auf sie, dann durfte sie es auch auf sich selbst sein, denn ohne ihn hätte sie die Malerei nicht ernsthaft weiterverfolgt, vielleicht sogar aufgegeben.

TEIL ACHT

Coyoacán, 1928

Dass Frida Kahlo mit einundzwanzig einen Mann wie Diego Rivera – damals bereits der berühmteste Maler Mexikos – überhaupt kennenlernt, verdankt sie der Verzweiflung. Seit dem Unfall ist klar, dass ihr Leben ganz anders verlaufen wird, als sie es sich einmal erträumt hat, denn das Bild von einer verheißungsvollen Zukunft, in der sich Schulabschluss, Studium und ein akademischer Beruf wie glänzende Perlen aneinanderreihen, ist im Strudel von Schmerz und Geldnot verschwunden. Ihr Lebensweg bleibt abgeknickt und führt nicht mehr ins Helle. Statt einer Karriere als Ärztin oder Wissenschaftlerin blüht ihr nur der dunkle Sumpf von Armut und Schmerz. So sieht es aus, als ihr das Gipskorsett nach dem Rückfall endlich wieder abgenommen wird.

Viel zu verlieren hat sie nicht, und so nistet sich in ihrem Kopf der Gedanke ein, sie sollte nach allem greifen, was sich ihr anbietet. Sollte sie nicht jedes kleinste Glück aus den Tagen herauspressen? Wer weiß, wie viele es überhaupt sein werden? Schon in ein paar Wochen könnte es so weit sein, dass sie das kleine Messer aus der Matratze hervorholen muss.

Dass sie nicht mehr schnell rennen kann, dass sie die Schule verlassen und Alejandro aufgeben musste, kann sie nicht ändern. Aber eines will sie nicht akzeptieren: dass sie unsichtbar im Schatten stehen soll.

Eines Tages wählt sie ihre besten Gemälde aus, wickelt sie in Papier und fährt mit ihnen zum Bildungsministerium, wo Diego Rivera seit Jahren an einem gigantischen Fresko arbeitet. Zwar unterbricht er die Arbeit immer wieder für mehrere Wochen oder gar Monate, weil er ins Ausland reist oder einen anderen Auftrag dazwischenschiebt, doch in der Zeitung hatte gestanden, dass er im Moment praktisch immer dort anzutreffen sei.

Als sie auf der Baustelle ankommt, sieht sie ihn oben auf dem Gerüst arbeiten. Sie ruft ihm zu, er solle heruntersteigen, sie wolle ihm etwas zeigen. Rivera antwortet genervt, er habe keine Zeit und keine Lust. Er will sie vertrösten, aber Frida lässt nicht locker. Als sie hört, wie die Metallstangen des Gerüsts beim Herabsteigen unter seinem Gewicht dröhnen, ist sie plötzlich außer Atem. Sie hatte ihn als Schülerin, als er die Aula der Preparatoria ausmalte, oft beobachtet, aber nur aus der Ferne. Jetzt steht er plötzlich vor ihr, schwitzend und schlecht gelaunt über die Störung. Er greift nach einem Bier, das ihm einer der Assistenten reicht, und trinkt gierig. Während er sich den Mund mit dem Ärmel eines löchrigen Hemds abwischt, blickt er sie abschätzend an.

Frida entscheidet sich, lieber vorzupreschen, als sich einschüchtern zu lassen.

»Schau mich bloß nicht so an, Diego, ich will nichts von dir. Du sollst dir nur meine Bilder ansehen.«

Die beiden Assistenten, die gerade neue Farbe in Eimern anrühren, schauen neugierig von ihrer Arbeit hoch.

»Bist du nicht eine von den Nervensägen, die mir mal das Leben schwergemacht haben? Warst du auf der Preparatoria hier um die Ecke? Ihr habt mich ständig beim Arbeiten gestört!« Misstrauisch beäugt sie der riesige Mann, holt ein Taschentuch hervor und wischt sich die Stirn ab, wobei ein paar Schweißtropfen durch die Luft fliegen und in Fridas Gesicht landen. Sie wischt sie nicht fort, verschränkt nur die Arme vor der Brust und ist froh, Hose und Bluse zu tragen, wie eine Revolutionärin.

»Kann sein«, antwortet sie gedehnt, aber ihre Augen leuchten.

Diego zeigt mit dem Finger auf sie: »Ich lasse mich von euch nicht verarschen, dass das klar ist. Ungezogenes Pack!«

Als sie nicht antwortet, sondern ihn herausfordernd anstarrt, zieht er seine Hosenträger zurecht und weist mit dem Kinn auf die Bilder, die an der Wand hinter ihr lehnen. »Zeig schon her.«

Sie dreht sie um und stellt sie nebeneinander auf. Ein Porträt von ihrer Schwester Adriana, ein Selbstporträt und ein kubistisch anmutendes Bild mit Pancho Villa, dem großen General der Mexikanischen Revolution, und der legendären Soldatin Adelita.

Diego geht in die Knie und schaut sich die Bilder in Ruhe an.

Als sie sagt: »Du brauchst nicht nett zu sein, ich will nur wissen ...«, bringt er sie mit einer ungeduldigen Handbewegung zum Schweigen. »Still.«

Sie wartet.

Er steht auf, mühelos, wie sie erstaunt feststellt, und mustert ihre Arbeiten genauer. Mit einem Blick nimmt er den Stock in ihrer Hand wahr, auf den sie sich stützt.

»Was willst du wissen?«

»Ob ich weitermachen soll. Ob ich meine Familie damit unterstützen kann.«

»Also, Geld verdienen mit Kunst … schwer zu sagen, ob du das schaffst. Ich mag das Bild, das du von dir selbst gemalt hast. Die anderen sind abgeschaut. Du hast irgendwas gesehen und dann versucht, es nachzumachen. Geh nach Hause und mal was anderes. Ich seh es mir nächste Woche an. Am Sonntag.«

»Dann musst du nach Coyoacán kommen.«

»Na und? Ist das auf dem Mond, oder was?«

Ohne ihr einen weiteren Blick zuzuwerfen, steigt er wieder auf das Gerüst, wobei die Stangen wackeln und scheppern. Frida notiert schnell ihren Namen und ihre Adresse auf der Rückseite einer Rechnung, die sie zwischen Farbeimern und Gerüstteilen im Hof findet. Sie schreibt noch siebzehn Uhr dazu.

»Willst du wissen, wo ich wohne, oder bist du Hellseher?«, ruft sie ihm hinterher.

Er dreht sich um und schaut auf sie herab.

»Ich bin ein Pechvogel. Nervensägen finde ich immer. Steck deine Adresse da rein.« Er zeigt auf einen großen Picknickkorb, in dem ein paar dreckige Schüsseln und Töpfe aufeinandergestapelt sind. Eine unberührte Pitaya liegt auch dabei. Frida spießt ihren Zettel auf einen Stachel der Drachenfrucht, dann stellt sie sich unter das Gerüst und rüttelt daran.

»Was?«, brüllt Diego wütend.

»Pass auf, dass du nicht runterfällst!«

Ein Schwall rot gefärbtes Wasser kommt als Antwort von oben herab. Er verfehlt Frida, die ihre Bilder nimmt und geht.

Am nächsten Sonntag erwartet sie ihn voller Ungeduld. Sie zieht einen Overall an, um ihm zu zeigen, dass sie wirklich malen will. Sie versteckt sich auf einem Baum vor ihrem Hauseingang. So kann sie nach ihm Ausschau halten, ohne dass er es merkt. Er trägt ein Jackett, läuft schnell und sucht die Hausnummern. Als er vor dem Haus ihrer Eltern steht, fährt er sich durchs Haar, und Frida schämt sich plötzlich dafür, ihn heimlich zu beobachten. Sie pfeift die Internationale, um auf sich aufmerksam zu machen. Diego blickt sich um, aber erst als er das Knacken in den Ästen hört, entdeckt er sie. Frida hangelt sich herab und plumpst ihm etwas ungelenk vor die Füße.

»*Hola*«, sagt er. »Du siehst aus wie ein Kobold.«

Sie antwortet nicht, rappelt sich auf, öffnet die Tür und lässt ihn eintreten. Auf dem Weg zu ihrem Zimmer begegnen sie niemandem, sie sind ganz allein im Haus. Das war eigentlich nicht ihr Plan, aber die Eltern sind eingeladen und die Schwestern im Kino. Frida ist befangen und lässt die Tür offen. An den Wänden ihres Zimmers hat sie all ihre Bilder aufgereiht. Eines schiebt sie zu ihm. »Das ist das neue.«

Wieder nimmt Diego sich Zeit, um ihre Arbeiten zu studieren. Frida findet es anstrengend, mit ihm im Raum zu sein, es fühlt sich an, als ob seine Energie, seine Präsenz, sein Geruch nach Farbe, Zigarre und Schweiß das Zimmer komplett ausfüllen. Es ist kein Platz mehr für sie. Sie atmet flach, drückt sich an die Wand.

»Ja, du hast Talent«, sagt er schließlich. »Aber einiges musst du noch lernen. Mach weiter und zeig mir nächste Woche wieder etwas Neues.« Erst jetzt merkt er, wie hilflos sie vor ihm steht. »Was ist los? Geht's dir nicht gut?«

»Willst du was trinken?«

Er nickt.

Sie führt ihn zur großen Terrasse im Patio und fühlt sich dort gleich sicherer. Auf dem Tisch steht ein Krug mit Saft. Diego trinkt zwei Gläser nacheinander und fragt, ob sie auch etwas anderes habe. Sie holt eine Flasche Wodka und dazu kleine Gläser. Diego nimmt die Flasche in die Hand und stellt sie gleich wieder hin. »Lass mal, den muss man kalt trinken, schmeckt besser. Gibt es Tequila im Haus?« Frida nickt und geht zur Speisekammer, wo oben im Regal immer eine Flasche aufbewahrt wird, die sie jetzt herunterholt.

»Wie schaffst du es, diese großen Wände zu bemalen? In dem Tempo?«, fragt sie, als sie wieder zurück ist. »Ich würde Jahre dafür brauchen.«

»Übung. Alles Übung. Außerdem kann ich nicht anders. Ich habe schon als Kind sämtliche Wände in unserer Wohnung bemalt. Und ich muss jetzt auch wieder los. Die Baustelle wartet.«

»Am Sonntag?«

»Wenn du so denkst, kannst du deine Pinsel gleich verbrennen. Für Künstler gibt es keine Sonntage und keine Ferien.

Die Bilder müssen aus dir herausdrängen. Ich hab's immer eilig, weiter an meinen Fresken zu malen. Sag mal«, er deutet auf ihr Abzeichen von Hammer und Sichel am Revers, »bist du etwa in der Partei?«

Frida bejaht.

»Aber noch nicht lange, denn bei den letzten Versammlungen habe ich dich nicht gesehen. Wer hat dich zu den Kommunisten gebracht?«

»Tina Modotti.«

»Auch das noch.«

»Warum?«

»Sie ist der Grund, warum ich nicht mehr mit meiner Frau zusammen bin.« Diego stellt das Glas ab und will gehen.

»Zeigst du mir deine Fresken im Ministerium einmal?«

Er zögert mit der Antwort, fixiert Frida. »Was willst du? Hast du nicht schon genug Ärger?«

Ein paar Tage später kommt Diego erneut vorbei. Diesmal lädt er sie zum Essen ein, sie besuchen ein Lokal und danach eine Bar. Ihre Schwestern sind auch dabei, darauf haben die Eltern bestanden. Es ist eine fröhliche Runde, denn Diego unterhält sie mit Geschichten aus Paris.

Als er bezahlt, sagt er: »So, jetzt bringe ich die gackernde Hühnerschar brav nach Hause. Aber ihr versprecht mir, vorneweg zu gehen und euch nicht zu Frida und mir umzudrehen.«

Kichernd ziehen die Mädchen los und drehen sich natürlich doch ständig nach den beiden um. Aber es gibt nichts zu sehen, Diego und Frida gehen nebeneinander her, in ein

Gespräch vertieft. Diego erzählt, dass er vom Stalinismus enttäuscht sei, weil der ihn als Künstler und als denkender Mensch einengen würde. Im Vorjahr sei er in die Sowjetunion gereist und hätte dort Vorträge gehalten und dabei offen über seine Gedanken zur Aufgabe der Kunst für die Revolution gesprochen. Weil er sich dabei wenig um die offizielle Parteilinie gekümmert hatte, hatte man ihn praktisch dazu gedrängt, das Land zu verlassen, bevor er sein Wandgemälde für den Club der Roten Armee, das er mit viel Aufwand konzipiert hatte, ausführen konnte. Seitdem werde auch seine Position in der Kommunistischen Partei Mexikos von Woche zu Woche schwieriger. »Man wirft mir vor, dass ich Aufträge einer bürgerlichen Regierung annehme. Aber ich male für das mexikanische Volk! Und es ist mir egal, wer diese Arbeit bezahlt.«

Den Kahlo-Schwestern wird es langweilig, und als sie zu Hause angekommen sind, schlüpfen sie durch die Tür, ohne auf Frida zu warten.

»Gute Nacht«, sagt Frida.

Diego nimmt ihre Hand. »Wir haben noch keine neue Verabredung getroffen.«

»In den nächsten Tagen muss ich Überstunden in der Druckerei machen, in der ich arbeite. Ich werde kaum Zeit haben zu malen.«

»Ich besuche dich nicht wegen deiner Bilder.«

»Warum dann?«

Er zögert einen Moment. »Wegen deiner Augenbrauen.« Sanft streicht Diego darüber.

»Meine Mutter meint, ich solle sie zupfen.«

»Auf gar keinen Fall. Es sind die Schwingen eines Vogels.«

»Soll ich ihr das sagen?«

»Besser nicht.«

Er zieht sie zu sich heran. Sie riecht Seife und Schweiß und Rauch und Alkohol. Seine Hände umfassen ihr Gesicht, langsam nähert sich sein Mund. Er küsst sie auf die Augen, die Nase, die Brauen, die Stirn, und als sie denkt, er sei wohl ein Feigling, treffen ihre Lippen aufeinander.

Coyoacán, Mai 1939

Zwei Briefe von Nick. Er hat sie wie immer an Cristina geschickt, die sie in die Casa Azul bringt.

Liebste Frida,

es tut mir so leid, dass ich Dich im Park einfach stehen ließ. Ich habe versucht, es wiedergutzumachen, und war schockiert, als Ella Paresce mir am Telefon sagte, Du seist kurz nach unserer Begegnung abgereist. Zuerst konnte ich gar nichts denken, aber dann habe ich begriffen, dass alles vorbei ist. New York war nur eine Zwischenstation auf Deinem Weg und ich nur ein Gefährte für eine kurze Zeit, auch wenn ich Dich immer lieben werde. Du brauchst die Erde von Mexiko, um zu gedeihen, und ich kann Dir diesen Boden nicht geben, nicht in New York, nirgends. Ich habe Dir oft angeboten, gemeinsam in Mexiko zu leben. Du hast nie darauf reagiert. Vielleicht wusstest Du, was ich jetzt erst verstehe: Es wäre nicht dasselbe. Heute wünsche ich mir, ich wäre auch dort geboren und meine Wurzeln könnten sich mit Deinen vereinen, auf immer.

Ich danke Dir für das Gemälde, es macht mich glücklich und trau-
rig zugleich. Jeden Tag stehe ich davor und suche Dich und mich
darin. Was mir das Wasser gab *— schon der Titel wird mich immer*
an meinen unstillbaren Durst nach Dir erinnern. Ich werde es in Ehren
halten. Weißt Du, ich hätte es sowieso gekauft, Du brauchst es mir
nicht zu geben, um Deine Schulden damit zu bezahlen. Du hattest nie
Schulden bei mir. Dass du das Bild mit der Jahreszahl 1939 versehen
hast, obwohl es ja schon seit dem letzten Jahr fertig ist, nehme ich als
Zeichen, auch wenn ich nicht weiß, ob es ein gutes oder schlechtes ist.
Schreib mir und berichte mir, wie es Dir geht. Auch ich will nichts
vor Dir geheim halten. Ich suche genauso wie Du Liebe und Nähe, und
vielleicht habe ich sie gefunden, aber ich weiß es nicht.

Dein Nick

Frida hatte ihn angerufen vor ein paar Tagen, weinend und
betrunken. Er hatte sofort einen zweiten Brief geschrieben.

Liebste Frida,
Deine Stimme gestern traf mich ins Mark. Du klangst so unglücklich,
und ich schäme mich dafür, dass ich bei allem Mitleid froh darüber
war, wie sehr Du mich noch als Deinen Freund betrachtest.

Dass Rosa Covarrubias so hinterhältig war und Diego von uns er-
zählt hat, macht mich sehr wütend. Du weißt ja, dass ich schon lange
meine Schwierigkeiten mit ihr hatte. Aber, mein Liebling, wenn ich
Dich so nennen darf, jetzt musst Du wieder auf die Beine kommen
und malen, malen, malen!

Und Du sollst auch wissen, dass ich nie aufhören werde, sehr tief
für Dich zu empfinden. Ich kann dieses Gefühl für Dich so wenig ver-
lieren, wie ich meinen Arm oder mein Gehirn verlieren könnte. Du ver-

stehst mich, nicht wahr? Ich weiß, dass ich Dich verletzt habe, aber
ich hoffe, Du wirst mich für immer als Deinen Freund akzeptieren.
   Dein Nick

An diesem Abend wandert Frida ruhelos durch die Casa Azul.
Verwirrt laufen ihr die Nackthunde hinterher, verfolgen jede
Bewegung mit traurigen Augen. Frida fühlt sich wie eine Ge-
fangene, obwohl es ihr Zuhause ist, ihre Heimat. Die Einsamkeit presst ihren Körper zusammen, er fühlt sich wie eine
leere Hülle an.

   Schließlich geht sie in ihr Atelier, schaltet das Licht der
Leselampe auf dem Tisch an und holt eine Mappe aus der
Schublade. Es ist an der Zeit, sich neue Flügel zu verschaf-
fen, denkt sie. Ihr Selbstbildnis *Die Zeit fliegt* hat sie verkauft,
aber sie besitzt noch den Entwurf, es ist eines der wenigen
Gemälde, die sie zuvor als Zeichnung genau ausgeführt hat.
Sie malte es 1929, kurz nach der Hochzeit mit Diego, in jenem
Jahr, in dem ihr wirklich Flügel wuchsen. Sie steht in einem
weißen Kleid vor einem Fenster. Die kurzen Ärmel sind mit
Spitze eingefasst, um den Hals trägt sie ihre geliebte Maya-
Kette aus Jade und dazu goldene Tropfenohrringe mit Aqua-
marinen. Frida schaut den Betrachter auf diese eindringliche
Weise an, die sie auf ihren späteren Selbstporträts beibehält.
Matilde hatte den Gesichtsausdruck der Tochter oft als reni-
tent und rebellisch bezeichnet.

   Hinter dem halb vergitterten Fenster leuchtet der blaue
Himmel. Rechts und links sind dunkelgrüne Vorhänge zu
sehen, die von roten Kordeln zur Seite gerafft werden. Auf
einer Salomonischen Säule, eigentlich nur ein Holzsockel mit

gedrehtem Schaft, steht ein Wecker auf sieben Minuten vor drei. Schon damals hatte sie Freude daran, die Zeiger der Uhren auf ihren Bildern so zu stellen, dass sie auf Buchstaben und damit auf Namen hinweisen – für diejenigen, die sich auf die Übersetzung von Zahlen in Buchstaben verstehen. Bedeutsamer ist jedoch das Flugzeug, das über ihrem Kopf in den Himmel steigt. Es schenkt der stillen Szene große Dynamik, denn es besitzt die Flügel, die Diegos Liebe ihr zunächst schenkte.

Doch er hat ihre Flügel geknickt, als er sie Jahr um Jahr immer wieder betrog und schließlich sogar mit Cristina ins Bett ging. Daher hatte sie das Motiv vor einem Jahr nochmals aufgegriffen. *Sie wollen Flugzeuge und bekommen Strohflügel* wurde während ihrer Ausstellung in New York verkauft. Auf dem Bild hält sie, ein Schulmädchen, ein großes Spielzeugflugzeug in der Hand. Ihre Flügel, die Gott vom Himmel heruntergelassen hat, sind aus Stroh. Wie Theaterkulissen werden sie von Bändern gehalten, und daher ist klar, dass niemand mit ihnen fliegen kann. Zusätzlich schlingen sich um ihren Rock rote Bänder, die an tief in den Boden gerammten Pflöcken festgebunden sind. Sie ist gefangen, und ihr Gesichtsausdruck gibt kund, dass sie es weiß.

Bald darauf malte sie *Der Flugzeugabsturz*, eines ihrer besonders erschreckenden Bilder. Ein Flugzeug liegt zerschellt am Boden, daneben viele Tote, verblutet und verstümmelt. Lächerlich klein wirkt der Arzt, der fassungslos auf die Unfallstelle schaut, in seiner Hand hält er eine winzige Tasche. Mit diesem Gemälde hat sie den Traum von den Flügeln begraben.

Es ist spät geworden, trotzdem zieht sie ihren Skizzenblock hervor und zeichnet ein neues Bild. Im Hintergrund die Pyramiden von Teotihuacán, über denen sie Sonne und Mond leuchten lässt. Ein Mädchen mit streng nach hinten geflochtenen Zöpfen sitzt auf einem Stein davor, genau auf der Grenze zwischen Tag und Nacht. Es hält ein Flugzeug in der Hand, aber was soll es damit anfangen? Kann es hoffen, eines Tages frei zu sein und sich wie ein Vogel von der Lebensfreude durch die Lüfte tragen zu lassen?

Frida wischt sich wütend über die Augen, sie hasst es, wenn ihr beim Arbeiten die Tränen über das Gesicht laufen. Aber sie will mit dem Zeichnen nicht aufhören, denn sie muss diesem Mädchen, das verloren in der Ebene sitzt, etwas zurufen, ein Wort der Ermutigung, wie »Flieg Maria!« oder »Bleib nicht sitzen, Maria«. Oder was könnte es sonst sein? Frida betrachtet ihre Hunde, die mit nebeneinandergelegten Pfoten vor ihr liegen, das kleine Gerippe, das am Fenstergriff hängt und sanft im Wind schaukelt. Sie sieht den Schatten der Geranie vor dem Fenster, deren Blüten auseinanderzuplatzen scheinen, dann schaut sie auf ihren Fuß, den Scheißhuf mit der roten Narbe, der in einem roten Riemchenschuh steckt. In dem Moment weiß sie, was sie unter das Bild schreiben muss: »*Lucha*, Maria, kämpfe!«

Frida legt das Blatt in eine andere Mappe. Sie ist für Bilder, die sie vielleicht einmal malen wird.

Sie kennen sich schon ein paar Wochen, als Diego sie zu seinem Wandbild im Bildungsministerium mitnimmt. Es ist ein schöner lauer Frühlingsabend, sie kommen gerade von einer Parteiversammlung, bei der Diego vorne beim Exekutivkomitee und sie hinten bei den Mitgliedern gesessen hat. Danach sind sie noch eine Weile durch die Bars in der Nähe der Parteizentrale gezogen, sie hinkend und er wankend. Frida ist zwar noch nicht einundzwanzig, aber die Eltern haben beschlossen, die Zügel etwas lockerer zu lassen. Als Diego ihr die Beifahrertür zu seinem kleinen Ford aufschließt, fragt er, ob er ihr jetzt die *murales* im Ministerium zeigen soll. Sie denkt, dass das ein Vorwand ist, auch wäre es besser, er würde nicht mehr Auto fahren.

»Ich habe deine Wandbilder schon gesehen, hast du das vergessen? Als ich dir meine Bilder gezeigt habe.«

»Da hast du überhaupt nicht auf meine Arbeiten geachtet, du wolltest nur wissen, was ich von deinen Gemälden halte. Und deshalb sollte ich dich doch einmal mitnehmen. Du hast mich sogar danach gefragt, so herum war das.«

Er bleibt stehen. Vorsichtig streicht er ihr über die Wange. »Ich habe deine Bilder gesehen und war bis ins Innerste getroffen. Dann habe ich dich angeschaut und fand dich hübsch und frech. Als ich aber in deine Augen geblickt habe, wusste ich, dass ich verloren bin.«

»Ich glaub dir kein Wort.«

Sie küssen sich lange, und Frida wundert sich, dass er keinen Versuch unternimmt, seine Hände auf ihre Brust oder ihren Po zu legen. Sie trägt eine Bluse mit Hammer-und-Sichel-Emblem zu einem sehr engen Rock, der ihr gerade nur übers Knie reicht. Es scheint ihn nicht zu reizen. Vielleicht will er ihr wirklich nur die Fresken zeigen? Eine leise Ungeduld steigt in ihr auf. Dass sie schon seit ihrer Schulzeit in Diego verliebt ist, ist eine Lüge, die sie ihm aufgetischt hat. Sie ist bereit, das jederzeit zu beschwören, aber es stimmt nicht. Damals dachte sie nur an Alejandro. Nie hätte sie ihren hübschen Freund gegen den Klotz Diego eingetauscht, aber interessant fand sie ihn in den Monaten, in denen er die Aula ihrer Schule ausmalte, durchaus. Seine Genialität und seine Unbekümmertheit gefielen ihr. Heimlich hat sie Diego beim Arbeiten beobachtet. Oft kam Lupe, seine Frau, und brachte ihm das Essen. Hin und wieder küsste er sie und fasste ihr unter den Rock, mehr bekam sie aber nie zu sehen. Diegos machohafte Selbstsicherheit fand Frida aufreizend, und wie behände er auf dem Gerüst herumturnen konnte, gefiel ihr auch. Vor allem aber mochte sie seine Vision von einer besseren Welt. Er pinselte sie einfach an die Wand, sodass alle sie sehen konnten. Es war Diegos unbedingter Glaube an die Menschheit, der Frida berührte. Und dass sie jetzt so nah dran ist, das Geheimnis dieses Mannes zu ergründen, erregt sie.

Die Wachleute vor dem Ministerium wollen sie zuerst nicht hineinlassen, bis Diego ihnen erklärt, er müsse ganz schnell etwas am Entwurf ändern, bevor der Minister am nächsten Tag käme. Grinsend öffnen sie ihm und seiner »Assistentin« das Tor. Frida wird es später bitter bereuen, dass sie sich selbst einmal als Assistentin Diegos auf einer seiner Baustellen hat einschleusen lassen.

Diego schaltet die Scheinwerfer an und zeigt ihr die Fresken: *Im Hof der Arbeit*, *Die Befreiung des unfreien Arbeiters* und *Die Lehrerin auf dem Land*. Er erklärt ihr, was der Künstler selbst machen muss und was die Assistenten für ihn vorbereiten können und warum er, wenn er einmal angefangen hat, nicht aufhören will, bis das Bild fertig ist. Dann nimmt er sie mit in sein »Büro«.

Das Ministerium hat Diego zwei kleine Räume zur Verfügung gestellt. Im ersten stoßen sie auf ein Durcheinander aus Farbeimern, Bottichen zum Auswaschen von Pinseln, Körben mit Lappen, dazu Pappen und Leitern. An der Wand hängen Pläne von den Fresken, die gerade in Arbeit sind, auf einem Tisch stapeln sich Papiere, Bücher und Schwämme. Jeder Assistent hat einen eigenen Garderobenhaken für Kittel und Hosen.

Im zweiten Raum befindet sich eine kleine Teeküche mit einem Tisch und vier Stühlen, ein Radio, eine Waschschüssel und ein Kühlschrank, gefüllt mit Bier und Tequila. An der Wand hängen Diegos Arbeitskleider, auf dem Boden liegen zwei Paar Stiefel. Neben einem Waschtisch mit Kanne und Schüssel stehen ein leerer Vogelkäfig und ein Sofa, das einmal dem Bildungsminister gehört haben soll, dann aber von ihm ausgemustert und seinem Staatssekretär geschenkt wurde. So war es durch die Hierarchieebenen nach unten gewandert, bis es schließlich hier landete. Das zerschlissene Polster hat eine undefinierbare gelblich braune Farbe, dennoch ist es gemütlich. Vergnügt merken sie, dass der Aschenbecher zwischen ihnen immer schaukelt, wenn Diego seine Sitzposition verändert.

Irgendwann ist Frida so müde, dass ihr Kopf für eine

Sekunde auf die Brust sinkt. Sie schreckt hoch, aber Diego lächelt nur und bettet sie vorsichtig auf das Sofa. Das Kissen riecht nach Farbe und Staub. Er hockt sich neben sie und streichelt ihr Gesicht. »Friducha«, so nennt er sie in diesem Moment zum ersten Mal.

Sie nimmt seine Hand und legt sie sich auf die Brust. Er beginnt, sie langsam auszuziehen. Dann sich. Als sie beide nackt sind und Diego sie in die Arme nimmt, fühlt sie eine seltsame Ruhe trotz ihrer Erregung.

»Es gibt da etwas, das ich nicht tun möchte«, sagt sie.

»Was ist es, *mi amor*?«

»Ich will nicht auf dem Rücken liegen ...«

Diego schaut sie verwirrt an, dann wirft er seinen Kopf in den Nacken und lacht dröhnend. »Auf dich habe ich mein Leben lang gewartet!«

Sie erwacht davon, dass Diego ihr Ohr küsst und ihr etwas zuflüstert.

»Was hast du gerade gesagt?«

»Findest du mich nicht zu alt?«

Sie reibt mit der Hand über ihr Ohr und schaut ihn aus halb geöffneten Augen an.

»Nein, aber zu hässlich.«

Er beißt ihr sanft in die Schulter. »Hundsgesicht.«

»Froschgesicht. *Carasapo.*«

»Als ich studierte, warst du noch gar nicht geboren.«

»Zum Glück. Willst du etwa mit einer Hundertjährigen schlafen?«

Er beschließt, sich neben ihr nicht mehr zu alt zu fühlen.

TEIL NEUN

Coyoacán, Mai 1939

Es ist spät geworden, aber Frida will noch nicht ins Bett.
Die Luft ist feucht und noch immer sehr warm. Die Tequila-
flasche ist leer, der Aschenbecher voll. Frida streicht mit
den Fingerspitzen zart über eine flache Schale. Es tut gut,
daran zu denken, wie alles angefangen hat. Sie muss den Faden zu Diego wieder fester spannen, sie darf ihn auf keinen
Fall verlieren. Sie wird ihn malen, ihn und sich. Ein Doppelporträt, so wie damals das Hochzeitsbild. Vielleicht kann sie
ihn damit an ihre Seite bannen. Es müsste auf diesem Gemälde ein Motiv auftauchen, das zu ihrer Geschichte gehört,
etwas, das eine Begebenheit andeutet, die nur Diego und sie
verstehen. Manchmal verlieren sie den Überblick über das,
was sie zusammen erlebt haben, und dem, was sie davon erzählen. Wie viele verschiedene Versionen gibt es inzwischen
von den Anfängen ihrer Liebe? Was hat Diego nicht alles darüber zum Besten gegeben? Norman Turner, der ein Buch
über Diego schreibt, hatte sich vor Kurzem noch in New
York darüber beklagt. Er kenne sich jetzt gar nicht mehr aus,
noch nicht einmal ihre ersten Begegnungen könne er sicher
datieren. Diego hätte ihm jedes Mal, wenn er danach gefragt

habe, eine andere Geschichte erzählt. Frida lachte, als sie das hörte.

»Ist doch völlig egal, Norman. Das Ergebnis zählt.«

»Das sagst du. Aber ich schreibe Diegos Biografie, da brauche ich doch verlässliche Daten. Kannst du die Passage mal lesen?«

»Nein, frag Diego. Der alte Märchenerzähler hat so viele Anekdoten hineingewoben, dass ich selbst schon alles durcheinanderbringe. Und wie könnte ich ihm widersprechen?«

Eigentlich, denkt Frida, ist Diegos Methode, Wahres und Erfundenes zu vermischen, auch ganz praktisch. Warum sollte jeder Fremde nachlesen können, wie ihre Liebe entstand? Und wie sie zerbrach? Diego hat Norman darum gebeten, Cristinas Namen nicht zu nennen, wenn er ihre Trennung erwähnt. Norman hat sich dazu verpflichtet, von einer »engen Freundin« Fridas zu schreiben. Das ist zwar falsch, aber für die Öffentlichkeit reicht es.

Warum muss überhaupt eine Biografie Diegos erscheinen, solange er lebt? Sie fragt sich das sicher zum hundertsten Mal. Egal, ich werde mir Diego zurückholen, beschließt sie. Ich werde alle seine Weiber vor die Tür setzen. Nein, besser: Er wird sie selbst vor die Tür setzen. Und dann kommt endlich wieder Licht in unser gemeinsames Leben, so wie früher.

Es war Diego, der ihr die Türen zur Welt geöffnet hat, der dafür sorgte, dass sie jeden Tag mit dem Gefühl aufwachte, das Leben habe noch viel für sie parat. Alle seine Freunde und Bekannten hat er ihr vorgestellt, Maler und Sammler, Politiker und Schauspieler. An Diegos Seite gab es immer spannende Gespräche, sie lernte viel über Politik und noch viel mehr über Kunst. Die Menschen lieben Diego, denn mit ihm können sie über alles reden, es wird lustig, nie entsteht Langeweile oder lähmende Stille, wenn er anwesend ist. Als sie sich ineinander verliebten, wusste Frida, dass sie als Malerin noch viel zu lernen hatte. Sie wollte Diego gefallen, wollte ihn fesseln und gab sich Mühe, ihn zu überraschen. Sein Entzücken über sie war ihr Lebenselixier, seine Freude ihre Atemluft. Diego gab ihr das Gefühl, vollständig und unversehrt zu sein. Er öffnete ihr auch die Welt der *mexicanidad*.

Sie liebte ihr Land schon, bevor sie Diego traf. Sie liebte es, wie jeder seine Heimat liebt. Es gab kein Wort dafür, und sie musste es niemandem erklären, denn sie dachte gar nicht darüber nach. Sie war einfach eine Mexikanerin, die Tochter eines deutschen Zweiflers und einer strengen Schönheit aus Oaxaca, katholisch erzogen und mit indigenen Vorfahren. Gestillt wurde Frida von einer Indiofrau, der man die Brüste wusch, bevor sie Frida anlegen durfte. Durch sie sog sie die Liebe zu Mexiko vom ersten Tag an in sich auf. Das deutsche Erbe hingegen war wie ein weißer Streifen in einem dunklen Stein: Es ließ die eigentliche Farbe stärker leuchten.

Ihre Wiege stand in Coyoacán, einem Städtchen, das nur zehn Kilometer von der Hauptstadt entfernt lag und daher die Auswirkungen ihrer blutigen Geschichte zu spüren bekam. Zuerst hatten hier die Kojoten gehaust, nach denen die Tolteken die Stadt benannten. Die Azteken nahmen sie ihnen weg, doch sie selbst verloren Coyoacán an Hernán Cortés, der hier sein Quartier aufschlug, nachdem er die Hauptstadt Tenochtitlán zerstört hatte. Cortés baute in Coyoacán einen

Palast für seine Geliebte, Malinche, die Urmutter der Mestizen. Viele Jahrhunderte lang blieb das Städtchen der Lieblingsort für reiche Kolonialisten. Bis Emiliano Zapatas Truppen durch die Straßen marschierten, um den Präsidenten zu stürzen. Deshalb behauptet Frida steif und fest, sie sei im Jahr 1910 geboren, als die Mexikanische Revolution begann. Nur Cristina und Diego wissen, dass das nicht stimmt und sie bereits 1907 auf die Welt kam.

Coyoacán, Frühling 1928

Diego und Frida streifen gerne über den Markt von Coyoacán. Es ist aufregend, die Stadt mit Diegos Augen neu zu entdecken. Obwohl er immer ungeduldig ist, lässt er sich beim Einkaufen Zeit. Zuerst befingert er die Früchte liebevoll und schnuppert an ihrer Schale, dann hält er sie Frida unter die Nase. Diego weiß alles über jede einheimische Sorte, kennt ihren Geschmack und ihre heilsamen Kräfte und kann zu jeder Frucht eine eigene Geschichte erzählen. Spätestens damit gewinnt er das Herz der Marktleute. Bereitwillig schneiden sie ihm eine Mamey, Pitahaya oder eine braune Sapote auf. Er probiert sie mit geschlossenen Augen, und wenn sie den richtigen Reifegrad haben, schiebt er Frida ein tropfendes Stück in den Mund.

Die Stände mit Geschirr haben es ihnen beiden angetan, aber sie kaufen dort nie etwas, höchstens ein paar einfache Tonschüsseln für Diego, weil ihm oft welche zerbrechen. Sie fallen ihm vom Gerüst, weil er sie mit nach oben nimmt und dann achtlos abstellt. Selten wirft er sie vor Wut auf den Boden, das ist eher Lupes Angewohnheit, die sich – auch wenn Diego und seine Frau längst getrennt sind – jedes Mal aufregt, wenn sie merkt, dass er Besuch von Frauen auf der Baustelle hat. Lupe bringt ihm noch immer fast täglich einen Korb mit seinen Lieblingsgerichten, und wenn Diego von ihrem Essen schwärmt, macht Frida ein finsteres Gesicht. »Der Mensch muss etwas Gutes essen«, behauptet er und kann es gar nicht abwarten, die Deckel von den kleinen Töpfen zu nehmen, in die Lupe ihre perfekt zubereiteten Moles, Chilaquiles oder Tamales gefüllt hat.

Diego bleibt vor einem Berg farbiger Schalen und Teller stehen. Eine junge Frau sitzt auf einer Kiste daneben. Sie trägt eine weiße Bluse und einen roten Rock, dazu hat sie eine grüne Schärpe um die schmale Taille geschlungen. Diego hebt einen Stapel Schalen hoch, um an die unterste zu gelangen. Sie ist nicht bunt wie die anderen, sondern gelb mit einem schwarzen feinen Muster, das eine Pflanze darstellt. Über den flachen Rand der Schale läuft ein roter Streifen. Diego blickt über die anderen Stapel.

»Hast du nur diese eine hier mit dem Muster?«

»*Sí, señor*, wir machen das nicht mehr.«

»Es ist sehr schön, was ihr jetzt macht, aber woher kommt diese Schale?«

»Die ist noch von meiner Großmutter.«

»Woher stammt sie?«

»Aus der Gegend von Puebla. Aber das Muster ist nicht von dort. Einst gab es ein ganzes Geschirr davon.«

»Kann ich den Teller kaufen?«

»Ich stelle ihn immer nach unten, weil ich nicht weiß, was ich dafür nehmen soll.«

Diego reicht ihr einen Schein. Ihre Augen leuchten auf, und sie steckt ihn ein.

»Kannst du noch etwas von deiner Großmutter mitbringen?«

Sie strahlt ihn an. »Ich versuche es. Ich muss nachschauen. Nächste Woche sind wir wieder hier.« Sie wickelt den Teller in Zeitungspapier und reicht ihn Diego.

In einer kleinen Bar trinken sie ein Glas Pulque. Diego schaut Frida lange an und streicht ihr zart über die Wange. Dann lächelt er plötzlich und nickt. Sie liebt diesen Blick. Er hat eine Idee, die ihm ausnehmend gefällt. Inzwischen kennt sie ihn gut genug, um zu wissen, dass er mit sich zufrieden sein muss, um mit etwas anderem zufrieden sein zu können. Sie grinst ihn an, wartet, was er ihr erzählt. Aber Diego gibt sich geheimnisvoll. Er führt sie vom Markt zur Casa de la Malinche, dem Haus, das Cortés einst seiner Geliebten geschenkt hat. Der große Bau wirkt düster, obwohl er rot getüncht ist.

Diego stellt sich hinter Frida und umfasst sie mit den Armen.

»Es gehört sich wohl, dass man der Frau, die man liebt, ein rotes Haus schenkt, oder? Ich glaube, ich werde das auch irgendwann einmal tun.«

Frida lacht. »Was, du willst das Gleiche machen wie Cortés?«

»Ach was, diese Tradition ist viel älter, sie ist mit Sicherheit prähispanisch.« Er beißt vorsichtig in ihren Nacken.

»Hör auf, Grobian. Was soll ich mit einem roten Haus? Auf dich warten?«

»Nein, malen, in meiner Nähe sein.«

»Und wo wirst du malen?«

»Ich könnte ein zweites Haus daneben bauen, das wäre dann blau.«

Sie albern noch eine Weile herum, während er sie zielstrebig durch ein paar Straßen führt und schließlich vor einem Restaurant stehen bleibt. Es sieht teuer aus. Frida war noch nie hier. Maty hat einmal erzählt, hier würden Männer mit ihren Geliebten essen. Unwillkürlich sträubt sie sich dagegen, das Lokal zu betreten.

»Was willst du hier?«

»Essen? Was sonst?«

»So wie wir aussehen? Außerdem: Wir sind Kommunisten.«

Diego schaut an ihr herunter. »Du siehst nicht so aus, als könntest du dich nicht benehmen. Und gerade als Kommunisten haben wir das Recht auf gutes Essen. Hier soll es am besten sein, ich habe mich erkundigt.«

»Aber die Jacke?« Sie deutet auf die Drillichjacke über ihrem schlichten Kleid.

»Zieh die Jacke aus«, sagt er und drückt die Tür auf.

Frida stolpert hinter ihm her und streift sich die Jacke im Gehen ab.

Die skeptischen Blicke der Kellner prallen an Diego, der bereits einen Tisch aussucht, ab. Er fragt den Oberkellner, der weiß, wann er eine Persönlichkeit vor sich hat und bei wem er über eine fehlende Krawatte hinwegsehen muss, welchen Fisch es heute gibt. Weiterhin fachsimpelt er über einige Weine. Dann legt er das Paket vom Markt auf den Tisch, an dem er sitzen will, und streckt gebieterisch die Hand nach Frida aus. »Diego Rivera lädt Magdalena Carmen Frida Kahlo y Calderón dazu ein, ein Glas des besten Champagners mit ihm zu trinken.«

Als der Champagner serviert wird, der in Wirklichkeit nur ein Sparkling Wine ist, greift Frida nach dem Glas, aber Diego bittet sie, noch etwas zu warten. Bedächtig öffnet er das Paket und schiebt den Teller in die Mitte des Tischs.

»Weißt du, was das ist?« Ernst blickt er sie an.

»Ein Teller von einer Großmutter aus Puebla. Er ist wirklich ungewöhnlich, aber ...«

»Nein. Versuch's noch mal.«

»Können wir erst trinken?«

»Nein.«

Frida seufzt und setzt sich gerade hin. »Also: Es ist ein handgetöpferter Teller. Irgendwie besonders. Nicht das Übliche. Ein altes Stück. Ein bisschen so, wie die Schalen zu Zeiten der Revolution ausgesehen haben. So, Frosch, war's das jetzt?«

»Fast.«

»Du bist aber heute kompliziert.« Sie will sich eine Zigarette anzünden, aber Diego nimmt sie ihr aus der Hand.

»Dieser Teller«, sagt er und legt ihre Hand darauf und dann seine darüber, »ist das erste Stück unseres Haushalts. Also, willst du mich heiraten?«

Ihre Eltern waren nicht sehr angetan von der Idee. Vor allem ihr Vater machte sich Gedanken, ob sie miteinander klarkommen würden. Frida war sich nicht sicher, ob er sich mehr um Diego oder um sie sorgte. Matilde sagte spitz, da würde eine Taube einen Elefanten heiraten. Aber sie dachte auch an die Rechnungen aus dem Krankenhaus und daran, dass es immer wieder solche Rechnungen geben würde, und daher sagte sie bald nichts mehr. Diego nahm ihren Eltern die finanziellen Sorgen für die Tochter ab. Er übernahm die Hypotheken und gab ihnen die Sicherheit, in ihrem Haus bleiben zu können. Auch wenn das dann gar nicht mehr lange war, denn Matilde starb nach drei Jahren, und Guillermo zog später zu seiner Tochter Maty, mit der sich die Eltern beide wieder versöhnt hatten. Diego und Frida ließen das Haus blau anstreichen und verwandelten die Casa Azul in ein kleines Paradies. Präkolumbianische Skulpturen, Blumentöpfe, bunte Keramik und jede Menge Tiere zogen ein. Diego schenkte Frida den ersten mexikanischen Nackthund. Er war klein, und seine glatte Haut schimmerte bronzefarben in der Sonne. Seine Ohren waren spitz, und er trug ein winziges Haarbüschel auf der Stirn. Später kamen die Affen, die Katzen, Enten und das Reh dazu. Sie wollten einen Ort schaffen, an dem sich Tiere und Pflanzen frei entfalten und die Menschen im Einklang mit der Natur leben konnten.

Einen Monat nach der Hochzeit wird Diego aus der Kommunistischen Partei Mexikos ausgeschlossen. Die Genossen werfen ihm vor, er sei unberechenbar und unkooperativ, nie bereit, sich der Parteilinie anzuschließen, stets auf seine eigenen Ideen fixiert. Frida verlässt die Partei aus Solidarität, obwohl sie gerne Mitglied geblieben wäre. Sie macht sich Sorgen um ihren Mann, der nicht aus dem Bett kommt, weil er sich unglücklich und verkannt fühlt. Schließlich wird auch das Geld knapp. Diego hatte den Kredit seiner Schwiegereltern abbezahlt, aber er braucht Geld für sich und Frida und für seine Kinder mit Lupe. Vor allem braucht er dringend eine neue Aufgabe, die ihm die Lebensfreude zurückgibt.

Der Brief, der kurz darauf durch den Türschlitz am Paseo de la Reforma fällt, wo sie ihre erste gemeinsame Wohnung bezogen haben, ist von Dwight W. Morrow, Botschafter der USA in Mexiko. Er will wissen, ob Diego im Palast von Cuernavaca ein Fresko malen würde. Das Honorar würde bei 12 000 Dollar liegen. Augenblicklich ist Diego wieder auf den Beinen. Elektrisiert, beglückt, voller Ideen. Er streicht sich das fettige Haar zurück, wäscht sich das Gesicht und setzt sich an den Küchentisch, um die ersten Entwürfe zu Papier zu bringen. Der Palast aus dem 16. Jahrhundert ist das älteste Kolonialgebäude in Mexiko und hatte niemand Geringerem als Hernán Cortés als Residenz gedient. Seine zinnenbewehrten Mauern geben ihm das Aussehen einer spanischen Burg aus dem Mittelalter. Nach Cortés' Tod zog sein Sohn in den Palast, doch bald wollte niemand mehr in den unbequemen

Räumen wohnen, und man nutzte sie als Werkstatt, Gefängnis und Verwaltungsbehörde. Nun sollen Diegos Fresken ihm den alten Glanz wiedergeben.

»Schau, Frida.« Diego legt eine Zeichnung auf den Tisch, die Morrow ihm mitgeschickt hatte. »Hier in der Mitte sind die beiden offenen Hallen mit den Rundbögen. Die obere Loggia soll ich ausmalen. Es sind …«, er dreht das Papier um, auf dem Morrow ein paar Zahlen gekritzelt hat, »… vier Meter mal zwei und dann noch …«

»Du willst den Palast von Cortés ausmalen?« Frida steht mit verschränkten Armen und finsterer Miene am Spülstein. »Bist du noch zu retten? Was denkst du dir dabei? Du willst allen Ernstes die Spanier verherrlichen? Erzählst du mir nicht immer, dass sie die Azteken unterjocht und ermordet haben?«

Diego rechnet weiterhin die Quadratmeterzahl aus, die sein Fresko haben wird. »Ja, ja, ich weiß schon, was du meinst. Aber siehst du nicht, was das für eine Chance ist, *mi amor*? Ich werde die Toten von Morelos wieder auferstehen lassen. Ja, sie haben den Kampf gegen die Spanier damals verloren, aber ihre Seelen leben weiter.« Er schlägt sich mit der Hand aufs Herz. »In uns, in unserem Land! Und jetzt werden sie sich dieses Palasts bemächtigen. Die Ermordeten Indios werden durch meine Arbeit seine Herren sein, verstehst du?«

Frida stellt sich jetzt hinter Diego, der wie im Fieber zeichnet, Blätter vom Block abreißt, auf den Boden wirft und neue Skizzen anfertigt.

»Du kannst die Geschichte nicht verändern«, sagt sie und legt ihre Hand aufs Papier. »Auch nicht mit einem Bild.«

»Aber ich kann zeigen, wie ich sie sehe. Weg da.« Er schiebt ihre Hand vom Blatt, verwischt Linien mit den Fingern, radiert, korrigiert. Und nimmt sich wieder ein neues Blatt. »Ich zeige der Welt, wie die Indios in Baumwollanzügen und mit kleinen Messern aus Obsidian gegen die Spanier in Rüstungen angelaufen sind. Ich zeige, wie die Spanier den großen Baum fällten, um über die Schlucht von Amanalco in die Stadt zu kommen.«

Frida schaut ihn stirnrunzelnd an.

»Was glaubst du denn, was ich vorhabe, Friducha?« Er greift nach seinem Taschenmesser und spitzt den Bleistift, dessen Späne durch die Luft wirbeln. »Die Gringos wollen ein Denkmal für die Spanier. Aber ich werde ein Denkmal der Besiegten daraus machen. Sie sind die Helden, meine Helden. Sie werden die Palastwände besetzen. Sie holen sich zurück, was die Eindringlinge ihnen gestohlen haben. Insbesondere ihre Ehre. Das ist großartig, findest du nicht? Frida, du hast ein Genie geheiratet, weißt du das? Komm her!« Er zieht sie auf seinen Schoß, vergräbt seinen Kopf in ihrem Haar, streift ihr das Oberteil vom Leib und gleitet mit ihr auf den Boden.

»Morrow wird das nie zulassen.«

»Abwarten.«

In der Nacht weint Diego wieder einmal vor Wut, weil die Kommunisten ihn ausgeschlossen haben. Mit dem Wandgemälde in Cuernavaca hat er deshalb noch etwas anderes vor. Er will es ihnen allen zeigen, allen, die ihn verraten haben. Niemand soll daran zweifeln, dass Diego das Volk versteht und ihm seinen Platz in der Mitte des Staats, im Palast des

Eroberers, zuweist. Was er plant, kann niemand falsch verstehen. Das glaubt inzwischen auch Frida.

Erst ein paar Wochen später wird klar, dass die Partei ihn sehr wohl falsch verstehen kann. Sie werfen ihm vor, für das Establishment zu arbeiten. Wer Aufträge von US-Amerikanern annehme, könne kein guter Kommunist sein. Sie verstehen ihn falsch, weil sie es so wollen.

Aber in dieser Nacht, als Morrows Brief noch auf dem Küchentisch liegt und die Blätter mit Diegos Entwürfen den Boden bedecken, weiß Frida davon noch nichts. Sie kann nicht schlafen und überlegt, was sie selbst tun kann, um Diego zu unterstützen. Aber geht es wirklich darum, oder will sie einfach nur Teil dieser Energie sein, dieses Aufbruchs, der ihn gepackt hat? Was war es, das sie so unruhig werden ließ heute Morgen, als er am Küchentisch saß und ihn Blatt um Blatt mit seinen Entwürfen bedeckte? Die Angst, zurückgelassen zu werden von ihm, ausgeschlossen aus seiner Welt?

Am nächsten Morgen stopft sie die blauen Hosen und Hemden und das Halstuch, das sie als Kommunistin so gerne getragen hat, nach hinten in den Kleiderschrank. Stattdessen kramt sie alles zusammen, was sie an Kleidern findet. Sie besucht die Eltern und leiht sich von den Hausangestellten blumenbestickte Tücher und mit Volants verzierte Röcke.

Als sie paar Tage später mit Morrow zum Essen verabredet sind, kleidet sie sich im Bad an, um Diego zu überraschen. Zu einer weißen Bluse mit Spitze hat sie einen langen roten Rock ausgewählt, der mit einer bunten Borte am Saum verziert ist. Die in straffen Zöpfen geflochtenen Haare steckt sie zu einem komplizierten Knoten, den sie mit roten Fuchsien schmückt.

Fast hätte Diego die aufwendige Frisur ruiniert, weil er, als sie sich ihm präsentiert, auf der Stelle Sex mit ihr haben will. Frida lächelt in sich hinein, als er ihren Rock hochhebt. Sie hat erreicht, was sie will. Sie wird die mexikanische Idealfrau sein, die Diego sich ersehnt und die er jetzt braucht. Sie ist seine Malinche.

Im Taxi wundert sie sich, als Diego nicht die Adresse des Hotels nennt, in dem sie verabredet sind, sondern eine kleine Kunstgalerie, die er sehr schätzt.

Der Galerist Antonio Álvarez freut sich über den Besuch von Diego Rivera.

»Ich suche ein Schmuckstück für meine Frau. In Ihrem Hinterzimmer verwahren Sie sicher ein paar Schätze.«

Der Galerist nickt Frida freundlich zu.

»An was hatten Sie denn gedacht, Don Diego?«

»Etwas, das für Mexiko steht. Wie sie.« Er deutet auf Frida.

Álvarez verschwindet hinter einem Vorgang, und man hört, wie er Kisten schiebt und Schubladen öffnet. Diego betrachtet ein paar Duellpistolen in einer Vitrine.

»Schöne Stücke.«

Frida schaut ihm über die Schulter. »Die wirst du heute nicht brauchen.«

»Man weiß nie. Aber ich habe meine eigene Pistole sowieso immer dabei.«

»Willst du damit sagen, du trägst sie gerade in der Hosentasche?«

»Nein.« Diego lächelt. »Sie steckt in meiner Jacke. Du weißt genau, dass ich mich schützen muss vor den Fanatikern, die meinen, ich hätte die Partei verraten.«

In diesem Moment kommt Álvarez mit einer Holzkiste zurück, stellt sie auf die Theke und öffnet den Deckel. Zuoberst ruhen auf schwarzem Samt ein paar goldene Ohrringe mit kleinen Jadeperlen.

Diego nimmt sie in die Hand. »Die sind nicht alt.«

»Die Steine schon. Die Fassungen sind natürlich jünger. Dieser Schmuck ist wie wir, eine Mischung aus indigenem und spanischem Erbe.«

»Sie sind wunderschön«, sagt Frida und nimmt Diego die Ohrringe aus der Hand.

»Nein, ich suche etwas anderes.« Er durchsucht die Kiste, bevor der Galerist ihm dabei helfen kann.

Plötzlich hält Diego eine große Jadeperle in der Hand. »Woher kommt die?«

»Aus Yucatán. Die Maya haben ihre Toten oft mit Schmuck aus Jade beerdigt.«

»Das weiß ich. Können Sie mehr von solchen Perlen besorgen, damit es eine ganze Kette wird?«

»Ich werde es versuchen, Don Diego.«

Álvarez verschwindet noch einmal hinter den Vorhang und kehrt mit einer flachen Schatulle zurück und öffnet sie.

»Das ist eine Kordelkette. Sie ist nicht sehr alt, aber genau in dieser Technik haben die Azteken ihre Goldketten gefertigt. Für die Priesterinnen. Das Medaillon stammt aus Oaxaca, es ist mit Süßwasserperlen besetzt, die man nahe einer alten Tempelanlage fand. Ich würde sagen, es ist ein … magisches Schmuckstück.«

Diego nimmt die Kette und hängt sie Frida um den Hals. Sie berührt sie vorsichtig, schaut aber nicht in den Spiegel, den ihr Álvarez hinhält, sondern in Diegos Augen. Der lächelt.

»Eine aztekische Priesterin, das ist gut. Wir nehmen sie.«

»Wie möchten Sie zahlen, Don Rivera?«

»Später, ich habe kein Geld dabei.«

»Sie könnten einen Scheck …«

»Ein Konto besitze ich nicht. Das wissen Sie doch.«

»Dann möchte ich Sie höflichst bitten, dass Sie eine Sicherheit …«

Diego holt die Pistole aus seiner Anzugjacke und legt sie auf die Theke. »Reicht das? Sie ist wertvoll.«

Der Galerist weicht unwillkürlich zurück. »Danke, aber das ist nicht nötig. Kommen Sie in den nächsten Tagen vorbei und begleichen Sie den Betrag.«

Als Diego ihm dankbar auf die Schulter klatscht, geht Álvarez leicht in die Knie.

Sie treffen Morrow im Restaurant des Hotels Ciudad de México. Frida ist zum ersten Mal hier und schaut sich fasziniert um. Das Hotel befindet sich in einem prachtvollen Palast mit einem Innenhof, der von einem Glasdach im Tiffanystil überwölbt wird. Gut gekleidete Gäste, vor allem Amerikaner, logieren hier. Kein normaler Mexikaner hat einen Grund, das Hotel zu betreten, und der livrierte Hotelpage am Eingang mustert Frida und Diego kritisch. Der Name Dwight Morrow zaubert aber sofort ein Lächeln auf sein Gesicht. Er setzt die schwere Drehtür für sie in Bewegung, und ein anderer Page führt sie zum Restaurant.

»Soll der aufpassen, damit wir nicht ausbüxen?«, raunt Frida Diego zu.

Ihr Mann richtet den Zeigefinger wie einen Pistolenlauf auf den Rücken des Pagen.

»Soll ich ihn erschießen?«

»Wehe.«

Morrow erwartet sie bereits. Er sieht aus wie ein Filmstar, denkt Frida, energisch, willensstark und stolz. Sie schätzt ihn auf Mitte fünfzig und flirtet ein wenig mit ihm, was Diego ausnahmsweise nicht stört. Sein Auftraggeber soll ruhig gut gestimmt sein. Sie bestellen das Essen, und Diego erläutert seine Pläne für die Loggia in Cuernavaca. Morrow schaut sich die Entwürfe aufmerksam an und ist mit fast allem einverstanden.

»Nur eines stört mich, Señor Rivera. Die Kirche spielt eine sehr unrühmliche Rolle auf Ihrem Wandgemälde.«

»Das ist nicht mein Problem, sondern das der Kirche.«

»Sicher, aber wir wollen den antiklerikalen Strömungen in der Regierung nicht mehr Munition liefern als unbedingt nötig. Wie Sie wissen, war ich an dem Abkommen beteiligt, das den schrecklichen Cristero-Aufstand beendet hat. Daher meine Bitte: Können Sie nicht wenigstens einen einzigen freundlichen Priester einbauen?«

Diego überlegt einen Moment. »Ich könnte Fray Toribio de Benavente zeigen. Er war ein Freund der Indios.«

Morrow strahlt. »Wunderbar, machen Sie das, dann kann ich besser schlafen.«

Als sie spät heimkommen, geht Diego direkt in die Küche, um die Reste des Mittagessens aufzuessen. Frida trinkt Wasser aus dem Hahn. »Du bist ja sehr bereitwillig auf die Bitte des

Gringos eingegangen, Froschgesicht«, sagt sie und gähnt. »Ich habe dich kaum wiedererkannt. Keine Diskussion, kein Geschrei, du hast nicht mal die Pistole hervorgeholt.«

Diego wischt die Finger am Küchenhandtuch ab und legt seinen Arm um sie. »Das war nicht nötig. Ich wollte den Priester sowieso malen, und ich weiß auch schon wie: Er wird die Indios unterrichten und sie lehren, freundlich zu den Missionaren zu sein. So kann man sie dann besser ausbeuten. Das wird Morrow nicht verstehen, aber jeder Mexikaner wird es, verlass dich drauf.«

Frida boxt ihm liebevoll in den Bauch. »Du bist ein Schuft, Diego Rivera.«

TEIL ZEHN

Cuernavaca, 1930

Anfang Januar ziehen Frida und Diego nach Cuernavaca. Morrow hatte ihnen sein dortiges Ferienhaus liebevoll aufgedrängt, da er mit seiner Frau nach London reist und mindestens ein paar Monate in Europa bleiben wird. Auf diese Weise kommen die Riveras doch noch zu einer Art Hochzeitsreise, die aus Geldnot ausgefallen war. Das Haus der Morrows besteht eigentlich aus drei kleinen Häusern, die mit Gärten und Innenhöfen zu einem schönen Anwesen verbunden und dann mit einer Mauer umgeben wurden. Sogar ein Aussichtsturm gehört dazu, von dem aus sie einen Blick auf die Kathedrale und die schneebedeckten Gipfel der beiden Hausvulkane von Mexiko-Stadt werfen können, auf den Popocatépetl und den Iztaccíhuatl.

Diego verbringt zwar fast jeden Tag viele Stunden im Palast, aber die meisten Abende gehören ihnen, und manchmal nimmt er sich auch tagsüber eine Stunde frei, um mit Frida durch die hübsche kleine Stadt zu spazieren und ihre vielen Brücken zu bewundern. In Cuernavaca scheint immer Frühling zu sein, es herrscht ein mildes Klima, und Frida freut sich jeden Morgen über einen blauen Himmel und den Gesang der Vögel vor ihrem Schlafzimmer.

Wenn Diego im Palast arbeitet, vertreibt sie sich die Zeit mit Einkaufen, Kochen und dem Schreiben von Briefen. Seine Aufforderung, endlich wieder selbst zu malen, ignoriert sie zwei Wochen lang. Dann packt sie ihre Utensilien aus. Aber als Diego an diesem Tag von der Baustelle nach Hause kommt, ist Frida dabei, Pinsel, Palette, Farbtuben und Stifte durchs Zimmer zu werfen.

»He, hör auf! Bist du verrückt geworden?«

Sie schaut nur kurz auf, dann macht sie weiter. Von einem Skizzenblock reißt sie ein paar Zeichnungen ab, knüllt sie zusammen und wirft sie zu Boden.

»Ich kann nichts, und ich bin nichts.« Wütend trampelt sie auf den Blättern herum. »Es ist alles scheiße!« Zuletzt fliegt der gesamte Block in die Ecke.

Diego schaut sich vorsichtig um, aber es sind keine Sachen mehr da, die sie umherwerfen könnte. Nur die Staffelei steht noch an ihrem Platz.

»Was ist los? Hast du Schmerzen?«

»Und ob«, brüllt sie. »Hier drin.« Sie zeigt auf ihr Herz. »Ich habe nie studiert, war auf keiner Akademie. Nicht mal von Kunstgeschichte verstehe ich was. Ich habe nicht einen einzigen Scheißberuf gelernt. Gar nichts!«

»Na und? Was willst du denn mit einem Beruf?«

»Ich hätte es lernen können. Alles! Und dann hätte ich sagen können: Ich bin Malerin.«

»Du bist Malerin, und eine gute noch dazu.«

»Verdammt, nein.« Sie tritt nach den zusammengeknüllten Zeichnungen. »Ich bin nur eine kranke Frau, die sich die Zeit vertreibt.«

Diego geht in Richtung Küche. »Ja, bade du nur in deinem Selbstmitleid. Die arme Frida, so krank und kann nicht mal malen. Kochen kann sie wohl auch nicht mehr? Was soll ich essen?«

Sie wirft einen Schuh nach ihm.

Diego dreht sich kurz nach ihr um. »Ja richtig, der Mann ist schuld daran, der blöde, dicke Rivera. So alt ist er schon, und dennoch hat sie ihn geheiratet. Warum hat sie das wohl gemacht?«

»Hör auf.«

»Nein. Du hörst jetzt mit dem Drama auf.« Er sucht sich aus der Obstschale in der Küche eine reife Pitaya aus. »Setz dich gefälligst hin und arbeite. Oder koch mir was, egal, aber eines von beidem solltest du doch hinkriegen.«

Sie stürzt sich auf ihn und schlägt mit den Fäusten auf seinen Rücken. Diego lacht. Mit beiden Armen schützt er sein Gesicht, als sie ihren Stiefel vom Boden aufhebt.

»Frida, du hast das mieseste Temperament unter der Sonne. Du bist eine Künstlerin, aber das entschuldigt deine Wutausbrüche nicht. Au! Hör auf.« Er legt die Frucht zurück, stattdessen schenkt er sich ein Glas Tequila ein. Mit ihrem Schuh schießt sie ihm das Glas aus der Hand. Diego hebt den Stiefel auf und gießt Tequila hinein.

»Halt, nein, mein Stiefel!«

»Was?« Er sieht den Schuh an. »Nein, das ist ein Glas. Ich habe es gerade hier hingestellt. Hier stand ein Glas, wie kann es jetzt ein Stiefel sein?«

Frida muss lachen.

»Du bist so albern.«

»Willst du auch was?« Diego dreht den Stiefel um, aber es tropft nur noch. »Schade, schon alles leer.« Er schenkt den Schuh noch mal voll.

»Diego!«, kreischt Frida.

»Komm her, du Hexe, wenn du deinen Stiefel wiederhaben willst.«

Sie geht mit raschen Schritten auf ihn zu. Er hält sie fest, streicht ihr das Haar aus dem Nacken, zieht ihr den Rock aus und die Unterwäsche. Er hebt sie hoch, bedeckt sie mit Küssen, sanft und zärtlich, trägt sie ins Schlafzimmer und legt sie aufs Bett. Er streift sich die Hosenträger ab.

Sie bleiben den ganzen Abend im Bett. Diego hält einen ihrer dünnen Pinsel in der Hand und malt seelenruhig auf ihrem Bauch herum.

»Lass das, da ist bestimmt noch Farbe dran.«

»Ja, und sie ist blutrot, ich male deine Wunden.« Er pinselt ein Herz auf ihr Herz und küsst sie. Dann setzt er sich auf, sein massiger Körper sieht aus, als sei er wirklich ein Riesenfrosch. »Hör mir zu, Frida, ich sage das nicht noch einmal, weil es Dinge gibt, die man nicht zu oft sagen sollte, sonst verlieren sie ihre Wirkung.«

Sie legt ihre Hand auf seinen nackten Oberschenkel und fährt mit der Hand zwischen seine Beine, aber er nimmt sie fort.

»Als ich deine Bilder zum ersten Mal sah, die drei Porträts, die du zur Baustelle ins Ministerium mitgebracht hast, genügten mir wenige Sekunden, um zu begreifen, dass du eine Künstlerin bist. Du magst einiges zu lernen haben, na gut, das hatten wir alle. Niemand kommt fertig auf die Welt. Aber die Richtung ist erkennbar, und du bist gut, und du wirst noch besser. Schau dir Bilder von bekannten Malern an, frag dich, wie sie das eine oder andere gemacht haben, frag mich, aber male so, wie du malst. Die Kunst besteht nicht darin, eine perfekte Technik zu haben, das wird auch nicht an der Akademie gelehrt. Die Kunst besteht darin, etwas zu sagen. Und dafür braucht man Technik ... und eine Seele. Ein Künstler ist immer ein Künstler, selbst wenn du ihm beide Hände abhackst. Er wird sich dann anders ausdrücken als vorher, aber er bleibt ein Künstler. Der Unfall hat deinen Körper ... nun ja ... lädiert, aber dich als Menschen vollkommen gemacht. Du hast mehr gesehen als wir alle. Du kennst Abgründe, die andere bis zu ihrem Tod nicht kennen werden. Daher bitte ich dich: Zeig uns deine Welt!« Er nimmt ihre Hand und legt sie wieder zwischen seine Beine. Dann beugt er sich über sie. »Also, du hast jetzt zwei Möglichkeiten. Entweder du räumst den Scheiß drüben auf und setzt dich danach an die Staffelei und arbeitest.«

»Oder?«, fragt sie und streichelt ihn.

»Oder du kochst. Ich bin sehr hungrig.«

Frida zieht seinen Kopf zu sich herunter. »Es gibt noch eine dritte Möglichkeit, Froschgesicht. Wir gehen essen.«

Während der nächsten Monate verwandelt sich Fridas Erscheinungsbild von Tag zu Tag. Sie sortiert ihre Hosen und Hemden endgültig aus, mit denen sie als Kommunistin ein Zeichen der Solidarität setzen wollte. Die braven Kleider, die sie an Festtagen getragen hat, räumt sie ebenfalls fort. Stattdessen kauft sie sich bunte lange Röcke und bestickte Blusen, Umhänge und Tücher, handgewebte Gürtel und Beutel. Manches findet sie auf dem Markt von Cuernavaca, anderes bei geschickten Näherinnen. Deren Adressen sind nicht so leicht herauszubekommen, da sie oft nur für die eigenen Familien oder ihr Dorf arbeiten. Aber nachdem Frida eine von ihnen kennengelernt und bei ihr zwei Röcke und mehrere *huipils* in Auftrag gegeben hat, reicht man sie bald als geschätzte Kundin weiter. Auch in die Hütte einer indianischen Stickerin erhält sie Zutritt und kauft ihr ein paar Meter bestickte Stoffbänder ab, die sie sich auf ihre Blusen oder Röcke näht.

An den Wochenenden in Coyoacán erbettelt sie von ihrer Mutter lange Spitzenhandschuhe und ein edles Samtcape, das Matilde schon lange nicht mehr passt. Sie hatte es von ihrer eigenen Mutter geerbt, und Frida trägt es später während ihrer Zeit in den USA zu einem gelb-blau karierten Rock aus Seidensatin, den sie sich extra dazu anfertigen lässt. Matilde besitzt ebenso verschiedene Trachten, natürlich mehrere aus ihrer Geburtsstadt Oaxaca und eine aus Tehuantepec, wie jede Mexikanerin, die etwas auf sich hält. Frida will keineswegs vorgeben, sie sei eine Tehuana-Frau, sie möchte sich nur etwas von der Aura aneignen, die eine Tehuana ausstrahlt.

Vom ersten Tag ihrer Verwandlung an mischt sie bewusst alles miteinander, was ihr gefällt. Regionale Trachten, altmodische Schätze aus den Schränken ihrer Mutter und ihrer Tanten, selbst Entworfenes, Umgearbeitetes. Sie probiert neue Frisuren aus, kämmt die Haare so straff zurück, dass es wehtut, und lernt mit viel Geduld, sie zu kunstvollen Knoten und

Zöpfen hochzustecken und sie mit Wollbändern, Seidenschleifen oder Blumen zu schmücken. Es fühlt sich an, als würde sie jeden Tag ein neues Bild von sich selbst malen.

Diego verliebt sich immer von Neuem in sie. Er ist süchtig nach dem warmen Schimmer, den die leuchtenden Stoffe auf ihrer olivfarbenen Haut erzeugen, streicht über die vielen Bänder und Litzen, lauscht erregt, wenn sie an ihm vorbeigeht, auf das Rascheln ihrer gerüschten Unterröcke. Die kleinen Knöpfchen und Schleifen, die von ihm verlangen, sie mit Bedacht zu öffnen, treiben ihn manchmal an den Rand des Wahnsinns, aber er gibt sich Mühe, nichts zu zerreißen. Dass es morgens nun länger dauert, bis Frida angekleidet ist, stört ihn nicht, denn er hat schon eine Weile gearbeitet, bevor sie mit ihm frühstückt.

Frida verwandelt sich vor seinen Augen in eine geheimnisvolle Schönheit, die alle Sehnsüchte, Rätsel und Schätze Mexikos in sich vereint. Beglückt über seine wunderschöne Frau, die ihn bei der Arbeit inspiriert, führt Diego sie am Abend voller Stolz aus. Oft bringt er Geschenke nach Hause, goldene Ketten mit Anhängern, die aussehen wie aztekische Gewichte, Amulette, silberne, fein ziselierte Münzen, Ringe, die man aufklappen kann, und eines Tages auch eine schwere Kette aus Jadeperlen, die er bei dem Händler Antonio Álvarez gekauft hat.

Die ersten Monate ihrer Ehe sind eine Zeit des Glücks. Die Schmerzen im Rücken sind gut auszuhalten, mit ein paar kleinen Tabletten und Tequila hat sie alles im Griff. Endlich malt sie auch wieder.

Besonders stolz ist sie auf das Doppelporträt zweier Mestizinnen, *Salvadora y Herminia*. Beide haben pechschwarze Haare, hohe Wangenknochen und schöne volle Lippen, doch Augenbrauen, Stirn und Nase sind verschieden. Ihr Blick ist ernst und voller Tiefe. Die vordere Mestizin trägt ein blaues Kleid mit weißen Brustbändern, die hintere ein gelbes Kleid, über dem Arm hält sie einen schwarzen Umhang. Zuerst hatte Frida den beiden Frauen Schürzen gemalt, denn sie arbeiten im Haushalt ihrer Mutter, aber dann hatte sie die wieder übermalt, um deren Persönlichkeiten zu betonen. Der Hintergrund des Doppelporträts wird von einer Wand aus grünen Blättern, Früchten und kleinen Schmetterlingen gebildet. Es ist das erste Bild, das Frida verkauft. Sie hat die Tür durchschritten, die Diego ihr geöffnet hat.

Es kommt jedoch der Tag, an dem alles anders wird zwischen ihr und Diego. Sie will ihn nach der Arbeit vom Cortés-Palast abholen, aber er ist nicht da. Rasch kehrt sie zurück zum Haus, dort ist er auch nicht. Also wartet sie. Kocht ein aufwendiges Essen, das schließlich kalt wird. Sie steigt auf den Aussichtsturm und schaut sich um, wartet. Setzt sich auf einen Gartenstuhl, raucht und trinkt. Irgendwann muss sie eingeschlafen sein. Sie erwacht von dem Getöse, das Diego macht, als er fröhlich singend heimkehrt. Sie steigt die Treppen des Turms hinunter und eilt in den Salon.

»Verzeih mir, Täubchen«, säuselt Diego undeutlich und streicht ihr unbeholfen über das Haar. »Ich war in der Kneipe, und auf einmal«, er holt tief Luft, »wusste ich nicht mehr, wie ich nach Hause kommen soll, tut mir so leid.« Krampfhaft hält er sich an der Lehne eines Sessels fest und hangelt sich zum Sofa, auf das er schwerfällig sinkt. »Weißt du, Liebling, da war ein alter Töpfer auf dem Markt, ich wollte mir seine Sachen anschauen, er hat auch ein paar alte … äh Dings … von seinen Eltern, die sind aus der … na, sag schon … aus der Pyramide hier, genau. Verstehst du? Hier in Cuernavaca, also dort, glaube ich.« Er zeigt mit dem Arm in eine Richtung. Frida schaut ihn schweigend an, und er nimmt es als Bestätigung. »Und dann habe ich ihm etwas abgekauft, für dich, meine kleine Frida, mein Täubchen, schau.«

Er holt eine kleine Figur aus der Tasche, eine kleine Mexikanerin in einem gelb-roten Kleid. Es ist eine kitschige Figur, und zugleich hat sie etwas sehr Liebenswürdiges. Diego wartet, dass Frida ihm die Figur aus der Hand nimmt, aber sie bewegt sich nicht. Er wedelt mit der Hand vor ihrem Gesicht und sagt lockend: »Und er hat noch mehr davon, beim nächsten Mal musst du mitkommen, ja, Friduchalein?«

Fast wäre es gut gegangen, aber irgendwas sagt Frida, dass an Diegos Redefluss nicht alles stimmt. Es sind seine Augen, sie sind nicht bei der Geschichte. Seine Augen sind nicht bei ihm, hören nicht zu, sie schauen im Raum umher, schauen Frida an, prüfen, ob sie ihm die Geschichte glaubt. Es sitzen zwei Männer vor ihr, der eine redet dumm daher, und der andere beobachtet sie. Deshalb glaubt sie, dass er lügt. Aber sie ist sich nicht sicher, und instinktiv nimmt sie seine große Hand, in der er die Figur hält, und drückt einen Kuss darauf. Ihre Nase sagt ihr alles, was sie wissen muss, und das Band zwischen Diego und ihr zerreißt in dieser Nacht. Er leugnet nicht, als er merkt, dass er sie damit noch mehr verletzen würde als mit der Wahrheit. Stattdessen erklärt er großmäulig, Sex sei für ihn nichts anderes als Wasserlassen. Es sei keine besondere Sache gewesen, irgendeine Frau, keine Liebe, keine Gefühle seien im Spiel gewesen.

Den Rest der Nacht schreien sie sich an. Frida, wild wie eine Furie, will ihn verlassen, schlägt nach ihm. Es ist ihr unerträglich, dass er sie hintergangen und ihre perfekte Verbindung zerstört hat. Das war die erste große Verletzung, die Diego ihr zugefügt hat.

Jahre später zeichnet Frida sich nackt. Auf dem linken Bein sind Narben zu sehen, auf jede setzt sie einen blauen Schmetterling. Am rechten Bein schwärt eine offene Wunde. Sie zeichnet das Korsett, das sie tragen muss, und darüber eine durchsichtige Bluse und einen ebenso durchsichtigen Rock. Sie will zeigen, dass sie einen verletzten Körper unter ihrer Kleidung verbirgt. Mit ihrer Seele macht sie es genauso. Sie nennt die Zeichnung *Las apariencias engañan. Der Schein trügt.*

Coyoacán, August 1939

Später weiß sie nicht mehr, welche die tiefste Wunde ist, die sie durch Diego erlitten hat. Seit ihrer Rückkehr aus New York findet sie keine Ruhe. Oft sind die Schmerzen stark, und was genauso schlimm ist: Diego weicht ihr immer mehr aus. Nachts wandert sie schlaflos durch die dunklen Flure der Casa Azul. Sie ist jetzt fast nur noch hier, weil sie sich in San Ángel nicht willkommen fühlt.

In dieser Nacht ist sie aufgestanden, weil sie etwas zerstören muss. Ihr Frust und ihre Wut brauchen ein Ventil, sie will etwas mit den Händen zerbrechen oder zerquetschen. Dass sie mit ihren Beinen, so unsicher, wie sie auf ihnen ist, den ein oder anderen Gegenstand zertreten könnte, muss sie vergessen. Sie ist froh, wenn ihre Beine sie tragen. Während sie von Zimmer zu Zimmer geht, hält sie Ausschau nach etwas, das sich eignet, Opfer ihres Zorns zu werden. Aber sie liebt das Haus und seine Möbel, liebt die vielen Kleinigkeiten, die sie und Diego zusammengetragen haben.

In der Küche macht sie sich einen Kaffee und schaut auf den großen Teller an der Wand, den Diego an dem Tag kaufte, an dem er ihr auch den Heiratsantrag machte. Links und rechts daneben ihre Namen, *Frida* und *Diego*; die einzelnen Buchstaben bestehen aus lauter sehr kleinen Tonkrügen. Nein, in der Küche mit dem blau gekachelten Herd und den gelben Holzmöbeln, den vielen Tontöpfen und Kürbisgefäßen, den seit Jahren benutzten Löffeln, Schalen und Servierplatten gibt es nichts, was kaputtgehen darf.

Mit dem Kaffeebecher in der Hand humpelt sie ins Atelier. Dort stellt sie den Objektkasten auf den Tisch, den sie sich vor ein paar Wochen zimmern ließ. Sie hat solche Kästen bei Mary Reynolds in Paris gesehen, Duchamp hatte sie mit seltsamen Dingen gefüllt und sie Assemblagen genannt. Es waren Fantasielandschaften, surreale Szenen oder aus Alltagsgegenständen zusammengesetzte Lebewesen. Frida hatte damals schon beschlossen, auch einmal so einen Kasten zu gestalten. Sie greift sich eine der beiden Puppen aus Paris, es ist die mit dem Brautkleid. Sie setzt sie in den Kasten und befestigt hinter ihr einen Schmetterling aus Stoff und Draht, dazu legt sie ein kleines ausgestopftes Krokodil, eine Schlange und eine Maske. Zuletzt windet sie ein Stück Stacheldraht um die Puppe. So sieht er aus, denkt sie, der Galgenhumor einer tödlich Verletzten.

Diego und Frida reichen ihre Scheidung am 19. September 1939 ein. Die Gerüchte überschlagen sich, jeder ihrer Freunde hat eine andere Erklärung. Als ob es für einen solchen Schritt eine einzelne Ursache gäbe. Die einen denken, Diegos Affäre mit der amerikanischen Schauspielerin Paulette Goddard sei der Grund. Andere halten Fridas Beziehung zu Trotzki oder zu Muray für den Auslöser. Wieder andere behaupten, Frida wolle keinen Sex mehr haben, oder auch, Diego sei impotent. Einer vertritt sogar die Theorie, Diego wolle Frida mit der Scheidung vor der Verfolgung durch die Kommunisten schützen, die ihn im Visier hätten.

Aber niemand von denen, die sich jetzt das Maul zerreißen, war dabei an jenem Abend in San Ángel, als Frida und Diego abgekämpft vor ihren Würfelhäusern saßen. Den ganzen Tag hatten sie sich wie die kleine Frau und der kleine Mann aus dem Wetterhäuschen verhalten, das einmal in Guillermos Fotostudio hing. Sobald der eine auf der Bildfläche erschien, verschwand der andere im Haus.

Erst am Abend treffen sie zusammen. Frida sitzt am Tisch und hat nicht die Kraft aufzustehen, als Diego sich schwer atmend neben sie setzt.

»Ich kann nicht mehr, Frida«, sagt er. »Lass es uns beenden, solange wir uns nicht hassen. Ich kann nicht arbeiten unter dieser Anspannung, nicht leben oder glücklich sein. Wir brauchen Platz zwischen uns, Luft, Raum. Lass mich gehen. Wir werden immer Freunde sein, aber lass uns diese Ehe beenden. Ich schaffe das nicht mehr. Bitte, Frida.«

Sie will etwas sagen, aber da nimmt er ihre Hand und drückt sie an seine Augen. Sie sind feucht, und er schluchzt in ihre Handfläche hinein.

Im Oktober steht es in der Zeitung. Die Journalisten stellen ihnen nach und wollen Details erfahren. Diego bemüht sich darum, die Sache kleinzureden, und sagt in einem Zeitungsinterview: »Unsere wunderbare Beziehung wird sich nicht ändern. Wir haben uns zu diesem Schritt entschlossen, weil wir Fridas rechtlichen Status verbessern wollen ... Es ist nur eine Frage der rechtlichen Absicherung im Sinne der modernen Zeit.« Das ist so unsinnig, dass Frida einen Lachkrampf bekommt, als Cristina es ihr vorliest.

Als die Scheidung rechtskräftig ist, gibt Diego eine Party, was Frida zutiefst verletzt. Da Norman Turner gerade in seiner Biografie über Diego behauptet hatte, er sei abhängig von Fridas Urteil, raunt Diego volltrunken einem Freund zu, jetzt sehe Norman wohl ein, wie unrecht er hätte.

Dann wird Frida sehr krank. Ihr Rücken schmerzt unendlich, und sie kann kaum noch sitzen. Ihr Arzt verschreibt ihr eine Rosskur. Mit zwanzig Kilo Zuggewicht soll ihr Rückgrat gestreckt werden. Tagelang liegt Frida eingespannt in einen Apparat auf ihrem Bett. Nur zum Waschen darf sie aufstehen.

Cristina erzählt ihr, Nick sei in Mexiko. Er besucht, wie in jedem Jahr, Miguel und andere Freunde. Frida rechnet nicht damit, ihn zu sehen, doch eines Nachmittags ist er da, zieht sich einen Stuhl neben ihr Bett und greift nach ihrer Hand.

Seine schönen Augen sind ein offenes Buch für sie, wie immer. Sie erkennt darin seine Liebe und seine Traurigkeit. Er streichelt ihr Gesicht, und sie beißt zärtlich in seinen Handballen. Er lächelt.

»Was machst du bloß, Frida?«

»Ich werde gestreckt, damit ich bald so groß bin wie du.«

»Bah, das will ich nicht, ich muss dich doch tragen können. Wie soll das gehen, wenn du wächst?«

»Mach ein Foto von mir. Mit diesem Gerät. Zur Erinnerung.«

»Natürlich. Aber später, erst muss ich dich anschauen.« Er beugt sich vor und küsst sie auf den Mund. »Darling. Ich habe dich so vermisst.«

»Ist deine neue Freundin nicht mehr bei dir?«

Nick schließt kurz die Augen, dann lächelt er. »Doch, sie ist noch da, in New York. Sie ist nett, aber sie ist nicht meine Frida.« Er greift in seine Tasche, die er neben dem Stuhl abgestellt hat. »Ich habe dir den schwarzen *rebozo* mitgebracht, den du haben wolltest. Aber das Kissen, das behalte ich. Ich kann es nicht hergeben.«

»Nick«, sagt sie, und er umfasst ihre Hand fester und drückt sie an seine Wange.

»Ja?«

»Ich will, dass du glücklich bist.«

»Jetzt gerade bin ich sogar sehr glücklich, weil ich in deiner Nähe bin.«

»Was soll ich tun, Nick, was soll ich mit diesem Scheißkörper anfangen? Ich weiß nicht, wie lange ich das noch aushalte.«

Nick schaut sich um, dann greift er nach einem Stift, der auf dem Frisiertisch liegt, und drückt ihn Frida in die Hand. »Nimm den mal.«

»Eine Zigarette wäre mir lieber.«

»Gleich.« Er holt eine Streichholzschachtel aus seinem Jackett und kippt die Streichhölzer aus. Dann drückt er das Schächtelchen platt, legt es auf ein Buch und gibt alles Frida. »Mal mir was.«

»Etwas Unanständiges?«

Nick grinst. »Warum nicht.«

Sie zeichnet eine winzige Version von *Xochitl* auf die Streichholzschachtel und reicht sie ihm.

»Dann ist das auch geklärt«, sagt er und steckt es ein.

»Was?«

»Was du jetzt machen sollst. Du bist noch lange nicht fertig.«

»Aber was ich male, ist für jeden außer mir uninteressant.«

Nick steht auf und geht zum Fenster. »Bullshit. Das weißt du auch. Deine Bilder haben für uns alle eine Bedeutung, weil sie von Dingen erzählen, die wir kennen. Es gibt so viele Details, die mit Bedeutung aufgeladen sind, dass ich manchmal das Gefühl habe, ich blicke in die Urseele des Menschen, wenn ich ein Gemälde von dir betrachte. Jeden Tag sitze ich vor *Was mir das Wasser gab* und entdecke etwas Neues. Diego hat einmal gesagt, deine Kunst sei individuell und kollektiv zugleich, damit hat der Mistkerl recht, auch wenn ich ihm nur ungern zustimme. Niemand macht das so wie du, das Innere und das Äußere zugleich zu malen. Das zu erreichen ist für mich als Fotograf das Höchste. Fakten und Fantasie fließen bei dir so ineinander, dass man manchmal gar nicht merkt, wo das eine aufhört und das andere beginnt.«

An diesen Satz von Nick muss Frida denken, als sie in der folgenden Nacht wieder einmal nicht schlafen kann. Nick blieb nicht lange, und er sprach auch nicht von einem zweiten Besuch. Sie hatte versucht, ein bisschen mit ihm zu flirten, aber das hatte ihn aufgebracht. Sie solle nicht mit ihm spielen, hatte er gesagt. Er würde alles stehen und liegen lassen, wenn sie sich wirklich für ihn entscheide. Aber ihr Spielzeug wolle er nicht mehr sein. Ob sie Nick einen ähnlichen Schmerz zugefügt hat wie Diego ihr? In einem seiner Briefe hatte er geschrieben, er würde ihr auf ewig dankbar sein für das Glück, das ihr »halbes Wesen« ihm so großzügig gespendet hatte. Hat sie ihren Blick nur auf die eigenen Schmerzen gerichtet und zu wenig von dem mitbekommen, was andere erleiden? War es ein Fehler, Nick aufzugeben? Hätte sie um ihn kämpfen müssen? Wo wäre sie jetzt? Sie würde in diesem Moment in New York liegen, womöglich in einem Krankenhaus, weil es dort niemanden gäbe, der sie pflegt.

Teotihuacán, Januar 1940

Eines Morgens spürt Frida, dass der Moment gekommen ist, an den sie den ganzen Winter gedacht hat. Sie kann wieder laufen, auch wenn sie an vielen Tagen das Lederkorsett tragen muss. Es geht bergauf, so scheint es, aber wer weiß schon, wie lange und wann der nächste Rückfall kommt.

Frida bittet ihren Gärtner Jorge darum, mit ihr am nächsten Tag einen Ausflug zu machen. Jorge hat kein eigenes Auto, er leiht es sich von einem Freund und kutschiert Frida durch die Stadt, wenn sie Besuche bei Freunden macht, die nicht in Coyoacán wohnen, oder wenn sie größere Einkäufe erledigen muss.

Nach dem Aufstehen zieht sie das kleine Messer aus der Matratze und wickelt es in den schwarzen *rebozo*, den Nick ihr aus New York mitgebracht hat. Beides steckt sie in einen gewebten Beutel, den sie sich umhängt.

Als sie in Teotihuacán ankommen, steigt sie vorsichtig aus dem Wagen. Jorge und sie gehen langsam, Arm in Arm die Straße der Toten entlang, dann stehen sie vor der Sonnenpyramide.

»Kannst du mir helfen hinaufzukommen?«

»Hier? Sonst wollen Sie immer auf die andere.«

»Heute muss es diese sein. Hilfst du mir?«

»*Sí, señora.*«

Jorge trägt sie auf seinen Armen die vielen Stufen hinauf, wie es einst der Priester mit einer Jungfrau gemacht haben könnte, die zum Opfer bestimmt war. Eigentlich ein schönes Motiv, denkt Frida, vielleicht.

Als sie oben sind, bittet sie ihn: »Kannst du mich in einer Stunde wieder abholen?«

Er nickt und steigt die Treppen wieder herab.

Frida schaut sich um, es ist windig in dieser Höhe, wie immer, und heute ist niemand hier, was sie freut. Sie schaut hinüber zur Mondpyramide, auch dort ist niemand zu sehen.

Sie setzt sich auf ihren Mantel, holt den *rebozo* aus der Tasche und wickelt das Messer aus. Es ist ein bisschen rostig, aber immer noch scharf, weil sie es nie benutzt hat.

Frida legt es vor sich hin. Sie könnte es jetzt tun. Alles abschneiden, was sie mit diesem Leben verbindet. Den Schmerz, die Lust, den Hunger, die Liebe, die Einsamkeit. Endlich vorbei, keine Wochen im Streckbett mehr, kein Aufheulen vor Schmerz, kein Lederkorsett, keine besorgten Ärzte, keine schlechten Träume, keine Bilder ...

Bei dem Gedanken an ihre Bilder bleibt sie hängen. Nick hatte sie schon seit Langem um ein Selbstbildnis gebeten, und sie hat es bereits im Kopf. Es soll ein Bild sein, das nur er ganz versteht. Sie wird sich mit einem Affen und einer Katze porträtieren, im Haar ein paar Spangen, die wie bläuliche Schmetterlinge aussehen. Um den Hals wird sie ein Dornenhalsband tragen, das sich in ihre Haut bohrt. Ein toter Kolibri hängt daran. Nick wird das Bild lieben, das weiß sie, denn er wird alles entschlüsseln, nicht sofort, aber mit der Zeit. Er wird verstehen, warum sie nicht bei ihm ist und es vielleicht nie sein wird. Vielleicht sollte sie dieses eine Bild noch malen ... Sie muss darüber lächeln, dass sie schon wieder Zeit schinden will. In ein paar Wochen wird die große Surrealismus-Ausstellung in Mexiko-Stadt eröffnet, und man hatte sie gebeten, ein oder zwei Bilder dort zu zeigen. Sie hatte zugesagt und sich sogleich an die Arbeit gemacht.

In ihrem Atelier in der Casa Azul steht daher seit Dezember vergangenen Jahres das größte Bild auf der Staffelei, das sie jemals gemalt hat. Es misst an beiden Seiten mehr als ein

Meter siebzig und hat noch keinen Titel. Im Moment nennt sie es: *Die zwei Fridas.*

Denn genau das ist zu sehen. Die zwei Fridas sitzen nebeneinander auf einer mit Stroh bespannten Bank in einem nicht realen Raum. Der Boden könnte aus Lehm sein, und über ihnen wölbt sich ein bedrohlicher Himmel, der ein Gewitter erwarten lässt. Während die linke Frida ein altmodisches weißes Kleid trägt, hat die rechte Frida ihr liebstes Tehuana-Gewand an, einen Rock in Gespensterfarbe, gelblich grün mit breitem Spitzensaum, und darüber ein blaues *huipil* mit einem breiten gelben Streifen. Beide Fridas schauen aus dem Bild heraus zu ihr. Eine Zeit lang war sie der Meinung, sie seien zu dritt, wenn sie an dem Bild gearbeitet hat. Aber dann merkte sie, dass sie beim Malen immer in der einen oder in der anderen Frida steckte. Beide Frauen sind ein Teil von ihr, sie gehören zusammen und halten sich an den Händen.

Lange hat sie darüber nachgedacht, wie sie das Gefühl, das sich seit der Scheidung in ihr ausbreitet, in ein Bild fassen kann. Die Trennung spaltet sie in zwei Hälften, in eine Frida, die von Diego geliebt wurde, und in eine, die ohne ihn leben muss. Deshalb haben beide Fridas nur ein halbes Herz und sind durch ein dünnes Blutgefäß miteinander verbunden. An dem einen Ende befindet sich ein Medaillon mit Diegos Porträt, denn er ist Teil ihres Blutkreislaufs. Die Tehuana-Frida hält das Medaillon in der Hand, doch die Frida im weißen Kleid musste das Medaillon von ihrem Blutgefäß abschneiden. Diese Frida ist das Opfer der Trennung, deshalb trägt sie ein Kleid, das unbequem und aus der Zeit gefallen wirkt und mit Blut besudelt ist. Um das zu verbergen, hat die linke

Frida viele rote Blümchen auf ihren Saum gestickt. Doch sehr erfolgreich waren ihre Bemühungen nicht, denn man sieht die Blutflecken deutlich.

Ein weiteres Detail, das auf ihre Verletzlichkeit deutet, ist der Verschluss ihrer Bluse. Frida zögerte, ob sie dies drastischer hätte ausführen sollen, aber dann hat sie sich daran erinnert, dass Nick einmal sagte, er schätze an ihren Bildern die vielen Ebenen, die man wie eine Treppe durchschreiten könne. Erst nach und nach entdecke man, was sie alles hineingelegt habe. Auch *Die zwei Fridas* ist ein Bild, durch das man hinuntersteigen kann, dem tiefsten Schmerz entgegen. Frida ist nicht erst seit der Scheidung von Diego gespalten. Die Krankheit als Kind, der Unfall, die Gefühle für ihre Eltern, es gibt so viele Dinge in ihrem Leben, die sie nicht miteinander vereinbaren konnte. In diesem Moment wird ihr klar, dass es wahrscheinlich allen Menschen so geht wie ihr. Und dass sie ihnen deshalb mit ihren Bildern etwas schenken kann.

Von hier oben kann sie die weite Landschaft überblicken. Sie sieht die struppigen Sträucher, die aus der trockenen Erde hervorgebrochen sind, und die knorrigen Bäume, deren Ächzen und Stöhnen sie bis hier oben zu hören glaubt, die Agavenhaine, die schon da waren, als die Stadt noch den Azteken gehörte. Damals durften nur wenige Menschen auf der Pyramide stehen, Herrscher und Herrscherinnen, Adlige, Priester.

Die Sonne scheint, und es ist nicht einmal kalt, aber der Wind pfeift ihr um die Ohren. Sie wickelt sich fester in ihren Umhang. *Die zwei Fridas* wird also in der Surrealismus-Ausstellung zu sehen sein, und sie hat schon eine Idee für ein zweites Bild, das sie einreichen will, es soll *Die verwundete Tafel* heißen. Darauf werden Cristinas Kinder zu sehen sein, eine Judas-Figur, ihr Reh und sie selbst. Alle um einen Tisch versammelt, wie bei einem Abendmahl. Ihr fällt ein, dass sie neue Farben braucht für dieses Bild, viel Weiß und Schwarz, weil es in Grautönen gehalten sein soll. Und eine große Leinwand muss sie dafür auch wieder aufziehen lassen.

Vielleicht ist es die Magie dieses Orts, denkt sie, dass die Bilder so auf sie einstürzen. Sie würde Monate oder gar Jahre benötigen, um alles zu malen, was ihr gerade durch den Kopf schießt. Vor langer Zeit hatte Nick sie gefragt, was sie erreichen will, welches ihre Sonnenpyramide sei. Jetzt weiß sie es.

Mit einem Ruck reißt sie den Kopf nach hinten und schaut in die helle Wintersonne, während der Wind an ihrem *rebozo* zerrt.

Frida nimmt das kleine Messer in die Hand. Sie greift nach dem Saum ihres roten Tehuana-Rocks und sucht die Stelle, die sie vor Jahren mit einem kleinen Kreuzstich markiert hat. Es wäre nicht nötig, sie weiß auch so, wo sie suchen muss.

Mit dem Messer trennt sie den Saum auf, Stich um Stich, so wie sie es sich damals geschworen hat. Sie wollte dieses Gefühl festhalten, diesen Glauben daran, dass alles gut werden könnte und eine unendliche Zahl von Tagen vor ihr läge. Sie wollte sich daran erinnern, dass sie auch nach großen Schmerzen immer zurück ins Licht finden würde.

Sie breitet den Saum mit zwei Fingern vor sich auf dem groben Stein aus und liest, was sie damals mit feinen Plattstichen gestickt hatte: *Viva la vida.* Sie wundert sich über das

grüne Garn, in ihrer Erinnerung hatte sie sich diesen Schriftzug in Blau vorgestellt, oder ist die Farbe vielleicht ausge-
waschen? Es ist eine Nachricht aus einer anderen Zeit und
einer anderen Welt – und doch: Sie ist von ihr. Sie spricht zu
sich selbst. Wieder sind es zwei Fridas, und die eine hilft der
anderen. Sie halten zusammen, sie lassen sich nie allein. Eine
allein kann nicht existieren, aber zu zweit geht es. Sie wird
nie ganz allein sein, die zweite Frida ist immer da.

Sie drückt den Saum an ihre Augen, ihre Nase, ihren Mund.
Mit der Zunge fährt sie über die gestickte Schrift, nimmt
ihre winzigen Erhebungen wahr. Dann klappt sie den Saum
wieder ein und holt Nadel und Faden aus ihrem Beutel. Mit
feinen Stichen schließt sie die Naht und verstaut das Messer.

Ein großer Schatten fällt über sie. Es ist Jorge.

»Sind Sie bereit, Señora?«

»Ja, bin ich. Trag mich bitte wieder nach unten.«

»Wohin fahren wir?«

»Nach Hause. Ich muss malen.«

Epilog

Frida Kahlo und Diego Rivera heiraten am 8. Dezember 1940 ein zweites Mal, weil sie spüren, dass sie nicht ohneeinander leben können. Es ist zugleich der vierundfünfzigste Geburtstag von Diego Rivera. Sie einigen sich auf ein paar Regeln, lassen sich gegenseitig viel Raum und bleiben verheiratet bis zu Fridas Tod.

Nickolas Muray muss einsehen, dass es keinen Sinn hat, länger auf Frida zu warten. Als seine geliebte Tochter Arija im September 1941 überraschend an einem Fieber stirbt, ist er wie von Sinnen vor Schmerz. Im Juli 1942 heiratet er mit fünfzig seine vierte Ehefrau Peggy Schwab und hat mit ihr zwei Kinder, Mimi und Chris. Auch diese Ehe hält bis zum Tod. Muray stirbt 1965 so, wie er es sich gewünscht hat, beim Fechttraining.

Frida Kahlo stirbt am 13. Juli 1954. Bis dahin malt sie noch mehr als fünfzig Bilder, darunter viele ihrer Meisterwerke. Kurz vor ihrem Tod schreibt sie auf eines ihrer letzten Gemälde mit roter Farbe: *Viva la Vida*.

Mein Weg zu Frida
Anmerkung der Autorin

Frida Kahlos Leben und Werk begleiten mich schon seit vielen Jahren. Für mein 2009 erschienenes Buch *Die Farben meiner Seele* reiste ich nach Mexiko, um die Schauplätze ihres Lebens zu besuchen. Beglückt streifte ich durch die Casa Azul in Coyoacán, das Haus, in dem sie geboren wurde und gestorben ist. In jedem Winkel stieß ich dort auf Fridas Spuren, im friedlichen Patio, dem Garten, in ihrem Schlafzimmer mit dem Himmelbett, in der Küche mit den gelben Stühlen. Gerade waren die jahrzehntelang versiegelten Räume geöffnet worden und hatten den Blick auf zahlreiche Schätze freigegeben, darunter Fridas wunderschöne Röcke und *huipils*, eine Reihe von Zeichnungen und viele Dinge aus ihrem persönlichen Besitz.

Auch das Atelierhaus Casa Estudio in San Ángel habe ich besucht, außerdem die Preparatoria, das Krankenhaus und viele andere Orte, die in Fridas Leben eine wichtige Rolle spielten. Ich reiste durch Mexiko und besuchte Pyramidenstädte und Tempel, las alle Bücher, die es über Frida gab, studierte Kataloge und Bildbände, ihre Briefe, ihr gemaltes Tagebuch.

Inzwischen kenne ich mich in Fridas Leben bestens aus. Nur eine Sache lässt mich nicht los: ihre geheim gehaltene, rätselhafte Beziehung mit Nickolas Muray. Deshalb habe ich diese Liebe an den Ausgangspunkt meines Romans gestellt.

Viele Details in diesem Buch sind akribisch recherchiert. Anderes ist erfunden. Die Verschmelzung von Realität und Fiktion ist eine Kunst, die aus meiner Sicht perfekt zu Frida Kahlos Persönlichkeit passt. Ihre Gemälde wiesen mir dabei den Weg.

Maren Gottschalk, Juni 2020

Dank

Mein besonderer Dank gilt Thomas Montasser, der die Idee zu diesem Buch hatte. Grusche Juncker hat sich sofort für das Projekt eingesetzt, und Claudia Negele hat meine Arbeit mit stetem Interesse begleitet, mich ermutigt und bestärkt. Für Ideen, Fragen und Verbesserungsvorschläge danke ich sehr herzlich meiner Lektorin Regina Carstensen.

Für die Unterstützung bei der Recherche danke ich Gunnar Herrmann und Hartwig Petersen (Ford-Werke GmbH), dem Kölner Fotografen Ralf Krieger, der Kölner Künstlerin Frauke Wilken, dem Leverkusener Buchbinder und Bildeinrahmer Fritz Lang und der Kunsthistorikerin Susanne Wedewer-Pampus.

Für Feedback und Impulse zum Manuskript danke ich Melanie Weidemüller, Katrin Huggins, Clara Leinemann und ganz besonders dem Autor und Übersetzer Jürgen Neubauer, meinem »mexikanischen Ratgeber«.

Großer Dank geht auch an meinen Mann Claus Faika, wie immer mein erster Leser.

Autorin

Maren Gottschalk wurde 1962 in Leverkusen geboren. Sie studierte in München Geschichte und Politik und promovierte über Geschichtsschreibung. Seit 1991 schreibt sie Beiträge für die WDR-Radiosendung *ZeitZeichen* und verfasst daneben Biographien und Romane. Sie lebt in Leverkusen und arbeitet in Köln.

GOLDMANN